봄의
포르테

Spring's forte

SCARLET
ROMANCE
STORY

봄의
포르테

기 진
장편 소설

CONTENTS

I. 계약 연애

종종. 다리의 통증은 그를 이른 새벽에 깨우곤 했다.

눈을 떴을 때 시계가 새벽 세 시나 네 시를 가리킬 때가 있다. 심하면 잠들고 고작 삼사십 분이 지났을 때였다.

오늘은 오히려 이득을 본 기분이었다. 요즘 주말도 없이 일하던 현재는 모처럼 정시에 퇴근을 하자마자 옷도 갈아입지 못하고 깜빡 잠이 들었다가, 통증이 알람 역할을 해 한 시간도 다 못 채우고 눈을 떴다. 4월 초, 벌써 해가 길어지는 것이 확연히 느껴진다.

일어난 김에 휴대폰을 보니 친구인 정한으로부터 연락이 와 있었다. 밤에 모처럼 시간이 날 것 같으니 술을 한잔하자는 연락이었다. 현재가 침대에서 몸을 일으켰다. 안 그래도 술이 필요했으니 먼저 가서 한잔 마시며 느긋하게 정한을 기다릴 생각이었다.

그가 방문을 열자마자 골든 레트리버 한 마리가 달려왔다. 주인이 잠들어 같이 자고 있다가, 발소리를 듣고 깬 것이다. 태어난 후 여섯 해가 지난 녀석의 두 눈에 '놀아 줘라!', '나는 심심하다!' 라고 쓰여 있었다. 현재가 허리를 숙여 골든 레트리버의 뒷목을 쓱쓱 긁어 주었다.

"나갔다 올게, 포르테."

현재가 목줄 대신 차 키를 챙기자 레트리버, 포르테가 실망해서 축 늘어졌다. 나쁜 주인이 된 것 같아 미안하긴 하지만 별수 없었다. 자주 가는 바를 친형이 운영해서, 작년에 몇 번 데리고 갔더니 바에 있던 손님들에게 인기 폭발이었다. 그러나 취객들이 괜히 툭툭 치고 지나가는 통에 포르테의 스트레스가 이만저만이 아닐 것 같아, 다시는 데리고 가지 않기로 마음먹었다. 정작 포르테는 그 바를 무척 좋아하는 것 같았지만.

자다 깨서 바로는 걸음이 불편해 지팡이를 꺼내 왔다. 이제 겨우 서른이라, 여간해선 들고 다니지 않지만 지금은 보는 사람이 없으니까. 이럴 땐 나이보다 대여섯 살은 많아 보이는 외모가 고맙게 느껴진다.

불편한 걸음으로 차에 타니 포르테가 미련을 못 버리고 정원을 맴돌았다. 현재가 창문을 내리고 손을 흔들었다.

"다녀올게."

인사를 듣고 나니 이제 진짜 안 데려가는구나, 싶어 포르테가 포기하고 현재가 자주 앉는 벤치에 올라가 웅크려 앉았다.

다음에 한번 데리고 가야겠네.

현재가 생각하며 형, 선일이 운영하는 바 '루바토' 로 차를 몰았다.

"여기요."

"네!"

손님이 손을 들고 부르자 사라가 대답하고 앞치마에 손을 쓱쓱 닦았다. 그리고 주문을 받으러 가려는데 선일이 그녀의 팔을 붙잡았다. 그가 옆에 서 있던 정우에게 턱짓했다.

"정우야, 네가 가."

"예? 예."

정우가 멋쩍게 머리를 긁적이더니 그 테이블로 향했다. 사라가 고개를 갸우뚱하며 선일에게 물었다.

"왜요, 사장님?"

"저 사람들 좀 질이 안 좋아 보여서."

"그래요?"

"어. 좀."

선일이 대강 얼버무렸다. 입 밖으로 내진 못하지만 그 테이블 남자들의 시선이 계속 사라를 위아래로 훑고 있었다. 그녀가 돌아서면 자기들끼리 시선을 보내며 히죽거린다.

사라는 꽤나 예쁘장했다. 눈썹이 반듯했고 캐러멜색 머리칼에 유난히 피부가 하얗다. 눈도 평균보다 연한 갈색이라 눈에 띄었다. 그렇다고 해도 저 사람들의 시선은 악질적이었다.

사라가 다른 손님에게로 주문을 받으러 가다가 멈춰 서서 선일을 돌아보았다. 그녀가 반듯한 눈썹을 밉지 않게 찡그리며 말했다.

"저 손님을 정우한테 받으라고 하시지. 제가 저 손님 싫어하는 거 아시면서."

사라가 향하던 방향에는 종종 이곳을 찾는 손님이 있었다. 창가에 앉아 있는 무표정한 남자.

처음 그 남자를 만났던 건 지난달, 사라가 아르바이트를 시작하고 일주일 뒤였다. 혹시나 지각을 할까 봐 정신없이 뛰어 들어오다 문 앞에 서 있던 그와 부딪쳤다. 죄송하다고 사과했는데도 대꾸 없이 얼마나 인상을 쓰던지. 가뜩이나 무섭게 생겨서는, 때리기라도 할까 봐 겁이 났다.

"왜. 잘생겼잖아."

선일이 바에 팔꿈치를 댄 손으로 턱을 괴고 싱글싱글 웃는다. 그의 말에 사라가 팔짱을 끼고 대꾸했다.

"별로요? 하나도 안 잘생겼는데."

"내가 본 것만 몇 번인데. 여자 손님들이 쟤 번호 따는 거."

솔직히, 사라도 그 장면을 몇 번 보긴 했다. 저 손님이 늘 거절하긴 했지만. 사라가 괜히 핀잔했다.

"그래도 손님한테 '쟤'가 뭐예요?"

"뭐 어때. 저기까지 안 들려."

선일이 어깨를 으쓱였다. 사라는 그 문제의 손님이 있는 곳으로 걸어갔다. 바를 채우고 있던 강한 드럼 소리가 멈추고 바이올린으로 연주한 팝 음악이 흘러나오기 시작했다.

사라는 자기도 모르게 미소 지으며 음악을 들었다. 잔잔하게 바이올린으로 시작한 음악에 점점 하나씩 악기가 추가되고, 나중에는 강한 드럼 소리가 뒤섞인다. 새벽 시간. 피곤하게 아르바이트를 하던 중에도 음악 하나로 시간과 공간이 변하는 기분이었다.

걸음을 멈춘 그녀가 잠깐 눈을 감고 음악에 맞춰 몸을 흔들다가 반짝 눈을 떴다. 음악에 취해 주문을 안 받았다는 걸 알고 놀라서 달리려는데, 어느새 그 문제의 손님이 일어나 사라의 앞에 와 있었다. 눈썹이 짙고 성격이 거칠 것 같은 이목구비를 가진 남자가 그녀를 내려다보았다.

"죄송해요! 주문……."

"하고 왔습니다."

그가 딱딱하게 느껴지는 말투로 대답하고 자리로 돌아갔다. 처음으로 그를 자세히 보고 난 사라의 눈이 동그래졌다. 그가 왼쪽 다리를 조금 절고 있었기 때문이다.

사라가 선일에게로 돌아가 민망해하며 물었다.

"저 손님이 와서 제 욕 하고 갔죠?"

"어. 해고하라던데."

"죄송해요……."

사라가 거듭 사과하자 선일이 웃으며 말했다.

"농담이야. 그냥 주문만 하고 갔어."

"……정말요?"

"응. 가져다줘."

선일이 트레이에 라임을 넣은 위스키 하이볼을 올려 사라에게 안겼다. 평소엔 활발한 그녀였지만 가뜩이나 무서워하던 손님에게 실수까지 하니 영 쭈뼛거렸다. 사라는 미적거리는 걸음으로 다가가 트레이를 테이블 위에 놓았다. 그러자 남자가 그리 크지 않지만 정확하게 들리는 목소리로 인사했다.

"고마워요."

사라가 살짝 고개를 숙였다가 조심스럽게 그에게 말했다.

"주문받으러 안 와서 죄송해요."

"괜찮아요. 기다렸어야 하는데."

처음으로 사적인 대화를 한 그는 의외로 사려 깊었다. 남자가 밤 시간에 덩달아 새카매진 유리창 밖으로 고개를 돌리며 중얼거렸다.

"쓰러지는 줄 알고."

그랬구나.

하기야 걸어오다 말고 눈을 감았으니.

인간의 몸이 의외로 단순한 건지, 그 남자에 대한 두려움이 녹자 긴장해서 얼었던 심장이 뛰었다. 그런 몸의 반응이 어쩐지 호감처럼 느껴졌다.

사라는 그때가 되어서야 이 남자가, 하나도 '안 잘생기지는' 않았다는 것을 알았다. 조각한 것처럼 코가 반듯하고 높다. 얌전해 보이면서도 은근히 멋을 낸 머리칼과 무심해 보이는 눈매, 웬만한 소리는 다 무시해 버릴 것같이 다물린 입술 모두 매력이 넘쳤다. 골격 하나하나에 남성미가 물씬 풍겼다.

언뜻 보면 무섭고 자세히 봐도 무서웠지만 끝내주게 잘생긴 것도 사실이었다.

사라는 그와 잠깐, 한 마디라도 더 대화를 나누고 싶다고 생각했다. 하지만 창밖으로 고개까지 돌린 손님을 귀찮게 할 수는 없었다. 그녀가 돌아오자 선일이 씨익 웃으며 물었다.

"뭐래?"

"제가 쓰러지는 줄 알았대요."

"하긴, 쟤가 좀 건강에 예민한 타입이지."

"왜 자꾸 손님한테 '쟤'라고 해요?"

"뭐 어때. 가족인데."

"네? 가족이요?"

그의 말에 화들짝 놀란 사라가 사장과 손님의 얼굴을 번갈아 보았다. 표정이며 스타일이 전혀 달라서 그렇지. 자세히 보니까 둘이 조금, 진짜 조금 닮았다.

"서, 설마 저 손님이 사장님 형이에요?"

눈이 동그래진 그녀의 질문에 선일이 박장대소했다.

"아니, 반대야. 반대. 쟤가 동생. 양현재가 좀 노안이지."

"사장님이 서른두 살이잖아요? 그럼 저 손님이 사장님보다 어리단 말이에요?"

"올해 서른이야."

딱 봐도 30대 중반은 되어 보였는데…….

사라는 그가 자신과 고작 여섯 살 차이였다는 것을 이제야 알았다. 이름이 양현재구나. 선일이 워낙 사교적인 데다가 단골 위주로 운영되는 바라서, 그가 저 손님과 스스럼없이 이야기하는 것도 대수롭지 않게 여겼었다. 단골이 아니라 동생이었다니…… 사라가 울상이 되어 말했다.

"진작 말해 주시지. 맨날 사장님한테 저 손님 욕했잖아요."

"그래서 더 욕하기 전에 말해 주잖아, 지금. 사실 네가 내 동생 무섭다고 하는 게 웃겨서 좀 즐기긴 했어."

"혹시 알고 보면 외모와 다르게 엄청 순둥이예요?"

"아아니, 전혀. 생긴 거 그대로의 성격인데?"

그 말에 사라가 움찔하자 선일이 유쾌하게 웃었다. 선일은 상당히 마른 편에 세련된 느낌을 주는 남자였다. 모델 같은 체형에 고생 모르고 자란 도련님답게 피부가 희고 잘생긴 얼굴까지 가지고 있었다. 반면에 현재는, 잘생겼다는 것을 제외하면 선일과 전혀 딴판이었다. 마르지 않은 체격에 말수는 적고 웃는 것을 본 적도 없었다.

캐주얼한 차림새의 형과 정반대로, 어디 하나 흐트러지지 않은 고급 슈트 차림의 동생. 사라가 선일이 동생이라고 추측한 것도 이상할 것 없었다.

그녀가 설거지를 마친 잔을 마른 수건으로 닦으며 지나가는 말처럼 말했다.

"다리가 아프신가 봐요."

"아, 그거. 예전에 사고가 나서 다쳤어."

"네? 그럼 계속 아프셨던 거예요?"

"응."

늘 물어보지 않은 것까지도 수다스럽게 떠들어 대던 선일이었지만 동생의 사고에 대해서는 말을 아꼈다. 사라도 굳이 말하기 싫어하는 선일에게 캐물을 생각은 조금도 없었다. 다만, 저 손님을 처음 만난 날 자신이 달려오다 부딪쳤을 때, 그가 인상을 썼던 것이 다리가 아파서였을지도 모른다는 생각을 하니 무척 미안해졌다.

그녀의 표정이 우울해지자 선일이 사라의 기분을 풀어 주려 괜히 장난을 쳤다.

"그나저나 질투 나네. 왜 이렇게 양현재한테 관심을 보여? 소개해 줘?"

"저 손님 싫다니까요?"

사라가 발끈해서 말하다가 선일의 동생이란 걸 다시 떠올리고 얼른 한 손으로 입을 막았다. 그러나 선일이 오히려 즐거운 표정이라, 그녀는 입술을 뾰족하게 내밀고 말을 이었다.

"전 강준하 같은 남자가 좋다니까요. 다정다감하고, 박력 있고, 말도 잘하고."

"이거 아주 드라마에 푹 빠져 가지고. 그리고 양현재도 박력은 있어."

"박력이 아니라 무서운 거 아니에요?"

"어, 그건 좀 그런데. 보기보다 다정한 편이야."

"하나도 안 다정해 보이는데."

"진짜라니까. 여자들도 다 내가 웃겨서 나한테 관심 보이다가 점점 저 녀석한테 반해 버린다니까. 결국 난 웃겨만 주고 버려지는 역이지."

선일이 우는 시늉을 하자 사라가 어이없다는 듯한 표정을 지었다. 저 잘생긴 얼굴로 말하니 누구 놀라나 싶어서였다.

⚜

현재가 느리게 한 잔을 비웠을 때 친구인 정한이 도착했다. 병원에서 외과 레지던트로 근무하는 그는 자리에 앉자마자 몸보다 시간이 더 아깝다는 듯이 술을 벌컥벌컥 들이켜고 말을 이었다.

"그래서 있잖아, 다음번에 내가 개한테 먼저 밥을 사 준다고 말……."

정한이 말끝을 흐리며 현재가 보고 있는 방향으로 고개를 돌렸다. 현재와 눈이 마주친 여자, 선일의 여자 친구인 장미가 살짝 웃으며 손을 흔들었다.

현재가 물끄러미 그녀를 바라보자 정한이 그를 불렀다.

"양현재. 누가 보면 네가 형수님 좋아하는 줄 알겠다."

"결혼도 안 했는데 무슨 형수님이야. 그리고 우리 형 여자 친구가 왜 네놈 형수님이냐?"

"야, 학교 다닐 때 선일 형 모르는 사람이 있었냐? 선일 형은 모두의 우리 형이었어. 돈 많고, 잘생기고, 말 잘하고, 인기 많고."

정한은 일부러 딴소리로 말을 돌렸지만 의심은 여전했다. 현재는 부정했지만 그에게 조금이라도 관심이 있는 사람이 본다면 누구라도 그가 장미를 좋아하고 있다고 생각할 만했다. 늘 부정적인 느낌을 주던 표정 대신 순진한 궁금증이 대신한다.

현재가 더 말이 없는데 남자 친구인 선일을 찾던 장미가 천천히 두 사람에게로 걸어왔다. 그녀가 허리를 숙여 현재에게 물었다.

"선일 오빠 어디 있어?"

그러자 현재가 시선을 피하며 무뚝뚝하게 대답했다.

"바에 있으면 오겠지."

장미 스스로도 그랬다. 자신의 시선을 피하는 현재가 아마 자신에게 마음이 있을 거라고 생각했다.

예전에 장미는 현재가 좀 따분하다고 생각했었다. 늘 주변 사람을 유쾌하게 해 주는 선일과 대비되어 더 그랬다. 그러나 시간이 흐를수록 그의 지나친 자유분방함이 점점 장미를 외롭고, 피곤하게 만들었다.

그럴 때마다 현재는 제 나름의 방식으로 장미를 위로해 주곤 했다. 침착하고, 다정했다. 그녀의 직업에 항상 관심을 가져 주었다. 장미는 그런 마음을 드러내지 않으려 자리를 피해 바 의자에 앉았다. 머리가 아프니까 커피가 필요했다.

때마침 오케스트라 후배인 사라가 뛰어가는 모습이 보이자 장미가 그녀를 불렀다.

"사라야."

"네?"

사라가 멈춰 서서 묻자 장미가 고개를 살짝 기울이고 말했다.

"미안한데 나 커피 좀 사다 줄래?"

"지금요?"

"응. 피곤하니까 카페인이 필요해."

그녀가 카드를 꺼내 내밀자 사라가 난감한 표정으로 말했다.

"저 일하는 중이라 사장님한테 말하고 갈게요."

"괜찮아. 내가 말할게. 다른 사람들 것까지 여덟 잔 사다 줘. 네 것 포함해서."

사라가 일단 두 손으로 카드를 받아 들었다. 그리고 머뭇거리며 밖으로 걸어 나갔다. 그녀가 나가는 걸 본 선일이 고개를 갸우뚱하며 장미에게 물었다.

"쟤 어디 가?"

"내가 커피 좀 쏘려고 한다, 왜."

장미가 장난스럽게 말하자 선일이 팔짱을 끼고 투덜거렸다.

"그래도 나한테 말하고 가야 할 거 아냐."

"별걸로 트집이네."

장미가 투정했다. 선일의 눈에 제멋대로인 건 장미도 마찬가지였다.

사라는 1층까지 내려가서 아메리카노 여덟 잔을 사 캐리어 두 개에 나눠 들었다.

사라가 캐리어를 든 손으로 끙끙거리며 엘리베이터 버튼을 눌렀다. 엘리베이터가 1층으로 내려오는 것을 기다리는데 그녀의 손목을 누군가가 덥석 잡았다.

"여기서 뭐 해요? 심부름?"

아까 선일이 사라 대신 정우를 보냈던 테이블의 손님이었다. 빌딩 로비에서 담배를 피우던 그가 취했는지 실실 웃으며 사라에게 말을 걸었다.

"무슨 커피를 이렇게 많이 샀어?"

취객은 상대하지 않는 게 상책이라고 생각한 사라가 대답 대신 눈웃음 짓고 무시하려는데 취객이 그녀의 왼팔을 붙잡았다.

"에이. 손님이 말하는데 그렇게 가면 어떡해?"

"죄송합니다. 제가 근무 중이어서요."

그녀는 웃으며 대응하려 했지만 팔을 쥔 취객의 손에 힘이 더욱 들어갔다.

"언제 끝나요? 내가 술 한잔 사 줄까?"

"시간이 너무 늦어서요. 괜찮아요."

"술도 같이 먹고, 용돈도 좀 받고. 응?"

"아, 아파요. 이거 놓으세요."

정말로 당황한 사라의 목소리가 커졌다. 만취한 이 남자는 사라의 말이 들리지 않는 듯 그녀를 억지로 건물 밖으로 끌고 있었다. 사라가 끌려가지 않으려고 안간힘을 쓰고 있을 때였다.

엘리베이터 문이 열리는 소리가 들렸다. 사라가 제발 사람이 타고 있기를 바라며 그곳을 보았다.

그 안에 현재가 있었다. 사라가 멈칫하며 그를 보았다. 도와줬으면. 속으론 간절히 바랐지만 그가 다리를 절던 모습이 떠올라 아무 말도 할 수 없었다. 이런 곳에 끼어들었다가 더 다치기라도 하면 큰일이었다.

사라가 안간힘을 내서 팔을 당겼다.

"정말 이거 놔요. 소리 지를 거예요."

"어차피 이 시간에 술집에서 일하면 다 2차 생각하는 거 아냐?"

뭐 눈엔 뭐만 보인다더니. 취객이 오히려 큰소리다. 사라는 이 상황이 너무 무서워 결국 신고라도 해 달라고 부탁해 볼까 생각하며 현재를 보았다. 그런데 그는 이미 성큼성큼 두 사람이 있는 곳으로 걸어오는 중이었고, 곧바로 사라의 팔을 쥔 취객의 손목을 움켜쥐었다. 현재의 강한 악력에 취객이 사라의 팔을 놓고 소리를 질렀다.

"으아아악!"

현재가 무표정으로 취객의 손목을 부러뜨릴 듯이 힘을 줬다. 비명을 지르던 취객이 주저앉았다. 그제야 그를 놓은 현재가 취객의 멱살을 잡아 일으켰다.

"쓰레기 새끼가."

눈물이 그렁그렁하던 사라의 눈이 커졌다. 여간해선 흥분할 것 같지 않던 남자가 욕을 내뱉으며 으르렁거렸다. 지금까지도 무섭게 생겼다고 생각했는데, 지금은 무슨 폭력배 같았다.

"쳐, 쳐 봐! 쳐 보라고, 고소할 거니까!"

취객이 허세를 부렸다. 그러자 현재가 그의 가슴팍을 밀치고 소매 단추를 풀며 말했다.

"해 봐. 고소. 당신이 억지로 끌고 가려던 건 저 CCTV에 찍혔을 거고, 나는 끝장을 볼 만큼 돈도 있거든."

"으윽……."

현재의 위협에 취객은 술이 확 깬 모양이었다. 힘으로는 이길 수 없다는 걸 깨달은 그가 정신없이 도망쳤다. 취객이 사라지자 현재가 멍하니 있는 사라의 손에서 캐리어 하나를 받아 들었다. 저항하던 중 크게 흔들렸는지 캐리어 손잡이까지 커피에 젖어 있었다.

현재가 엘리베이터 버튼을 누른 후 사라에게 물었다.

"괜찮아요? 아, 물론 안 괜찮……."

사라의 눈에 고여 있던 눈물이 뚝뚝 떨어졌다. 그가 괜찮냐고 묻는 순간, 상황이 해결되었다는 사실에 긴장이 풀리니 울음이 터졌다. 묘하게도, 무서운 가운데 동생이 다정하다고 말하던 선일의 말이 떠올랐다. 정말이었다. 그는 생각보다 다정했다. 사라가 겨우 입을 열었다.

"무서웠어요……."

사라가 비틀거려 현재가 서둘러 한 손으로 그녀의 팔을 잡아 부축했다. 얼굴이 새하얘져서 눈에 보일 정도로 바들바들 떠는 게 걱정스러워 현재가 다시 한번 그녀를 살폈다.

"다친 곳은? 손목 봐도 됩니까?"

사라가 가슴팍이 달싹거리도록 숨을 몰아쉬며 취객이 붙잡았던 팔을 내밀었다. 현재가 팔을 살피는데 손자국이 남은 손목도 문제지만 커피에 뎄는지 손가락 마디 끝이 새빨갰다.

현재는 캐리어를 내려놓고 엘리베이터 버튼을 누른 후 말없이 제가 입고 있던 재킷을 벗어 사라의 어깨에 걸쳐 주었다. 아직 4월 초라 날씨가 들쑥날쑥했다. 로비는 재킷도 부족할 정도로 추웠다. 사라가 놀라며 말했다.

"괜찮아요."

"몸이 떨려서 그래요."

추워서인지, 무서워서인지 달달 떨던 사라가 재킷을 통해 전해진 온기에 조금 정신을 차리고 고개를 들었다. 캐리어 두 개를 혼자 다 든 현재의 뒷모습이 보였다.

사라가 무서워서 달달 떠는 사이 엘리베이터가 도착했다. 루바토로 되돌아가자 선일이 눈을 둥그렇게 뜨고, 현재의 재킷을 걸친 사라에게 물었다.

"무슨 일 있었어?"

울었던 게 분명한 얼굴에 뭔가 있었구나, 짐작한 모양이다. 여전히 떨고 있는 사라 대신 현재가 대답했다.

"취객한테 끌려갈 뻔했어."

"뭐, 뭐어?"

"약 사 올게. 이분 좀 쉬게 해 줘, 형. 1층 CCTV 확인해 주고."

그가 말하더니 사라를 위해 가까운 곳에 의자를 빼 주고 다시 밖으로 나갔다. 늘 능글거리던 선일도 지금은 얼굴이 완전히 굳었다. 선일은 관리실에 CCTV를 부탁하고, 곧바로 사라에게 물었다.

"괜찮아? 많이 다쳤어?"

"아, 아뇨. 그냥 살짝 덴 거예요. 커피가 흔들려서."

"손목도 빨개졌네. 하, 그 새끼지?"

"네에……."

"어쩐지 눈빛이 이상하더라. 바로 퇴근 준비 해. 집에 가. 오늘은."

"저 괜찮아요!"

"됐으니까 빨리 가."

선일이 단호하게 말하자 사라가 별수 없이, 제 대신 일을 하게 될 동갑내기 아르바이트생 정우에게 사과했다. 그 역시 기겁을 해서 빨리 집에 가라고 등을 떠밀어 결국 탈의실로 향했다.

탈의실에서 옷 위에 입고 있던 검은색 앞치마를 풀었다. 유니폼을 벗고 입고 온 니트로 갈아입던 사라의 시선이 선반에 둔 남자의 정장 재킷으로 향했다. 잘 재단된 깨끗한 옷을 보니 자신이 입은 조금 낡은 니트가 신경 쓰였다. 늘 잘만 이러고 다녔는데.

그녀가 가방을 챙기고 현재의 재킷을 들고나오니 장미가 제일 먼저 뛰어왔다. 장미의 예쁜 눈이 놀라서 동그래졌다.

"너 손 괜찮아? 손가락 다쳤어?"

그녀도 바이올리니스트다 보니 사라의 손가락부터 살폈다. 장미가 사과했다.

"미안해! 내가 괜히 쓸데없는 걸 시켜서……."

"정말로 괜찮아요. 안 아파요."

사라가 손가락을 만지면서 대답했다. 다행히도 그렇게 걱정할 정도로 덴 건 아니었다. 그제야 안심한 장미의 시선이 그녀가 들고 있는 현재의 재킷으로 향했다.

"그거 돌려주고 가야겠네. 현재 오빠 거지?"

"네."

"내가 가져다줄게."

장미가 손을 내밀었다. 사라가 재킷을 내미는데 때마침 약 봉투를 든 현재가 다가왔다. 그러자 그녀가 내민 재킷을 다시 안으로 당기며 말했다.

"아, 제가 가져다 드릴게요."

장미가 살짝 내키지 않는 표정을 지었다. 그사이 사라가 현재에게 걸어가 재킷을 내밀었다.

"여기요. 오늘 정말 감사해요."

"걸치고 있어요. 집에 데려다줄게요."

"네?"

"여기서 가깝다던데. 내가 집까지 가는 게 싫으면 좀 떨어진 곳에서 돌아가라고 해요."

사라는 거절해야 한다고 생각했다. 머리로는 그런데 마음이 그렇지 못했다. 그 취객이 되돌아올까 봐 걱정도 되어 혼자 집에 가는 것이 무서웠다. 오늘따라 쌀쌀한 날씨마저 혼자서는 견디기 힘들 것만 같았다. 결국 그녀가 고개를 끄덕였다.

그렇게 두 사람이 나가려는데 갑자기 장미가 멈춰 세웠다.

"현재 오빠."

그녀가 손으로 이마를 감싸고 현재에게 다가왔다.

"오빠, 진통제 있어?"

"있긴 한데 다른 사람이 먹기엔 너무 독할 거야. 왜? 어디 아파?"

"나도 머리가 아파서……. 그럼 여기 열려 있는 약국이 있었어?"

"가까운 곳에 심야약국 하나 있어서 샀는데. 머리 아파?"

현재가 몸을 숙이고 물었다. 형의 여자 친구에게 가까이 가지는 못하고 약간 떨어져 서 있긴 하는데, 그의 눈빛이며 행동에서 안절부절못하는 것이 느껴졌다.

사라가 물끄러미 그 모습을 바라보았다. 사실 저 손님이 유난히 마음에 안 드는 이유 중 하나는 아무래도 우리 사장님 여자 친구를 넘보는 것 같다는 점이었다. 선일의 동생이란 걸 몰랐을 때는 그래도 좀 나았는데, 지금에 와서는 더더욱 그 사실이 신경 쓰였다.

도대체 왜, 형의 여자 친구를 저런 눈으로 보는 걸까. 늘 딱딱하던 남자가 장미에게만큼은 말랑말랑하게 녹았다.

"오늘따라 추워서 그런가. 감기가 오나 봐."

날씬하고 비율 좋은 몸매. 하얗지만 탄탄한 피부에 패션 감각도 좋은 장미는 사라가 보기에도 놀라울 만큼 매력적인 여자였다. 게다가 저렇게 사르르 녹는 애교스러운 목소리에 처연한 눈빛을 보이면 어느 남자가 안 넘어갈까 싶었다. 장미가 말했다.

"사러 가야겠다. 약."

"이 시간에 어떻게 돌아다녀. 형한테 사 달라고 해."

"오빠 바쁘잖아. 어떻게 방해해."

"그럼 내가…… 아."

그녀의 말에 현재가 난감해한다. 그러자 사라가 빠르게 말했다.

"저 혼자 가도 돼요."

사실은 괜찮지 않았다. 매일매일 혼자 돌아가던 길인데 갑자기. 그게 너무 무섭고, 서운하고, 외롭게 느껴졌다.

하나도 괜찮지 않아서. 장미의 말에 고민하는 저 남자가. 위험할 때 구해 주고, 약까지 사다 준 남자가 애꿎게도 미워진다. 집까지 5분이면 가는 길이, 머릿속으로 아주 느리게 지나갔다.

현재가 사라 쪽을 보며 말했다.

"가깝다면서요? 집."

"네? 네."

"데려다주고, 약 사 오면 돼."

그의 말에 장미가 걱정스럽게 말했다.

"오빠 다리……."

"괜찮아. 다녀올게."

그가 앞장섰다. 사라가 당황하다가 장미에게 꾸벅 고개를 숙여 인사하고 현재를 따라나섰다.

다리도 아픈 사람이 자신 때문에 몇 번을 들락날락하니 사라는 미안한 마음이 더욱 커졌다. 건물을 나서며, 다리는 괜찮냐고 물을까 말까, 몇 번을 고민했다. 아무도 안 볼 때보다 그의 걸음걸이가 똑바르다. 무척 신경 써서 걷는 모양이었다.

건물 바로 뒤 널찍한 골목으로 조금 걷다 보면 집이 나왔다. 사라의 집은 5분 거리였지만 현재의 걸음이 느려 그것보다 훨씬 더 오래 걸렸다. 사라가 말했다.

"아, 맞다! 저 집에 진통제 있어요. 꺼내다 드릴게요!"

장미가 기다리고 있을 것을 생각하니 마음이 급해졌다. 그래서 가뜩이나 빠른 걸음을 더 빠르게 옮기자 현재가 입을 열었다.

"천천히 걸어요."

"네?"

몇 걸음 앞서 있던 사라가 화들짝 놀라 뒤를 돌아보았다. 현재가 그녀를 따라잡으며 무뚝뚝한 투로 말했다.

"무슨 걸음이 그렇게 빨라요?"

그의 다리가 어느 정도로 불편한지 알 수가 없다. 그래서 뭐라고 대답해야 할지도 알 수 없었다.

대답 없는 그녀 대신 현재가 말을 이었다.

"성격 급하네. 그러니까 매일 그렇게 뛰어다니시나."

"제, 제가 언제요?"

"볼 때마다 달려들어 오던데. 지각해서."

현재가 멈춰 선 사라를 스쳐 지나가며 말했다.

"일찍 좀 다닙시다. 이것도 사회생활인데."

데려다주고도 좋은 소리 못 듣게 저렇게 시비를 걸 건 뭐란 말인가. 틀린 말은 아니지만.

사라가 대답 없이 집이 있는 방향으로 걸었다. 느리게 걷는 게 나쁘지 않았다. 새벽 두 시. 계절로 치자면 마치 한겨울 같은 시간이었다. 생명은 잠들고, 바람이 운다. 혼자 이 새벽길을 걸을 때마다 사라는 자그마한 소음에도 흠칫 놀랐다. 그런데 오늘은 무섭지 않다. 밤하늘도 한 번 보고, 바닥도 한 번 보니 집에 도착했다.

도착하자마자 사라가 집으로 들어가 진통제를 꺼내 그의 재킷과 함께 돌려주자 현재가 받으며 물었다.

"다른 알바는 없어요?"

그러자 사라가 투덜거렸다.

"낮에는 오케스트라에 있잖아요. 공연이 저녁에 있을 때가 많으니까 레슨 아니면 새벽 알바밖에 못 한단 말이에요."

"직업 있는데 왜 알바까지 해요?"

"동생이 몸이 안 좋아서 부모님이 간호하시느라 일을 그만두셨거든요. 생활비도 보태고, 제 미래를 위해서 모으기도 하려고요."

그녀의 말에 현재가 바로 납득했다는 듯 고개를 끄덕였다.

"……그렇군요."

"원래는 농사를 지으세요."

사라가 올려다보며 웃자 현재가 그녀와 눈을 마주쳤다.

잠이 부족한 그녀의 두 눈은 예쁘지만 빛이 탁했다. 발랄한 성격과 어울리지 않게 늘 피곤해 보였다. 현재가 다시 입을 열었다.

"아까 얼마나 놀랐는지 압니까?"

"아까요? 아. 그런 거 처음이에요. 취객이 다 그렇진 않아요. 그 자식이 나쁜 거지."

취객에게 끌려갈 뻔한 이야기를 하는 줄 알고 변명하자 현재가 말했다.

"그것도 그거지만. 아까 주문받으러 오다가 멈췄잖아요. 눈 감고."

"아…… 바이올린 때문에."

"갑자기 멈춰서 눈을 감으니까 그대로 쓰러지기라도 하는 줄 알았잖아요."

"전 또 사장님한테 저 자르라고 말하러 간 줄 알았어요."

사라가 농담조로 말했지만 그는 웃지 않았다. 뭐, 기대도 안 했다. 무뚝뚝한 아저씨.

그녀가 인사했다.

"고마워요. 덕분에 오늘은 집 오는 게 안 무서웠어요."

"그 자식은 다시 바에 얼씬도 못 하게 해 줄게요."

그가 아까 일이 떠오르는지 인상을 썼다. 저 얼굴, 원래는 무섭다고 생각했는데 지금은 오히려 근사하다는 생각이 들었다. 현재가 돌아서며 말했다.

"잘 들어가요."

요즘 사라는 '7일 24시간'이라는 드라마를 필사적으로 본방사수하고 있었다. 대학 병원 의사들의 사랑 이야기였다. 남자 주인공인 강준하는 천재 외과의사로 1년 차 레지던트인 여자 주인공에게 모든 순정을 바치고 있었다.

사라는 그 강준하에게 푹 빠져 있었다. 연습 아니면 돈 버느라 바빠서 연애 비슷한 것도 해 본 적 없는 스물넷. 그녀에게 드라마는 각박한 인생에서 대리만족을 하게 해 주는 산소호흡기였다. 아무리 바빠도 그것만큼은 꼭 챙겨 봤다.

드라마가 진행되는 동안 사라는 매일 밤 강준하를 생각하며 침대 위를 데굴데굴 굴러다녔다. 모처럼 심장이 두근두근해 살 수가 없어서.

그런데 그 두근거리는 기분이 지금, 이 현실 남자를 앞에 두고 느껴지는 것이다. 아무래도 현실 남자를 너무 안 만났나 보다, 저런 노안에 말도 무뚝뚝하게 하는 아저씨한테도 두근거리다니…….

현재는 이미 느린 걸음으로 걸어가고 있었다. 그의 뒷모습을 사라는 한참 동안 바라보았다. 그가 보이지 않게 된 뒤에야 집에 들어온 사라는 룸메이트인 지호가 깨지 않게 조심해서 씻고 살금살금 침대에 누웠다. 자리에 누워서도 한참 동안 가슴이 두근거리다가, 뒤이어 장미를 보던 현재의 눈빛이며, 목소리가 떠올랐다.

사라는 서둘러 머릿속에 있는 그 남자를 지우고 잠을 청했다.

보통 때 같으면 새벽 두 시에 일이 끝나면 집에 오자마자 기절한 것처럼 잤을 텐데. 오늘따라 아직 다 가시지 않은 두려움과 양현재에 대한 생각 때문에 잠이 잘 오지 않았다.

⋇⋇⋇⋇

"3선 정치인의 외손녀야. 결혼만 성사되면 너에게도 든든할 거다."

이미 결정된 일이라는 듯이 말하는 아버지의 말에 현재가 피곤한 표정을 지었다. 그가 무릎을 손가락으로 툭툭 두드렸다.

"저 아직 연애 생각 없습니다."

"누가 연애하라고 했냐? 결혼을 하랬지."

"다릅니까?"

"다르지. 결혼을 먼저 해라. 연애는 그 후에도 실컷 할 수 있어."

거침없는 아버지의 말에 현재가 도와 달라는 듯이 새어머니 쪽을 보자 안 그래도 살짝 짜증이 나 있던 그녀가 남편의 발을 꽉 밟았다.

"아주 좋은 거 가르치십니다?"

강시연의 고상한 목소리에 남편, 양호철이 아픔을 꾹 참고 대꾸했다.

"나는 사랑하는 여자랑 결혼해서 아닌데. 쟤는 사랑하는 여자도 없잖아요. 일단 결혼부터 하자고. 저렇게 평생 혼자 사는 거 보고 싶어요?"

"저 이제 서른입니다, 아버지."

"어차피 따로 좋아하는 여자도 없는데 선은 봐도 되잖아. 혹시 아냐, 진짜 네 이상형일지."

이번엔 어쩐지 좀 간절하다 싶더니, 호철이 실토했다.

"아버지가 직접 주선하셨어."

"……그럼 더 싫습니다."

현재는 창업주인 그의 할아버지와 그다지 관계가 좋지 않았다. 예고 진학을 준비하던 현재의 미래를 멋대로 바꿔 버리기도 했고, 기본적으로 '장남의 장남'인 선일을 눈에 띄게 편애하기도 했기 때문이다.

호철이 말을 이었다.

"네 녀석이 결혼 안 하겠다고 했다며. 할아버지가 걱정이 이만저만이 아니다."

"걱정이 아니라 참견입니다."

현재가 평소에 그리 순한 아들은 아니었다. 게다가 한번 고집을 부리기 시작하면 여간해선 이길 수 없다는 걸 호철은 너무나 잘 알았다.

그러나 그런 현재의 성격을 물려준 것이 호철의 아버지인 양원녕이었다. 현재는 어리니까 대충 큰소리쳐 꺾어 놓는다고 해도 원녕은 그럴 수도 없었다. 중간에 낀 호철만 난감하게 되었다, 싶은 찰나. 현재가 그 고충을 헤아렸는지 무겁게 입을 열었다.

"저 여자 친구 있습니다."

"……있어?"

"네. 있어요."

귀찮아서 적당히 둘러댄 말에 시연이 반가워하며 물었다.

"누군데? 어느 집 딸?"

"그냥 보통 가정 여자예요."

"연예인이구나? 예뻐?"

"연예인은 아닌데 예뻐요. 이제 됐습니까? 저 가도 되죠?"

현재가 자리에서 일어서자 호철이 혀를 찼다.

"오로지 얼굴만 봤구나, 너."

"예. 아버지 닮아서."

이게 칭찬인지 아닌지 알 수가 없어 시연이 데굴데굴 눈을 굴리자 현재가 말했다.

"물론 어머니는 예쁜 것 말고도 장점이 많지만, 아버지는 일단 얼굴부터 보셨을 거란 뜻이었어요."

그러자 시연이 조금 수줍어하며 웃었다.

"어머, 얘도."

호철은 자신이 불효자식들만 낳았다고 생각하며 말했다.

"조만간 얼굴이나 보자. 그 아이."

"길게 사귀면요."

현재가 말하며 자리에서 일어섰다. 앞으로도 쭉, 결혼할 생각이 없지만 당장 그 말을 했다간 부모님이 난리가 날 것 같아 대충 둘러대기는 했다만. 저분들 성격에 아무래도 사람을 붙여서라도 누구와 만나는지 알아내려 들 것 같았다. 곱게 자라 회사를 물려받을 줄 알았던 장남이 빠르게 탈주한 이후, 그들은 현재에게 관심을 쏟고 있었다.

어쩌나. 누구에게 부탁이라도 해서 여자 친구인 척해 달라고 할까, 생각하던 그의 머릿속에 적당한 사람이 하나 떠올랐다. 선일의 바에서 새벽까지 아르바이트를 하는 사라였다. 원래 그는 남이 하는 일에 참견하는 성격은 아니었지만 며칠 전에 있었던 일은 내내 그의 머릿속에 박혀 있었다.

아르바이트로 여자 친구인 척해 달라고 부탁해 볼까.

현재는 이것이 그녀에게 나쁘지 않은 제안일 거라고 생각했다.

⁂

화요일 아침 출근길, 버스에서 사라가 휴대폰으로 전날 본 드라마의 클립을 또 보고 있자 지호가 핀잔했다.

"현실 연애에도 관심 좀 가져 줘, 강사라."

그녀가 사라의 한쪽 귀에서 이어폰을 뺐다. 그러자 사라가 지호를 슬쩍 본다. 얼마 전 연애를 시작해서인지 단발머리의 지호는 눈빛에 생기가 넘쳤다.

'현실 연애'라는 말을 듣는 바로 그 순간, 지난주에 본 그 남자가 생각났다. 그날 밤에도, 다음 날도. 눈을 감으면 자꾸 그 남자가 보였다. 다음 날에도 아르바이트를 해서 혹시 안 왔을까 기다려 봤지만 나타나지 않았다.

사라가 괜히 딴소리를 했다.

"연애하더니 더 예뻐졌네. 재수 없게."

사라가 욕인지 칭찬인지 모를 말을 하자 지호가 어깨를 으쓱였다.

"원래 예뻤거든?"

"어우, 저게 진짜."

티격태격하며 오케스트라에 도착하자 지호는 관악기 파트로, 사라는 현악기 파트로 향했다. 그녀가 들어서니 장미가 사라를 잠깐 보았다. 사라도 무심코 그녀를 보았다.

저 늘씬하고 예쁜 부잣집 아가씨. 카리스마도 있고, 스펙도 빵빵하고, 얼굴도 예쁘니 뭐 하나 빠지는 게 없다. 장미는 대학원을 졸업해 사라와 같은 시기에 오케스트라에 들어왔다. 입단 시기는 같아도 중학교부터 대학교까지 쭉 2년 위 선배였다. 성격이야 좀 까칠한 편이지만 실력도 좋았다. 장미가 사라를 살짝 흘겼다.

"강사라."

"저 지각 안 했습니다!"

"일 좀 줄이라니까. 걱정되잖아."

장미가 뾰로통해서 말하자 사라가 어색하게 웃다가 살금살금 제자리로 돌아와 앉았다. 자신이 그녀를 질투한다는 걸 알면 장미는 아마 어이가 없어 비웃을 것이라고, 사라는 생각했다.

점심시간, 식사를 샌드위치로 때우는데 예민한 사라의 귀에 전화 중인 장미의 목소리가 들렸다.

"응. 현재 오빠. 나 오늘만 집에 데려다주면 안 될까? 그날 정말 감기에 걸렸나 봐. 운전할 힘이 안 나……. 선일 오빠는 일해야 하니까."

남자 친구 놔두고 왜? 사라가 황당해서 자기도 모르게 장미의 말을 엿들었다.

"정말? 고마워, 오빠! 이따가 일곱 시. 응. 이따가 봐."

장미는 살짝 웃으며 전화를 끊었다. 장미가 사라 쪽을 보자 그녀가 서둘러 시선을 피했다.

장미는 현재가 사라를 집에 데려다주던 날 밤, 약간의 불안감을 느꼈다. 현재는 극도로 연애하는 것을 꺼려 해서 아무와도 만나지 않을 거라고 생각했고, 사실 그가 누구를 만나도 상관이 없다고 생각했었다.

그런데 정작 현재의 관심이 다른 여자에게로 향하니 장미의 기분이 바닥으로 처박혔다. 이런 기분이 들 거라고는 그녀도 예상하지 못했다. 모르는 사이에, 자신이 생각하는 것 이상으로 현재를 마음에 두고 있었다는 사실을.

그날 밤 현재는 루바토로 돌아온 후에도 정신이 없어 보였다. 장미가 아프다고 말했던 것도 완전히 잊어버리고 있다가, 그녀가 다시 머리가 아프다고 말한 후에야 잊고 있었던 약을 꺼내 주었다.

지금도, 현재가 장미에게 전화한 것은 사라가 괜찮냐고 묻기 위해서였다.

그런 장미의 속을 모르는 사라의 머릿속은 복잡했다. 도대체 왜 남자 친구의 동생을 부른 걸까? 그 남자에게 상처가 될지도 모르는데, 왜 여지를 남기는 건지.

사라는 오후 연습 내내 그 신경 쓰이는 일을 머릿속에서 지우려고 애썼다. 저녁 시간이 되어, 사라는 바로 수험생 레슨을 가야 했다. 그런데 떠나지 못하고 주차장 근처에서 머뭇거렸다.

괜찮냐고 묻던 다정한 목소리. 무섭다는 말에 걱정으로 굳어 버리던 얼굴. 집에 데려다주고 돌아서던 모습까지 하루 종일 머릿속을 맴돌았다.

잠시 후 검은색 고급 세단 한 대가 주차장으로 들어왔다. 그 차에서 현재가 내리자, 사라는 그제야 지금 자신이 무슨 어리석은 짓을 하고 있는지 깨달았다. 다른 여자를 데리러 온 남자를 기다리고 있던 것이다. 그들 사이가 어찌 되었든 자신과는 상관없는 일인데.

사라가 현재와 눈이 마주치자 꾸벅 인사를 하고 서둘러 아트홀로 돌아 들어가려 했다. 그러나 곧 어지러워 자리에 잠깐 멈춰 섰다. 요즘 자주 이렇게 어지러웠다. 하기야 밥도 제대로 안 먹고, 잠도 제대로 안 자니 몸살이 올 때가 되었을까.

그녀가 멈춰 서 있는데 현재의 목소리가 들렸다.

"병원 가 볼까요?"

"네?"

사라가 돌아보니 현재가 휴대폰을 들고 서 있었다.

"장미가 몸이 안 좋다고 해서 데려다주러 왔는데. 연습 중인지 연락을 안 받네요. 이런 적은 처음이라 많이 아픈가 해서 걱정했는데."

장미 선배 오늘 아프기는커녕 컨디션 완전 좋던데. 연주도 겁나 잘하던데. 사라는 차마 그런 말들을 못 하고 입을 꾹 다물었다. 그러자 현재가 말을 이었다.

"그런데 그쪽…… 이름이 뭡니까?"

"강사라요."

"사라 씨도 몸이 계속 안 좋은 것 같아서."

현재가 제 차를 턱짓했다.

"병원 갈래요? 장미 나오면 같이 데려다줄게요."

"저 레슨 가야 돼요."

"레슨?"

"네. 그러니까 고맙지만 다음에요."

아르바이트 외에도 일을 하고 있다는 사라의 말에 현재는 무슨 생각인지 더 대답이 없었다. 그가 무슨 생각을 하는지 궁금했다. 호구도 아니고, 왜 형 여자 친구가 아픈데 자기가 데리러 오는지도 따지고 싶었다. 정말로 그녀를 좋아하는 거냐고 묻고 싶다.

그러나 결국 아무 질문도 하지 못했다. 사라가 돌아선 후에야 현재가 그녀를 불렀다.

"강사라 씨."

그가 불러서 사라가 돌아보자, 현재가 말을 이었다.

"혹시 다른 아르바이트 안 할래요?"

"다른 아르바이트요?"

"자꾸 부모님께서 선을 보라고 하셔서. 저는 아직 연애 생각이 없거든요."

장미 선배 때문에요?

그렇게 물어볼 뻔했다. 사라가 현재가 있는 쪽으로 몸을 완전히 돌리고 물었다.

"그래서요? 무슨 아르바이트?"

"내 여자 친구 행세를 잠깐만 해 줄 수 없습니까?"

"여자 친구…… 행세요?"

"새벽 시간에 바에서 아르바이트하고, 몸이 아플 정도로 레슨을 하는 것보단 나을 것 같은데. 돈도 그것보단 많이 드리죠."

"……."

"그냥 보조 출연 아르바이트를 한다고 생각하시는 게 어떻습니까?"

사라가 바이올린 케이스를 두 손으로 꽉 쥐었다. 그가 험한 말을 한 건 아니지만, 잠시 만들어진 설렘이 깨질 때 사라는 약간의 아픔을 느꼈다. 몸이 별로 좋지 않아서 그런가. 그 균열로부터 갑자기, 꾹 누르고 있던 모든 아픔이 쏟아지는 기분이었다. 사라가 바닥을 내려다보며 말했다.

"내가 그냥 사귀고 싶을 정도로 매력은 없나 봐요."

"……예?"

"여자 친구 행세를 해 달라면서요. 한번 꼬셔나 보지 그랬어요. 뭐 돈까지 줘 가면서 행세를 해 달래."

"……."

"웃기는 아저씨네."

'현실 연애'라는 말에 저 남자를 떠올렸는데, 그것도 틀렸던 거다. 저 남자도 드라마 속에 있는 강준하와 다를 게 없었다.

어차피 나를 좋아하지 않는, 내가 원한다고 해도 만날 수 없는. 그저 그런 드라마 속의 남자인 것이다.

"싫어요."

그녀가 돌아서서 걸어갔다. 보조 출연 아르바이트를 한다고 생각하라니.

어떤 세상에서는 단역이어도 괜찮았다. 오케스트라 안에서는 단원1이면 충분했다. 대학 다닐 때부터 오케스트라에 들어가려고 남들 솔로곡 연습할 때 혼자 오케스트라에 들어간 선배들을 쫓아다니며 엑섭(excerpts, 발췌곡) 레슨을 해 달라고 조르곤 했으니까, 취업이 결정되자마자 좋아서 친구들과 캠퍼스 한가운데서 펄쩍펄쩍 뛰었다. 그랬어도.

그래도.

그래도 어떤 세상에서는.

단역이 되고 싶지 않았다.

예중 예고 예대를 다니며 음악에 심취하여 남자 보기를 돌같이 했던 솔로 인생 24년. 키스는커녕 남자와 손잡고 걸어 본 적도 없었던 사라에게 연애는 먼 이야기였다. 게다가 구직을 하고 보니 현악기는 싹 다 여자이기까지.

무섭다고 생각했던 그 남자가 다정하게 말을 걸 때, 사라의 심장이 깜짝 놀란 것처럼 쿵쿵 흔들렸다. 그런 남자에게 들은 권유가 가짜 연애 상대라니.

이번 주말에는 공연 일정이 없어서 사라는 모처럼 늦게까지 침대에 누워 있었다. 그녀가 데이트하러 나갈 준비를 하는 룸메이트 지호를 보며 말했다.

"나 사주 볼까 봐. 아무래도 내 인생에 남자가 없는 것 같아."

그러자 화사한 원피스를 차려입은 지호가 귀걸이를 걸며 말했다.

"일부터 줄여. 스물네 시간 일하면서 어떻게 연애를 해?"

"강준하 쌤은 잘만 하시던데에."

꿍얼거리던 사라가 지호에게 베개를 던졌다.

"빨리 데이트나 하러 가 버려. 불순한 커플들아."

"네네. 죄인은 나가겠사옵니다."

지호가 까르륵 웃더니 손을 흔들고 나가 버렸다. 그녀가 나가자 사라도 자리에서 몸을 일으켰다.

"한희 보러 가야지."

신나서 침대에서 내려오던 사라가 갑자기 주저앉았다. 어지러워서 눈앞이 까매졌다가 다시 밝아졌다. 오케스트라에서 연습하고, 공연하고, 가끔 있는 학생 레슨에 새벽 아르바이트까지. 체력이 나쁜 편은 아니지만 버틸 수 없는 스케줄이었다. 조금씩 몸에 이상이 생기는 것이 느껴졌다.

누군가에게는 문화생활인 음악이, 그녀에게는 현실이었다. 부모님 빚도 무시할 수 없는데 연봉은 손톱만 하고 유학 갈 돈도 모아야 하고. 대학을 다닐 때도 그랬지만, 졸업하고 나서도 앞길이 막막했다.

바닥에 앉아 침대에 기댄 사라가 손을 뻗어 바이올린을 붙잡더니 와락 끌어안았다.

"그래도 네가 있어서 다행이야."

그녀가 싱긋 웃고는 동생이 있는 병원에 가기 위해 나갈 준비를 했다. 오늘은 집에 오면 정말 쉬어야겠다고 생각했다.

병원에 들어가니 귀에 이어폰을 꽂고 라디오를 듣고 있는 여동생 한희가 보였다. 사라가 좋아 어쩔 줄을 모르며 한희에게 달려갔다.

"한희야!"

이어폰을 꽂고 있어 목소리 분간이 잘 안 되는지 한희가 각막혼탁이 온 눈으로 사라 쪽을 보았다. 사라가 와락 끌어안자 그제야 자기 언니인 것을 알고 신나 했다.

"언니다!"

"그래. 언니다. 우와, 우리 한희 이제 진짜 곧 있으면 수술하는구나."

"으으, 무셔."

한희가 오들오들 떠는 시늉을 했다. 다섯 살 때부터 7년을 보지 못하고 살다가, 이제야 각막이식을 받을 수 있는 순서가 되었다. 한희를 안은 사라의 손에 힘이 들어갔다. 이제 다음 기증된 각막은 한희가 받게 될 테니 언제라도 수술에 들어갈 준비를 하고 있으라고 들었다. 오늘 병원에서의 진단 결과도 아주 좋았다. 사라가 힘주어 말했다.

"무서울 게 뭐가 있어. 수술 금방 끝날 텐데. 언니랑, 부모님도 볼 수 있고 꽃도 보고 바다도 볼 수 있는데."

"핑크색도 볼 수 있어."

"그럼. 볼 수 있지. 다 볼 수 있어."

한희가 신나서 활짝 웃었다. 웃는 아이의 어깨에 사고의 후유증으로 생긴 흉터가 남아 있었다. 어릴 때는 그리 크지 않았는데, 한희가 자라면서 흉터도 점점 커졌다. 눈을 뜨고 나면 그동안은 보지 못했던 이 흉터를 보고 놀랄까 봐 마음이 무거웠다.

"언니가 여기저기 데리고 다녀 줄게. 많이 놀러 다니자?"

"응. 아 그리고 나 이제 눈 보이면 언니처럼 바이올린 할 수 있지?"

"그럼. 당연히 할 수 있지. 언니가 맨날 가르쳐 줄게."

그렇게 한희를 다독이는데 그녀의 어머니인 명희가 조심스럽게 사라를 불렀다. 병실 밖으로 나온 사라가 신중하게 말했다.

"드디어 우리 한희 차례네. 그치?"

"응. 그러네."

두 사람 다 호들갑 떨지 않으려 애썼다. 각막을 이식받는다는 것은 누군가가 죽는다는 뜻이었으니까. 누군가의 죽음을 재촉하지 않으려 침착하게 마음을 가라앉혔다. 명희가 조금 한숨을 쉬고 최대한 아무렇지도 않게 물었다.

"사라야. 미안한데 혹시…… 한 이백만 원 정도 빌려줄 수 있니?"

"이백만 원?"

"응. 더 이상 대출이 어려워서…… 생활비가 조금 모자랄 것 같아. 이번에 한희 수술만 끝나면 곧바로 일해서 돌려줄게!"

"아, 엄마는. 나 이제 돈 버는데 이백만 원이야 당연히 있지, 나를 뭐로 보고."

사라가 웃으며 경쾌하게 말을 이었다.

"돈 금방 보내 줄게. 걱정하지 마. 엄마."

"미안해, 사라야."

작년 겨울에 취직한 사라에게 여윳돈이 있을 리 없다는 걸 알면서도 부탁하는 명희의 마음이 문드러졌다. 엄마의 죄책감 가득한 얼굴이 보고 싶지 않아서, 사라가 씩씩하게 말했다.

"나 바람 좀 쐬고 올게."

2. 서곡

건물 밖 등나무 벤치에 앉은 사라가 입술을 잘근잘근 물었다.

한희가 화재로 시력을 잃기 시작한 이후, 사라의 부모님은 생업을 뒤로하고 한희에게 매달려야 했다. 고작 다섯 살의 아이에게 문자와 점자를 동시에 가르쳤고, 한시도 혼자 있지 않도록 곁에서 보살폈다. 그렇게 7년이 흘렀다.

사고 전까지만 해도 사라의 집은 꽤 부유한 편이었다. 그래서 바이올린도 시작했고, 조금 빠듯하게 유학을 보낼 형편도 됐다. 그러나 단 한 순간에 모든 것이 바뀌었다.

사라는 한희가 다친 것이 자신 때문이라고, 늘 생각해 왔다. 그날 자신이 아이를 혼자 두지 않았다면 한희는 다치지 않았을 것이다. 다섯 살짜리를 혼자 기다리라고 했던 자신이 미웠다.

형편을 생각하면 바이올린을 그만두는 것이 맞았다고 사라는 생각했다. 그래도 그만두기 싫어서 오기로 연습했다. 졸업과 동시에 어떻게든 시립 오케스트라에 들어가려고 입학하는 날부터 잠도 줄여 가며 연습했다. 장학금을 받기 위해 안간힘을 썼다. 그래도 결국, 음악에는 돈이 들었다.

눈물이 툭툭 떨어진다. 자신이 만든 상황을 자신이 악화시켰다는 사실이 미안해 가슴이 미어졌다. 착할 거면 착하든지, 뻔뻔할 거면 좀 더 뻔뻔하든지. 사라는 두 쪽 다 되지 못하는 자신이 미웠다.

그녀가 상체를 완전히 숙이고 울고 있는데 앞에서 한숨 소리가 들렸다. 사라가 고개를 들어 보니 앞에 양현재가 있었다.

그는 할 말을 생각하는지 미간을 주름이 잡히도록 좁히고 있었다. 현재가 입을 열었다.

"또 당신이네."

지난번에 내가 화내서 저런 표정인가, 생각하던 사라는 곧 선일의 말을 떠올렸다.

'하긴, 쟤가 좀 건강에 예민한 타입이지.'

혹시 내가 아픈 줄 알았나? 사라가 고민하는데 현재가 물었다.

"어디 온 거예요? 소아과?"

……이거 농담인가?

사라가 살짝 찡그린 얼굴로 대꾸했다.

"아니거든요?"

"아무튼 갑시다. 데려다줄게요."

"아뇨, 아니에요. 저 병원 안 가요."

"무슨 소리예요? 여기가 병원인데?"

"아, 저 병문안 온 거예요. 집에 가서 좀 쉬었다가……."

"당신 지금 얼굴 새하얘요. 내가 볼 때마다 상태가 더 안 좋아지는데 왜 병원을 안 가겠다는 겁니까?"

틀린 말은 아닌지라 사라는 더 반박을 하지 못했다. 결국 현재에게 거의 반강제로 끌려가 내과에서 진료를 받았다. 잠시 후 병원에서 나오며 현재가 기가 막힌다는 듯이 짜증을 냈다.

"밥을 못 먹을 정도로 돈이 없어요?"

"아니라니까요……."

"21세기에 영양실조가 말이 됩니까? 큰 병이 아니라서 다행이긴 하지만."

너무 짜증이 나 말이 안 나온다는 표정이었다. 사라는 아까 하도 울어 아직도 눈가가 빨갰다. 그녀가 현재를 불만스럽게 올려다보았다.

"이 아저씨는 왜 갑자기 나타나 가지고."

"나도 여기 병원 온 겁니다. 그리고, 손님한테 왜 자꾸 이 아저씨, 저 아저씨 합니까?"

"그럼 뭐라고 불러요? 밖에서도 손님이라고 하면 웃기잖아요. 친하지도 않은데 오빠도 좀 그렇고."

"씨 붙여서 부르면 되죠. 저도 사라 씨라고 부르니까."

"알았어요, 현재 씨."

호칭을 정리하고 나서, 한결 만족스러운 얼굴로 현재가 물었다.

"사라 씨야말로 왜 여기서 울고 있어요?"

사라가 울음을 삭히느라 작게 한숨을 쉬었다.

"돈 때문에요. 내가 너무 이기적으로 살았나 싶기도 했고…….

그러는 현재 씨야말로 병원은 왜 왔어요? 어디 아파요?"

"다리에 통증이 있어서 진통제를 받았습니다."

"많이 아파요?"

사라가 무심코 묻고, 실례인가 싶어 움찔하는데 그가 담담히 대답했다.

"네. 약을 안 먹으면 자다가 깰 만큼."

"……."

"그러니까 몸 관리 잘해요."

자다가 깰 정도로 아프구나. 뭐라고 대답해야 하나 알 수 없어 그냥 고개만 끄덕였다. 그녀가 아무 말도 못 하자 현재가 달래듯이 말했다.

"약 먹으면 괜찮아요."

"다행이네요."

"음악을 들을 때도 좀 낫습니다."

"그래요?"

"네."

현재의 시선이 사라가 들고 있는 바이올린 케이스로 향했다.

"병문안 오면서 바이올린은 왜 가져왔어요?"

"아. 그냥요. 들고 있으면 마음이 놓여요. 가끔 동생 연주해 주기도 해요. 약음기 끼우고."

"동생이 아픈가요?"

"눈이…… 아, 그런데 조만간 수술할 거예요."

사라가 일부러 밝게 웃었다. 현재가 무언가 곰곰이 생각하다가 말했다.

"지난번에는 미안했어요."

그가 사라에게 약간 고개를 숙였다.

"생각이 짧았습니다. 제가 정말 무례했어요."

현재의 사과를 들으며 생각해 보니, 사라는 왜 자신이 그렇게까지 화를 냈는지 모르겠다는 생각이 들었다. 화가 났던 건, 그가 자신을 연애 대상으로조차 안 보고 저런 제안을 했기 때문이니까. 그에게 잠깐이라도 설레었던 자신이 한심해서, 괜히 더 화가 났던 것뿐이다.

혼자 꿈을 꾸고, 혼자 실망했던 것뿐이다. 꿈속에서 현실로 돌아오는 것이 힘들었던 것뿐.

"⋯⋯이백만 원이요."

현재가 사라 쪽을 보자 그녀가 애써 태연하게 손가락까지 두 개 펴 가며 말을 이었다.

"단역배우요. 이백만 원에 해 줄게요."

"⋯⋯."

"비싸요?"

현재가 긴 시간 동안 답이 없었다.

돈 때문에 한참을 울다가, 저렇게 별일 아니라는 듯이 제안하는 그녀가 본래도 신중하던 현재를 더욱 신중해지게 만들었다. 그는 사라에게 최대한 상처 주지 않을 방법을 생각하다, 천천히 입을 열었다.

"비싸네요."

"하긴. 이백은 좀 세죠. 그럼 얼마요?"

"불쌍한 사람 돕는다, 생각하고."

"뭐가 불쌍해요? 우리 사장님이 현재 씨가 자기보다도 부자라고 했는데."

"그냥 호의로 해 주시죠."

호의로 해 달라니? 사라가 너무 기가 막혀 흘기자 현재가 바이올린 케이스를 턱짓했다.

"대신 바이올린 소리를 살게요."

"네?"

"내 여자 친구 대행은 한 달간 호의로 해 주고. 대신 바이올린 연주를 해 줘요. 그걸 살 테니까."

"바, 바이올린 연주를 산다고요?"

"네. 시간 날 때 약속을 잡아서 한 시간씩 총 네 번. 관객은 저 하나입니다. 어떻습니까?"

"잠깐만요! 그럼 한 시간 공연에 오십만 원인데요?"

"당신 바이올린 소리가 그 정도 가격도 안 합니까? 오히려 적은 것 같은데요."

갑작스러운 제안에 사라가 선뜻 대답하지 못하자 현재가 말을 이었다.

"말했듯이, 저는 다리에 통증이 좀 있습니다. 그래서 자기 전에 음악을 듣기도 하고, 좋은 향을 뿌리기도 하고 여러 가지 방법을 써요. 그중에서 클래식을 듣는 게 제일 잘 먹히더군요. 그러니까 연주해 줘요."

그러니까, 바이올린을 약으로 쓰겠다는 말인가 보다. 제 연주가 위로가 된다니 사라 입장에서는 돈 이상으로 매혹적인 제안이었다. 하지만 현재가 정말로 음악을 좋아해서 저런 말을 하는지 의심이 되었다. 사라가 그를 빤히 바라보며 말했다.

"제 바이올린 소리 아직 못 들어 봤잖아요. 그런데 그렇게 마음대로 책정하면 어떻게 해요. 혹시 바이올린을 들었는데 막 더 아프고 그러면 어떡해요?"

"그건 그렇군요."

"들어 보세요. 들어 보고 정하세요."

그녀가 현재의 팔을 잡아다 벤치에 앉혔다. 그리고 대충 묶고 있던 머리를 풀었다. 그녀의 머리칼에서 기분 좋은 향이 퍼졌다. 사라가 물끄러미 자신을 보고 있는 현재를 활로 가리켰다.

"잘 들어요. 야외에서 연주하는 거 부끄러우니까 짧게 할 거예요."

그가 자신의 바이올린 소리를 살 만한 자격이 있는지, 사라는 알고 싶었다. 그녀가 바이올린을 켜려는데 현재가 입을 열었다.

"잠깐만요."

현재가 왼손을 들고 말했다. 그러더니 가방을 열었다. 지난주까지만 해도 낮에도 쌀쌀했는데, 이번 주는 좀 더웠다. 그가 더워서 풀어 두었던 넥타이를 꺼냈다. 사라가 물끄러미 그 모습을 보았다. 현재가 셔츠 칼라를 올리고 넥타이를 목에 걸자 사라가 물었다.

"뭐 하는 거예요?"

"클래식 공연이니 넥타이를 하는 게 좋을 것 같아서요."

현재는 담담하게 말하며 단정하게 넥타이를 맸다. 그의 행동과 말, 태도가 사라의 눈에 담겼다. 양현재라는 남자에 대하여 조금 더 알게 된 이후부터 이상할 정도로 그의 모습을 살피게 된다. 외우게 된다.

빨리 연주를 시작해야지. 그러지 않으면 그에 대하여 더 많이 살피게 되고, 그래서 그를 잘 알게 될까 봐 겁이 난다. 그는 꼭, 악보 같았다. 사라가 눈을 감고 머릿속에 있는 악보 중 하나를 골랐다.

그녀가 베토벤 바이올린과 피아노를 위한 소나타 5번 '봄' 1악장을 연주하기 시작했다. 온몸에 생명력을 깨우는 것 같은 경쾌한 연주였다. 사라는 머릿속으로 피아노 반주를 생각하며 봄에 홀린 것처럼 연주를 했다.

모르는 사람이 듣기에도 프로페셔널한 그녀의 연주에 지나가던 사람들이 사라를 보았다. 그러다 그녀가 연인에게 연주를 해 주고 있는 모양이라 생각하며 미소를 짓고 지나쳐 갔다.

한창 연주에 집중하던 사라가 현재를 보았을 때 약간 집중력이 흔들렸다.

그의 손가락이 건반을 누르듯이 조금씩 까딱이는데 '봄'의 피아노 반주인 것 같았다. 피아노를 배웠던 모양이다. 그의 손이 곧 멈췄기에 사라도 그것에 대해 묻지는 않기로 했다.

잠시 후 연주를 마친 사라가 물었다.

"어때요?"

그러자 잠시 생각하던 현재가 싱긋 웃었다.

"매우 좋습니다."

그가 웃자 사라가 놀라서 물었다.

"뭐, 뭐예요? 왜 웃어요?"

"예?"

"지금 웃었잖아요. 현재 씨 웃을 줄도 알아요?"

하더니. 사라가 현재의 옆에 앉는다. 등나무 사이로 해가 쏟아져 사라의 얼굴 위로 아른거렸다. 현재가 여전히 미소를 지으며 물었다.

"내가 웃는 게 신기한 일입니까?"

"당연하죠."

나한테도 웃어 주긴 하는구나.

사라가 그렇게 생각하며 현재의 얼굴을 무례할 정도로 바라보자, 그가 알았다는 듯이 말했다.

"그래서 나를 싫어하셨구나."

"윽. 티 나요?"

"예. 상당히. 내가 부르면 못 들은 척했잖아요."

"티 많이 났구나……."

"그보다. 그렇게 사람을 빤히 보는 건 무례한 겁니다. 강사라 씨."

이 남자가 이렇게 기분 좋게 웃기도 하는구나. 그 웃음에 심장이 더욱 쿵쾅거려서 사라가 얼른 자리에서 일어났다. 가짜 연애를 할 대상에게 설레다니, 안 될 말이다.

사라가 말했다.

"재미있게 해 주면요."

"재미있게요?"

"네. 최선을 다해서 재미있게 해 주면, 뭐. 해 드리죠."

"저 별로 재미없는데."

"알아요. 그러니까 큰 기대는 안 하고, 자그마한 재미에도 빵빵 터져 줄게요. 어때요?"

"노력하죠."

그녀가 멀어지려 하자 현재가 손을 뻗었다. 하지만 손이 사라에게 닿지 않았다. 그가 천천히 말했다.

"부탁이 하나 있는데. 여자 친구 역할을 할 땐 달리지 말아 줄래요? 그럼 내가 잡을 수가 없어서."

사라가 연주한 기분 좋은 음악 덕분에 현재의 표정도 여유를 찾았다. 그의 커다란 손이 허공에 있었다. 그녀는 문득 그 모습이 안타깝게 느껴졌다. 사라가 현재 쪽으로 한 걸음을 옮겼다.

그녀의 발소리마저 음악처럼 들렸다. 현재가 가까워진 사라의 팔을 손으로 감싸려다, 차마 건드리지 못하고 손을 내렸다. 그가 넌지시 물었다.

"손을 잡는 것도 싫습니까?"

"손이요?"

"그래도 연인처럼 보이려면 손은 잡는 게 좋을 것 같아서."

사라는 현재의 손의 온도가 궁금해졌다. 차갑고 거칠까. 아니면, 보기완 다르게 따뜻하고 부드러울까. 그녀가 말했다.

"현재 씨 하는 거 봐서요."

그렇게 말하더니 길고 탐스러운 머리칼을 묶기 시작한다. 유독 희고 하얀 목덜미가 현재에게 꽤나 자극적으로 느껴졌다. 그런 현재의 속을 모르는 사라가 다시 그의 옆에 앉더니 그의 허벅지 위에 손을 올렸다.

"그런데 어디가 안 좋……."

사라가 말을 잇기도 전에 현재가 그녀의 손을 움켜쥐어 허벅지에서 떼어 냈다. 부드럽고 따뜻한 여자 손이 닿자 허벅지에 힘이 들어갔다. 사춘기 청소년도 아니고 이게 무슨 쪽팔린 일인지. 그런데 사라는 자기가 먼저 허벅지를 덥석 만져 놓고 억울한 표정으로 물었다.

"왜 그래요?"

그러자 현재가 미간을 좁히며 말했다.

"가짜 연애라고 해서, 당신이 여자가 아니고 내가 남자가 아닌 건 아니잖아요."

"네? 아…… 아!"

사라가 놀라서 손을 빼냈다. 순간 그녀의 얼굴이 새빨개졌다.

"죄, 죄송해요."

현재가 진정하고 물었다.

"제 집에서 연주해 줄 수 있겠어요?"

"네에? 집에서 하는 거였어요?"

"그럼 어디라고 생각했습니까?"

어디냐니. 장소 같은 건 생각해 본 적이 없었다. 어쨌든 집은 상상도 못 한 공간이었다. 사라가 난감한 표정으로 말했다.

"집은 좀……."

"집 안으론 들어오지 않아도 돼요. 정원에서만 하시죠. 불편하면 정원 문도 열어 놓을게요."

"정원이 있어요?"

놀란 토끼 눈이 된 사라가 물었다. 그러거나 말거나 현재가 말했다.

"다음 주 주말은 연주회가 있다고 들었으니, 다음 주 화요일 정도 어때요?"

장미에게서 연주회 일정을 들은 모양이었다. 두 사람이 꽤 대화를 자주 할지도 모르겠다는 생각이 들었다. 사라가 고개를 저었다.

"저 약속 있어요."

드라마를 볼 거지만. 강준하 씨와의 약속이지만 어쨌든 중요하긴 하니까. 사라가 새침하게 말을 이었다.

"금요일은요? 끝나고 바로 아르바이트 가면 편할 것 같아서요."

"좋습니다. 그럼 일곱 시 반쯤에 한강진역에서 만나요. 데리러 나갈 테니까. 여덟 시부터 한 시간 연주하고, 열 시까지 늦지 않게 아르바이트에 데려다줄게요."

"네, 딱 좋아요."

"그럼 지금부터 시간 있습니까? 잠깐 카페라도 가서 말 맞출 것들을 생각해 보죠?"

안 그래도 좀 더워서 달고 시원한 게 마시고 싶었다. 사라가 잘되었다고 생각하며 고개를 끄덕였다.

두 사람은 병원 근처의 카페로 들어섰다. 들어가자마자 사라는 자바칩이 듬뿍 들어간 커피 프라페를 주문했고, 현재는 차가운 아메리카노를 주문했다.

깔끔한 카페 2층 창가 자리에 앉아 현재가 물었다.

"금액은 정말 그걸로 충분합니까?"

"네. 완전 충분해요."

사라가 발랄하게 대답했다. 지난번엔 안 내켜 하더니, 연주비로 돈을 내겠다고 하니 금방 저렇게 즐거워한다. 누가 음악가 아니랄까 봐.

현재는 자신의 선택을 모처럼 칭찬하며 말을 이었다.

"지금 4월이 끝나 가니까 5월 한 달간은 연인 행세를 해 주는 걸로 하죠. 그 정도 미루면 선 얘기도 들어갈 겁니다. 그 이후에는 여자 친구에게 차였다면서 5년 정도 우울해할게요."

"그렇게 연애하기 싫어요?"

"정확히는 결혼이 싫습니다."

그의 냉정한 말에 사라가 말없이 프라페를 빨대로 뒤적거렸다. 현재가 의자 뒤로 기대 말했다.

"사라 씨가 그렇게 많이 해 줄 건 없습니다. 그냥 연인이라고 말만 맞춰 주는 걸로 충분해요. 한 번 정도 저희 부모님과 함께 행사에 참여할 일이 있을 수도 있는데 그것도 그냥 인사만 하면 충분할 겁니다. 그냥 맛있는 거 먹고, 사람 구경 한다 생각해 주면 좋겠군요."

"오, 진짜 그 정도면 호의로 해 줄만 하네요."

"제일 걱정은 형이에요. 형은 눈치가 빠르고 우리 둘을 다 알아서 갑자기 사귄다고 하면 의심할 겁니다."

"아, 맞아요. 사장님은 저에 대해서도 너무 많이 알아요……."

"제가 아르바이트하고 계실 때 한번 찾아 가겠습니다. 직접 형한테 말할게요."

말하다 보니 드라마를 직접 만드는 기분이라, 사라가 살짝 들떠서 말했다.

"우리 시작은 그날로 해요. 현재 씨가 저 집에 데려다준 날."

"일리 있군요."

"음, 제가 막 반해서 맨날 연락했다고 할까요?"

"그건 안 됩니다. 여자 친구에게 차였다면서 우울해하려면 반대여야죠."

"그런가?"

"제가 계속 좋아했었는데 사라 씨는 절 계속 싫어하다가, 제가 그날 데려다줘서 여전히 마음에 들진 않지만 사귀어 준 걸로 하죠. 그래야 두 달 후에 제가 차일 때도 이유가 있죠. 계속 좋아지지 않아서 차는 걸로."

"우와, 나 진짜 못됐다."

사라가 말하자 현재가 단호하게 대답했다.

"싫다는 사람한테 억지로 매달리는 놈이 나쁜 놈인 겁니다."

맞는 말이긴 한데, 너무 딱 잘라 말하니 어쩐지 좀 무안했다. 사라가 고개만 끄덕이자 현재도 잠깐 입을 다물었다가, 한결 부드러워진 목소리로 말을 이었다.

"오케스트라 공연에서 필요한 연습이 있으면 와서 연주해도 돼요."

"네에?"

"나도 궁금하거든요. 어떤 식으로 연습하는지. 그리고 호칭은…… 내가 연상이니 다른 사람이 있을 때는 그냥 이름을 불러도 될까요?"

"네. 그러세요."

둘만 있을 때도 그래도 되는데. 어쩐지 그 말을 선뜻 하기가 좀 부끄러웠다. 사라가 말했다.

"그럼 이름 불러 봐요."

"……사라야."

현재가 연습 삼아 이름을 불렀다. 그게, 어색하면서 괜히 설레서, 사라가 배시시 웃고 애교 섞인 투로 물었다.

"잘해 줄 거죠?"

현재가 정확히 이해가 안 돼 잘 못 알아들었다는 제스처를 취하자 그녀가 다시 말했다.

"당분간은 남자 친구니까, 잘해 줄 거죠? 말도 상냥하게 하고, 잘 웃어 주고."

"아…… 노력하죠."

"그럼 이거 진짜 괜찮은 장사인 것 같아요."

사라가 힘주어 말하자 현재가 슬쩍 웃었다. 그녀가 손을 내밀어 악수를 청했다.

"자, 계약이 성사되었으니 악수해요."

손을 내미는 게 귀여워서 현재가 이번엔 저도 모르게 조금 소리를 내어 웃어 버렸다. 그리고 자신도 손을 내밀어 악수를 받았다.

"왜 이렇게 기분이 좋아."

수요일 밤, 아르바이트를 하러 온 사라를 본 선일이 물었다. 그러자 그녀가 물어봐 주길 기다렸다는 듯이 말했다.

"있잖아요. 사장님 동생 별로라는 거 거짓말이었어요. 사실 마음에 들어요."

"……응?"

선일이 황당해했다. 며칠 전에는 뭐가 그렇게 마음에 안 들었는지, 사장님 동생 별로예요! 엄청! 이러더니 오늘은 또 좋단다.

그가 황당해하거나 말거나 사라는 평소처럼 생글거리는 얼굴로 돌아가 일을 시작했다. 뭐가 어찌 됐든 사라는 일을 정말, 많이 잘했다. 선일이 옆에서 장미를 봐 온 바로 연주자는 어마어마한 체력이 소모됐다. 특히 바이올린을 늘 어깨에 올리고 있어 어깨와 손목이 아프지 않은 적이 없었다.

그런데 사라는 연습을 끝내고 와서 아르바이트를 하고, 틈틈이 레슨까지 하고 있었다.

선일이 걱정하는 사이 바쁘게 일을 하러 달려가던 사라는 막 문을 열고 들어오는 손님을 발견하고 살짝 미소를 지었다. 현재가 정한을 포함한 친구들과 함께 들어오고 있었다. 현재가 정한에게 투덜거렸다.

"넌 바쁘다며 맨날 술 마실 시간은 있냐?"

"너무 바빠서 술이라도 안 마시면 내가 인간인 것 같지가 않아."

현재는 늘 앉는 자리에 앉았다. 사라가 배시시 웃으며 걸어가 기본으로 나가는 올리브와 바싹 튀긴 베이컨을 가져다 내려놓았다.

바에 앉아 있던 장미가 현재 쪽으로 몸을 돌렸다. 현재는 별말 없이 자기 친구들과 대화하기 시작했지만 아주 가끔, 그의 시선이 사라를 살폈고, 사라도 그랬다.

장미는 며칠 전의 사건이 두 사람을 감정적으로 얽히게 만들었음을 눈치챘다. 그들에게 신경 쓰고 싶지 않은데 신경이 쓰인다. 그냥 두 사람이 조금 가까워졌다는 사실만으로도 조급해졌다.

장미가 바에 있는 작은 싱크대에서 잽싸게 그릇을 닦고 있는 사라를 한 번 보고, 김렛을 만들고 있는 아르바이트생 정우에게 말했다.

"둘이는 뭐 그런 거 없어?"

"예?"

정우가 고개를 갸우뚱하자 장미가 눈웃음 지으며 사라를 가리켰다.

"사라랑 말이야. 맨날 같이 일하는데."

"예에? 없어요. 저희는 그냥 동지애죠, 동지애."

정우가 호들갑스럽게 말했다. 장미는 정우가 꽤 사라에게 마음이 있다는 걸 알고 있었다. 일단 사라를 다른 남자와 엮어 주는 게 제일 쉬운 방법이었다. 사라가 정우에게 툴툴거렸다.

"우리가 언제부터 동지야?"

"와, 섭섭하게."

두 사람이 티격태격하자 장미가 살짝 웃었다. 그녀가 턱을 괴고 말했다.

　　"사귀어 보는 건 어때?"

　　사라가 난감한 표정으로 장미를 보았다. 왜 갑자기 둘을 엮어주려고 애를 쓰나 의아해하다가 뒤에 현재가 자리에서 일어나는 걸 알고 대화를 마무리 지으며 서둘렀다.

　　"진짜요, 우린 동지애죠, 동지애. 그렇지, 정우야?"

　　"남녀 사이에 그런 게 어디 있어. 데이트라도 한번 해 봐. 만나 보지 않으면 모르잖아."

　　장미가 부추기자 사라가 난감해하는데 현재가 계산을 하기 위해 가까워졌다.

　　정우가 투덜거리듯 사라에게 물었다.

　　"야, 근데 우리가 같이 밥을 먹어도 데이트는 아니잖아?"

　　"응?"

　　어떻게 대답해야 하지. 사라가 당황해하는 사이 현재가 대화를 들었는지 두 사람을 보았다. 그러자 사라가 손뼉을 치며 말했다.

　　"아, 맞다. 나 좋아하는 사람 있어."

　　"아, 맞다, 는 뭐냐?"

　　정우가 어쩐지 아쉬운 표정으로 핀잔했다. 그러자 장미가 잘됐다고 생각했는지 평소와 달리 호들갑을 떨었다.

　　"뭐야, 사라 좋아하는 남자 있었어?"

　　"네! 있어요!"

　　사라는 이 대화에서 벗어나서 다행이라고 생각했다. 나중에 현재 얘기였다며 얼버무리면 되겠거니. 곧 정우가 제가 만든 칵테일을 직접 서빙하러 떠나자 장미가 말했다.

"정우 상처받았겠다."

"네?"

"정우 말이야, 데이트하고 싶어 하는 눈치였는데."

사라가 더더욱 난감해하는데 장미가 자리에서 일어났다. 그러다 현재와 눈이 마주쳤는지 살짝 눈웃음을 짓는다. 사라는 장미에게 마주 웃어 주는 현재를 물끄러미 바라보았다.

새벽 두 시가 되어 영업이 끝나고, 사라는 선일과 마감을 시작했다. 영업을 종료하면 보통 그로부터 30분 후 정도에 마감이 끝났다. 그사이 장미가 현재에게 말했다.

"우리 잠깐 카페 다녀올까? 사라랑 우리 오빠 커피 사 주게."

"그래."

현재가 고개를 끄덕였을 때, 사라는 장미의 뒷모습을 보며 멈칫했다. 드라마를 봐 온 지금까지의 경력으로 봤을 때 이건.

어장 관리다.

양현재는 지금 장미의 어장에 빠져 있는 것이었다.

사라가 복잡한 심정으로 마감을 마칠 즈음 두 사람이 돌아왔다. 사라가 좀 멍한 기분으로 두 사람이 사 온 커피를 받아 들었다. 그러자 현재가 헛기침을 하더니 선일에게 말했다.

"형. 할 말이 있어. 지금까지 비밀로 해 오긴 했는데."

"응? 뭐, 뭐야? 혹시 너 진짜 내 친동생 아니었어?"

선일이 화들짝 놀라는 시늉을 하며 장난을 치더니 아이처럼 웃는다. 장미가 옆에서 못 말린다는 듯 한숨을 쉬고 물었다.

"무슨 일인데?"

"나 사라랑 사귀고 있어. 그동안 비밀로 했지만."

그의 갑작스러운 말에 선일과 장미는 물론이고 사라까지 눈이 동그래졌다. 현재는 좀 전에 장미가 카페에 자신을 데려갔을 때, 진짜 연인이라면 사라가 이 상황을 좋아할 리 없다고 생각했다.

할 거면 제대로 해야 하기도 했고, 사라가 좋아하는 남자가 있다는 말에 머릿속이 복잡하기도 했다. 청객들 모두 한 마디도 안 하고 눈이 커져 있자 현재가 대충 마무리했다.

"어쨌든. 뭐. 그렇다고."

그러자 선일이 다급하게 말꼬리를 잡았다.

"잠깐만! 뭐가 그렇다고야! 언제부터? 왜? 아니, 왜는 아니구나. 뭐야, 뭘 물어봐야 돼. 너무 황당해서 말도 잘 안 나오네."

선일은 말이 잘 안 나온다지만 현재는 그가 어마어마하게 말을 잘하고 있다고 생각했다. 현재는 자신의 행적들을 미주알고주알 말하는 타입이 아니었다. 뭔가 더 캐묻기 전에 그가 멀찍이서 입을 못 다물고 있는 사라에게 말했다.

"집에 가자, 사라야."

그가 말하자 사라가 멈칫했다.

이상하게 좀 기분이 좋다.

그녀가 능숙한 연기자처럼 태연하게 걸어가더니 현재의 손을 꼭 잡았다.

"가요."

사라가 왠지 웃음이 나와서, 혹시 웃을까 봐 입술을 꼭 물었다. 라이브 연기 중이라, NG가 나면 해결할 수 없는 문제가 터지니까.

두 사람이 엘리베이터에 올라탔다. 그리고 문이 닫히자마자 사라가 웃음을 터트렸다.

"아까 사장님 얼굴 봤어요? 기겁해서."

사라가 즐거워서 웃느라 정신이 없자 현재가 의아해하며 물었다.

"그렇게 재미있어요?"

"네. 엄청."

"다행이네. 재밌어서."

사라가 웃는 사이에 엘리베이터가 1층까지 내려갔다. 사라가 한 걸음 엘리베이터 밖으로 나서며 현재의 손을 잡아끌었다. 그러자 그가 손을 놓는다. 사라가 돌아보자 현재가 말없이 그녀의 곁에 섰다.

걸음이 느리다는 걸 잊어버렸다. 사라가 놓친 손으로 주먹을 쥐었다. 그리고 웃으며 손을 흔들었다.

"잘 가요."

"같이 가요. 데려다줄게."

"안 돼요."

"됩니다. 혼자 보내면 내 마음이 불편해요."

그가 대답하더니, 곧 난처한 목소리로 물었다.

"느려서 불편합니까?"

"아뇨?"

사라가 눈을 동그랗게 뜨고 곧바로 대답하자 이번엔 현재가 조금 웃는다. 그러자 사라도 긴장이 풀려 말했다.

"사실 집에 데려다주는 거 엄청 좋아요."

그러자 현재가 고개를 끄덕이고 그녀의 집 방향으로 천천히 걸었다. 사라도 그와 걸음 속도를 맞춰 걸었다. 사라가 앞을 보더니 말했다.

"이젠 밤에도 별로 안 춥네요."

"그렇군요."

현재가 대답했다.

금방 두 사람은 사라의 집에 도착했다. 사라는 집이 너무 가까운 걸 아쉬워하며, 인사를 하고 돌아서서 천천히 걸어가는 현재의 뒷모습을 가만히 바라보았다.

그의 걸음은 봄이 오는 속도 같았다. 느리게 온다, 싶다가도 너무 빨리 도착하고, 빨리 떠나 버린다.

사라가 좁은 골목길, 담장들을 바라보았다. 아직 꽃이 피지 않은 벚꽃 나무가 몇 그루 높이 자라 있었다. 저 멀리 목련은 벌써 한창이었다.

아, 빨리. 꽃이 폈으면.

그럼 꽃을 보느라 나도 더 느리게 걷게 될 텐데. 당신도 그럴 텐데.

약속한 금요일에는 오후 일곱 시 반에도 꽤나 밝았다. 사라는 바이올린을 챙겨 들고 현재와 만나기 위해 길을 나섰다.

그녀는 안정감을 찾기 위해 이어폰을 끼고 좋아하는 바이올리니스트가 낸 바흐 파르티타 앨범을 들었다. 또래들은 다 휴대폰으로 음악을 듣는데 사라는 늘 CD플레이어를 들고 다녔다. 무겁긴 하지만 왠지 그게 더 기분이 났다.

그녀가 약속 장소에 도착했는데 5분 일찍 도착했더니 아직 현재가 없었다. 사라가 잠깐 눈을 감고 음악에 집중했다.

학교 다닐 때는 주변에도 다 연주자들뿐이라 이렇게 가만히 서 있어도 아무도 이상하게 생각하지 않았는데, 성인이 되어 학교 밖으로 나오니까 가끔은 사람들이 눈을 감고 서 있는 그녀를 이상하게 여겼다.

사라가 잠시 후 눈을 떴을 때, 앞에 현재가 서 있었다. 그녀가 멈칫하며 뒤로 물러섰다.

가끔 음악을 듣고 있을 때, 현실로 돌아가기 싫다는 생각이 들 때가 있었다. 이대로, 여기 이 낙원 같은 곳에 머무르고 싶었다. 환상이며, 사라져 버릴 순간의 안락 속에. 사라는 잠길 때가 있었다. 드라마를 보며 강준하와 연애하는 상상을 하다가 현실로 돌아올 때와 비슷했다. 심지어는 더 우울해졌다.

그런데 앞에 서 있는 남자를 보니 사라는 또 다른 환상 속으로 들어선 기분이었다. 현재가 입을 열었다.

"뭐 들어요?"

그러자 사라가 이어폰을 빼고 물었다.

"네?"

"뭐 들어요, 지금?"

현재가 이어폰을 가리키며 묻자 사라가 대답했다.

"아, 바흐 파르티타 3번 1악장이요."

음악이 멈추지 않은 기분이었다. 사라가 난감한 표정을 지었다. 이어폰을 빼고 나서도 계속 귀에서 음악이 들린다. 현재가 들고 온 물을 내밀었다.

"생각보다 더워져서 물을 사 왔는데, 일찍 왔네요."

"와."

안 그래도 조금 목이 탔다. 사라가 물을 받아서 한 모금 마셨다.

이제 좀 정신이 들면서, 약간의 우울감이 찾아왔다.

현재는 집으로 향하는 동안 그녀에게 별달리 말을 걸지 않았다. 기다린다.

저녁이 되기 전에, 남아 있던 햇살들이 나뭇잎과 함께 흔들려 사람들의 머리와 어깨에 내려앉았다. 사라가 한 걸음 앞장서는 현재의 소매를 살짝 쥐었다.

"있잖아요."

현재가 멈춰 서서 그녀를 돌아보았다.

"예."

"되게 말이 없네요. 화난 건 아니죠?"

"화를 낼 이유가 전혀 없는데요?"

"그러니까요. 근데 너무 말이 없어서 화난 것 같아요."

"음, 말을 더 많이 하는 건 어려우니까."

현재가 사라가 소매를 쥔 팔을 조금 들어 주며 말했다.

"생각날 때마다 틈틈이 웃겠습니다. 그럼 되죠?"

그가 말하고 조금 입꼬리를 올려 웃은 후 앞장섰다. 현재가 문이 열려 있는 집 앞에 서서 말했다.

"집에서 큰 개를 키우는데. 같이 있으면 좀 덜 불편할까요?"

"볼래요! 보여 주세요!"

"데려올게요, 잠깐만 기다려요."

"네? 여, 여기서…… 잠깐만요. 여기가 집이에요?"

사라가 멍해서 현재가 가리킨 집을 보며 말했다.

"그럼 담장이에요, 저게?"

"예."

"미술관 같은 건 줄 알았는데……."

평소 선일을 봐서 있는 집 자식인 줄은 알았지만 이 정도일 줄은 몰랐다. 할아버지가 회사를 운영한다고 듣긴 했는데.

현재가 집 안으로 들어가고 잠시 후 가사도우미가 나와서 물었다.

"바이올리니스트이신 강사라 님 맞으십니까?"

"네? 네."

'님'이라는 호칭에 익숙하지 않은 사라가 한 템포 느리게 대답했다.

"안내해 드리겠습니다."

도대체 얼마나 부자면 이런 집에서 사는 걸까. 사라는 정원을 걷는 내내 구경을 하느라 정신이 없었다. 정원에서는 풀 내음이 느껴지고 기분 좋은 과일 향이 났다.

가사도우미가 안내한 곳은 한쪽 면이 유리로 된 자그마한 별채였다. 소파 하나와 고급스러운 음향 시설을 갖춘, 꿈같은 공간이었다. 사라가 먼저 그 안으로 넣어져 어쩔 줄 몰라 하는데 벽 밖으로 현재가 보였다. 사라보다도 커 보이는 골든 레트리버와 함께였다. 그가 별채 문을 열고 들어오려 하자 골든 레트리버도 따라 들어오려 했다. 현재가 다정하게 말했다.

"포르테. 여긴 들어오면 안 된다고 했잖아."

포르테가 주인과 떨어지는 것이 싫은지 꼬리를 축 늘어뜨리고 낑낑거렸다.

현재가 그런 포르테의 머리를 쓰다듬고 별채 쪽을 보았다. 그제야 그는 유리벽에 딱 달라붙어 있는 사라를 발견했다.

"……뭐 하는 겁니까?"

"귀여워……."

그녀가 감동한 표정으로 물었다.

"마, 만져 보면 안 돼요?"

"너무 오래 놀면 안 됩니다."

현재가 말하는 사이 사라가 달려 나가 포르테를 와락 안았다. 그녀가 현재를 돌아보며 물었다.

"포르테예요? 이름."

"예."

개에게는 그렇게 다정하더니. 현재는 금방 예의 무뚝뚝한 남자로 돌아가 소파로 걸어가 앉았다. 사라가 현재를 물끄러미 보았다. 정자세로 앉아 있다. 선일은 손님이 있을 때도 테이블에 올라앉아 있는 자유분방한 남자가 아닌가. 반면에 저 남자는 병원에서의 바이올린 연주에도 넥타이를 매는 남자다. 어떻게 형제가 저렇게 다를 수 있는지.

아무튼 포르테는 순둥이여서 처음 보는 사라의 품에 안겨서도 꼬리만 살랑거렸다. 그녀가 포르테에게 홀려 돌아오려 하지를 않자 현재가 물었다.

"악보. 가져온 건 있습니까?"

"있어요!"

사라가 그제야 정신을 차리고 가져온 악보를 꺼내 보면대에 올렸다. 크라이슬러의 '사랑의 기쁨'이었다. 사라가 말했다.

"사실 결혼식 아르바이트를 몇 번 해서 외우긴 했어요. 제가 결혼식 레퍼토리는 이제 다 외우거든요. 사랑의 인사나 유모레스크는 이제 뭐 눈 감고도 연주하는 수준?"

그녀가 자랑삼아 말하더니 활을 들고 연주를 시작했다. 현재가 그녀를 가만히 바라보았다.

그녀의 표정이 행복해 보여서, 바이올린 소리와 함께 사라를 바라보게 되었다. 춤을 추고 있는 것도 아닌데 춤추는 것처럼 보였다. 모든 체력이 되돌아오고, 즐거움만 남은 것처럼 바이올린에 열중한다.

그녀는 웃을 때마다 눈이 반달처럼 휘어졌다. 재미있어서 못 견디겠다는 듯이, 배를 잡고 웃는다는 게 저런 뜻이구나 싶은 동작으로 웃는다. 솔직하고, 자유롭고, 아름다웠다.

한 시간이 너무 짧았다. 그녀의 시간을 전부 사들일 수 있다면 좋을 텐데. 현재는 생각했다.

시계를 보니, 약속한 아홉 시가 거의 다 되어 간다. 사라는 비에니아프스키의 바이올린 협주곡 2번 2악장 'Romance'를 연주하고 있었다.

현재는 이 작은 연주회가 서로에게 꽤나 어색할 거라고 생각했다. 사라는 장소가 마음에 안 든다고 했지, 이 독주회는 싫어하지 않았다.

어차피 그녀는 바이올린을 든 순간부터 혼자 다른 세상에 들어가게 되니까. 관객이 누구인지, 몇 명인지 자신에게 상관없을 거라는 것을 사라는 알고 있었을 것이다.

사라는 현실에 있는 모든 것을 잊어버린 사람처럼 바이올린에 열중했다. 아름다운 비에니아프스키의 음악이 정원을 비현실적인 공간으로 만들었다. 그리고 마지막으로 활을 뗐을 때, 그녀의 몸이 휘청거렸다.

현재가 서둘러 일어나 그녀의 양팔을 붙잡았다. 사라가 눈을 뜨고 현재를 올려다보았다.

"아홉 시…… 됐어요?"

그녀가 나지막이 묻자 현재가 고개를 저었다. 사라가 중얼거렸다.

"다행이다……."

그녀의 말에 현재가 허탈하게 웃었다. 사라가 물었다.

"듣고 싶은 거 있어요?"

"더 연주할 시간은 없어요."

현재는 아까 사라가 포르테를 무척 좋아하던 것을 떠올리고 말했다.

"그냥 오늘은 첫날이니까. 그만하고 포르테와 좀 놀다 가요."

"그, 그래도 돼요? 정말?"

사라가 당장이라도 뛰어나가고 싶은 표정으로 묻자 현재가 실소하며 일어나 문을 열었다. 사라는 얼른 포르테에게 달려갔다.

"포르테! 놀자!"

사라가 부르기도 전부터 포르테는 신나게 달려오고 있었다. 포르테를 끌어안고 힐링하는 사라를 물끄러미 바라보던 현재가 물었다.

"오늘은 아르바이트를 쉬는 게 어때요?"

"네?"

"제가 억지로 못 가게 했다고 하면 됩니다. 형은 내가 고집이 엄청 센 줄 알더라고. 그러니까 오히려 사라 씨를 걱정할 거예요."

"아니, 그래도 아르바이트를 빠지는 건 좀……."

"뭐 먹을래요?"

왜 고집이 엄청 세다고 생각하겠어요? 실제로 고집이 세니까 그렇지…….

들은 척도 안 하고 뭐 먹겠냐니. 먹고 싶은 거 말하면 들어는 줄까 모르겠다.

"편의점 샌드위치만 아니면 돼요. 아주 지긋지긋해요, 진짜."

"고기?"

"고기 먹을래요. 고기."

"아, 근데 영양실조에 바로 고기 먹어도 되나."

"완전 될걸요?"

이렇게 고기 소리에 눈을 반짝거리는 여자가 어떻게 영양실조까지 갔는지. 현재는 이 사회의 어두운 일면을 발견한 기분이었다. 이 사회의 일원으로서 책임져야 할 슬프고 어두운······.

현재가 몸을 일으켰다.

"나가죠. 정원에서 바비큐 해 먹어요."

"진짜요? 그렇게 제대로 먹어요?"

"네."

남자 혼자 사는 집이지만 별로 긴장이 크게 되지 않았다. 가사도우미도 있고, 현재의 수행비서도 있었다. 무엇보다 포르테도 있고. 그리고 참, 밉지 않은 이 남자가 있었다.

봄의 모든 면이 좋았다. 봄바람도 꽃향기도 나른함도.

고기는 입에서 살살 녹았다. 그릴에 달짝지근할 정도로만 살짝 태워 구운 야채들도 기가 막혔다.

사라가 배가 너무 불러 정원의 비치체어에 뒤로 기대 누웠다.

"아. 배부르다."

"겨우 그거 먹고 배불러요?"

아직 먹는 중인 현재가 우물거리며 물었다. 그가 접시를 내밀었다.

"더 먹지."

"더 못 먹어요."

"왜 못 먹어요?"

"현재 씨야말로 왜 이렇게 많이 먹어요?"

"그냥 적당히 먹고 있는데."

'적당히'가 뭔지 모르나 보다. 숯불 위에 수북하게 쌓아 놓았던 고기가 거의 다 없어졌는데도 여전히 먹고 있는 걸 보니까. 까다로운 성격 같았는데 대식가다.

사라가 오렌지에이드를 쪼옥 마시고 나서 잔을 테이블에 올렸다. 그녀가 포르테를 좋아하는 것처럼 포르테도 사라가 마음에 들었는지 그녀의 발에 딱 달라붙어 웅크렸다. 선선한 비치체어에 누워 포르테의 온기를 느끼다가 잠깐 눈을 감았는데, 언뜻 혀 차는 소리가 들렸다.

사라가 신음 소리를 내며 눈을 떴다. 피로로 충혈된 그녀의 두 눈이 현재의 굳은 표정을 바라보았다. 입이 잘 열리지 않아 그냥 보고만 있자 현재가 말했다.

"사라 씨 지금 잠든 거죠?"

"잠든 거 아닌데. 그냥, 눈 감고 있었던 거예요."

"한 시간 지났습니다."

"……네?"

사라의 눈이 휘둥그레졌다. 그녀가 서둘러 일어서려 했지만 몸이 일으켜지지 않았다. 현재가 손으로 사라의 이마를 감쌌다. 몸이 뜨거웠다. 결국 몸살이 나 버린 것이다. 모처럼 즐겁게 쉬었더니 꽉꽉 누르고 있던 아픔이 터져 나온 모양이다.

현재가 그녀의 팔을 잡아 일으키며 말했다.

"병원 갑시다."

"지금요? 너무 늦었는데……."

일으키자마자 그녀의 몸이 힘없이 주저앉으려 하자 현재가 서둘러 사라의 허리에 팔을 감아 부축했다. 현재가 말했다.

"당신 집에 가면 병원 다시 안 갈 거잖아요."

"제가 지금 병원 갈 여유가 없어서 그래요."

"병원이 무슨 피서지도 아니고, 여유 있어서 가는 곳 아닙니다."

그녀가 빠져나가 보려 했지만 그럴수록 현재의 팔에 힘이 들어갈 뿐이었다. 현재는 손에 잡힌 그녀의 마른 몸에 더욱 화가 났다. 도대체 왜 이렇게까지 무리를 하는 건가.

현재는 그녀를 반강제로 차에 태우고 자신이 줄곧 머무르는 병원에 연락했다.

늦은 밤, 얼떨결에 개인 병실에 누운 사라는 잠이 오히려 확 달아나고 말았다.

"저어기요? 양현재 씨?"

사라가 부르자 현재가 그녀를 내려다보며 말했다.

"꼼짝 말고 누워 있어요."

"여기 현재 씨 병실이라면서요. 저 정말 너무 불편해요."

"예약해 놓고 바빠서 거의 비워 두던 겁니다. 사라 씨라도 써주는 게 낫죠. 그리고 아무리 가짜라 해도 여자 친구잖아요. 이렇게 아픈데 그냥 두는 남자 친구가 어디 있습니까? 우리 형이 보면 뭐라고 하겠어요?"

"그건 그런데……."

"좋은 말로 할 때 가만히 있어요."

"좋은 말로 안 하면 어쩔 건데요?"

사라가 발끈해서 묻자 현재가 진지하게 대답했다.

"힘으로 못 움직이게 할 겁니다."

"그거 범죄 아니에요?"

"그럼 어떡해요? 아픈 사람이 말을 안 듣고 돌아다니는데."

사라가 그를 흘겼다. 그러나 곧 고개를 빙 돌려 병실을 구경했다. 커다란 창이 있는 병실이었다. 사라가 링거를 꽂고 있는 침대 옆에, 그것보다 더 좋아 보이는 간병인용 침대가 있었다. 사라가 그것을 가리키며 물었다.

"저기선 주로 누가 자요?"

"가족이나, 비서분이 자요. 뭐. 보통 비어 있지만."

"으응."

현재의 시선은 침대를 가리키는 사라의 손으로 향했다. 곧바로 약을 발라서인지 약한 화상은 금방 가라앉았지만 지독히 연습한 탓에 굳은살로 가득했다. 저렇게 연습하면서 아르바이트까지. 여자가 아니었으면 어떻게 이 모양이 되게 놔둘 수 있느냐고 큰 소리로 화를 냈을 것이다.

"더 자요. 이제."

현재가 말하며 이불을 덮어 주었다. 사라는 자꾸 감기는 눈을 억지로 뜨려 애썼다. 저 남자 어쩔 생각이지? 설마 여기서 자려는 건 아니겠지. 그렇다고 본인 병실에서 본인을 쫓아내는 것도 웃긴데……

아. 그런데 자꾸 눈이 감긴다.

사라가 졸고 있는데 현재가 일어서서 밖으로 나가는 것이 느껴졌다. 그가 나가고 나니 긴장이 순간 풀려서, 사라는 그대로 잠이 들고 말았다.

다음 날 새벽에 사라가 눈을 뜬 것은 커다란 창으로 들어오는 햇살 때문이었다. 그녀가 눈을 비비며 상체를 일으켰다.

그녀 혼자뿐인 커다란 병실에서 라벤더 향기가 났다. 그녀가 두리번거리다가 조심스럽게 문을 열고 병실을 나섰다. 그리고 사라의 눈이 커졌다.

현재가 의자에 앉아 벽에 기대 잠들어 있었다. 사라가 다급하게 그를 깨웠다.

"이, 일어나요!"

그러자 현재가 천천히 눈을 떴다. 사라가 너무나 놀란 목소리로 물었다.

"거기서 잤어요?"

현재는 눈을 뜨기 힘든지 인상을 쓰며 고개를 끄덕였다. 사라가 그의 팔을 붙잡으며 말했다.

"잠깐이라도 들어가서 자요."

현재가 자리에서 몸을 일으켰다. 의자에서 자서 몸이 찌뿌듯한지 허리를 이리저리 돌렸다. 사라가 타박했다.

"여기서 자면 어떡해요?"

"환자 두고 어디 가기도 뭐하고……."

그는 말을 하지 않았지만 잘 알지도 못하는 남자가 같은 병실에서 잠들면 깨서 놀랄까 봐, 여기서 잠든 것이 분명했다. 사라가 울 것 같은 얼굴로 말했다.

"미안해요."

"됐어요. 내가 병원에 끌고 온 건데. 그보다 바로 출근해야 하니까 옷 갈아입어요. 여자 친구가 온다니까 비서분이 옷 미리 준비해 두냐고 물어보셔서 일단 받아 뒀어요."

현재가 봉투 하나를 내밀었다. 안에 포장이 된 옷이 들어 있었다. 사라가 눈이 동그래져서 말했다.

"네에? 그럴 필요 없는데."

"필요 없다고 하기도 뭐해서 그냥 받은 겁니다. 난 조금만 잘게요. 준비해요."

사라가 고개를 끄덕였다. 병실 안에서 포장들을 풀어 보니 한눈에 보기에도 고가의 옷이었다. 자신이 한 번도 입어 보지 않았던 스타일의 옷을 받고 나자 연기를 한다는 게 실감이 났다. 다른 사람이 되는 기분이었다.

사라가 빠르게 씻고 옷을 챙겨 입은 후 욕실에서 나왔다. 그사이 현재가 침대에서 곤히 잠들어 있었다.

사라가 깨워야 하나 생각하는데 알람이 울렸다. 그가 몸을 일으켜서 사라를 보고 말했다.

"데려다줄게요."

"네에? 더 자요."

정작 본인은 어제 입은 슈트 그대로에 피곤해 보이는 얼굴이었다. 생각해 보니 저 남자가 슈트 외의 옷을 입는 것을 본 적이 없었다. 상상조차 되지 않았다. 현재가 사라를 잠깐 보더니 시계 쪽으로 시선을 돌렸다.

"잘 어울리는군요."

리본이 있는 흰색 블라우스에 발목까지 오는 네이비 스커트였다. 허리에 벨트가 있어 딱 맞게 조였다. 평소처럼 머리칼을 한 갈래로 높이 묶었더니 너무도 어울리지 않아, 그냥 양어깨로 적당히 나눠서 흘러내리게 두니 여성스러운 분위기가 물씬 풍겼다.

늘 발랄하게 입고 다니던 사라는 이런 여성스러운 스타일이 어색한지 머뭇거리며 입을 열었다.

"다음번에 돌려 드릴게요."

"입었던 옷을요?"

현재가 되묻자 사라가 당황하며 말했다.

"그럼 돈으로 드릴게요."

"제가 멋대로 샀는데 왜 돈을 줍니까. 어서 나가죠. 저도 출근을 해야 하니까."

그가 앞장서며 사라의 손을 잡아당겼다가, 천천히 놓았다. 사라의 손은 본연의 부드러움과 굳은살의 단단함이 섞여 있었다. 그게 너무나 귀중하게 느껴져 혹시 자신이 다치게 할까 불안해졌다.

주차장으로 나가서, 현재가 조수석에 사라를 앉히고 자신은 운전석으로 돌아가 앉았다. 사라의 오케스트라가 있는 방향으로 향했다. 그녀가 물었다.

"운전은 직접 하시나 봐요?"

"네. 오늘은 사라 씨와 상의할 것이 있어서요."

현재가 핸들을 쥐고 말했다.

"조만간 행사가 하나 있습니다. 아버지가 운영하시는 회사 재단에서 하는."

"아."

"아버지가 거기 여자 친구를 데리고 오라고 하더군요. 같이 가줄 수 있습니까?"

앞창으로 햇살이 쏟아지고 있었다. 잠시 생각에 빠져 있던 사라가 말했다.

"이거 대답해 주면 행사에 가 줄게요."

"뭡니까?"

"음악을 들으면 아픈 것에 도움이 된다고 했잖아요."

"네."

"내 바이올린은 어땠어요? 아픈 것에 도움이 됐어요?"

"네. 굉장히."

현재가 미소 짓자 사라가 감동하며 말했다.

"어어엄청나게 기쁘네요."

"예?"

"내 음악이 약이 되다니 그것보다 좋은 칭찬이 어디 있겠어요?"

아, 그러고 보니. 현재는 어제부터 쭉 약을 먹지 않았다. 이 여자 때문에 정신이 없어서 아픈 것도 잊고 있었다.

곰곰이 생각하는 사이에 차가 오케스트라가 있는 S시 시립 아트홀 앞에 섰다. 현재가 말했다.

"바 아르바이트는 그만두는 게 어떻습니까?"

"으음…… 글쎄요."

"물론 아르바이트를 소개해 준 장미에게는 미안하겠지만……."

당신 몸이 우선입니다. 라고 말하려는데 사라가 그의 말을 끊고 물었다.

"현재 씨는 장미 선배가 좋은 사람이라고 생각하고 있죠?"

"무슨 의미죠?"

현재가 표정을 찌푸리며 물었다. 사라가 그런 현재를 보았다.

당신 아무래도 장미 선배 어장 안에 있는 것 같아요. 빨리 나와요.

그렇게 말하고 싶지만, 지나친 참견같이 느껴져 솔직하게 말할 수가 없었다. 게다가 그는 자발적으로 그 어장 안에 들어갔을 텐데.

사라의 표정이 어두워지자 현재가 추궁하듯이 물었다.

"왜 그런 표정입니까?"

"봐요."

사라가 지난번에 커피에 화상을 입은 손가락을 현재에게 내밀었다.

"악기 하는 사람 손에 화상을 입었다고요."

"지금. 그게 장미 때문이라는 겁니까?"

"그런 건 아니지만……."

"내려요."

현재의 싸늘한 목소리에 사라가 입술을 깨물었다. 역시나 장미 이야기에 화를 낸다. 정말, 많이 좋아하나 보다. 아니, 장미를 좋아하는 것이 아니더라도 자신보다 우선인 것만은 틀림없었다.

장미에 대해선 잘 모르지만, 그녀에게는 확실한 남자 친구가 있었다. 그러니까 현재가 상처받을 일이 없었으면 좋겠다는 생각을 했다. 그게, 장미의 험담이 되어 버려서, 사라 스스로도 자괴감을 느꼈다.

하지만 그래도. 그래도 그가 다치는 게 싫었다. 사라가 차 문을 열며 조금 주눅이 든 목소리로 말했다.

"커피 심부름 때문에 다친 건 사실이잖아요. 내가 사장님 알바생이지, 자기 알바생인가……."

"내리란 말 못 들었습니까?"

그의 목소리가 너무 차가워서 사라가 움찔하며 현재를 보았다. 그의 차가운 눈빛에 사라는 말문이 막혀서, 얼른 차에서 내렸다.

아. 이 기분. 익숙하다.

무대에서 내려오는 기분이었다. 모든 연주가 끝나고, 박수도 끝나고. 이제, 정말로 음악이 끝났을 때의 기분. 꿈이었던 음악이 다시 현실이 되는 순간. 그 익숙한 기분이 들었다.

그녀는 이상하게 눈물이 나올 것 같아 입술을 꾹꾹 깨물었다. 정말 별거 아닌데. 좋아하는 사람 험담을 하면 누구라도 싫을 텐데. 그래서 화난 걸 텐데 왜 이렇게 서러울까.

사라는 인사는커녕, 다시 현재를 돌아보지도 못하고 아트홀로 달려가 버렸다. 그래서 뒤늦게 자신이 너무 예민해졌다고 생각한 현재가 사과하기 위해 차에서 내리고 있다는 것을 눈치채지 못했다.

그는 저 멀리 달려가 버린 사라를 보며 씁쓸하게 중얼거렸다.

"뛰지 말아 달라니까⋯⋯."

현재가 차로 데려다준 덕에 사라는 모처럼 오케스트라에 일찍 도착했다. 일요일 일곱 시에 공연이 있어서, 오늘은 아침 일찍 나와야 했다. 오케스트라 단원은 일반 직장에 비해 출퇴근의 개념이 희박했지만, 사라가 있는 시립 오케스트라는 그래도 상당히 스케줄이 많아 아침 출근이 잦은 편이었다. 그녀는 자리에 서서 한 손으로 가슴을 토닥이며 울기 직전까지 치밀었던 감정을 추슬렀다.

왜 이렇게 속상한지 모르겠다. 사라가 억지로 웃음을 지으며 문을 열고 능청맞게 인사했다.

"어? 선배님, 어떻게 저보다 더 일찍 오셨어요? 저 엄청 일찍 왔는데."

사라가 묻자 제2바이올린 수석인 세경이 쌀쌀맞은 표정으로 말했다.

"일찍 좋아하네. 난 원래 이 시간에 와. 넌 웬일로 이렇게 일찍 와? 매일 간당간당하게 오더니."

사라가 세경의 팔에 팔짱을 끼며 애교를 부렸다.

"모처럼 우리 선배님이 일찍 보고 싶어서요."

"귀여운 척하지 마. 안 통해."

바이올린 단원 중에 절반은 같은 중학교, 같은 고등학교, 같은 대학교 출신이었다. 두 학년 위였던 장미도 그랬고, 학번 차이가 많이 나서 같이 학교를 다닌 적은 없지만 세경도 마찬가지였다. 세경은 쌀쌀하게 말했지만 팔짱을 풀기는커녕 손으로 사라의 머리를 쓰다듬어 주었다. 그러더니 의아하게 물었다.

"그런데 웬일로 오늘따라 이렇게 신경 써서 입고 왔어? 맨날 아무거나 주워 입고 다니더니."

그 말에 악보를 보던 장미의 시선이 사라에게로 향했다. 확실히, 딱 보기에도 고가의 옷을 입고 있었다.

장미가 물었다.

"사라, 너 어제 아르바이트 안 갔던데."

"아. 몸이 안 좋아서……."

"현재 오빠랑 계속 있었어?"

"네? 아……."

"좋겠다. 연애 초기라서."

장미가 진심으로 부럽다는 듯이 말했다. 그러나 그녀의 속에는 상당한 불안감이 감돌고 있었다.

언제부터 두 사람이 사귀게 되었을까. 사귄다는 사실을 알게 되자마자 장미의 조급함이 더 커졌다.

　사라가 민망한 표정을 짓자 앞에 앉은 세경이 손으로 그녀의 이마를 딱 때렸다.

　"그러니까 내가 제때 병원 가라고 했어, 안 했어?"

　"선배애애. 저 아직 아파요."

　"어디가 아팠어?"

　"그게 엄청 웃긴 게요, 영양실조래요."

　사라가 웃으면 반달이 되는 눈을 잔뜩 휘며 애교스럽게 말했다. 세경이 사라의 코를 손가락으로 꼬집었다.

　"뭐? 이게 아주 죽으려고."

　"아파요! 아파요, 선배!"

　"영양실조? 21세기에 영양실조?"

　"이제 잘 먹을게요! 그냥 먹는 걸 자꾸 까먹어서 그래요!"

　사라가 바둥거리자 세경이 코를 놓아주었다. 사라는 두 손으로 코를 움켜쥐었다.

　"아픈 사람을 더 아프게 하면 어떻게 해요?"

　"외상은 금방 나아."

　"윽. 잔인해."

　"잘 먹어. 하여튼 너 때문에 짜증 나. 내가 밥까지 챙겨 먹여야 돼? 네가 내 딸이니?"

　세경의 짜증에 걱정이 듬뿍 담겼다. 온 사방에서 떠드는 말을 신경 쓰지 않고, 사라는 활에 송진을 바르는 데 집중했다. 장미 역시 연습에 집중하려 했지만 자신도 모르게 사라 쪽으로 고개가 돌아갔다.

공연을 마치고 집에 와서 푹 자고, 다음 날은 오케스트라 모두가 쉬었다. 월요일 낮에 학생 레슨을 마치고 집으로 돌아온 사라가 TV를 켰다. 드라마 '7일 24시간'을 기다리며 봉지 과자를 사이에 두고 지호와 침대에 앉았다. 광고가 나오는 동안, 사라가 감자칩을 아작아작 깨물며 말했다.

"저 샴푸 향기 진짜 좋나? 살까."

"응. 좋다더라."

지호가 건성으로 대답했다. 그리고 정작 궁금하던 것을 사라에게 물었다.

"그래서. 계약 연애를 한다고?"

공연이 있는 주말은 정말 있었는지도 모르게 지나갔다. 사라도 지호도 연습에 집중하느라 딴생각을 할 겨를이 없고, 정말 숨 돌릴 틈도 없이 연습하다가 일요일 밤에 손가락 하나 까딱할 힘도 없는 상태로 쓰러져 잤다. 공연이 끝나고 정신을 차리고 나니 지호는 사라의 계약 연애가 궁금해 미칠 지경이었다. 사라가 대수롭지 않은 척 말했다.

"응. 그렇게 됐어."

"와. 진짜. 와…… 뭐라고 말해야 돼."

"그러게. 나도 내가 지금 무슨 짓을 하고 있…… 칠이사 봐, 칠이사."

드라마가 시작되자 사라가 화면을 가리켰다. 곧 두 여자가 화면 속으로 빨려 들어갈 정도로 드라마에 집중했다. 주인공인 '강준하'는 오늘도 박력 넘치는 매력을 폴폴 날렸다. 준하가 벽에 기대 있는 여자 주인공의 머리 옆에 손을 대고 말했다.

— 내가 싫어? 싫으면 떨어져 준다잖아. 미치겠어도, 죽을 것 같아도 떨어져 준다잖아. 나한테 말해. 내가 싫다고. 끔찍하게 싫다고 말해.

— 교수님…….

— 싫다고 말하지 않으면 다섯까지 세고, 키스할 거야. 하나, 둘…….

준하가 다섯까지 세도록 여자의 입은 열리지 않았다. 그가 여자의 허리를 끌어안더니 거칠게 입을 맞추기 시작했다. 지호와 사라는 입이 딱 벌어져 다물릴 줄 몰랐다.

"지호야 준하 쌤이……. 지금 준하 쌤이!"

사라가 지호를 보며 말을 못 잇자 지호도 네 맘 안다는 듯이 고개를 끄덕였다.

드라마가 끝난 뒤 사라는 베개를 끌어안고 그대로 드러누웠다. 그녀가 같이 옆에 누워 버린 지호에게 말했다.

"나도 죽기 전에 저런 박력 있는 남자 한 번만 만나 보고 싶다."

"얼굴이 강준하가 아니면 의미가 없어."

"아. 역시 영재원 출신이야."

둘이 아무 말이나 하며 여운을 즐기다가, 지호가 엎드려 턱을 괴고 물었다.

"그 남자는 이름이 뭐야? 계약 연애."

"음. 양현재."

"그 현재 씨는 어때? 어떤 사람인데?"

"에이, 진짜 사귀는 것도 아닌데 뭐가 그렇게 궁금해."

"아니. 궁금하잖아. 혹시 알아? 이러다 정들어서 사귀게 될지."

"으으, 그 아저씨 말이야. 완전 고집불통에 무뚝뚝하고. 잘 안 웃고."

음악을 좋아하고, 주인을 엄청나게 좋아하는 커다란 골든 레트리버를 기르고. 아주 가끔 웃는 게 예쁘고. 사라가 혼잣말하듯 중얼거렸다.

"애초에…… 장미 선배를 좋아해서 가망성도 없어."

"장미 선배 남자 친구 있잖아?"

"그러게나 말이야. 그것도 자기 형이랑 사귀는데. 정말 바보 아냐?"

"그, 그거 위험한데……."

"완전 막장이지? 뭐 하긴. 장미 선배가 남자 친구가 있어도 좋아할 만큼 예쁘긴 하지."

"내 말이. 예쁘긴 더럽게 예뻐. 근데 또 금수저야. 짜증 나."

"……그렇게 치면 너도 그렇거든, 지호야?"

여기 이 방 두 개짜리 아파트는 지호의 명의로 되어 있었다. 사라가 집을 구한다는 소식을 듣더니 자기 혼자 살기 싫었는데 잘됐다며 불쑥 찾아왔다. 그리고 사라는 곧바로 저렴한 가격에 이 집으로 들어와 살기 시작했다.

"나는 동수저 정도?"

지호가 눈치를 살피며 애교를 부리자 사라가 말을 말자는 듯 삐죽거렸다. 지호가 배시시 웃더니 크게 궁금하지는 않다는 듯 물었다.

"얼굴은?"

"응?"

"양현재 씨 말이야. 잘생겼어? 장미 선배 남자 친구는 잘생겼던데. 가끔 오잖아."

입술을 내밀고 고민하던 사라가 말했다.

"잘생기긴 했는데, 좀. 요즘 사람 같진 않고. 정석 미남 같은 스타일?"

"엄청 잘생겼겠네."

"근데 되게 노안이야."

"그건 스타일 문제 아냐?"

"음…… 아. 근데 성격이 되게 못됐어."

"못됐어?"

"응. 금방 화내고."

"다, 다혈질?"

"아니, 그건 절대 아닌데……."

그 남자에 대하여 생각해 보았다.

항상 반듯한 슈트. 그것도 세련된 스타일이 아니라 그냥, 딱 일하러 가는 회사원. 대식가이며, 사고로 왼쪽 다리를 다쳤고. 고지식하며, 건강에 지나치게 예민하다. 음악을 듣다 잠깐 눈을 감기만 해도 그녀가 쓰러지기라도 할까 봐 놀랐다는 남자.

환자를 혼자 두고 갈 수 없어서, 불편하게 곁에서 밤을 새워 주는 남자.

지호가 물었다.

"그래서. 한마디로 어떤 남자야?"

"한마디로……."

악보 같아.

사라가 말을 돌렸다.

"아, 모르겠다. 그렇게까지 관심 없어. 아, 그보다 있잖아. 내일

칠이사……."

지호야. 나 그 사람과 몇 번 대화해 본 적도 없는데, 그 사람에 대해서 왜 이렇게 많이 알지?

사라는 그 말을 삼켰다.

내가 그렇게 기억력이 좋은 사람도 아닌데.

만날 때마다 그 남자에 대하여 아는 것이 자꾸만 하나씩 늘어 갔다. 외우려고 하지 않아도, 그가 하는 말이 외워지고, 그의 행동이 외워졌다.

어차피 가질 수도 없는 남자인데. 이렇게 자꾸 외워지면, 그 사람을 만나지 않는 날이 왔을 때 가끔, 병원을 가거나, 골든 레트리버를 보거나 혹은 회사원이 지나갈 때 그를 떠올리게 될까 봐 걱정이다.

그가 다른 여자 이야기에 정색하는 것만 봐도 이렇게, 슬픈데.

그를 더 잘 알게 될까 봐, 무서웠다.

주말 내내, 현재는 휴대폰을 만지작거렸다. 내리라고 화를 내는 자신을 보던 사라의 놀란 얼굴을 머릿속에서 지울 수가 없었다. 그는 원래 기본이 차가운 인상에 키까지 커서, 크게 화를 내지 않아도 상대가 겁을 먹곤 했다.

내가 왜 그랬을까. 나는 왜 매번 그녀에게 상처만 주는 걸까.

"사장님."

고민하던 현재는 옆에서 수행비서인 강우가 부르는 소리에 정신을 차렸다. 늘 기계적으로 일하던 현재가 웬일로 정신이 없으니, 강우가 능청맞게 물었다.

"사장니임. 여자 친구분 생각하시죠?"

"아닙니다."

강우는 굉장히 섬세한 성격이었다. 처음에 현재는 그가 자신과 성격이 너무 다르지 않나 생각했는데, 같이 일을 하다 보니 오히려 그 차이점이 현재를 깔끔하게 보완해 주었다.

"아니긴요. 사장님이 이렇게 일하다 딴청하시는 거 처음 보는데요?"

"……."

"잠깐 데이트라도 하고 오시죠?"

화요일 밤 아홉 시였다. 그녀가 저녁을 먹었을지. 여간해서는 밥을 먹지 않는 여자인 모양이라 걱정이 되었다. 일찍 집에 가서 쉬고 있어야 할 텐데. 현재가 말했다.

"전화 한 통만 하겠습니다."

"예. 나가 보겠습니다."

강우가 웃음을 감추지 못하며 사장실을 나갔다. 현재가 휴대폰을 쥐고 한숨을 쉬었다. 내가 지금 뭘 하는 건지. 사라에게 전화를 왜 하나. 밤에 전화를 할 정도로 친한 사이도 아닌데.

그래도 딱. 기분만 확인하고 끊자.

현재가 그렇게 생각하며 사라의 번호를 누르자 그녀가 곧 전화를 받았다. 길을 걷는 중인지 차가 지나가는 소리가 들렸다.

— 네. 현재 씨.

"아직 밖입니까?"

— 레슨 끝나서 집에 가고 있어요. 월요일, 화요일은 레슨을 하거든요.

아직도 레슨을 하는구나. 이 여자는 도대체 일을 몇 개를 하는 거야. 왜 이렇게 자신을 혹사시키는지. 현재가 의자 뒤로 기댔다.

"저녁 먹었는지 확인하려고 전화했습니다."

— 이제 먹을 거예요.

"지금 시간이 몇 시인데 아직도 저녁을 안 먹었습니까?"

— 잔소리하려고 전화했어요?

"네."

— 확실하게 먹을게요. 걱정해 줘서 고마워요.

일에 아르바이트에 레슨까지. 이 여자, 자기 시간이 있기는 할까 싶다. 전화 너머로 차가 자꾸 지나다녀 사라의 기분을 알 수가 없었다.

"간단하게 때우지 말고 제대로 식사를 하세요."

— 먹을 거예요……. 좋아하는 남자랑.

"네?"

— 끊어요.

사라가 끊으려 하자 현재가 말했다.

"좋아하는 남자가 있는데 저와 그런 약속을 한 겁니까?"

— 무슨 상관이에요.

그때, 차 소리가 멈췄다. 그리고 사라의 목소리가 또렷하게 들렸다.

— 나에 대해서 아무것도 모르면서도 가짜 연애를 해 달라고 말했었잖아요. 나에 대해서 알고 싶지도 않잖아요. 그러니까…… 내가 어떻든 무슨 상관이에요?

화가 난 정도가 아니었다. 이전에 그 발랄한 여자가 맞나 싶을 정도로 차가웠다.

— 저 건강해요. 그러니까 신경 쓰지 마세요, 이제.

사라가 전화를 끊어 버렸다. 현재는 머리가 아파 와 두 손으로 이마를 감쌌다. 사장실로 되돌아온 강우가 그 모습에 놀라서 물었다.

"왜 그러십니까?"

"화가 났어요. 엄청."

"제가 또 연애 상담이 전공 아닙니까. 도움이 되어 드릴 테니까 얘기해 주세요."

일 이야기 외에는 하지 않던 현재가 여자 친구 이야기를 하자 강우가 신나서 물었다.

"마지막으로 만났을 때 기분이 어때 보였어요? 그게 중요하거든요."

내리라고 현재가 차갑게 말하자, 그녀가 입술을 살짝 깨물었다.

"나빠 보였습니다."

"왜 나빠졌어요?"

"……내가 차에서 내리라고 화내서요."

"화를 냈어요? 사장님이요?"

"내리라는 말 안 들리냐면서 화를 내서. 좀, 울 것 같은 표정이었습니다."

장미 이야기에 예민해졌다. 특별히 악의적인 말투도 내용도 아니었는데, 험담을 하려는 듯해 순간 화가 나서.

사라가 그런 표정을 짓게 만들면 안 되는 것이었다. 그녀의 놀란 얼굴이 떠오를 때마다 가슴이 무언가에 찔린 것처럼 아파 왔다. 그녀의 놀란 눈을 보자마자 현재의 머릿속이 하얘졌다. 그녀가 도망치듯 내려 버려서, 현재도 그녀를 따라 내렸는데 속도가 너무 느려서 결국 사라를 놓치고 말았다.

그가 낮게 신음하자 강우가 힘내라는 듯 두 주먹을 꼭 쥐어 보이며 말했다.

"그래도 전화는 받아 주셨으니까 많이 화나진 않으셨을 거예요."

현재는 자신이 전화로 사라를 더 화나게 만들었다는 말을 하지 못했다.

그가 화를 냈다는 말에 같이 보내는 시간이 누구보다 긴 강우가 놀랄 정도로, 현재는 원래 그다지 화를 내지 않았다. 냉정한 편이었고, 거의 감정 변화가 없었다. 그런데 왜 사라에게만 이렇게 감정이 들쑥날쑥한지 알 수가 없었다. 그는 감정 변화가 적었기 때문에 타인과 쉽게 가까워지지 못했지만 대신 지금 사라에게처럼 미움을 받는 일도 없었다.

좋아하는 남자가 있다는 말에 또 한 번, 그녀의 기분을 달래 주기는커녕 화부터 냈다. 지금 찬찬히 생각해 보니, 그녀가 이렇게 몸이 안 좋은데 좋아한다는 그 남자는 도대체 뭐 하느라 사라를 혼자 두느냐는 생각에 열이 받았다.

짝사랑을 하고 있지 않다면 말이 되지 않았다. 사귀지 않아도 쌍방향이라면 그 남자는 안절부절못하고 있어야 한다. 자신은 그녀를 좋아하는 것도 아닌데 이렇게 신경이 쓰여 일이 손에 안 잡히는데.

현재가 강우에게 말했다.

"아무래도 여자 친구를 좀 만나고 와야겠습니다. 내일 오후 중에 세 시간 정도 시간 낼 수 있을까요?"

그의 변화에 강우의 눈이 금방 촉촉해졌다.

"있어요. 만들어 드릴게요. 그런 큰 결심을…… 아, 꽃! 꽃 사셔야 합니다! 꼭!"

　무슨 꽃이냐고 반응하고 싶었지만 감격하는 강우를 보니 굳이 그런 말을 할 필요가 있나, 싶어 아무 말도 하지 않았다.

3. 조율

사라가 오케스트라에 도착하자 세경이 한숨을 쉬며 핀잔했다.

"야. 강사라. 너 눈이 왜 그렇게 퉁퉁 부었어? 또 드라마 보면서 울었어?"

사라가 푹 한숨을 쉬었다. 홧김에 현재에게 좋아하는 남자가 있다고 거짓말을 해 버렸다. 좋아하는 남자는 좋아하는 남자지. 드라마 주인공이지만.

"현실 연애는 너무 어려운 것 같아요."

"뭐야. 남친이랑 벌써 싸웠어?"

"그러게 말입니다. 몇 번이나 봤다고 벌써 싸우는지."

그 남자랑 나랑 안 맞나. 그런 생각까지 들었다. 연습에 집중하려고 해도 잘 집중이 되지 않았다.

올해는 구스타프 말러의 해로 정해져서 내내 말러를 연주했다.

워낙 연주 소리가 크다 보니 난청이 와서 귀마개를 하는 단원들도 있었다.

웬만하면 연주에서 빠질 일 없는 바이올리니스트들은 심심할 때마다 본인과 다른 악기 연주자들의 연주 시간을 계산해 보곤 했다. 그리고 박봉을 그 시간으로 나눠 시급으로 따져 봤다가 괜히 억울함만 느꼈다.

오늘 사라의 머릿속에는 그런 생각도 사라지고, 오로지 한 가지 걱정밖에 남지 않았다.

이렇게 화를 내 놓고 다음에 어떻게 만나나…….

다른 단원들은 연애를 시작하면 이것저것 자랑을 늘어놓던데 자신은 자랑은커녕 한숨만 늘고 있다.

그래도 어차피 하는 거, 미래에 할 연애 연습이라 생각하고 이것저것 해 보려고 했는데, 역시 가짜 연애는 진짜와 완전히 다른 모양이었다. 만날 때를 제외하고는 문자 한 통 안 하고 있으니까. 그나마 한 전화로도 싸우기만 하고.

드라마를 보면서 남자 친구와 같이 카페 창가에 앉아 있거나, 영화관, 놀이공원에 가는 꿈을 꿨는데. 그녀가 시무룩하게 벽에 머리를 기대는데 관악기 단원 하나가 사라를 불렀다.

"사라 씨."

사라가 고개를 들었다.

"네?"

"밖에 어떤 남자분이 사라 씨 찾던데? 좀 심하게 잘생긴 남자. 남친?"

그의 말이 떨어지기 무섭게 사라가 벌떡 일어섰다. 그리고 세경을 보며 애교스럽게 눈을 깜빡깜빡한다. 세경이 혀를 차더니 쫓아

내듯이 손짓했다.

"빨리 나가 버려."

"다녀오겠습니다!"

사라가 쿵쾅거리며 달려 나가는 모습을 보고 세경이 혀를 찼다. 싸웠다더니, 겨우 남친 온 걸로 저렇게 신나 하는 걸 보니 연애 초기긴 한가 보다.

밖으로 나간 사라가 건물 앞에 서 있는 현재를 발견하고 달려가다 걸음을 멈췄다. 장미꽃 다발.

그녀가 서둘러 뒷걸음질 쳤다. 그리고 로비 화장실로 들어가 제 얼굴을 꼼꼼하게 살폈다. 주머니에 들어 있던 립글로즈를 꺼내 입술에 살짝 바르다가 뒤늦게 저 꽃다발이 제 것이 아닐 수도 있다는 생각이 들었다.

신나 하던 사라의 손이 힘없이 툭 떨어졌다.

"장미 선배 건가?"

그녀가 중얼거리며 다시 로비로 걸음을 옮겼다. 사라가 현재의 앞에 서서 쌀쌀하게 말했다.

"전화를 하시지. 다른 단원분한테 부탁하면 어떡해요?"

"전화하면 안 나올까 봐. 화나 있잖아요."

"화 안 났어요."

"지금 표정만 봐도 화났는데? 미안해요. 그날 화내서."

"화 안 났다니까요?"

툭, 사나운 말부터 튀어나왔다. 속 진짜 좁네, 강사라. 왜 이렇게 혼자 오래 삐져 있는 거야. 사라는 스스로를 타박했지만 마음과 달리 쌀쌀한 말이 나왔다.

그녀가 어떻게 해야 하나, 곤란한 마음으로 바닥만 보는데 현재가 물었다.

"점심 먹었어요?"

그러자 사라가 여전히 시선을 피하며 말했다.

"뭐예요. 또 잔소리하는 거예요?"

이런 여러 가지 감정에 대해, 조금 부끄러운 생각이 들었다. 사라가 발끝으로 바닥을 툭툭 찼다. 이상하게, 그와 마주 보니 서운하던 마음이 녹아내린다. 왜 이러는 건지 모르겠다, 정말. 사라가 부러 자랑하듯이 말했다.

"점심 많이 먹었어요. 오늘은 샌드위치 아니고, 밥 먹었어요."

"……."

"현재 씨?"

사라가 재촉하듯 부르는데 현재는 선뜻 할 말이 떠오르지 않았다. '좋아하는 남자'와의 저녁은 어땠느냐고 물어보고 싶었다. 그 남자도 사라의 몸이 건강하지 않다는 것을 알고 있는지, 사라가 이렇게 열심히 살아가고 있다는 건 아는지. 그녀의 바이올린 소리가 얼마나 생동감이 넘치는지, 연주할 때의 그녀가 얼마나 사랑스러운지. 전부 알고 있는 것일까.

현재가 대답이 없자 사라가 서운한 목소리로 말했다.

"자기가 물어봐 놓고."

다시 토라진 사라의 목소리에 현재가 다시 입을 열었다.

"갑자기 찾아와서 미안해요."

"그래서. 미안해서 왔어요? 여기까지?"

"네."

그가 더 할 말이 생각나지 않는지 입을 다문다. 사라는 저 반반한 남자의 머릿속이 궁금했다. 그런 그녀에게 현재가 꽃다발을 내밀었다.

"이건, 명색이 남자 친구인데 그냥 오면 웃길 것 같아서."

"그, 그거 제 거였어요?"

"……그럼 누구겠어요?"

"아뇨! 주세요!"

사라가 두 손을 내밀어 새빨간 장미꽃 다발을 받았다. 좀 전까지 울적해 보이던 사라의 얼굴이 금방 밝아졌다.

"아, 예쁘다."

사라가 두 팔로 장미꽃 다발을 너무 소중하게 끌어안자 현재가 속으로 깊은 안도의 한숨을 쉬었다. 강우 말을 듣길 잘했다.

현재는 5월 들어 부쩍 더워지는 날씨가 힘든지 소매를 한 쪽씩 걷었다. 힘줄이 튀어나온, 누가 봐도 남자의 팔, 남자의 손이었다.

사라가 장미 향기를 맡으며 그를 바라보았다. 이 더운 날, 화나게 한 게 미안하다며 여기까지 찾아오는 남자의 속도 이 꽃처럼 눈으로 볼 수 있었으면 좋겠다.

그가 자신을 달래 주러 여기까지 왔다는 사실에, 세상이 솜사탕으로 둘러싸인 것처럼 들떴다.

유난히 더운 오늘 같은 날 찾아올 정도로, 내 얼굴이 보고 싶은 거라면 더 좋을 텐데.

장미꽃 한 다발에 속없이 화가 풀린 사라가 말했다.

"친해질래요, 우리?"

"친해져요?"

"네. 좀 더 친해져요."

그녀가 말하며 웃자, 현재가 그제야 입꼬리를 조금 올린다. 그가 고개를 끄덕였다.

"그럽시다."

"아, 여기까지 왔는데 밥도 못 먹고 가야 해서 어떡해요?"

"그보다."

현재가 사라의 뒤를 턱짓했다. 뒤를 돌아본 사라의 입이 저절로 열렸다. 오케스트라의 친한 바이올리니스트들이 뒤에서 옹기종기 숨어 둘을 구경하고 있는 것이 아닌가.

"내가 못 살아, 정말!"

"예쁨받네요."

"다들 솔로라서 그래요. 저기 있는 여자들 싹 다 솔로. 현재 씨 주변에 괜찮은 남자들 없어요?"

"음. 남자는 많이 있는데 괜찮지가 않아요."

현재의 심각한 말에 사라가 손으로 입을 가리더니, 곧 큰 소리로 웃음을 터트렸다. 저 남자가 농담도 할 줄 아네, 싶어서.

별것도 아닌 말에 사라가 하도 즐겁게 웃어 현재는 잠시 더위가 날아가는 기분이었다. 시원한 탄산음료를 마시는 듯했다. 덥지만, 여기까지 오길 잘했다는 생각을 했다.

현재가 돌아간 후 사라가 꽃다발을 들고 싱글벙글해서 돌아오자 바이올린 연주자들 사이에서 질문이 쏟아졌다. 저 남자 뭔데 저렇게 잘생겼냐, 직업이 뭐냐, 나이는? 친구 있대?

그런데 그 남자에 대해서 잘 모르는 사라는 그 질문에 전부 대답해 주기가 곤란했다. 그러면 어떤가. 온종일 들뜬 기분이 가라앉지 않는다.

집에 돌아와서도 사라가 노래를 흥얼거리며 꽃다발을 만지작거리자 지호가 어이없다는 듯이 말했다.

"계약 연애라며?"

"응? 응."

"근데 너 화났을까 봐 잠깐 얼굴 보러 오는 남자는 또 뭐고, 그 남자 가고부터 기분이 그렇게 좋아지는 너는 또 뭐야? 둘이 그러다 정드는 거 아냐?"

그녀의 말에 화들짝 놀란 사라가 고개를 저었다.

"어? 아, 아니? 전혀 아니야."

"그래도 남자랑 여자가 연애하는 시늉을 하다 보면 정들 것 같은데."

"그건 그런데……."

사라가 울상을 지었다. 정이라면 이미 들었다. 현재는 전혀 그렇지 않겠지만.

그가 화를 낸 것이 속상해서 하루 종일 그가 미웠다. 괜히 좋아하는 남자가 있다며 거짓말을 했다.

다른 여자를 사랑하는 남자에게, 조금씩 마음을 뺏기는 것이 두렵다.

"다른 여자를 좋아하니까."

그녀가 애써 태연하게 말했다. 지호가 아쉬운 얼굴로 말했다.

"그래도 같이 있으면 설렐 것 같은데. 뭐 그렇게까지 잘생겼냐, 그 남자는?"

"노안이잖아."

"그건 노안이 아니지. 머리랑 옷만 잘하면 자기 나이로 보일걸?"

현재가 돌아가고 난리가 나는 걸 보고서 사라는 조금 안심했다.

나만 이렇게 그 남자 생각에 허우적거리는 게 아니구나. 남들도 보면 반할 만큼 잘생긴 남자구나.

그에 대해서 아무것도 몰라도. 음악을 듣다가 눈을 감는 자신을 보며 아픈 다리로 직접 주문을 하러 가는 남자라는 걸. 같은 병실에서 눈을 뜨면 놀랄까 봐, 그렇다고 집에 가지도 못하고 의자에서 잠드는 그런 남자라는 걸 몰라도. 그를 보면 설레는 사람들이 많이 있구나, 하고.

사라가 복잡한 게 싫은지 머리를 마구 흔들고 말했다.

"아, 일단 단거나 먹을래."

간식을 만들어 먹으려고 일어서던 사라가 휴대폰에 뜬 현재의 이름을 보고 숨을 급하게 들이켰다.

"아, 현재 씨다."

"뭐? 이 시간에 왜?"

"몰라…… 전화받고 올게!"

사라가 얼른 전화를 받으며 달려 나갔다. 그녀가 전화를 받자 현재가 나지막이 물었다.

─ 집 잘 들어갔어요?

"네. 들어왔어요."

─ 생각해 보니까 갑자기 직장에 찾아간 게 미안해서 전화했습니다. 앞으로는 그렇게 불쑥 안 찾아갈게요.

"아. 그거. 생각해 보니까 좋았어요. 다들 꽃다발 부러워했거든요."

─ 그럼 다행이네.

왠지 그의 목소리를 들으면 자꾸 투정하고 싶다는 생각이 든다. 나 오늘도 힘들었어요. 말러가 너무 힘들게 해요. 태어나서 본 꽃다발 중에 당신이 준 게 제일 예뻐요.

오늘 더 오래 보고 싶었는데. 우리, 어차피 계약 연애 중이니까. 하루 정도 데이트해요. 나랑 놀아 줘요, 양현재 씨.

"현재 씨. 우리……."

— 네.

"우리. 데이트 한번 할래요? 음, 영화를 보거나 커피를 마시거나……."

사라가 가진 모든 용기를 꺼내 물었다. 농담처럼 하려고 했는데 잘 전달이 되었을지, 너무 진지해 보이진 않을지 걱정했다. 가짜 연애란 걸 망각하고 자꾸만 설레는 마음을 들켰을까 봐 무서웠다. 그런데 현재는 너무도 쉽게 대답했다.

— 하긴. 계약 연애인데 너무 서먹하면 수상해 보이겠군요.

……그런 의미가 아니었는데. 말문이 막힌 사라에게, 그가 말을 이었다.

— 안 그래도 행사에 입을 옷을 사야 하니까, 이번 주말에 시간 괜찮습니까?

"오전엔 괜찮아요. 오후 네 시부터 스케줄이 있어요."

— 그럼 일요일에 일찍 만납시다. 쇼핑해요.

그게 쇼핑이지, 무슨 데이트예요. 사라가 따지고 싶은 것을 꾹 참았다.

그의 머릿속에는 아마도 자신이 진짜로 연애할 수 있는 여자라는 사실이 들어 있지 않은가 보다. 처음에도, 지금도. 표정이 보이지 않으니 사라가 침울해진 걸 모르는지 현재의 말투에는 아무런 변화도 없었다.

— 아버지 만났을 때 어떻게 말해야 하는지도 그날 말해 줄게요. 아, 그리고 아버지보다는 할아버지가 넘어가셔야 합니다. 아직

도 선을 보라고 재촉하시니까. 고집불통이시거든요.

"……그렇게까지 할아버지를 속여야 해요?"

— 아직 다른 여자를 소개받고 싶지 않습니다. 확실히 하고 싶어요.

신나서 전화를 받으러 나왔던 사라의 몸에 점점 기운이 빠졌다.

아마 그가 자신에게 조금이라도 마음이 있었다면 이렇게 딴 얘기로 빠지지 않았을 것이라고 생각했다. 자신이었다면, 만약에 현재가 농담으로라도 데이트할까 물어보면 심장이 터질 만큼 뛰었을 테니까.

좋아하는 사람이 형과 사귀고 있어서 그런 거냐고. 그래서 다른 여자를 소개받기 싫은 거냐는 질문이 입 안에서 맴돌았다.

— 일단 제가 지금…….

현재가 말을 이으려는데, 사라가 더 들을 자신이 없어 그의 말을 끊었다.

"일요일에 만나요."

— 그러죠. 아, 그리고.

"전 진짜 데이트하러 갈 거예요."

— ……지금 이 시간에?

"네. 할 거예요. 지금부터 내일까지."

사라가 말하고 전화를 끊어 버렸다. 드라마 보면 잘도 휴대폰 던지던데. 망가질까 봐 무서워서 던지지도 못하고 자리에 웅크렸다.

그 남자 머릿속에는 자신과 진심으로 데이트를 한다는 가정 자체가 없었다.

하기야 처음부터 내가 마음에 들었으면 사귀자고 했겠지. 계약 연애라는 건, 서로 마음이 없으니까 하는 거지.

"나쁜 놈."

사라가 옹얼거렸다.

왜 사람을 기대하게 만들어…….

일요일까지 둘은 한 번도 연락을 하지 않았다. 현재가 몇 번 약속을 잡으려고 전화를 했으나 받지 않았다. 문자로만 몇 번 연락을 주고받아 겨우 일요일 오전에 두 사람이 만났다.

행사에 입을 옷을 사기 위해 백화점을 들어가면서도 둘은 대화가 없었다. 현재는 도대체 자신이 또 뭘 잘못했는지 알 수가 없었다.

"굉장히 더워졌네요."

현재가 말하자 사라가 고개를 끄덕였다. 그러자 그가 말을 이었다.

"커피 필요해요?"

"아뇨."

"뭐, 실내는 별로 안 더울 테니까."

왜 또 화가 난 건가. 현재는 자신이 눈치가 없는 건지, 사라가 유난히 짜증이 많은 건지 고민했다. 바에서 볼 때는 굉장히 낙천적이고 잘 웃었는데, 자신과 있을 때는 자주 서운한 표정을 짓는다.

지난번에 오케스트라에 찾아갔을 때는 별것 아닌 농담에도 그렇게 즐겁게 웃어 놓고 왜 갑자기 화가 난 걸까.

사라가 무표정으로 돌아다니는 동안 현재는 여성 의류에 대해선 전혀 몰라 그저 그녀를 따라 걸을 뿐이었다.

"진짜 비싸네요."

사라가 겨우 입을 열자 현재가 화색을 띠며 말했다.

"일단 옷을 갈아입고 구두도 고르는 것이 어떻습니까?"

"왜요? 이 옷 별로예요?"

현재는 누가 봐도 고급 정장에 구두를 신고 있는데, 사라는 스키니진에 티셔츠 차림이었다. 사라 입장에서는 나름으로 좋은 옷을 골라 온 것이었지만 현재 입장에서는 불편할 따름이었다. 그가 말했다.

"그런 옷을 입고 있으면 나를 여자 친구 옷도 안 사 주는 남자로 알 겁니다."

"상관없잖아요."

"상관있어요. 내 체면은 생각하지 않습니까?"

"현재 씨는 저를 뭐라고 생각하는 거예요?"

사라가 현재를 올려 보며 물었다.

"난 장식품이 아니에요. 나는 평소처럼 입고 있는데 이게 현재 씨의 체면을 깎는다면 말이에요. 나와 현재 씨는 같이 걸을 수조차 없다는 뜻이네요."

사라가 말을 이었다.

"나랑 다니는 게 부끄러우면 떨어져서 걸어요."

데이트하자고 말했는데. 여자가 먼저 그렇게까지 말했는데. 얼마나 나를 여자로 안 봤으면 그 말을 그렇게 무심코 넘겨 버릴 수가 있는지.

말하는 사라의 눈이 조금 젖어 있는 것 같아 현재는 머리가 새카매지는 기분이었다.

"……그렇게 들렸다면 미안합니다."

사라는 자신과 함께 있으면 거의 웃지 않았다. 미움만 사고 있었다. 달콤한 말로 풀어 줄 방법도 모르는데…….

사라가 담담하게 말했다.

"빨리 고르고 나가죠. 저게 좋겠네요. 저거 사요."

사라가 옷을 가리키자 말문이 막혀 있던 현재가 서둘러 걸어가 원피스를 꺼내 왔다.

"이 드레스 말입니까?"

"네. 대신 행사 끝나면 돌려줄 거예요. 처분은 알아서 하세요."

"이건 제가 필요해서 사는 거예요. 저 이런 옷 쓸 일 없으니까 사라 씨가 가지세요."

"이 가격 옷을 어떻게 그냥 받아요? 제 월세…… 열 배인데. 뭐, 뭐예요. 진짜 열 배인데?"

그냥 눈에 보이는 것을 대충 골랐던 사라가 가격을 보고 경악했다. 그러자 현재가 의아하게 물었다.

"집세가 그 정도밖에 안 됩니까?"

"네. 그 정도밖에 안 됩니다."

사라가 현재의 말을 퉁명스럽게 따라 했다. 잠시 생각하던 현재는 풍성한 느낌을 주는 검은색 원피스를 집어 들었다.

"입어 봐요."

사라가 옷을 들고 문 안으로 들어갔다. 함께 들어간 직원의 탄성 소리가 들렸다. 밖에서 조용히 기다리는 사이 그녀가 나왔다.

옅은 갈색 머리칼이 속이 비칠 것같이 얇은 원피스 위로 쏟아졌다. 현재가 거울을 보며 이리저리 옷태를 살피는 사라를 바라보았다. 잘 어울렸다. 정말 예뻤다.

"괜찮아요?"

사라가 어색해하며 물었다. 현재가 그녀의 손목을 잡아끌며 말했다.

"이미 계산했어요. 구두 사러 가죠."

"네에? 안 어울렸으면 어쩌려고 그래요?"

"상관없습니다."

"아무리 가짜 여자 친구여도 이왕이면 예쁜 게 좋지 않아요?"

"당신 지금 굉장히 예쁘니까. 더 예쁠 수 없습니다."

현재가 단호하게 말했다. 그 말에 당당하던 사라가 약간 주춤거렸다. 현재의 입에서 칭찬이 나올 줄은 몰랐기 때문이다. 그가 말을 이었다.

"내 주변에 사라 씨 또래의 사람이 없어서 그래요. 다들 나보다 훨씬 어른들이라."

"네?"

"당신 차림새가 안 예쁘다는 게 아니라. 나랑 너무 나이 차이가 나 보이니까."

"……."

"꼭 내가 나쁜 사람처럼 느껴진 거예요. 사라 씨를 장식품으로 생각하다니. 그런 건 정말, 절대로 아닙니다."

아까 사라가 화를 낸 데에 대한 늦은 대답이었다. 그 말에 사라가 괜히 울컥해서 말했다.

"무슨 말을 그렇게 오해하게 해요?"

"이제 조심할게요."

현재의 해명이 마음에 들었는지 사라의 입꼬리가 아주 살짝 올라간다. 그 모습에 굳어 있던 현재의 표정도 확 풀렸다. 사라에게 더 많이, 예쁘다고 말해 주고 싶다는 생각을 했다. 그녀가 자신과 있는 것을 싫어하지 않아 줬으면. 그렇게 생각하던 현재가 얼른 정신을 차렸다. 그녀는 자신의 여자 친구가 아니었다. 그는 자기 스스로가 이런 마음을 가졌다는 사실이 당혹스러웠다.

"얼른 구두를 보죠."

이게 다 저 옷 때문이다. 옷에 무언가 알 수 없는 마력이 있는 모양이었다. 어쩐지 검은색이 처음부터 너무 예쁘더라니.

구두를 둘러보던 사라가 검은색 펌프스 하나를 가져왔다.

"이거 어때요?"

"여자 구두는 잘 몰라요. 신어 봐요."

사라가 신고 있던 운동화를 벗고 펌프스를 신었다. 진열되어 있던 구두가 사라의 발에 딱 맞았다. 펌프스를 신으니 어른스러운 분위기가 흘렀다. 현재가 미간을 좁히며 말했다.

"발목이 부러질 것 같군요. 위험해 보여요."

"그래도 눈높이가 좀 맞게 되지 않았어요?"

10cm 정도의 굽을 신고 나서야 현재와의 키 차이가 15cm 정도로 줄어들었다. 그래도 여전히 키 차이가 많이 났다. 현재가 말했다.

"아직 안 맞습니다. 이렇게 작았어요?"

"저 완전 평균 키거든요?"

사라가 그를 흘겼다. 그래도 예쁜 옷을 입으니 한결 기분이 나아지는 모양이었다. 그녀가 거울을 보며 자기도 모르게 미소를 지었다.

쇼핑은 생각보다 일찍 끝났고, 그 덕에 현재는 아쉬운 기분을 감출 수 없었다. 이 옷 저 옷 입어 보게 하고 싶은데 놀러 온 게

아니니 그럴 수가 없었다. 차가 있는 곳으로 향하며 현재가 곰곰이
생각했다.

"아무리 생각해도 나에겐 그 옷이 필요 없습니다."

"그건 그러네요."

"그러니까 사라 씨가 저녁을 사요."

"저녁이요?"

"제 자산과 사라 씨의 자산에 비례해서 말하는 겁니다. 그렇게
생각하면 문제없지 않습니까?"

"그래도 막 받을 수는……."

"어서 갑시다."

"그럼 저 옷 갈아입을래요. 이 옷은 행사 때 입어야 하는데 음
식 흘리면 어떻게 해요?"

"아. 그렇게 합시다."

두 사람은 다시 옷을 산 가게로 돌아갔다. 피팅룸에서 사라가
옷을 갈아입는 동안 현재는 잠시 소파에 앉았다. 그런데 화려한 드
레스들로 가득한 가게에 혼자 있으려니 마음이 불편했다.

그가 자리에서 일어서 피팅룸 앞으로 다가가 사라에게 말을 걸
었다.

"짝사랑이죠?"

"네?"

"좋아하는 남자 말입니다. 짝사랑이죠?"

"……그건 왜요?"

"짝사랑이 아니면 당신이 그렇게 아픈데 모를 리가 없잖아요."

"그런가……."

사라가 드레스를 벗고 스키니진을 입으며 대답했다.

타인의 아픔을 눈치채는 것은 감정이 아닌 성격의 문제일 거라고, 사라는 생각했다. 현재는 다른 여자를 좋아하면서도 자신의 아픔을 걱정하니까. 사람 오해하게.

현재가 말을 이었다.

"짝사랑하는 남자와 그렇게 밤늦게까지 만나지 말아요. 당신이 아픈 것도 모르는 사람……."

"무슨 상관이에요!"

줄곧 참고 있던 사라가 소리쳤다. 현재의 눈이 커지고, 사라가 떨리는 목소리로 말을 이었다.

"당신이야말로, 우리 진짜 사귀는 것도 아닌데 그렇게 참견하지 말아요. 내가 그렇게 걱정되는 것도 아니잖아요. 내가 누굴 만나든 상관도 없잖아요."

거짓 연애가 이상하게 상처가 되었다. 아무것도 아니라고 생각하면서도, 이 남자가 다른 여자를 좋아한다는 사실에 질투가 나고, 묘하게 상처가 된다. 현재가 보여 주는 부드러운 부분들은 전부 다른 사람을 위한 거니까.

나를 위한 것이 아니니까.

그런데도 왜 자꾸만 저 남자가 좋아지는지. 왜 그렇게 피곤한데도 밤에 눈을 감으면 그의 모습이 잠을 쫓아내는지. 나에게는 왜 그의 한 마디, 한 마디가 이렇게 달고, 쓰고, 기쁘고, 우울한지.

사라가 고개를 흔들었다. 평생 음악만 해서 그렇다. 하루에 열 시간씩 연습을 하니까, 마음이 강해질 시간이 없어서. 그래서 유난히 더 아프게 느껴지는 것뿐이리라.

피팅룸 안에서 울음소리가 들리자 현재가 놀라서 말했다.

"마실 거라도 사 올게요."

"……."

"편하게 갈아입고 가게 구경하고 있어요. 곧 올 테니까."

그녀에게서 대답이 없었다.

백화점 안에 있는 프랜차이즈 카페로 빠르게 걸음을 옮기면서, 현재는 제 머리를 헝클며 스스로를 욕했다.

"미친 새끼."

남의 짝사랑이 뭐가 그렇게 궁금해서 계속 물어봐.

왜 자꾸, 그녀에게 상처만 주는 건지.

아픈 것도 잊고, 도망치듯 카페에 도착한 현재는 일단 지난번에 사라와 카페에 갔을 때 그녀가 시켰던 메뉴를 주문했다. 음료를 받아서 가게로 돌아와 보니 사라가 나와 있었다. 풀었던 머리칼을 다시 한 갈래로 묶은 사라는 너무나 앳된 평소의 그녀로 돌아왔다.

현재가 다가가자 그녀가 중얼거렸다.

"쪽팔려요."

"뭐가?"

"내가 왜 울었지……."

"짝사랑이 힘든가 보죠."

"그런가……."

현재가 자바칩이 듬뿍 갈려 올라간 커피 프라페를 내밀었다.

"먹으면서 진정해요."

"단거다."

잠긴 목소리로 말한 사라가 두 손으로 프라페를 받았다. 그녀는 더 이상 아무 말 없이 프라페를 먹으며 차로 향하는 현재를 따라 걸었다.

두 사람은 곧 백화점 밖으로 빠져나왔다. 차가 출발하고, 조수석에 앉아 프라페를 우물거리던 사라가 애써 밝게 물었다.

"뭐 사 줄까요? 비싼 거?"

"식당에서 밥 먹으면 내가 울린 줄 알 것 같은데. 집에 가서 포르테랑 먹을래요?"

"……현재 씨가 울린 거 맞는데."

"……"

솔직한 사라의 말에 순간 현재의 말문이 막혔다. 틀린 말이 아니었다. 현재가 깊게 한숨을 쉬고 중얼거렸다.

"당신은 너무 잘 울어."

"저랑 같이 슬픈 영화 한 번 보면 아마 깜짝 놀랄걸요? 두 시간 내내 울어서."

"알았어요. 손수건 가져갈…… 아."

현재는 뒤늦게 신호가 멈췄을 때 서둘러 안주머니에서 손수건을 찾아 사라에게 내밀었다. 사라가 한 손으로 향수 냄새가 나는 손수건을 받았다. 그러고는 빤히 다시 운전을 하는 현재를 보다가, 느려 터진 이 남자의 속도에 웃음이 터지고 말았다.

"이제야 주는 거예요?"

"사람이 좀 잊어버릴 수도 있지. 그렇다고 그렇게 비웃어요?"

현재가 투덜거리자 사라가 한참을 웃었다.

그리고 앞을 보았다. 한 번만 더 물어볼까. 한 번만.

사라가 힘내서 현재 쪽을 보았다.

그럼 다음에 나랑 슬픈 영화 보러 가는 거예요?

"그럼……"

그녀의 떨리는 목소리에 현재가 잠깐 사라를 보았다. 그리고 다시 정면을 보며 대답했다.

"예."

"……아니에요."

사라가 고개를 흔들고 웃음으로 무마했다. 용기가 나지 않아서가 아니라, 그의 말이, 같이 영화를 보러 가자는 말이 아니란 걸 알고 있기 때문이었다.

현재는 의외로 햄버거가 먹고 싶다고 했다. 맥도날드에서 햄버거 세트를 사서 집으로 돌아왔다. 현재가 별채로 향하자 사라가 말했다.

"집 구경 하면 안 돼요?"

"들어가도 괜찮아요?"

"제가 생각했던 남의 집은 보통 주택이거나, 아파트거든요. 이런 미술관 같은 곳이 아니라."

그녀의 말에 현재가 조금 웃어 보였다. 그가 사라를 집 안으로 데려갔다.

내부는 3층으로 되어 있었다. 현재가 설명했다.

"어릴 때부터 여기 쭉 살았어요. 아버지는 재혼해서 경기도 쪽에서 사시고, 형은 다 싫다고 호텔에서 살아서 잘 안 들어와요."

"그, 그럼 진짜로 여기 혼자 사는 거예요?"

"예. 봐서 나도 여기 팔고 다른 곳으로 가려고요. 공간 낭비가 너무 심해서."

"현재 씨 진짜 엄청 부자였구나……."

"어릴 땐 그냥 괜찮게 사는 정도였는데, 아버지가 수출을 시작하시면서 회사가 확 커졌어요."

현재가 묻지 않은 것도 열심히 말해 주는 사이, 사라는 눈이 동그래서 여기저기 살피고 있었다. 집 구경이 끝난 후 현재가 입고 있던 재킷을 벗고 소매를 걷으며 말했다.

"식사는 좀 늘어져서 합시다."

그러더니 널찍한 소파 위에 있던 쿠션들을 바닥에 대충 던졌다. 그리고 자기 옆을 툭툭 쳤다.

"앉아요."

"뭐 하는 거예요?"

"이렇게 싸워선 우리 할아버지를 속일 수 없을 거예요. 연인을 연기하려면 우리가 편안한 사이가 되어야 하지 않겠어요?"

"으음, 연기 연습 하자는 거예요?"

사라가 그의 곁에 앉았다. 그러자 현재가 프렌치프라이 봉지를 내밀며 말했다.

"일단 먹여 주는 연습부터 하죠."

"네, 네에?"

"연인들은 다 하지 않습니까?"

현재가 소파에 한 팔을 올리고, 사라를 바라보며 태연하게 말했다. 하기야 이렇게 어색한 연인이 어디 있을까. 사라가 프렌치프라이 한 조각을 집어 현재에게 내밀었다.

"자. 아 하세요."

"케첩 찍어 주세요."

"그냥 먹기 싫어요?"

"케첩을 좋아해요."

의외로 아이 같은 구석이 있다. 사라가 케첩을 뜯어서 조금 찍어 내미니 현재가 우물거리며 받아먹었다. 그 모습이 너무나 의외였다.

"안 어울리게. 햄버거랑 케첩이 좋아요?"

"왜 안 어울려요?"

그가 미간을 좁히며 되물었다. 생각해 보면 이 아저씨가 겨우 서른. 햄버거랑 케첩 좋아하는 게 안 어울릴 이유도 없었다.

"그냥, 왠지 더 까다로울 것 같이 생겼어요."

사라가 말하며 프렌치프라이를 하나 더 내밀자 현재가 입을 벌려 받아먹었다. 연인 연습이라고 해도, 현재가 부드럽게 굴어 주니 사라도 긴장이 풀렸다. 게다가 저 어른스러운 얼굴로 우물거리는 게 귀여웠다. 그래서 사라가 웃자 현재도 미소를 지었다.

그런 그의 얼굴이 꽤나 가까이에 있었다. 뒤늦게 사라는 자신이 그와 같은 집, 같은 소파 위에서 음식을 먹여 주고 있다는 것을 실감했다. 민망한 마음에 사라의 얼굴이 조금 붉어졌다.

"왜, 왜 따라 웃어요?"

"다행이어서요."

"뭐가요?"

"바에선 굉장히 잘 웃는 것 같았는데. 나와 있을 땐 웃지 않아서 걱정했어요. 내가 재미있는 사람은 아니니까. 그래도 이제 좀 기분이 풀린 것 같아서."

그래서 편하게 해 주려고, 일부러 응접실을 어지럽혀 놓은 모양이다. 소파에 앉아서 밥을 먹고, 먹여 달라는 말을 하고.

현재가 부드럽게 말했다.

"아버지는 제가 여자 친구가 생겼다는 걸 별로 탐탁지 않아 할 겁니다. 일단 연애를 하라고는 했지만 결혼은 사업적으로 도움이 되는 게 좋다고 생각하실 테니까요."

"……"

"그런데 제가 열다섯 살 때쯤에, 정작 본인이 예쁜 새어머니와 재혼하셨으니 입 밖으로 표현은 못 하실 겁니다."

"아⋯⋯."

사라가 고개를 끄덕이며 콜라를 빨대로 들이켰다. 그녀가 물었다.

"좋은 분이세요? 새어머님."

"예. 굉장히 좋은 분이십니다. 사라 씨도 좋아하게 될 거예요. 저도 그랬거든요. 아, 그리고 저희 할아버지도 능구렁이지만 나쁜 분은 아니에요. 할머니는 여장부이시고. 할아버지가 사업할 줄 몰라서 돈 떼먹히고 오면 할머니가 찾아가서 받아 오시고 하셨대요."

"우와. 뵙고 싶어요."

"만나면 사라 씨랑 잘 맞을 텐데."

"행사 오세요?"

"아뇨, 아마 안 오실 거예요. 은퇴 후에는 행사 같은 데 거의 안 오시거든요."

그리고 잠시 둘 다 할 말이 없어 침묵이 흘렀다. 둘 다 음악 이야기로는 시간 가는 줄 모르고 이야기하지만, 이런 주제에는 영 약했다.

어색함에 주위를 둘러보던 사라가 응접실에 장식처럼 놓여 있는 기타를 발견하고 무언가 생각난 듯 말했다.

"생각나는 곡이 있어요. 저 기타 써도 돼요?"

"기타는 써도 되는데 이거 더 먹고 해요. 그러다가 또 식사 거르려고."

"하고 먹을게요."

먹는 것을 싫어하는 것은 결코 아닌데. 아무래도 일이 많고, 오케스트라가 끝나는 시간과 레슨, 아르바이트 시간이 다 붙어 있다

보니 식사를 할 시간이 없었다. 그러다 보니 식사에 투자하는 시간이 아까워졌다.

현재가 햄버거를 포장한 종이를 먹기 편하게 접어 사라에게 내밀었다.

"자."

그러자 사라가 그것을 받아 들며 말했다.

"으, 하여튼 고집 엄청 세다니까."

"내가요?"

"네, 양현재 씨가요."

사라가 핀잔하고 남은 햄버거를 다 먹었다. 그리고 손을 깨끗하게 씻은 후에야 드디어 진열되어 있던 기타를 잡을 수 있었다. 사라가 고가의 기타를 조율하며 물었다.

"현재 씨 기타 쳐요?"

"대학 다닐 때 잠깐."

"아……."

그녀가 신기하다는 듯이 고개를 끄덕이더니 곧 영화 OST 한 곡을 연주하기 시작했다. 맑고 듣기 좋은 목소리로 노래도 흥얼거렸다.

생동감이란 이런 것일까. 살아 있다는 생각이 든다.

병원에서 타인의 시선에도 아랑곳하지 않고 봄을 연주하던 그녀도, 경쾌한 노래를 부르며 기타를 연주하는 그녀도. 현재는 태어나서 이렇게 사랑스러운 것은 처음 본 느낌이었다. 그녀가 노래하는 모습을 턱을 괴고 감상하던 현재가 웃음을 터트렸다.

그가 소리 내어 웃었다. 사라가 놀라서 연주를 멈췄다. 그래도 현재는 웃음을 멈추지 못했다. 사라가 기타를 내려놓고 멍하니 그를 바라보았다. 한참을 웃던 현재가 말했다.

"당신은 정말 이상한 짓을 많이 하네."

"뭐예요! 이상해서 웃었어요?"

"아니요. 당신 덕에 즐거워져서 웃은 겁니다."

그렇게 말하는 현재에게서 사라는 눈을 뗄 수가 없었다. 기분 좋게 눈꼬리가 휘어진 그의 얼굴이 너무 좋아서 사진으로 남겨 놓고 싶을 정도였다.

자신 때문에 타인이 즐거워하는 것이 이렇게 설레는 일이었나. 사라는 제 음악이, 어쩌면 제 스스로가 현재를 웃게 했다는 사실에 묘한 행복감을 느꼈다.

현재는 자신이 모처럼 소리 내어 웃었다는 것을 모르는 모양이었다. 정작 본인은 별일 아니었다는 듯, 태연하게 말했다.

"자. 이제 바이올린을 들려줘요."

"네네. 손님."

사라가 바이올린을 들었다. 그리고 그녀가 바이올린을 연주하기 시작했다. 오늘은 슈베르트 Op.98-2, 자장가였다. 현재는 한참을 웃고도 여전히 기분 좋은 표정으로 사라를 바라보았다.

"자장가입니까?"

그가 말을 걸자 사라가 고개를 끄덕였다. 어릴 때 배운 교재에 있는 곡 중 하나였는데, 현재에게 연주해 줄 곡을 생각하다 보니 자장가가 떠올랐다. 사라가 틀어 놓은 피아노 반주에 부드러운 바이올린 소리가 합쳐졌다.

모처럼 웃으며 마음이 풀어지고, 마음도 편안해지니 현재의 눈이 천천히 감겼다. 그러다 곧 그 상태로 잠이 들었다. 그가 잠이 들자 사라가 생긋 웃었다.

"매너가 없네. 연주 중에 잠들다니. 아프니까 봐주는 거예요."

사라가 잠든 현재를 바라보았다. 편안한 표정으로 잠들어 있었다. 늘 짓고 있던 사나운 표정은 사라지고, 보통의, 서른 살의 젊은 남자가 남는다.

"이렇게 보니까 어리네. 으음…… 좀 더 친해지면 오빠라고 해줄까?"

사라가 작게 혼잣말을 하곤 현재의 머리칼을 쓸어 올렸다. 눈을 감고 있는 그의 얼굴선이 매혹적이었다.

한참 잠든 얼굴을 바라보던 사라가 담요라도 가져다줄까 싶어 자리에서 일어났다. 사람을 찾아 응접실을 나서는데 문으로 커다란 개가 달려들었다.

"포르테?"

사라가 신나서 팔을 벌렸다. 하여튼 음악 정말 좋아하는 사람이다. 개 이름을 포르테라고 짓다니. 음악에서 '세게'를 의미하는 포르테. 사라가 포르테의 목을 긁어 주니 개가 좋아서 꼬리를 마구 흔들었다.

"주인은 저렇게 무뚝뚝한데 포르테는 명랑하네. 주인 안 닮고."

포르테는 주인이 자고 있는 것을 알고 작게 컹 소리를 냈다. 그런 포르테가 귀여워 어쩔 줄 모르는데, 개가 사라의 옷깃을 물어 당겼다.

"응? 왜?"

사라가 포르테를 따라, 아니 끌려 걸었다. 포르테는 사라를 2층에 있는 방으로 데려갔다. 사라가 당황해서 말했다.

"아무 곳이나 들어가면 안 돼."

사라가 말해 봤지만 이 똑똑한 개는 이미 앞발로 방문 손잡이를 내려 문을 열고 있었다. 문이 열리자 피아노 한 대가 덩그러니 놓인 방이 나왔다. 벽 한쪽을 가득 채운 벽장에는 악보들이 들어 있었다.

벽장 옆에는 벨벳 커튼으로 가려진 창문이 있었다. 불을 켜지 않고 걸어가 커튼을 열자 커다란 창으로 오후의 태양이 보였다.

그녀는 홀린 듯이 피아노로 다가갔다. 그녀가 피아노 뚜껑을 젖히고 건반에 손을 올렸다. 피아노는 전혀 조율이 되어 있지 않았다. 사라는 신경이 쓰일 정도로 맞지 않는 음을 꾹꾹 눌렀다.

"피아노는 안 쳐 본 지 오래됐네."

낡고 조율이 되지 않았지만 늘 청소는 하는지 먼지 한 톨 없이 깨끗했다.

가끔 현재는 사라의 바이올린을 듣다가 피아노를 연주하듯이 손가락을 움직일 때가 있었다. 그것은 대부분 정확해서, 사라는 그가 꽤 오래 피아노를 쳤다는 것을 알았다.

벽장에서 악보 한 권을 꺼내 왔다. 사라가 피아노에 악보를 펼쳐 놓고 연주하기 시작했다. 음이 엉망진창이었지만 모처럼 피아노를 치는 것이 즐거웠다. 어긋난 음이 만드는 또 다른 조화에 푹 빠져 모든 신경을 집중하던 사라의 손이, 순간 멈췄다.

현재가 뒤에서 그녀를 끌어안고 있었다. 아무 말도 없이. 부드럽게.

"듣기 좋다."

그가 조용히 중얼거렸다. 그때부터 사라의 심장이 정신없이 뛰기 시작했다. 이 행동의 의미를 전혀 알 수가 없었다. 쿵쾅거리는 심장 때문에 그녀는 당장이라도 눈물이 나올 것 같았다.

잠시 후 현재는 그녀를 놓고 낮게 한숨을 쉰 후 방을 나섰다.

그 집에서 어떻게 뛰어나왔는지 사라는 기억이 나지 않았다. 그저 빨리 호흡을 공급하지 않으면 심장이 멈춰 버릴 것 같아서 밖으로 달렸을 뿐이다. 밖으로 나오니 울음이 터졌다.

어쩌지. 저 남자가 너무 좋아서 죽을 것 같았다. 이 따뜻한 포옹이 너무 행복해서, 시간이 흐르는 것이 고통스러웠다.

이번엔 정말로, 사라가 너무 화가 났다고 해도 할 말이 없었다. 현재가 휴대폰을 거듭 확인하고 한숨을 쉬었다.

그가 다니는 회사는 공장과 본사를 오갈 일이 많았다. 해외에도 공장이 있었기 때문에 현재는 자주 해외 출장을 나갔다.

어렸을 때는, 피아니스트가 되고 싶었다. 그러나 그 마음이 죽을 만큼 간절한 것도 아니었기에, 자전거를 만드는 일도 그리 나쁘지 않았다. 어차피 이 정도 마음으로는 그 좁은 문을 뚫을 수도 없었을 것이라고 생각했다.

사라는 바이올린을 놓지 못한 자신이 이기적이라고 말했지만, 현재의 눈에는 그녀의 치열함이 존경스러웠다.

허락도 없이 사라를 껴안은 이후, 그녀에게 무슨 말부터 꺼내야 할지 현재는 감을 잡을 수 없었다. 고심 끝에 간신히 '뭐 하고 있습니까?'라는 문자를 보낸 지도 다섯 시간이 지났다.

"저…… 사장님."

그사이 출근을 하고 점심을 먹고, 회의까지 시작했다.

"사—장—님."

그래. 일요일에는 너무 갑작스러웠지. 그렇게 껴안는 게 아니었어. 갑자기 방에 들어와 끌어안았으니 얼마나 놀랐을까. 내가 도대체 왜 그랬지. 왜, 그 북받치는 감정을 참지 못했을까.

"아, 사장님!"

아무리 불러도 현재가 대답을 하지 않자 결국 강우가 언성을 높였다. 나이 지긋한 회사 중역들이 헛기침을 하고 있었다. 그제야 현재가 정신을 차렸다. 겨우 서른 살인, 그것도 '장남'의 자리를 대신하고 있을 뿐인 현재의 입지는 그리 탄탄하지 않았다. 현재의 할아버지가 언제 마음을 바꾸어 선일을 끌고 오라고 할지 모르는 일이었다.

현재가 할아버지로부터 예고 진학을 금지당한 것은, 그의 형인 선일이 학업에 관심을 보이지 않았기 때문이었다. 사업을 물려주기에 장남이 너무 마땅치 않았던 것이다. 그래서 '만일을 대비'하기 위하여 현재는 피아노를 그만두고 공부에 열중해야 했다.

할아버지의 예상대로 선일은 회사에 다니다 말고, 성격에 안 맞으니 경영을 그만두겠다고 선포하고 가출을 했다. 그 모든 짐은 고스란히 현재에게 돌아왔다. 아주 어려서부터 피아노가 제 길이라고 믿었던 소년의 진로는 본인의 의지와 상관없이 바뀌고 말았다.

현재에게 음악은 이루지 못한 꿈인 동시에 자유를 의미했다.

"계속하시죠."

현재가 말했다. 그리고 사라에 대한 생각들을 밀어 내며, 자전거 도난 방지를 위해 새로 개발 중인 GPS 어플의 프레젠테이션 화면으로 시선을 고정했다.

현재가 말없이 끌어안았던 이후, 사라는 멍한 상태였다. 그러다가 다음 날 새벽, 엄마에게서 전화가 왔다. 한희의 수술 일정이 잡했다는 연락이었다. 그게 3일 전이었다.

한희가 다섯 살 때, 그녀가 있던 건물에 화재가 났다. 사고 이후 한희는 양쪽 눈의 시력이 급격히 악화되어 희미한 빛을 제외하고는 아무것도 볼 수 없게 되었다. 그리고 오늘에야 한희는 수술을 마치고 무사히 눈을 뜰 수 있었다.

한희의 수술로 정신이 없었던 사라가 휴대폰을 보았을 때 현재로부터 문자가 와 있었다.

[뭐 하고 있습니까?]

그날, 그의 갑작스러운 포옹에 사라는 말없이 도망쳐 버렸다. 그렇게 사람을 놀라게 하더니 겨우 한다는 연락이 이것이다.

사라는 잠이 든 한희에게 이불을 잘 덮어 주었다. 한희가 그림을 그리던 스케치북에는 여러 색깔이 알록달록했다. 수술 이후 한희는 눈에 보이는 모든 것들을 스케치북에 담기 시작했다. 이러다 음악이 아니라 미술을 하게 되는 건 아닌지 모르겠네. 사라가 웃으며 크레파스와 스케치북을 정리했다.

한희가 깰까 봐 조심조심 병실을 나와 전화를 걸었다. 현재가 바로 전화를 받았다.

— 사라 씨.

"병원이에요. 동생이 수술을 했거든요."

— 예?

"현재 씨가 뭐 하냐고 물어봤잖아요."

사라의 목소리가 화가 나 있지 않아서, 오히려 현재가 당황했다. 갑자기 안아서 화낼 줄 알았는데. 현재가 서둘러 대답했다.

— 아, 그랬었죠. 눈이 좋지 않다고.

"기억하네요? 수술이 잘되었어요. 거의 7년 만이에요."

— 7년이요?

"네. 각막을 이식받았거든요. 세상에 그렇게 오래 기다렸는데 수술은 한 시간이면 끝나는 거 있죠?"

— 그렇군요.

"애가 어려서 그런가, 금방 적응하더라고요. 그런데 거울로 자기 얼굴 볼 때마다 깜짝 놀라요. 어른이 됐다면서. 겨우 열두 살 주제에."

이 정도 이야기는 해도 되지 않을까 생각했다. 있었던 일을 이야기하는 사라의 얼굴에 미소가 번졌다. 그녀가 재잘거리는 것을 주의 깊게 듣고 난 현재가 말했다.

— 기쁜 소식을 알려 줘서 고맙습니다.

들리는 것은 현재의 정중한 목소리뿐인데. 그의 단정한 얼굴이 떠오른다. 멋 낼 줄 모르는 그 남자의 빳빳한 셔츠나, 세련미 없는 시계도. 그의 크고 따뜻한 손이나, 자꾸만 바라보게 되는 눈도.

나는 그 남자의 많은 부분을 좋아하는구나. 그런 생각을 했다. 사라가 특유의 봄바람처럼 발랄한 목소리로 말했다.

"거짓말이어도 남자 친구니까요. 이 정도는 알아야죠. 현재 씨는요? 뭐 하고 있어요?"

— ……재미없을 겁니다.

"그래도. 저 현재 씨가 무슨 일 하는지도 잘 모르잖아요. 지난번에 현재 씨가 오케스트라 왔을 때 단원들이 남자 친구 직업 뭐냐고 물어봤는데, 제대로 대답도 못 했어요. 자전거 회사라는 것밖에 몰라서, 그냥 회사 다닌다고 했는데."

사라가 말하면서 병실 앞 대기석에 앉았다. 현재의 대답을 기다리며 발장난을 치는데, 그가 쑥스러워하며 말했다.

— 주로 자전거 내비게이션 관련된 일을 해요. 연관된 어플도 만들고.

"아, 신기한 거 하네요."

— 남들이 보기엔 전 평범한 회사원이고 사라 씨 일이 더 신기할 텐데요.

"그런가…… 제 주변엔 다 악기 다루는 사람밖에 없어서 회사원이 신기해요."

— 사실, 누가 물어보기 전엔 잘 얘기 안 해요. 자전거 회사에서 일하는데 자전거 만드는 놈이 자전거를 못 타면 좀 웃기니까.

"으음, 안 웃긴데. 우리 오케스트라에서 일하는 사무국 분들도 악기 못 다루실걸요? 그래도 일하실 때 아무 지장 없어요."

사라가 서둘러 대답했다. 그의 기분이 어떨까 궁금했는데, 전화 너머에서 '그렇구나.' 하고 대답하는 현재의 목소리가 어쩐지 즐거워 마음이 놓였다.

— 공장에 들어가야 해서 휴대폰을 꺼야겠군요. 일요일 밤에 데리러 갈게요.

"네. 일요일에 봐요."

결국 서로 피아노가 있는 방에서 있던 일에 대해서는 한 마디도 하지 못하고 전화를 끊었다. 둘은 한참을 휴대폰만 아쉽게 바라보았다.

※

일요일 오후 다섯 시에는 공연이 있었다. 공연을 마치고 사라는 곧바로 현재와 함께 고른 옷으로 갈아입었다. 회식을 가자는 단원들 너머로 현재가 보이자 사라가 빠른 걸음으로 그에게 걸어갔다.

"저 먼저 갈게요."

사라는 단원들에게 인사를 하고, 서둘러 현재에게로 향했다. 그녀가 현재의 차 조수석에 앉자, 운전석에 앉은 현재가 상자를 꺼내 들었다.

"돌아가신 제 친어머니의 목걸이입니다. 잃어버리면 안 돼요."

"윽. 그렇게 중요한 걸…… 안 하면 안 돼요?"

"이 정도는 해야 진지한 관계라고 생각할 거 아닙니까. 머리칼 좀 올려 줄래요?"

사라가 부담 가득한 표정을 지으며 긴 캐러멜색의 머리칼을 손으로 모아 들어 올렸다. 그녀의 흰 목덜미에 체인이 아주 얇은 목걸이가 걸렸다. 투명한 보석이 수도 없이 다양한 색으로 빛났다.

그날 밤. 피아노를 치고 있던 사라는 현재를 알 수 없는 감정에 휘말리게 했다. 정의 내릴 수 없는 복잡한 감정이었다. 피아노 소리에 이끌려 그 방 앞으로 갔을 때 그의 눈앞에 사라가 있었다. 조율이 되지 않은 피아노인데도, 음악에 예민한 귀를 가진 여자가 아무 생각도 없이 오로지 연주 하나에 빠져 있는 모습.

이 사람은 정말 음악이 아니면 안 되겠구나. 그렇게 생각했다. 마치 그녀가 음악 그 자체처럼 느껴졌다. 현재는 자신도 모르게 걸어가 그녀를 끌어안았다. 그러지 않으면 그녀가 사라져 버릴 것 같아 두려웠다.

목걸이를 걸어 주느라 둘의 사이가 가까워져 있었다. 현재는 이대로 그녀를 한 번 더 꼭 안아 주고 싶었지만, 이미 한 번 놀라게 한 것으로도 죄책감이 컸다.

현재가 그 마음을 누르며 행사 장소로 차를 몰았다. 행사는 본

사 로비에서 열렸다. 차에서 내릴 때 사라가 바이올린을 들고 내리
자 그가 의아해하며 물었다.

"바이올린 들고 내릴 겁니까?"

"아."

그제야 사라가 다시 바이올린을 뒷좌석 바닥에 숨기듯이 놓고
말했다.

"낯선 곳에 가니까 무심코 의지하려고 들고 내렸나 봐요."

"나에게는 의지가 안 됩니까?"

"전혀 안 돼요."

"서운하군요."

농담처럼 그렇게 말해 놓고 현재가 당혹스러운 표정을 지었다.
서운하다는 말을 한 것이 얼마 만인지.

그는 자신이 사라만 곁에 있으면 이상할 정도로 감정에 솔직해
진다는 것을 차츰 느끼고 있었다.

4. 연습

장미가 부모님 소개로 만난 선일과 연인이 된 것은 작년 여름이었다. 유학 중간에 잠깐 한국에 돌아왔을 때 선일을 만났다. 선일은 유명한 자전거 회사 WN의 후계자였다. 엔지니어인 양원녕이 설립한 회사는 국내에서 입지를 다지다가, 해외에서 경영을 전공한 아들이 수출을 시작한 후 이후 어마어마한 성장을 이뤘다.

그녀는 지금 자신의 선택을 굉장히 후회했다. 그다음은 당연히 그 집안의 장남인 선일일 것이라고 생각했지만, 자유분방한 그는 장미와 연인이 된 이후 완전히 경영에서 손을 떼고 자신이 하고 싶어 하던 바를 운영하기 시작했다.

경영권은 자연스럽게 현재에게 넘어갔다. 게다가 그는 젊은 층에 맞춘 다양한 시도를 통해 더욱 주가를 상승시키고 있었다. 지금의 현재는 계열사 하나만을 운영하고 있지만 얼마 지나지 않아 그의 아버지가 운영하는 회사 전체를 물려받을 것이 틀림없었다.

일이 이렇게 될 줄이야. 장미는 선일과 헤어지고 현재와 만날 날을 엿보고 있었다. 물론 선일은 즐겁고 매력적인 사람이지만 그게 장미가 원하는 것의 전부는 아니었다. 그리고 그런 물질적인 것이 아니어도, 장미는 현재에게 점점 마음을 빼앗기고 있었다.

처음에 현재는 그녀에게 별 관심이 없었다. 그러다가 그녀가 서울에 있는 한 예고를 나왔다는 말에 조금 친근해졌다. 그로부터 얼마 뒤 장미가 여동생에게 어릴 때 화상을 입은 상처가 있다고 말했을 때, 현재는 더더욱 가까이 다가왔다. 그는 이제 장미를 소중하게 여기고 있었다. 그것이 사랑인지는 모르겠지만 깊은 애정인 것만은 분명했다.

그리고 또 얼마 후, 장미는 현재가 자신에게 왜 그렇게 다정했는지 알게 되었다. 현재가 사고로 다리를 다치던 날, 사고 장소에 있었던 다른 여자애를 자신이라고 오해하고 있었기 때문이다. 장미의 여동생이 화상을 입은 건 화재와는 전혀 상관없는 이유였다. 현재의 사고에 대해서는 정한에게 들었다. 그가 어느 날 바에 혼자와 만취해서 울며 현재가 다친 과정에 대해 얘기했기 때문이다. 현재를 구제불능의 원리원칙주의자라고 욕하며.

그 사고 장소에서 만났던 게 자신이 아니라고 정정할 수도 있었지만 장미는 하지 않았다. 오히려 그가 더욱 오해하게끔 모호하게 말하고 행동했다. 처음엔 그냥 그가 다정하게 대해 주는 게 좋아서였다. 그러나 현재에 대한 마음이 조금씩 깊어질수록 그 모호함은 대범한 거짓말로까지 이어졌다. 결국은 현재가 자신이 그때 그 여자애라고 완전히 믿게 만들었다. 그러던 그녀의 마음을 초조하게 만든 것이, 사라였다.

장미는 행사에 온 사람들과 인사를 하며 현재와 사라를 살폈다. 고혹적인 외모에 늘씬하고 키가 큰 장미에게는 화려한 드레스가 잘 어울렸다. 그럼에도 현재의 시선은 그녀 쪽으로 전혀 오지 않았다. 오로지 사라만을 향하고 있었다.

　　결국 장미가 먼저 둘에게 다가갔다. 그제야 현재가 장미를 반가운 표정으로 보았다.

　　"어디 있었어?"

　　"어디긴. 계속 여기 있었어."

　　장미가 서운하다는 듯이 말하자 현재는 미안한 표정을 지었다. 그가 천천히 사라에게서 시선을 옮겼다. 사라는 물끄러미 현재를 보고 있었다. 장미가 사라에게 눈웃음 지으며 말했다.

　　"오빠랑 잠깐 얘기 좀 할게. 물어볼 게 있어서. 괜찮지?"

　　"네."

　　사라가 고개를 끄덕였다. 현재는 당황한 듯했으나 사라가 수긍하자 별수 없이 장미 쪽으로 걸어갔다. 그렇게 현재와 둘만 남게 되자 장미가 추궁하듯 물었다.

　　"언제부터? 어떻게 내 후배와 사귀면서 말도 안 할 수가 있어?"

　　"얼마 안 됐어. 한 달 정도밖에."

　　"한 달? 으응⋯⋯."

　　장미가 무언가 말하려는 듯하다가 입을 다물었다. 현재가 의아한 표정으로 물었다.

　　"왜 그래?"

　　"아니야."

　　"왜 그러는데. 사라 씨와 무슨 일 있어?"

　　"나는 사라가 선일 오빠를 좋아한다고 생각했거든."

선일은 현재의 약점이었다. 현재를 감정적으로 휘저었다. 장미가 크고 아름다운 눈을 천천히 감았다가 뜨며 말을 이었다.

"아니라니 다행이네."

장미가 말하며 손으로 자기 목과 어깨를 훑었다. 선일이 유난히 좋아하는 동작이었다. 그녀가 말을 이었다.

"그렇다고 사라에게 화내지는 말아 줘. 추측일 뿐이니까."

그녀의 말을 잠자코 듣던 현재가 입을 열었다.

"좋아하는 남자 있다는 말. 했었어, 사라 씨가."

"……어?"

"알고 있다고. 사라가 다른 남자 좋아하는 거. 알고 사귀는 거야. 내가 좋아하니까."

현재가 넥타이를 느슨히 풀며 표정을 찌푸렸다. 장미는 여전히 눈이 부시도록 아름다웠다. 여전히 기가 막힌, 자신의 늘씬한 체형에 잘 어울리는 드레스를 입었고, 그 드레스에 어울리는 보석과 구두를 맞추었다. 그녀는 정말 눈이 부신 여자였다.

그러나 그런 것들이 현재의 마음을 제대로 흔들지 못한 모양이었다. 그의 목소리가 냉정했다.

"장미야. 후배를 아끼는 마음은 알겠는데. 진심으로 아낀다면 확실하지 않은 것으로 의심하지 말아야지."

평소와 다른 그의 말에 장미가 당혹스러워했다. 그녀가 투정했다.

"나도 불안하단 말이야. 내 남자 친구인데."

"……알았어. 내가 사라한테 잘할게."

현재가 그렇게 대화를 중단하고 사라를 찾으려 몸을 돌렸다.

사라가 현재와 장미를 물끄러미 보았다. 길고 풍성한 머리를 반짝이는 장신구로 틀어 올린 장미는 여자가 보기에도 군침이 넘어갈 정도로 아름다웠다. 여자의 목선은 정말 아름답구나 싶었다.

사라는 왼손을 들어 자신의 목을 감쌌다. 머리, 묶고 나올 걸 그랬다. 그때 누군가가 말을 걸었다.

"사라 씨라고 했죠?"

사라가 아까 들어올 때 인사를 했던 현재의 어머니 시연이었다. 그녀가 남편 호철을 끌고 와서 사라를 살폈다.

"예쁘기도 해라. 현재가 이렇게까지 얼굴을 보는 줄은 몰랐네."

시연이 웃으며 말하자 사라가 당황해서 고개를 숙여 인사했다.

"감사합니다……."

그러자 호철이 물었다.

"부모님은 무슨 일을 하시나?"

"아…… 지금은 잠깐 쉬고 계십니다. 동생이 한동안 몸이 안 좋아서……."

"쉬고 계신다고?"

사라가 뭔가 잘못 대답했다고 생각했는지 뒤로 물러섰다. 두 사람의 표정이 별로 좋지 않은 것이 보였다. 아마 부모님이 일을 하지 못하고 있다는 것에 놀란 모양이었다. 그녀가 애써 웃으며 애교 섞인 목소리로 말했다.

"저는 바이올린을 연주하고 있습니다!"

그러자 시연이 여간해선 떨지 않던 호들갑을 떨며 호철에게 말했다.

"하긴. 현재가 음악을 워낙 좋아하잖아요, 여보."

"그건 그렇지."

그러나 여전히 호철의 표정은 풀리지 않아서 사라의 마음이 무거웠다. 몇 마디 인사를 더 나눈 뒤에 두 사람이 떠나고, 사라는 힘이 풀려 벽에 기댔다. 점점 더 사람들이 낯설게 느껴졌다.

그런 그녀를 선일이 발견하고 말을 걸었다.

"어? 제수씨 아냐."

선일은 능청맞게 인사하더니 사라의 얼굴을 뜯어보며 걱정스럽게 물었다.

"근데 너 표정 왜 그래? 무슨 일 있어?"

"사장니이임."

드디어 의지할 사람을 만난 사라가 안도하며 대답했다.

"남자 친구 기다리는데, 아는 사람이 없어서 겁을 먹었어요."

그런데도 목소리가 떨렸다. 좋아하는 여자와 있어서 나를 잊었으면 어떡하지. 돌아오지 않으면 어떡해. 그런 걱정 때문에, 멈춰 선 사라의 눈가가 젖어 들었다. 선일은 어쩔 줄 몰라 하며 사라를 달랬다.

"우, 우는 거야? 여기가 불편해서 그래? 어디 좀 앉을래?"

"우는 거 아니에요. 아, 그보다 제 남자 친구 어디 있는지 보셨어요?"

"내가 찾아다 줄 테니까 잠깐 어디 앉자. 응?"

선일이 사라의 손을 감싸 쥐고 그녀를 끌어다 구석에 있는 의자에 앉혔다.

바로 그때, 현재는 장미의 말로 인해 머릿속이 복잡한 상태였다. 빨리 사라를 찾아야겠다고 생각했다. 사라를 혼자 두는 것이 아니었다. 의지가 되지 않는다고 바이올린을 들고나올 뻔한 여자를 혼자 두다니.

정신없이 사라를 찾아다니던 현재가 멈춰 섰다. 사람들로 가득한 로비 한구석에 사라가 앉아 있었다. 그리고 그녀의 앞에 선일이 있었다. 현재가 원했던 미래를 가진 남자가, 사라와 함께.

선일이 자리를 뜨자마자 현재가 사라에게 걸어갔다. 그가 돌아오자 사라는 현재를 원망스럽게 올려다보았다.

"혼자 두면…… 어떡해요."

"미안합니다. 내가 생각이 짧았어요."

"우리 얼른 할아버님께 인사하러 가요."

싫은 일을 빨리 해결해 버리고 싶은 모양이었다. 현재가 몸을 숙이고, 아이에게 말하듯이 다정히 사라에게 물었다.

"여기 너무 답답하죠?"

"답답해요."

"아, 생각해 보니까 포르테 산책을 안 시켜 줬네. 산책 갈까요?"

"산책이요? 지금?"

"응. 이제 할아버지한테만 인사하고 나갑시다. 우리."

현재가 손을 내밀었다. 사라는 잠시 머뭇거리다 조심스레 그의 손 위에 자신의 손을 올렸다. 서로의 손이 부드럽게 쥐어졌다.

현재는 그녀를 회사 밖으로 데리고 걸어 나왔다. 사람들의 대화 소리가 시끄러워서 다행이었다. 손을 잡은 직후부터 둘의 심장이 정신없이 뛰고 있었다. 그가 한 무리의 사람들에게 무언가 열심히 설명하고 있는 노인에게 걸어갔다.

"대표님."

"응? 아, 우리 손자 아니냐."

이 회사의 창업자인 원녕이 주름이 더욱 깊어지게 웃었다. 그가 인사할 기회만 엿보고 있는 사라를 슬쩍 보더니 빨리 소개하라고 현재의 팔을 툭툭 쳤다. 그러자 현재가 입을 열었다.

"제 여자 친구인 사라입니다. 바이올리니스트예요."

"오, 바이올린."

원녕이 박수를 짝 치더니 말했다.

"전에 바이올린 안에 사운드포스트를 넣는 모습을 본 적이 있는 데 그게 꽤나 인상적이었어요. 바이올린이란 건 정말 잘 만든 악기 더군?"

"아, 네!"

사라가 일단 대답은 했지만 난감한 표정을 짓자 현재가 말했다.

"엔지니어 출신이셔."

"무슨 소리냐, 이 녀석아. 난 지금도 엔지니어다."

원녕이 너털웃음을 터트리더니 사라에게 말을 이었다.

"우리 손자가 통 연애를 안 해서 걱정했는데 사라 양을 보니 마음이 놓이네요."

호의적인 원녕의 반응에 사라가 겨우 안도해 생긋 웃었다. 사라 와 원녕은 서로가 꽤 마음에 든 모양이었지만 현재는 영 제 할아 버지가 불편했다. 그가 곧바로 인사했다.

"저흰 가 보겠습니다, 할아버지."

"급하긴, 정말 인사만 하고 가려고 드네. 넌 가서 차 빼 와라. 그동안 난 우리 예비 손자며느리랑 얘기 좀 하마."

"예?"

현재는 아직 그 정도는 아니라고 말하려고 했지만 사라가 별말 없이 그를 떠미니 곧 입을 다물고 차를 빼러 갔다. 현재가 멀어지 자 원녕이 물었다.

"우리 현재가 마음에 들어요?"

원녕은 편안한 사람이었다. 그래서 현재가 없어도 불편하지 않았다. 바이올린 구조에 대해 얘기할 때 뭐라고 대답하나 망설였던 사라는 이번에도 조금 망설였다.

현재는 곧 자신과 헤어졌다고 말하게 될 것이다. 너무 좋다고 대답하는 게 쉬웠지만, 나중에 그렇게 서로 좋아하는데 왜 헤어졌냐는 질문을 받게 될 수도 있을 것 같았다.

사라가 나지막이 말했다.

"현재 씨는…… 잘 외워져요."

"……잘 외워져요?"

원녕이 의아해하자 사라가 얼굴이 조금 붉어져 말했다.

"말투도 표정도…… 그냥 잘 외워져요. 악보 같아요. 자세히 보게 되고, 외우게 되고, 알게 되고……."

사라의 말에 원녕이 곧 다시 웃음을 지으며 말했다.

"독특한 아가씨구만."

잠시 후, 현재가 차를 끌고 돌아왔다. 이야기하던 두 사람도 대화를 마쳤다. 사라의 표정이 즐거워 보여, 현재는 안심하며 원녕에게 인사했다.

"먼저 가서 죄송합니다, 할아버지."

"그래. 네놈이 얼굴 비친 것만으로도 고마운 일이지."

원녕이 빨리 가라는 듯 두 사람의 등을 떠밀었다. 사라는 몇 번이고 거듭 인사를 했고, 현재는 한 번 허리 숙여 인사한 후 다시 돌아보지 않았다.

원녕은 두 사람의 뒷모습을 보며 싱글벙글 웃었다.

음악가에게 애인이 악보 같다니. 그보다 좋을 수가 있을까.

두 사람은 회사와 가까운 현재의 집으로 돌아갔다. 편한 옷으로 갈아입은 사라가 후련한 표정을 지으며 포르테에게 달려갔다.

"포르테. 산책 가자. 오늘 날씨 진짜 좋아."

사라가 목줄을 들고 나오니 포르테가 신나서 어쩔 줄을 모른다. 그 침착한 녀석이 사라의 주변을 정신없을 정도로 빙빙 돌았다.

늦은 밤, 두 사람은 한강으로 나갔다. 벚꽃이 핀 한강을 걷는 둘의 걸음도, 모처럼 주인과 산책을 나온 포르테의 걸음도 가벼웠다. 걸음마다 음악이 피어나는 것 같았다.

앞서서 걷던 사라가 현재를 돌아보며 물었다.

"한강 좋죠?"

"네. 이렇게 좋은 줄 몰랐습니다."

"무슨 서울 사람이 한강을 보고 신기해해요?"

"바빠서요. 걸을 일이 별로 없었습니다."

강과 봄이 콘체르토를 연주하는 듯했다. 사람들의 즐거운 대화나 가게에서 들리는 음악 소리가 어우러졌다.

사라가 아이스크림 가게를 가리키며 말했다.

"저기서 소프트아이스크림 사 올게요. 현재 씨도 사 줄까요?"

"됐습니다. 어린애도 아니고."

"아이스크림에 나이가 뭐가 중요해요? 아이스크림은 할아버지들도 좋아한단 말이에요. 이 빡빡한 양반아."

사라가 핀잔하더니 달려가려다 잠깐 멈춰 섰다. 그리고 현재를 돌아보며 물었다.

"같이 갈래요?"

"예?"

"같이 가요. 혼자 있기 심심하잖아요."

"웬일로 이렇게 침착해요?"

"저 평소엔 안 침착해 보여요?"

"네. 천방지축으로 보입니다."

현재의 장난에 사라가 입술을 삐죽거리며 그의 팔을 짝 때렸다. 곧 느린 걸음으로 걸어간 둘은 바닐라 소프트아이스크림 하나를 사서 돌아왔다. 그녀가 아이스크림을 내밀었다.

"자. 한입 줄게요."

"네?"

"연인 연습이잖아요, 왜. 먹여 주기."

이제 연습할 시기는 지났으므로, 사라는 핑계를 대면서도 속을 들킬까 걱정했다. 다행히도 현재가 별말 없이 몸을 숙여 아이스크림을 한입 먹었다. 그러자 사라가 기대감에 가득 차 물었다.

"어때요? 맛있죠?"

현재가 조금 놀란 표정으로 말했다.

"오랜만에 먹으니까 굉장히 맛있네요."

"그렇죠?"

현재의 대답에 안도한 사라도 아이스크림을 한입 크게 먹었다. 그러더니 놀라서 말했다.

"이거 진짜 맛있네요."

"앉아서 먹을래요?"

"네! 한입 더 줄까요?"

"더 많이 먹으면 안 됩니까?"

"큰일났네. 아이스크림 맛을 깨달으셨구만?"

사라는 짓궂게 말하고는 빈 벤치로 향했다. 평소의 급한 성격대로 달리고 싶었지만 현재를 위해 꾹 참았다.

사라가 먼저 벤치에 앉자 포르테가 그녀의 발치에서 꼬리를 흔들었다. 현재는 자신을 기다리는 둘을 보니 어쩐지 행복해졌다.

그가 천천히 걸어가 포르테의 머리를 쓰다듬었다. 그리고 사라를 불렀다.

"사라야."

다른 사람이 없는데도, 현재가 무심코 이름을 부르자 사라가 놀란 표정을 지었다. 현재가 당황하며 변명했다.

"아…… 연인 연습입니다."

잠시 침묵이 흐르고, 그 틈을 봄바람이 가득 채웠다. 사라가 입을 열었다.

"오빠."

"예?"

"연인 연습이에요."

사라가 눈웃음 지었다. 그러자 현재가 미소 지으며 대답했다.

"그렇군요."

늦은 밤. 한강에서의 산책이 끝나고 두 사람과 개 한 마리는 차를 타고 사라의 집으로 향했다. 유독 날씨가 맑은 봄의 밤하늘에서, 흔치 않게 별이 빛나고 있었다. 골목 입구에 주차하고 사라의 집까지 두 사람과 포르테는 함께 걸었다.

"와. 오늘은 별이 좀 있네요. 서울답지 않게."

두 손으로 바이올린 케이스의 손잡이를 꼭 쥔 사라가 하늘을 올려 보며 말했다. 현재도 고개를 들어 하늘을 바라보았다. 그 나쁜 서울 공기도, 모든 별빛을 감출 수는 없었던 모양이다. 결국 빛나야 할 별은 빛났다. 삭막한 현재의 눈에도 별빛이 보였다.

사라가 현재에게 물었다.

"너무 많이 걸은 거 아니에요? 다리 아프죠?"

"괜찮아요. 차 가져왔으니까."

헤어지기 싫은 마음에 사라도 들어가지 않고, 현재도 재촉하지 않았다. 그러다 한참 후 사라가 마지못해 입을 열었다.

"들어가 볼게요."

"아. 이번 주 연주는 못 들었으니까. 내일 우리 집에 와 주시겠습니까? 내일은 아르바이트 안 하는 날이죠?"

"네. 좋아요. 동생 병원 갔다가 바로 갈게요. 여덟 시 괜찮아요?"

"좋습니다."

"조심해서 들어가세요. 내일 봐요!"

그녀가 고개를 푹 숙였다가 후다닥 들어갔다. 집으로 들어가 문을 닫은 사라가 주저앉았다.

"진짜 남자 친구였으면, 좋겠다……."

그녀가 웅얼거렸다.

사라가 들어가고 현재는 낑낑거리며 꼬리를 흔드는 포르테를 차로 끌었다. 그러나 포르테가 아쉬운지 가지 않으려 들었다.

"가자. 포르테."

현재가 말해 봤지만, 이 순한 녀석이 오늘따라 말을 안 듣고 사라의 집으로 제 주인을 당겼다. 현재는 포르테의 머리를 쓰다듬었다.

"네 마음은 아는데. 사라는 좋아하는 사람이 있잖아. 너무 늦게까지 붙잡아 두면 안 돼."

그가 설득하자 포르테는 시무룩해서 꼬리까지 축 늘어뜨렸다.

그러고는 힘없이 현재의 뒤를 따라 그의 차로 향했다.

현재는 잠깐 자리에 멈춰서 생각했다.

그는 제 일을 그다지 좋아하지 않았다. 자전거 회사를 운영하는데, 정작 본인은 자전거를 탈 수 없으니 회의감이 들었다.

아마 지금은 선일이 저렇게 방황을 해도, 자전거도 탈 수 없는 차남에게 회사를 물려주는 일은 없을 것이라고 생각했다. 아버지 생각은 몰라도 할아버지는 그렇게 생각하실 것 같았다.

그런데 처음으로, 자전거를 타고 싶다는 생각을 했다.

"내가 탈 만한 자전거를 만들어 볼까? 네 녀석 달리기도 할 수 있게."

현재가 묻자 포르테는 알아듣기라도 했는지 말똥말똥한 눈으로 그를 보았다.

⁕⁕⁕

월요일 오후, 오케스트라 연습이 끝나자마자 사라는 한희가 있는 병원으로 달려갔다. 사라는 조만간 아르바이트를 그만둬야겠다고 생각했다. 잠이 부족하니 몸에도 무리가 갔고, 무엇보다 한희의 수술이 성공적으로 끝나자마자 부모님이 곧바로 농사일을 시작해 마음의 짐도 줄었기 때문이다. 이제 빠져나가는 돈이 적으니 오케스트라 급여와 레슨비를 꼬박꼬박 모으면 유학을 다녀올 수 있을 것이다.

그녀가 병실로 들어가자 따분해 몸부림치던 한희가 신나서 달려왔다.

"언니!"

"아직 뛰면 안 돼! 넘어지기라도 하면 어떡하려고?"

"에이. 괜찮아. 나 이제 엄청 잘 보여."

한희가 자랑스럽게 말했다. 사라가 허리를 숙여 한희와 눈높이를 맞추고 아이의 두 **뺨**을 손으로 마구 눌렀다.

"그래도 뛰지 마셔. 요 못난아."

"나 입 모양 물고기 같지?"

한희가 병아리 같은 입을 쭉 내밀고 애교를 부렸다. 귀여워 죽겠네. 사라는 한희를 두 팔로 와락 껴안고 침대로 데려갔다. 침대에는 여전히 스케치북이 펼쳐져 있었다. 사라가 앉자 한희가 스케치북을 넘겨 주며 자랑했다.

"이것 봐. 언니 그렸어. 잘 그렸지?"

"오. 실물보다 낫다."

"응. 내 말이!"

한희가 장난스럽게 대답하더니 까르르 웃었다. 사라는 한희의 말랑말랑한 뺨을 잡아당기고는 같이 즐겁게 웃었다. 한희의 스케치북에는 가족의 그림과, 병원, 그리고 TV에서 본 만화 캐릭터 등이 그려져 있었다. 스케치북을 넘기던 사라가 낯선 남자의 그림을 발견하고 고개를 갸우뚱했다. 배낭을 메고 있는 청년의 그림이었다.

"이 사람은 누구야?"

"한희 구해 준 아저씨!"

"아. 그 오빠?"

건물 화재 현장에서, 눈을 다쳐 달리지 못하던 한희를 안고 나온 그 청년. 사라도 그 남자를 보았지만, 검게 그을려 앰뷸런스에 실려 간 탓에 얼굴을 알지 못했다. 다만 여행 중인지 커다란 배낭을 메고 있었다는 것밖에. 한희가 말했다.

"그때 아저씨 얼굴을 본 것도 같은데 잘 기억이 안 나……."

"하긴. 우리 한희가 지금보다도 애기일 때니까."

"내가 아저씨 얼굴 하나도 기억 못 해도 언니가 아저씨 찾아 줘
야 돼."

"당연하지. 꼭 찾아 준다니까?"

사라가 웃으며 한희를 꼭 끌어안았다.

"우리 막냉이 구해 준 사람인데. 당연히 찾아야지. 찾아서, 고맙
다고 인사하러 가자."

"어떻게 찾지?"

"의사 쌤 닦달하면 돼."

"오. 쉽네."

사라가 그날을 떠올렸다. 그 남자가 다음 날 퇴원했다는 이야기
를 듣고 얼마나 울었는지 모른다. 안심해서. 새카맣게 그을려서 걷
지 못하는 그가 걱정되었는데 무사히 집에 갔다니 정말.

그거 하나만큼은 마음이 놓였다. 그거 하나만큼은 죄책감이 가
셨다. 만약 그때 그 남자가 크게 다치기라도 했다면, 자신이 버틸
수 있었을까.

잘 지내고 있을까. 한희처럼 불을 무서워하는 공포증이라도 생
겼으면 어쩌지. 그 사람은, 잘 지냈으면 좋겠다. 여전히 여행도 다
니고, 술잔을 기울이다가 가끔 무용담으로 아이를 구한 이야기를
하는.

그런, 평온한 삶을 살아가고 있기를. 사라는 언제나 간절히 바
랐다.

모처럼 일찍 퇴근을 한 현재는 집으로 돌아가 포르테와 정원을 서성였다. 오늘따라 시간이 느리게만 간다. 시계를 수십 번 확인하고 또 확인한 후에야 문이 열리고, 사라가 들어섰다. 그녀를 보자마자 포르테는 주인을 뿌리치고 사라에게 달려들었다.

사라는 포르테를 두 팔로 끌어안고 뺨을 비볐다. 포르테가 좋다고 꼬리를 흔들었다.

"우리 멍멍이. 주인 잘 보살펴 주고 있었어?"

"반대입니다. 제가 보살펴 주는 거거든요?"

현재가 말하자 사라가 짓궂게 말했다.

"뭘 모르시네요. 포르테가 보살펴 주고 있는 거거든요? 제가 포르테였음 벌써 도망갔어요. 주인 무서워서."

"내가 무서워요?"

현재가 놀란 표정으로 물었다. 그러자 사라가 더 놀라서 되물었다.

"몰랐어요? 본인이 무섭게 생긴 거?"

"아니…… 무섭게 생긴 건 아니지 않나. 나 되게 우스운 사람인데."

"우스운 사람은 아니죠."

"만만하단 말입니다."

"그니까. 현재 씨 만만한 사람 아니라구요."

"그나저나. 언제까지 현재 씨예요?"

"그럼 뭐라고 불러요?"

"오빠라며?"

"그건 사귈 때 얘기죠."

"우리 지금 사귀잖아."

"가짜잖아요."

"와, 치사하네."

현재가 서운한 표정을 지었다. 그러더니 지나가는 말처럼 궁금하던 것을 물었다.

"그나저나 일요일에. 피아노가 있는 방은 왜 들어갔던 겁니까?"

"포르테가 데려다줬어요. 문도 요 녀석이 열어 주고."

사라가 두 손으로 포르테의 얼굴을 잡아 올리며 대답했다. 잠깐 포르테를 보고 웃은 것만으로도 그녀의 뺨에 홍조가 올랐다. 자신도 그렇게, 포르테처럼 사라를 웃게 할 수 있으면 좋겠다고 생각했다. 그러나 무슨 말을 해야 사라가 웃어 줄지. 제 머리로는 도통 알 수가 없었다.

"오늘도 피아노를 쳐 줄래요? 지난번에 쳤던 거."

"피아노요?"

"응. 듣고 싶어."

현재가 앞장섰다. 사라가 그의 뒤를 따라 걷자 포르테가 신나서 먼저 달려 올라갔다. 아무래도 이 영특한 개는 피아노가 있는 방을 굉장히 좋아하는 모양이었다. 먼저 달려가 꼬리를 정신없을 정도로 흔들며 안절부절못했다.

그가 방문을 열자 포르테가 먼저 방에 들어가 얌전히 자리를 잡고 앉았다. 현재는 선보이듯 피아노 뚜껑을 열어 주었다. 그 앞에 앉은 사라가 건반을 눌러 보고 놀라서 현재에게 물었다.

"조율했어요?"

"네."

"와……."

사라의 얼굴에 금방 미소가 번졌다. 그 미소를 보니 사라를 위해 조율을 해 두길 잘했다는 생각이 들었다. 이 방에 있던 사라의 모습이 너무나 소중해서, 현재는 피아노를 조율하지 않고는 버틸 수 없었던 것이다.

사라가 피아노를 눌러 보더니 즐거운 목소리로 물었다.

"진짜 비싸죠, 이 피아노?"

"악기 가격부터 물어보는 겁니까? 무드가 없군요."

"프로는 돈으로 말하는 거거든요?"

사라가 말하더니 신나서 건반을 누르기 시작했다.

머리를 한 갈래로 묶은 그녀의 윤기 흐르는 머리칼이며, 가녀린 목덜미가 아름다웠다. 건반을 누르는 손가락 하나하나까지 예쁘지 않은 곳이 없고, 사랑하지 않을 수도 없다. 피아노를 치는 그녀를 바라보던 현재는 그제야, 자신이 왜 이렇게 사라의 일거수일투족에 관심을 보이는지, 왜 그녀가 선일과 있을 때 견딜 수 없는 아픔에 휩싸였는지 깨달았다.

피아노를 치고 난 사라가 현재를 올려 보며 물었다.

"어때요? 덜 아파요? 음악에 진통 효과가 있는 것 같아요?"

"……."

"현재 씨?"

"당신과 있으면 약을 먹지 않아도, 별로 아프지 않네요."

"……네?"

"기적이 아닐까 싶을 정도로. 당신은 나를 낫게 하는군요. 당신의 사랑을 받는 남자는 꽤나 행복하겠네요."

현재가 멍해져 있는 사라에게 부드럽게 말했다.

"당신이 좋아하는 남자는 어떤 사람이에요?"

"네?"

"자꾸 물어보게 되어 미안하긴 하지만 무척 궁금해서요. 혹시 내가 도움이 될 수도 있잖아요."

어어…… 그거 현재 씨인데요, 라는 말을 할 수는 없었다. 사라가 드라마를 떠올리며 서둘러 둘러댔다.

"으음. 강준하 씨 말이죠."

"……네? 저희 형이 아니었습니까?"

"네, 네에? 무슨 소릴 하는 거예요! 사장님은 여자 친구가 있잖아요!"

이 남자가 뭐라는 거야 정말! 와, 눈치라고는 손톱만큼도 없는 남자다. 사라가 좋아하는 사람이 선일이 아니라는 사실에 당황한 현재가 변명하듯이 말했다.

"강준하 씨군요. 굉장히 좋은 이름이네요!"

이 아저씨 드라마 안 보나 보네. 요즘 이 드라마 시청률이 얼마나 나오는데 전혀 모르는 표정이다. 사라가 왠지 그를 놀리고 있는 기분을 느끼며 말을 이었다.

"병원에서 근무해요."

"아. 혹시 지난번에 만난 병원에서 근무하시나요?"

아니라고. 아니라고 이 바보야. 속이 터지는데 생전 연애 한번 안 해 본 사라 입장에서는 어떻게 말을 해야 하는지 알 수 없었다. 그녀의 계획대로라면 현재가 먼저 드라마 얘기를 꺼내며 그거 드라마 주인공 아니냐고 묻고, 사라는 맞다고, 사실 좋아하는 남자는 드라마 속 인물이었다고 말했어야 했다. 그 남자를 만난다고 했던 말은, 드라마를 보겠다는 뜻이었다고. 그런데 타이밍을 놓쳐 버렸다.

반면 현재는 원래부터 '가지고 싶은 것을 가지지 못하는 것'에 익숙했다. 초기부터 사라가 좋아하는 사람이 있다고 말했으니 별다른 의심도 없었다.

"강준하 씨도 음악을 좋아합니까?"

"별로 안 좋아할 것 같은데."

"으응. 그래서 짝사랑이군요."

"무슨 의미예요?"

"음악을 좋아하는 사람이, 당신을 사랑하지 않을 리 없지 않습니까?"

그러는 그쪽은 왜 날 안 좋아하는 건데요. 다른 바이올리니스트를 좋아해서 그런가. 사라가 괜히 토라진 척 말했다.

"제가 음악을 빼면 무매력이란 거예요?"

"아니…… 그런 뜻은 아닙니다."

"맞잖아요."

"아니라고 했습니다."

"그럼 음악 빼고. 매력 하나만 말해 봐요. 칭찬해 줘요, 얼른."

사라가 피아노 의자에 올라가 무릎을 안고 앉았다. 그녀는 맑은 눈을 반짝거리며 현재를 올려 보았다. 현재의 표정에 난감함이 가득했다. 늘 무표정인 것 같다가도 어떨 때 보면 굉장히 다양한 표정을 짓는다. 이 남자의 안에 있는 부드러움을 끌어내고 싶었다. 잘 웃고, 가끔은 재잘거리듯 말하기도 하는 양현재가 보고 싶었다.

사라가 벌떡 의자에 올라서서 말했다.

"얼른요. 칭찬해요. 네?"

현재가 그녀를 올려 보며 말했다.

"키가 굉장히 크군요."

"장난하지 말구요!"

"당신과 있으면, 즐거워집니다. 웃음이 나올 때도 있어요. 그게 당신의 매력이라고 생각합니다."

현재가 불안한지 사라의 허리로 손을 뻗었다. 손이 그녀에게 닿지 않도록 약간의 간격을 둔 상태로, 현재가 말을 이었다.

"자. 칭찬해 줬으니까 내려와요. 불안하니까."

"왜 안았어요?"

"예?"

"지난주 일요일에요. 내가 이 방에 처음 들어온 날. 왜 나를 안았어요?"

사라가 묻자 현재가 한숨을 쉬었다.

"곤란한 질문만 하네."

"뭐가 곤란해요? 내가 더 곤란하지."

"환상 같아서."

현재가 사라를 바라보며 말했다.

"잠이 덜 깨서 그랬나. 피아노를 치는 당신이 꿈에서 깨면 완전히 사라져 버릴 환상 같아서. 나도 모르게 붙잡았어요."

"……."

"불쾌했다면 정말 미안합니다."

사라는 그날 이후 수도 없이 고민했다. 도대체 당신은 왜 나를 끌어안았을까. 밤에 잠도 못 자고 생각했다.

사라도 그랬다. 현재를 볼 때 그런 기분을 느꼈다. 결국 자신은 꿈에서 깰 것이고, 이 남자는 정말로 사라져 버리겠지만.

사라가 아무 말도 못 하고 있는데 뛰어다니던 포르테가 툭 피아노 의자를 쳤다. 낡은 의자가 흔들리면서 사라가 중심을 잃었다.

그 순간 현재가 사라를 빠르게 끌어당겨 안아 들었다. 눈을 꼭 감았던 사라가 천천히 눈을 떴다. 자신이 현재에게 안겨 있었다.

"죄, 죄송해요!"

"내가 내려오라고 했잖아! 왜 자꾸 사람을 놀라게 해?"

정말 놀랐는지 그 정중한 사람이 갑자기 반말을 퍼붓는다.

"아니 포르테가…… 으으 저 녀석이."

사라가 포르테를 흘겼다. 포르테는 아무것도 모른다는 듯이 꼬리를 흔들고 있었다.

현재는 사라를 피아노 의자에 다시 앉혀 주었다. 너무 놀라서 아직 진정하지 못한 그가 사라를 화난 표정으로 내려 보았다.

"조심 좀 해요. 누구 심장마비 오는 거 보고 싶습니까? 팔이라도 다쳤으면 어떻게 할 겁니까? 왜 이렇게 자기 몸에 신경을 안 써요. 왜 아파도 아픈 걸 모르고, 다치는 것도 조심하지 않고. 아픈 게 얼마나 괴로운 건지 압니까? 다쳐 봐야 알겠어요?"

사고가 나서 다리를 다친 이후에서야 '아프지 않다는' 것이 얼마나 행복한 것인지 알게 되었다. 자다가도 약 기운이 떨어지면 소리를 지를 정도로 아파서 잠이 깼다. 그래서 그는 사라가 자기 몸에 신경을 쓰지 않는 것에 화가 났다.

현재가 너무 화가 나 있자 사라는 잔뜩 주눅이 들었다. 이렇게까지 화낼 줄은 몰랐는데. 괜히 포르테가 원망스러웠다. 시무룩하던 사라가 손을 들어서 살짝 현재의 옷깃을 쥐고 말했다.

"동생이 많이 아팠잖아요. 그러니까 우리 집에선, 이 정도 아픈 건 아픈 것도 아니에요."

"……."

"그래서 어느 정도로 아파야 아픈 건지 잊었던 것뿐이에요. 그러니까 이제 조심할게요. 화내지 말아요."

사라가 현재의 화를 풀어 주려 눈웃음을 지어 보였다. 왜 이렇게 이 웃음이 안쓰러운지. 한숨이 나왔다. 현재가 가라앉은 목소리로 물었다.

"그래서…… 동생분의 수술 경과는 어떻습니까?"

"엄청 좋아요! 요즘에는 그림에 푹 빠져서 이것저것 그리고 있어요. 빚을 다 갚고 나면 동생도 바이올린을 가르쳐 줄 거예요. 부모님도 요즘은 다시 농사를 지으시려고 알아보고 다니세요. 이제 동생이 혼자서도 있을 수 있으니까. 눈이 안 보일 때에는 하루 종일 동생 옆에 붙어 계셔야 했거든요."

이상하게도 아무렇지 않은 척 재잘거리는 이 강한 여자가 겁이 날 정도로 약해 보였다. 현재보다도 강한 정신력을 가지고 있는 여자인데, 이상한 일이었다. 그녀를 지켜 주지 않으면 안 될 것 같았다.

사라와 함께 있으니 시간 가는 속도가 무서울 정도였다. 잠깐 몇 마디 했는데, 이미 아홉 시를 한참 넘겼다. 뒤늦게 사라가 시계를 보고 놀라서 일어섰다.

"늦었다! 저 얼른 갈게요!"

"네?"

손목시계를 확인한 현재도 놀라서 말했다.

"벌써 시간이 이렇게…… 갑시다. 데려다줄게요."

"아니에요. 왔다 갔다 하면 힘들잖아요. 저 갈게요. 다음 주에 봐요."

사라가 웃으며 손을 흔들고 달려 나갔다. 생각해 보니 벌써 한 달이 가까워지고 있었다. 이제 한 번만 더 연주를 듣고 나면 이 가짜 연애도 끝나 버린다. 그 생각을 하니 현재는 절벽에 선 기분이었다. 머리가 아찔해 오는 듯해 바닥에 앉아 포르테를 불렀다. 그는 달려와 품에 머리를 비비는 포르테에게 말했다.

"그러다가 사라가 다쳤으면 어쩌려고 그랬어?"

현재가 말하자 포르테가 알아듣는 것처럼 컹컹 짖었다.

다른 남자를 좋아한다는 사라의 말을 들어서인가, 현재는 쉽게 잠을 이루지 못했다.

강준하. 어쩐지 이름부터가 잘생겼을 것 같은 기분이다. 게다가 의사라고 하고…….

현재가 잠자리에서 몸을 일으켰다. 보통 아파서 잠이 못 들지, 머릿속이 복잡해서 잠을 못 잔 적은 별로 없었다. 아무래도 좀 더 적극적으로 잘 준비를 해야 할 듯싶었다.

현재는 자신의 방을 둘러보았다. 방에는 깊이 잠들기 위해 오르골이나 무드등 같은 소품들을 가져다 두었다. 아픔을 잊기 위해서 다양한 방법을 찾은 것이었다. 그는 오르골의 스위치를 켰다. 태엽 대신 건전지로 움직이는 오르골은 한밤중 어두운 방을 밝히는 작은 조명을 켜고 아름답게 움직였다.

사라와 함께 보고 싶다. 분명 그 예쁜 눈을 반짝거리며 이것 봐요, 저것 봐요, 하고 신기해하며 재잘거리겠지.

현재가 한숨을 쉬며 다시 몸을 일으켜 한쪽 벽에 있는 인공 분수를 켰다. 옆에 놓여 있던 라벤더 향수를 조금 뿌리고 창문을 열었다.

유난히 날이 맑은 밤, 비로 깨끗이 씻어서 한낮의 태양에 뽀송뽀송하게 마른 달이 떠 있었다. 밤이 늦었는데, 잠은 점점 더 달아나 버린다.

좋아하는 사람이 있는 여자를 번거롭게 하지 말자. 머리로는 그러는데, 마음이 놓아주지 못한다. 사라는 지금 자신의 상황만으로도 버거울 테니 더 힘들게 하지 말아야지. 그렇게 생각하면서도 그녀를 그리워하는 것을 멈출 수 없다.

이 밤에 전화는 안 될 것 같고, 문자도 질척거릴 것 같았다. 그래서 휴대폰만 보고 가만히 있는데 갑자기 진동이 울렸다.

현재가 화들짝 놀라 화면을 확인하니 사라에게서 문자가 와 있었다.

[ㅇ]

그가 멈칫했다.

이응? 무슨 의미지? 요즘 애들이 쓰는 줄임말인가?

현재는 진지하게 고민했다. 그런데 혹시 'ㅇ'이 무슨 의미냐고 물어봤다가, 자주 쓰는 줄임말이고 해서 사라가 자신을 엄청 어른으로 보기라도 하면 어떡하나.

걱정이 되어 별수 없이 검색창을 열었다. 그리고 'ㅇ' 줄임말, 'ㅇ'의 의미, 이런 것을 검색해 보는데 사라에게서 다시 문자가 왔다.

[앗, 잘못 보냈어요! 자는데 깨운 건 아니죠?]

그녀의 연락에 현재가 어처구니없고 자신이 한심해 실소했다. 그가 침대로 돌아가 휴대폰을 꾹꾹 눌렀다.

[안 자고 있었습니다.]

그러자 사라가 곧바로 답을 보냈다.

[왜 안 자요? 내일 출근 안 해요? 안 졸려요?]

[이제 잘 거예요.]

[내일 졸리면 어떡해요?]

그러게. 내일 졸리면 어떡하지?

현재가 잠깐 생각하는 사이 사라가 다시 문자를 보냈다.

[자야 되는데 자꾸 말 걸어서 미안해요. 잘 자요.]

답이 늦어지는 바람에 자신이 그녀와 대화하기 싫어한다고 생각한 건가 싶었다. 현재는 불안감에 자신도 모르게 통화 버튼을 누르고 말았다. 그리고 연결음이 들리자마자 휴대폰 상단의 시계를 보고 깜짝 놀랐다.

열두 시가 넘어서 전화를 걸다니. 현재가 다급하게 전화를 끊어 버리고 잘못 눌렀다고 보내려는데, 곧장 사라에게서 전화가 걸려 왔다. 얼떨떨한 기분으로 전화를 받자 사라가 말했다.

— 여보세요?

"미안합니다. 전화가 더 편해서 무심코…… 끊을게요. 어서 자요."

— 끊어요? 나 심심한데.

사라의 목소리가 아쉬워서 현재가 멈칫하더니 물었다.

"룸메이트 계시지 않아요?"

— 오늘은 집에 갔어요. 혼자 심심해서 누구한테 연락하나 이 사람 저 사람 누르다가 실수로…….

사실 사라의 말에는 거짓말이 조금 섞여 있었다. 실은 내내 현재에게 문자를 보낼까 말까 고민했던 것이다. 그러다가 실수로 'ㅇ'을 보내 버려서, 그녀 역시 현재 이상으로 당황한 상태였다. 현재가 물었다.

"잠이 잘 안 와요?"

— 안 와요. 그래서 지금 혼자 침대에서 이리저리 뒹굴뒹굴하다

가 전화받았어요.

뒹굴뒹굴했다니. 귀여워서 현재가 소리 내어 웃어 버리자 사라는 부끄러워하며 투정했다.

— 웃지 마요. 저 진짜 심심했단 말이에요.

"알았어요. 먼저 안 끊을게, 심심하면."

— 정말요? 우와, 좋다, 내 가짜 남자 친구.

사라가 굴러다니기를 멈추었는지 바스락 소리도 멈췄다. 그녀가 말을 이었다.

— 단거 먹고 싶어요.

"이 밤에요?"

— 네.

"사다 줄까요?"

현재가 다정히 묻자 사라가 화들짝 놀라 고개를 저었다.

— 아뇨! 그냥 먹고 싶다는 말이에요!

"그냥 먹고 싶다는 게 무슨 말……."

현재가 고개를 끄덕였다. 생각해 보면 대학 다닐 때 몇 명 없던 여자 동기들끼리 진짜 먹으러 가진 않지만 '피자 먹고 싶다.' '아, 나도. 요즘에 어디어디 새 메뉴 나왔더라?' '그거 맛있어?' 하는, 현재에게는 낯선 대화 패턴이 있었던 기억이 났다. 피자를 먹으러 가자는 대화인 줄 알았는데 신메뉴 얘기를 하더니 곧 다음 강의에 대한 이야기로 빠졌다.

그때는 그 대화 패턴이 굉장히 신기하게 느껴졌었다. 그런데 다행히도, 그때 의아해한 것이 지금 적용이 되고 있었다. 현재가 곧 말을 이었다.

"나도 단게 먹고 싶네요. 아, 사라 씨 집 근처에 굉장히 유명한 컵케이크 가게가 있다고 들었습니다."

그가 대학 때 배운 방식으로 대화를 이어 가자 사라가 물었다.

— 그래요? 그럼 우리 다음에 만나면 거기 갈래요?

컵케이크를 먹으러 가자는 말에 현재가 혼란스러운 표정을 지었다.

왜지? 왜 이번엔 진짜 컵케이크를 먹는 게 된 거지? 난 이 대화에서 뭘 잘못한 거지?

그때 사라가 말을 이었다.

— 아니면 다음에 현재 씨네 집 갈 때 제가 사 갈게요.

"아, 저기……."

— 네?

"사실 나 단거 안 좋아해요."

— 네에?

"그냥 맞장구치려고…… 아, 그래도 컵케이크 가게는 가죠. 먹는 거 봐 줄게요."

거짓말했다고 혼나려나, 하고 현재가 후회하는데 전화 너머로 까르륵 웃는 소리가 들린다. 사라가 두 눈 가득 웃고 있을 게 분명한 목소리로 말했다.

— 현재 씨도 귀여울 때가 있네요.

……귀여워? 도대체 어느 면이? 거짓말하는 남자가 취향인가?

현재는 어차피 이성 간의 관계에서는 머리 쓰는 게 도움이 안 되는구나, 싶어 포기하기로 했다. 결국 대화는 컵케이크 가게에 가자는 내용으로 끝났다.

전화를 끊고 현재는 침대에 누워 한동안 귀엽다는 사라의 말을 떠올렸다. 도대체 뭐가 귀여운 건가. 그리고 나는 왜 평생 들어 본 적도 없고, 자신과 안 어울린다는 걸 뻔히 알면서도 귀엽다는 말에 이렇게 설레는 건가.

그리고 왜 그녀와 전화를 하고 나니 이렇게 잠이 솔솔 잘 오는 걸까……

꿈ꞏ

다음 날 아침, 챙겨 갈 것이 있어 오랜만에 집에 들어와 잔 선일은 하품을 하며 걷다가 이상한 낌새에 잠깐 멈춰 섰다.

그는 자신에게 달려오는 포르테와 주차장에 그대로 있는 차 몇 대, 그리고 여유롭게 커피를 마시고 있는 현재의 수행비서 강우를 보았다. 왜 수행비서가 아직도 집에 있지? 평일인데?

선일이 당황하며 현재의 방으로 향했다. 가사도우미에게 물어보니 그녀는 현재가 새벽에 울린 알람도 못 듣고 자고 있다고 말했다. 그의 비서가 모처럼 그렇게 깊이 잠들었으면 더 재워도 된다고 해서 그냥 놔뒀다는 것이다.

방문을 벌컥 열어도 현재는 한 번 뒤척이기만 할 뿐 깨어나지 않았다. 그의 머리맡에 휴대폰이 놓여 있었다. 알람이 바로 옆에서 울리는데도 못 들었다니 정말 정신없이 자나 보다.

선일이 툭툭 현재의 등을 두드렸다.

"일어나, 인마."

그제야 현재가 천천히 눈을 떴다. 그가 하품을 하더니 세상이 너무 밝은 걸 눈치채고 다급하게 일어섰다.

"몇 시야?"

"열 시."

"여, 열 시?"

현재가 정신없이 드레스룸으로 달려가자 선일이 킥킥 웃으며 따라 걸었다.

"웬일로 그렇게 미친 듯이 자. 병났냐?"

"아니, 사라랑 전화하다가 잠들었는데…… 알람이 안 울렸나."

정장 바지부터 갈아입은 그가 셔츠를 꺼내 단추를 급하게 잠근 후 아무 넥타이나 꺼내 들었다. 자다 깨서 엉망이 된 머리는 손으로 대충 헝큰 후 급하게 걸어가는데 선일은 그 모습을 보며 웃느라 정신이 없었다. 양현재가 저러는 건 정말 처음 봤다. 사랑이 사람을 바꾸긴 하는 모양이었다.

결국, 어차피 늦어 버린 김에 현재는 곧바로 예정되어 있던 병원으로 향했다. 정기적으로 받는 진료를 마치고 나오자 그 병원 외과의사인 정한이 달려와 물었다.

"뭐래? 심각하대?"

그러자 현재가 어깨를 으쓱였다.

"그냥. 딱 나이 먹는 속도 정도로 악화되고 있대. 더 심각한 건 아니고."

"아. 답답하네."

현재는 다리를 다친 후 쭉, 절친한 친구인 정한의 아버지가 병원장으로 있는 병원 정형외과에 통원했다. 정한이 자연스럽게 그곳에 레지던트로 들어오면서부터는 이 오지랖 넓은 친구도 툭하면 정형외과를 들락거리는 중이었다.

건물 밖으로 나오자 정한이 담배를 꺼내며 한숨을 쉬었다. 이 친구 놈은 왜, 저렇게 늘 온 사방에 뺏기고만 다니는지 모르겠다. 어릴 때는 어머니의 사랑, 청소년기에는 피아노. 그리고 이제는 그

운동 좋아하던 녀석이 달릴 수 없게 되었으니.

정한이 갑갑해져 자꾸 한숨을 쉬자 현재가 그를 툭 쳤다.

"직장에서 한숨 쉬지 마라. 레지던트 주제에."

"와, 이 새끼 말하는 거 봐라."

"이렇게 돌아다니는 걸 보니까 한가한가 보다."

"어. 이번 달은 그래도 좀 사람답다. 내가 이제 너랑 술 마실 생각을 다 하잖아."

"다행이네. 한가해져서."

"근데 네가 사. 난 일개 레지던트고 넌 VIP 환자시니까."

"이 자식."

정한의 능청에 현재가 픽 웃으며 고개를 끄덕였다. 그가 말했다.

"술은 내가 살 테니까, 나 환갑 때는 휠체어 꼭 사 줘. 근사한 걸로."

"당연하지. 커피포트 달린 거 사 달라며."

정한이 농담을 받아 주자 현재는 유쾌하게 웃었다. 천천히 걸어가던 현재가 물었다.

"그런데 여기. 강준하라는 의사가 있어?"

"강준하? 처음 듣는 이름인데. 무슨 과?"

"으음, 그건 잘 모르겠어."

정한 역시 드라마 볼 시간이라곤 없이 바빴다. 그가 고개를 기우뚱하며 물었다.

"찾아봐 줄까?"

"아냐. 됐어. 신경 쓰지 마."

신경 쓰인다. 아니다. 신경 쓰지 말자. 그녀가 누굴 좋아하든지 무슨 상관인가. 아. 그래도 신경 쓰이는데.

계약 연애인데 무슨 여자 친구의 전 남친 궁금해하듯이 굴고 있는 스스로가 한심했다.

선일의 바 루바토에 도착한 현재와 정한은 언제나처럼 창가 자리에 앉았다. 아직 사람이 그리 많지 않았다. 모처럼 만난 둘은 취하고 싶은 사람들처럼 빠르게 술을 들이켰다.

현재 역시 술을 들이켜다 바 쪽을 바라보았다. 오늘도 역시, 장미와 선일이 다투기 시작했다.

"나보고 정말 어떡하라는 거냐?"

"오빠."

"적당히 좀 하자. 무슨 연락을 하루 종일 하래?"

"내가 언제 그렇게 하루 종일 해 달래? 아침에 연락 한 번을 해 줄 수가 없어? 나 뭐 하는지 안 궁금해?"

"장미야. 나 맨날 열 시 넘어야 일어나잖아. 근데 어떻게 더 일찍 연락을 해. 내 일이 새벽에 끝나는데."

요즘 들어 둘이 자주 다퉜다. 그리고 서로 대화를 하지 않는 시간도 늘어 갔다.

한참 다투다가 장미는 바를 나가 버리고, 선일이 신경질을 내며 맥캘란 한 병과 잔 하나를 더 들고 걸어와 털썩 현재의 옆에 앉았다. 그러더니 욕을 해 댄다. 어려서부터 형제의 집을 들락거리던 정한이 낄낄거리며 웃었다.

"와, 체력들도 좋다. 어떻게 그렇게 매일 싸워, 둘은?"

"장미가 시비를 걸잖아, 계속."

"근데 솔직히, 형이 여자 친구한테 엄청 충실한 사람은 아니잖아."

"시끄러, 인마."

선일이 술이 조금 남은 정한과 현재의 잔에 맥캘란을 콸콸 부었다. 정한이 질색하며 말했다.

"어어! 이러기가 어디 있어, 손님한테! 무슨 사장이 손님 술을 망쳐 놓냐?"

"어차피 이거 다 양현재가 살 거잖아. 동생 돈이 내 돈이니까 다 내가 쏘는 거야."

"형의 그 뻔뻔함을 견디는 장미 씨가 대단하다."

현재는 말없이 맥캘란이 채워진 올드 패션드 글라스를 들어 한 모금 마셨다. 선일이 찌푸린 얼굴로 현재를 보며 말했다.

"넌 뭐 무슨 반응이 없어. 어떻게 내 동생인데 이렇게 나랑 다르냐. 이정한. 얘랑 놀면 재미있냐? 심심하지 않아?"

"더럽게 심심해. 형 여기 계속 있어."

정한이 기다렸다는 듯이 말했다. 그러자 선일이 현재에게 문 쪽을 턱짓하며 말했다.

"아직 안 갔을 거야. 내가 데려다주기로 해서. 장미 좀 달래 줘."

"내가 왜."

"장미 너한텐 화 안 내잖아. 맨날 나한테만 지랄이야."

"여자 친구한테 지랄이 뭐냐?"

"너 내 동생 맞지? 나 전부터 궁금했는데 진짜 애 바뀐 거 아닐까?"

현재가 자리에서 일어섰다. 너무 일찍부터 마셔서 그런가, 좀 피곤했다. 그는 늘 하던 대로 1층으로 내려갔다. 1층 카페에 울적한 표정으로 앉아 있는 장미가 보였다. 현재는 그녀에게 다가가 맞은편에 앉았다.

"왜 또 싸웠어?"

현재가 다정한 목소리로 물어봐도 장미가 대답이 없다. 현재가 고개를 기울여 장미와 눈을 마주치려 애썼다.

"장미야."

"차라리. 오빠가 내 남자 친구였으면 좋았을 텐데."

장미가 투정하듯 말하더니 입을 꼭 다물었다. 그리고 금방 눈물이 뚝뚝 떨어진다. 현재가 당황해 주머니에서 손수건을 찾아 내밀었다. 장미가 그것을 받아 움켜쥐고 현재를 보았다. 눈물이 흘러 처연한 눈으로, 가만히 그를 응시하던 장미가 말했다.

"나 이제 선일 오빠 못 견디겠어. 맨날 저렇게 일 핑계 대고, 연락도 안 되고."

"형 원래 자유분방한 사람인 거 알잖아."

"알아. 이제 너무 잘 알게 돼서. 정말, 이건 아닌 것 같아."

"그래. 그럴 수 있지."

현재가 고개를 끄덕였다. 그러자 장미가 살짝 그에게 머리를 기댔다. 현재의 눈이 커졌다. 장미가 웅얼거렸다.

"너무 피곤해. 잠깐만……."

"……."

"어지러워."

현재가 당황해 자기도 모르게 두 주먹을 쥐었다. 장미는 그가 주먹을 쥐는 것을 보고 있었다.

그날, 재단 행사에서 현재가 말했었다. 확실하지도 않은 것으로 사라를 의심하지 말라고. 고지식한 현재에겐 당연한 일이겠지만, 그의 차가움이 장미에게는 큰 충격이었다. 그렇게 기대 있는 그녀에게, 현재가 말했다.

"지금 몇 시지?"

"응?"

갑자기 시간은 왜 묻나 싶어 장미가 고개를 들었다. 그리고 그 순간, 장미는 그가 왜 시간을 물어봤는지 알았다. 장미의 정면, 그러니까 현재가 등진 유리벽 앞에 급하게 아르바이트를 하러 달려가던 사라가 멈춰 서 있었다.

뒷모습만 보고 그게 현재라는 걸 어떻게 알아본 건지. 하긴. 이 재미없는 남자는 언제나 이렇게 검은색 밋밋한 슈트 차림이니까. 게다가 이렇게 어깨가 넓은 남자도 흔치 않고.

장미가 사라를 보며 생긋 웃었다. 장미의 시선을 따라 현재가 뒤에 뭐가 있나 싶어 돌아보려 하자 그녀가 냉큼 말했다.

"오빠."

"응?"

"나 눈에 화장 번졌어? 울어서."

"아니. 안 번진 것 같은데."

"자세히 봐 봐. 선일 오빠한테 더 화낼 건데, 이왕이면 예쁜 얼굴로 화내고 싶어."

그녀가 애교스럽게 말하자 현재가 그녀의 얼굴을 조금 더 살폈다. 넋이 나간 사람처럼 현재의 뒷모습을 보던 사라가 엘리베이터로 향했다.

그가 장미를 달래고 다시 바로 돌아갔을 때, 사라는 이미 바쁘게 뛰어다니며 일을 하는 중이었다. 현재가 자리로 돌아오자 한참 수다를 떨던 정한과 선일이 그를 보았다.

"양현재. 사라한테 인사했어?"

선일이 묻자 현재가 고개를 저었다.

"아니, 아직. 안 그래도 찾고 있었어. 어디에 있어?"

"위층에 서빙. 금방 내려올 거야."

"위층 다녀올게."

그의 말에 정한이 킥킥 웃었다.

"와, 이 자식. 그 몇 분을 못 참냐. 여자 친구가 그렇게 보고 싶어?"

정한의 짓궂은 말을 뒤로하고 현재가 엘리베이터로 향했다. 위층으로 올라가서 문이 열리는데, 막 서빙을 하고 아래층으로 내려가려던 사라와 마주쳤다.

"아. 사라 씨."

"현재 씨."

사라가 아무렇지도 않은 척 웃었다. 뒷모습이 자꾸 생각났다. 장미와 그렇게 가까이에서 무슨 이야기를 하고 있었는지. 가슴이 답답하도록 궁금했다.

그사이에 엘리베이터가 1층으로 내려가 버렸다. 그녀가 계단을 힘들어하는 현재와 엘리베이터를 기다리며 말했다.

"아까. 장미 선배랑 있던데."

"아. 봤어요?"

"무슨 일이었어요?"

"둘이 요즘 자주 다퉈서. 화해시키려고 얘기했습니다."

"으응. 그러게요. 자주 싸우시더라."

그랬었다. 둘은 요즘 정말 자주 싸웠다. 특히 현재가 있을 때는 말려 줄 사람이 있어서 그런지 더 크게 싸우는 기분이었다.

어쩌면. 저 둘이 헤어지게 되면. 양현재는 그녀의 남자가 될까. 사라가 쟁반을 방패처럼 꼭 끌어안고 말했다.

"드라마에 종종 나와요."

"드라마?"

"네. 남자 친구랑 싸우고 우울해하는 여자 주인공 위로해 주다가 사랑에 빠지는 내용이요. 마음이 힘드니까, 의지하고, 위로해 주면서."

"으응. 그럴 수도 있겠네."

사라의 말이 장미와 자신을 의미한다는 것을, 현재는 전혀 눈치채지 못했다. 그는 오히려 사라를 생각했다. 그녀의 짝사랑이 힘들다면 자신이 위로해 주다가 연인으로 발전할 수도 있는 건가, 하는 생각을.

엘리베이터가 도착해 둘은 그 안으로 들어갔다.

"네. 그러니까…… 으음……."

한 층뿐이라, 그녀가 고민하는 사이 다시 아래층에 도착했다. 현재가 먼저 내리자 사라가 닫힘 버튼을 눌렀다. 현재가 돌아보니 문이 닫히고 있었다.

"사라 씨?"

"커피가 마시고 싶어요."

그 순간 문이 닫히고, 엘리베이터가 1층으로 내려가기 시작했다. 사라는 자리에 주저앉았다. 서 있기 힘들 정도로 마음이 아팠다. 명치로 독이 퍼지는 것처럼. 울지 않기 위해 두 손으로 입을 틀어막고 밝고 긍정적인 생각을 하려고 애썼다.

'피아노를 치는 당신이 환상처럼 느껴져서. 사라질까 봐 두렵더군요. 그래서 붙잡은 겁니다. 사라지지 않도록.'

한희를 떠올렸다. 한희가 시력을 되찾은 이후에 그린 그림들. 그제야 조금 미소가 지어졌다. 그리고 한희를 구해 준 남자를. 여전히 그렇게 커다란 배낭을 메고 여기저기 여행을 다니고 있을, 술자리에서 가끔 무용담을 이야기하고 있을 그를 떠올렸다.

"아마 강준하처럼 생겼을 거야."

그녀가 혼잣말하며 웃었다. 하기야 그가 어떻게 생겼으면 어떤가. 그가 다음 날 바로 퇴원했다는 사실은 언제나, 사라 인생에서 가장 기뻤던 순간이다. 매일같이 의사를 찾아가 그 청년은 약간의 타박상 외에는 다친 곳이 없다는 대답을 받아 냈으니까. 그가 건강하다는 것이 죄책감에 시달리던 사라를 안도하게 했다. 다시 바이올린을 연주하게 했다.

사라가 1층으로 내려갔다가 다시 루바토로 들어가니 선일이 그녀의 양어깨를 쥐고 앞뒤로 가볍게 흔들었다.

"야, 강사라. 너 뭐 한 층 올라갔다 오는데 이렇게 오래 걸려?"

"아. 죄송해요."

사라가 지친 표정으로 웃었다. 그러자 선일이 고개를 기우뚱하더니 물었다.

"너 좀 창백한 것 같다?"

"그래요?"

"응. 양현재가 너 몸 안 좋다고 걱정하더니 아직도 안 나았나 보네. 잠깐 앉아 있을래? 현재 오라고 할게."

"에이, 일하는 중에 연애질하면 안 되죠."

"그 일하시는 분이 내 동생 여자 친구면 얘기가 다르지. 인맥 사회 아니겠냐."

"와. 그런 말을 당당하게 하시네요."

"내가 좀 당당한 남자지."

"사장님."

"응?"

선일이 고개를 기우뚱하자 사라가 애교스럽게 웃으며 말했다.

"저 이제 아르바이트 더 못 할 것 같아요."

"윽. 드디어 때가 왔구나."

선일이 한숨을 쉬며 제 머리칼을 마구 헝클었다.

"그래. 안 그래도 양현재가 너 건강에 너무 무리가 간다고 짜르라고 잔소리하긴 하더라."

"으으, 건강염려증."

"내 말이 그 말이다. 알았어, 어쩔 수 없지."

"새로 아르바이트생 뽑을 때까지는 있을게요."

"오, 역시 우리 에이스. 떠나면서도 내 걱정을 해 주네. 내가 최대한 빨리 뽑을게."

선일이 장난스럽게 어깨를 으쓱이더니 현재를 잠깐 보았다가, 사라에게 물었다.

"양현재는 잘해 줘?"

"잘해 주죠. 엄청."

"마음에 들어?"

"네?"

"저 녀석 말이야. 무뚝뚝하고, 여자 속도 모르는 놈이잖아."

사라가 자신도 시선을 돌려 현재를 보았다. 제자리로 돌아가 정한과 술을 마시던 그가, 사라가 있는 쪽으로 오다가 선일의 질문을 듣고 자리에 멈춰 서 있었다. 사라가 현재의 눈을 가만히 바라보며 말했다.

"마음에 들어요."

"그래?"

"네. 제가 엄청 좋아해요. 그렇죠?"

여우짓을 해 봤다. 그를 빤히 보면서 한 번쯤, 그가 이 말에 설레기를 바랐다. 그렇게 생각하니 또 눈물이 날 것 같았다. 왜 이러는지 모르겠다. 눈물이 많은 편이었어도 이 정도는 아니었다. 이렇게 한 마디, 한 마디에 들떴다가 바닥에 처박혔다가, 또 다시 고개를 들고 웃어 버리는. 이렇게 감정적인 사람이 아니었는데.

그에게서 시선을 돌리려는데 현재가 가까이 걸어왔다. 가까이, 지나치게 가까워서 사라가 놀랐을 때. 그녀의 몸이 현재의 품으로 끌려 들어갔다.

사라의 눈이 커졌다. 아무 생각도 나지 않았다. 현재가 이렇게 갑작스러운 행동을 한 사람이라고는 믿기지 않을 정도로 담담하게 말했다.

"형, 진짜 미안한데 나 사라 커피 좀 사 주고 올게."

"에이, 이 자식 진짜. 빨리 갔다 와."

"응."

선일이 떠나도록, 현재는 그녀를 안은 상태였다. 흘러나오려던 눈물이 확 멈춰 버렸다. 현기증이 났다. 현재가 고개를 숙이고 사라의 머리칼을 손으로 쓰다듬으며 말했다.

"몸 안 좋아요?"

"아뇨. 왜 갑자기 안았어요?"

"울 것 같은데, 주먹을 쥐고 있어서. 울기 싫은가 해서 안았어요."

"웬일로 눈치가 이렇게 빠르데?"

"커피 사 온다더니, 커피가 없으니까 이상해서."

눈물이 쏙 들어갔다. 대신 심장이 비정상적으로 뛰었다. 그가 천천히 사라를 놓는데, 그녀가 현재의 셔츠를 두 손으로 움켜쥐었다.

"잠깐만 더요."

"……."

"어지러워서……."

아까 장미도 아마, 이렇게 말하고 기대 있었겠지. 요즘 선일과 자주 다퉜고, 아까도 현재에게 기대 있었으니. 어쩌면 장미도 이 남자를 좋아하는 걸지도 모른다.

그런 거라면. 자신에게는 더 이상 가망이 없었다. 어쩌면 이렇게 그의 품에 안길 수 있는 것도, 지금뿐일지도 모른다.

"몸 안 좋은 거 아니면, 좋아한다는 남자분과 무슨 일 있었습니까?"

현재가 묻자 사라가 고개를 끄덕거렸다. 그리고 입을 열었다.

"다른 여자를 좋아해요. 그런데 아무래도 잘될 것 같아요."

"아…… 울 만하네."

"나쁜 놈."

"뭐, 사라 씨와 사귀는 게 아니면 그게 꼭 나쁜 놈인 건……."

이 남자 자기 얘긴 거 아나 보다. 나쁜 놈은 아니라는 걸 보니. 사라가 말했다.

"집에 왜 데려다주고, 왜 막 끌어안고."

"……다른 여자를 좋아하면서 사라 씨를 끌어안았어요?"

그 말에 욱한 현재가 사라를 떼어 내고 화난 얼굴로 물었다.

"그 자식 어디 있습니까?"

아. 모르는 거였구나. 아는 줄 알았네. 사라가 뾰로통해서 물었다.

"알면 뭐 하게요?"

"가만 안 두려고요."

자기가 무슨 보호자도 아니면서, 현재가 화난 목소리로 말했다.

"간 보는 거 아닙니까, 그거."

"아. 간 보는 건가?"

현재의 말에 사라의 표정이 확 밝아졌다. 그녀의 예쁜 두 눈이 현재를 바라보았다.

"있잖아요. 남자가 간 보는 건. 그래도 마음이 아주 없진 않은 거죠?"

"……예?"

그녀의 말에 현재가 미간을 좁혔다. 사라가 재촉했다.

"그래도 간을 본다는 건. 조금은. 진짜 조금은 마음이 있을 수도 있는 거죠? 제가 여자로 보이기는 하는 거겠죠?"

"그야. 그렇겠죠, 당연히."

그보다. 이 여자가 여자로 안 보일 수가 있나? 사라의 매끈매끈한 피부는 닿은 것만으로도 현재를 괴롭혔다. 사라가 입은 검은색 유니폼 너머로 느껴지는 그녀의 체온과 가느다랗게 느껴지는 몸 때문에 어지러울 정도였다.

그런데 제가 여자로 보이기는 하는 거냐니. 이게 도대체 무슨 소리란 말인가.

아니. 그보다 간 본다는 말에 왜 이렇게 좋아하는 거지?

사라가 평소처럼 발랄한 강사라로 돌아와 말했다.

"와. 갑자기 기분이 확 좋아지네. 고마워요, 현재 씨! 일할 힘 생겼어요."

그녀는 정말로 가벼워진 발걸음으로 일하러 돌아갔다. 자리에 남은 현재의 표정은 더할 수 없을 정도로 나빠졌다. 고작, 간 보는 상대를 좋아하다니 정말 큰일이었다. 사라가 상처받을 생각을 하니 속이 탔다.

강준하라는 그 남자를 찾아가서 한 대 치고 싶다.

5. 드라마에서는 |

새벽 두 시. 꽤 취한 정한이 현재가 불러 준 택시를 타며 킥킥 웃었다.

"이 자식. 너 연애하더니 변했다."

"뭐가 변해."

"뭐는 인마, 아주 사라 씨 표정 하나에 쩔쩔매던데."

"……."

"근데, 사라 씨 너 다리 계속 악화되는 거 알고 계시냐?"

"아니."

"이 새끼 봐라? 왜 말을 안 해. 너 다리 때문에 짐 될 것 같다고 평생 결혼 안 하겠다는 게 엊그제 일인데."

계약 연애라서.

굳이 그런 이야기를 사라에게 해서, 여린 그녀를 걱정시키고 싶지 않았다. 그녀에게는 좋아하는 남자가 있었고, 그 남자가 좀 둔한 모양이지만 사라 같은 여자를 놓칠 리가 없다고 생각했다.

아마 자신에게는 기회가 없을 것이다.

현재가 입을 다물자 정한이 말을 이었다.

"어쩌다 다쳤는지도 말하면 사라 씨도 이해해 주지 않겠냐?"

"잔소리 그만하고 빨리 가."

"어어, 야야. 발 낀다!"

현재가 문을 닫으려 하자 정한이 호들갑을 떨더니 똑바로 앉았다. 그리고 씨익 웃더니 떠나 버렸다. 그가 떠나고 현재는 담배를 꺼내서 한참 만지작거렸다.

아무래도 걱정이 사라지지 않는다. 도대체 사라가 그 망할 놈을 얼마나 좋아하는지 감이 안 잡혔다. 간 보는 것 같다며, 고작 그 정도 사실로 좋아하는 게.

뭐라도 해야 한다고 생각하며, 사라가 나올 때까지 기다렸다. 잠시 후 밖으로 나온 사라가 놀란 눈으로 현재를 보았다.

"여기서 뭐 해요?"

"사라 씨 기다립니다. 집에 데려다주려고."

"네에?"

"남자 친구가 이 밤에 집에 안 데려다주면 이상하잖아요."

"그건 그러네요."

사라가 웃더니 현재의 손끝을 잡았다.

"이왕이면 손도 잡아요. 연습해야죠."

"……그러죠."

현재가 사라의 손을 바로 잡았다. 그의 큰 손에 사라의 부드럽고 가느다란 손이 감싸였다. 둘은 제자리에 잠시 서 있었다. '잠시' 치고는 꽤 오래. 그리고 천천히 사라의 집 방향으로 걷기 시작했다.

현재는 지금 이 순간에는 자신의 걸음이 느려서 다행이라고 생각했다. 이 기분 좋은 산책이 조금 더 길어질 수 있어서. 사라가 그를 올려다보고 물었다.

"술 많이 마셨어요?"

"친구가 워낙 미친 듯이 마시는 놈이라 평소보다는 많이 마셨어요."

"그렇구나. 어쩐지 손이 따뜻해요."

현재가 고개를 끄덕였다. 사라가 능청스럽게 물었다.

"현재 씨 친구분이 뭐라고 안 해요? 제가 아깝다고 그러죠?"

"아주 도둑놈 취급을 하던데."

"으응. 내가 아깝긴 하죠."

사라가 말하더니 아이처럼 웃었다. 현재가 투덜거렸다.

"나도 뭔가 시도를 해야겠다. 어려 보이게."

"하긴, 현재 씨 조금 노안이잖아요."

"너무 솔직하네."

현재가 반듯하게 정리되어 있는 제 머리를 마구 헝클었다. 그리고 사라를 보며 물었다.

"어때요? 좀 낫습니까?"

현재가 확 허리를 숙여 얼굴이 가까워지자, 사라의 눈이 커졌다. 옅게 미소 지으며 다가온 그에게서 술 냄새 대신 가글을 했는지 박하 향기가 나고, 이어서 레몬 향기가 났다.

"레몬사탕 먹었어요?"

"네. 줄까요?"

사라가 고개를 끄덕이고 두 손을 내밀자 현재가 한 팔에 걸고 있던 재킷 주머니를 뒤적여 레몬사탕을 찾았다. 사탕이 든 캔을 열어 그녀의 손에 몇 개 올려 주자 사라가 하나를 입에 넣었다가 너무 셔서 표정을 찡그렸다. 그 표정을 보더니 현재가 짓궂게 웃는다. 사라가 오른손으로 주먹을 쥐어 아프지 않게 현재의 팔을 때렸다.

"이렇게 시다고 말을 해 줬어야죠!"

"말하면 안 먹을까 봐요."

"못됐어."

뺨이 잔뜩 부어서 투정하는 게 귀여워 현재는 자꾸만 웃음이 나왔다. 그가 중얼거리듯 말했다.

"아까 연기 잘하던데요."

"연기요?"

"아까 형이 저 마음에 드냐고 물어봤을 때."

"아, 그거."

사라가 맑게 웃었다.

"저 진짜로 현재 씨 꽤 마음에 들어요."

현재가 멈칫했다. 그러나 곧 미소 지었다.

"다행이네."

별 얘기 아니었다는 듯, 평온한 미소에 사라의 입가에서는 미소가 사라졌다. 현재가 말했다.

"집에 들어가요."

현재가 두 주머니에 손을 넣고 집 쪽을 턱짓했다. 헤어지기 싫은데. 이미 새벽 두 시가 지났다. 내일 출근해야 하는 거 뻔히 아는데, 조금 더 같이 있고 싶고.

사라가 손을 살짝 흔들었다. 그리고 집 문을 열었다.

다시는 계약 연애 같은 거 안 해야겠다. 이렇게 속이 허해지도록 아픈 일을 더는 하고 싶지 않았다.

그렇게 생각하는데 뒤에 서 있던 현재가 그녀를 불렀다.

"있잖아요, 사라 씨."

사라가 돌아보자 여전히 주머니에 손을 넣은 그가 말했다.

"그 자식, 마음에 안 듭니다."

"네?"

"당신이 좋아한다는 남자 있잖아요. 그 남자 마음에 안 든다고. 사내새끼가 간이나 보고."

"그게 무슨……."

"그러니까. 그딴 놈 좋아하지 마요. 당신이 아까워."

그가 조금 신경질적으로 말했다. 사라는 너무 어이가 없어서 현재를 빤히 보았다.

뭐, 하긴. 저 아저씨에겐 내가 아깝긴 하지, 하고. 사라는 속으로 생각했다. 그러자 웃음이 나와서 자기도 모르게 배시시 웃었다. 우울한 와중에 좀 웃겼다.

그녀가 고개를 두어 번 끄덕이고 말했다.

"알았어요, 노력해 볼게요. 안 좋아하도록."

그래야지. 좋아하지 말아야지. 그의 말이 맞다. 사라가 고개를 떨궜다. 그가 집에 돌아가는 것도 싫은데, 어떻게 하면 안 좋아지도록 노력한다는 게 가능할지 의문이었다. 그녀가 기운을 차리려고 심호흡하고 고개를 들었을 때, 현재가 다시 입을 열었다.

"그리고 사라 씨도."

"네? 저요?"

"다른 남자 좋아하면서 내가 꽤 마음에 든다고 말하지 말아요."

172

"……"

"그런 식으로 말하지 마요."

어?

사라의 눈이 깜빡였다. 그의 말에 갑자기 머릿속이 뒤섞이는 기분이었다. 현재가 말이 끝났는지 가려고 걸음을 옮기는 순간, 사라가 그의 소매를 붙잡았다. 현재가 멈춰 서서 그녀를 보자 사라가 입을 열었다.

"저 드라마 엄청 좋아해요."

"……예?"

"요즘에는 7일 24시간이라는 드라마를 보고 있어요. 엄청, 엄청 좋아해요."

갑자기 무슨 소리인가. 현재가 의아해하면서도 일단 성실하게 대꾸했다.

"드라마는 잘 안 봅니다."

"엄청 재밌어요. 추천이니까 꼭 보세요. 꼭."

"꼭 봐야 해요?"

"네. 꼭."

그녀가 말하고 현재의 소매를 놓았다. 그리고 곧바로 뒤돌아 집으로 들어갔다.

사라는 집에 들어오자마자 빠르게 씻고 침대에 누웠다.

심장이 멈추지 않고 뛴다. 골골거리더니 드디어 진짜 병이 났나.

현재의 말을 다시 떠올려 보았다. 간 보지 말라는 뜻이라고 생각했다. 그래서 자신도 모르게, 드라마를 보라고 말하고 말았다. 그 좋아하는 남자가 당신이란 걸 말해 주려고.

그날 밤, 그녀는 한참 동안 잠을 이루지 못했다. 심지어 아침에

해가 밝을 때까지 잠을 설쳤다. 계속 뒤척이던 사라가 두 손으로 자기 머리를 쥐어뜯었다.

"아! 내가 미쳤지. 왜 그런 소리를 했어. 안 보겠지? 드라마 안 본다고 했으니까."

"강사라, 시끄러워……."

주기적으로 사라가 중얼거리자 얌전히 자던 지호가 웅얼거렸다. 지호를 깨워서 신중하게 면담하고 싶지만 이 시간에 깨우면 저 녀석이 아무리 순둥이여도 화를 낼 것 같았다.

무슨 생각으로 드라마를 보라는 이야기를 꺼냈는지 모르겠다. 드라마 한 편만 봐도 강준하가 실제 인물이 아닌 드라마 속 인물이라는 것을 알 텐데.

그에게 더 이상 거짓말을 하고 싶지 않았다. 현재는 자신이 다른 남자를 좋아한다고 생각할 테니, 자신이 그에게 하는 행동 역시 전부 간 보는 것 아닌가.

좋아한다는 말을 전할 용기는 없어도. 최소한, 현재가 오해는 하지 않았으면 좋겠다고 생각했다. 그래서 마음속에 있는 마음을 실컷, 그에게 표현하고 싶었다.

그가 다른 여자의 남자가 되기 전까지만이라도, 실컷.

월화 드라마를 봐 달라고 했는데 시간이 없었다. 게다가 드라마를 전혀 보지 않는 현재로서는 굉장히 진입 장벽이 높은 분야였다. TV를 거의 보지 않을뿐더러 본다고 해도 뉴스뿐이었다. 그래도 다음 날, 현재는 비서인 강우에게 물었다.

"강우 씨. 혹시 7일 24시간이라는 드라마 압니까?"

"당연하죠, 사장님! 모르십니까?"

"유명합니까?"

"어떻게 모르실 수가 있습니까! 겨우 서른 살에 문화를 이해하려는 노력을 포기하신 겁니까?"

"퇴근 후에 보고 싶은데. 준비해 줄 수 있습니까?"

"네에? 사장님이 드라마를…… 아! 여자 친구분이 추천하셨습니까?"

"예. 뭐."

"이야. 사랑이 사람을 이렇게 변하게 하는군요. 점심시간이 뭡니까. 지금 당장 가져다 드릴게요!"

"저 지금은 아직 일이……."

현재가 당황했지만 강우는 이미 뛰쳐나간 후였다. 현재의 변화에 강우는 이토록 기뻐했지만 정작 현재 본인은 그가 왜 이렇게 기뻐하는지 의아해했다.

평소처럼 밤이 늦어서야 집에 돌아온 현재는 강우가 마련해 준 드라마를 틀고 포르테와 소파에 앉았다.

"안 하던 짓 많이 한다. 그렇지?"

현재가 중얼거리며 포르테의 턱을 긁어 주었다. 드라마는 의사들의 사랑 이야기였다. 오랜만에 드라마를 보니 생각보다 재미있었다. 1편 중간 정도에 인질로 잡힌 버스에서 응급 환자가 발생하자, 인질 중 한 남자가 벌떡 일어나 인질범에게 말했다.

— 의사입니다. 치료만 하게 해 주십시오!

— 시끄러워! 앉아!

— 납치와 살인은 격이 다른 범죄입니다. 여기서 이 환자가 죽으면, 당신이 죽인 거나 다름없는 겁니다. 아니잖아요. 당신은 요구하는 것이 있어서 우리를 인질로 잡은 것 아닙니까.

— 젠장…… 너만 일어나서 빨리 치료해.

드라마를 물끄러미 보던 현재가 포르테에게 말했다.

"말 진짜 잘한다. 의사 멋있네. 의사가 멋있어서 보라고 한 건가?"

그렇게 중얼거리는데 밖에서 부르는 소리가 들렸다.

— 대표님. 밖에 황장미 님이 찾아오셨습니다.

"장미?"

— 네. 밖에서 기다리고 계십니다.

1편이 거의 끝나 가는 차였다. 현재가 자리에서 일어섰다. 그리고 그가 밖으로 나간 후 드라마가 이어졌다.

— 이 환자. 누가 치료한 겁니까?

— 제가 했습니다.

— 당신이 무슨 권리로!

— 강준하. 외과 전문의입니다.

주인공의 자기 소개를 듣지 못한 상태로, 현재는 장미와 마주쳤다.

"뭐 하고 있었어? 드라마를 본다던데."

장미가 웬일이냐는 듯이 묻자 현재가 대답했다.

"사라가 재밌게 본다고 해서 나도 보고 있었어."

그의 관심은 완벽히 사라에게 향해 있었다. 장미가 말했다.

"오빠. 나 궁금한 거 있는데."

"응. 뭔데?"

현재가 다정히 물었다. 장미가 살짝 뜸을 들이더니 말했다.

"혹시 그때 말이야. 7년 전에. 내 동생 구해 준 거 오빠야?"

그녀의 말에 현재가 멈칫했다. 그는 난감한 표정을 짓고 있었다.

며칠 전까지도, 현재는 장미가 7년 전에 자신이 만났던 그 여자애일 거라고 생각했었다. 그리고 오늘, 장미는 그가 그것에 대하여 확신을 가지도록 말해 주려 했다. 그러나 현재의 표정은 장미가 생각했던 것만큼 쉽게 밝아지지 않았다. 장미가 말을 이었다.

"내 동생 말이야. 화상이 남았긴 하지만 그래도 다행히 건강하게 자랐어."

"……."

"나는 오빠가…… 나 때문에 다쳤는 줄 몰랐어."

장미가 애처로운 투로 말하며 살짝 현재의 팔을 잡았다. 그러자 한동안 침묵하던 현재가 다시 입을 열었다.

"화상, 남았구나."

"응. 그래도 정말 괜찮아, 이제."

현재가 기억하고 있는 그 교복. 장미는 그 고등학교를 다니고 있었다. 현재는 잠깐 눈을 깊게 감았다가, 천천히 떴다. 장미가 분위기를 경쾌하게 하기 위해 말을 이었다.

"오빠가 사라 걱정을 많이 하는 것 같아. 건강에 많이 신경 쓰게 됐지?"

"그랬지."

"나도 사라 아끼는 후배라서 걱정이 돼. 오케스트라보다 레슨이나 아르바이트에 더 치중할 때가 있으니까. 가끔 주객이 전도된 느낌이라고 해야 하나."

"전부터 궁금했는데 말이야. 사라랑 입단 시기 비슷하지 않아? 왜 후배라고 해?"

"아, 중학교 때부터 계속 같은 학교 다녔거든. 대학까지."

"……너희 같은 고등학교 나왔어?"

현재가 멈칫하자 장미가 서둘러 변명하듯 말했다.

"우리 오케스트라에 절반은 같은 예고 나왔을걸?"

"……."

"이 얘기 하려고 왔어. 난 가 볼게."

"아, 잠깐만. 나 궁금한 게……."

"더 있으면 선일 오빠가 질투해."

장미는 현재가 무언가 더 묻기 전에 빠르게 자리에서 일어났다. 현재도 장미를 따라 일어났다.

"내가 데려다줄게. 나도 바에 갈 거니까."

"그럼 고맙지."

장미는 혼란스러웠다. 그가 자신의 말에 심경 변화를 일으키고 있는 건지 표정만 봐서는 도무지 알 수가 없었다.

무언가 더 물어볼 것 같던 현재는 더 이상 아무런 질문도 하지 않았다. 오히려 평소보다도 무겁게 입을 다물고 있었다.

두 사람은 차에서 내려 바가 있는 곳으로 향했다. 같이 문을 열고 들어가니 무심코 인사를 하던 사라의 표정이 살짝 굳었다.

장미가 창가 쪽 자리에 앉자, 현재가 사라에게 걸어왔다. 사라는 애써 웃으며 말했다.

"같이 왔어요?"

"예. 장미가 할 말이 있다고 해서."

"무슨 얘긴데요?"

그녀가 나름 발랄하게 물었는데 현재는 답이 없었다.

'앞이 안 보여요…….'

사라의 여동생이 각막이식 수술을 받았다는 사실을 알게 된 직후에, 현재는 사고 당일 들었던 그 목소리를 떠올렸다. 사라에 대해 알아 갈수록, 장미를 보는 게 석연치 않아졌다. 장미의 이야기에는 맞지 않는 부분이 있었다. 오히려 사라가……. 현재가 서둘러 말을 돌렸다.

"아. 그보다 드라마. 보기 시작했어요."

드라마를 본 것은 꽤나 오랜만이었다.

자신이 드라마를 본 것이 얼마나 큰일인지 사라는 몰랐다. 현재가 꽤나 자랑스럽게 말을 이었다.

"아직 초반밖에 못 봤는데. 그래도 재미있었어."

"이제 알았죠?"

"뭘?"

"내가 어떤 사람을 좋아하는지요."

사라가 애원하듯이 물었다. 그러자 현재가 그 드라마의 남자 주인공을 떠올렸다. 말을 잘하고 근사한 의사.

현재가 고개를 끄덕였다.

"예. 알겠습니다. 멋있던데요."

"……."

"사라 씨?"

사라가 두 손으로 주먹을 쥐었다가, 눈웃음 지었다.

"아, 사장님한테 혼나겠어요. 저 갈게요."

그녀가 말하고 서둘러 선일에게로 달려갔다.

·······

아침에 일어나서 오케스트라로 향하는 걸음이 무거웠다. 오케스트라에 도착한 사라가 활을 쥐고 멍하니 있자 선배인 세경이 물었다.

"너 왜 그래?"

"그게······."

사라가 뭔가 말하려는데 그들에게로 관악기 연주자들과 있던 지호가 달려왔다.

"야! 강사라! 나 깨우라고! 지각했잖아!"

"깨웠거든? 내가 이 무거운 마음으로 백번 깨웠는데 네가 안 일어난 거거든?"

"씨이, 이 나쁜 년."

지호는 씩씩거리면서도 대화에 끼어들려고 의자를 끌고 와 옆에 앉았다. 세경이 사라에게 물었다.

"너 진짜 왜 이렇게 기운이 없어?"

그러자 지호가 맞장구쳤다.

"맞아. 너 정말 이번 주에 왜 이렇게 기운이 없어?"

두 사람의 걱정에 사라는 능청을 떨었다.

"내 걱정들이 이렇게 많다니. 나 진짜 세상 제대로 산 것 같아요."

그녀가 뽀뽀라도 할 것처럼 입술을 내밀고 안으려 들자 세경과 지호가 귀찮아하며 밀어 냈다. 사라가 씩씩거렸다.

"나 지금 둘이 나 밀어 내는 게 제일 서운해."

그 말에 지호가 그 귀염성 있는 얼굴로 잔뜩 인상을 쓰고 말했다.

"장난 좀 그만 쳐, 강사라. 왜 그러냐니까?"

"남자 친구가 장미 선배를 너무 많이 좋아해서."

사라가 중얼거렸다. 그녀가 하도 현재에 대하여 재잘거려 세경과 지호는 자초지종을 다 알게 되었다. 두 사람 다 말이 없자 그녀가 말을 이었다.

"게다가 드라마를 봤대요. 이제 내가 좋아하는 남자가 드라마에 나오는 것도 알 텐데. 그거에 대해서 아무 말도 안 하잖아요. 내가 누굴 좋아하든 관심도 없으면서, 여태 왜 그렇게 걱정하는 척했나 몰라."

그녀의 말에 침묵이 흘렀다. 그러다 지호가 당돌하게 말했다.

"근데 어쨌든 장미 선배는 남자 친구가 있잖아. 여자 친구는 너야."

"응. 그건 그래."

사라가 기운 내서 고개를 끄덕였다.

바에서 술을 마시며 현재가 진지하게 물었다.

"정한아."

"응."

"사라가 좋아하는 드라마가 있어서 보면서 궁금한 점이 생겼는데."

"……그래서?"

"한 편밖에 못 보긴 했지만 거기 남자 주인공이 능글맞고, 호리호리한 꽃미남이더라고. 말도 잘해서 굉장히 멋있어."

"……."

드라마를 보며 사라가 좋아하는 남자도 저런 스타일일까 생각했다. 자신과는 정반대여서, 현재는 왠지 그 드라마 남자 주인공이 꼴 보기 싫어 더 드라마를 보고 싶은 마음이 들지 않았다.

한참 듣고 있던 정한이 이를 악물고 물었다.

"그거 물어보려고 날 불렀냐? 이 바쁜 나를?"

긴히 상담할 것이 있다며 현재가 이 밤중에 정한을 선일의 루바토로 불렀다. 생전 안 하던 짓이라 큰일이라도 난 줄 알고 루바토로 달려왔더니 고작 물어본다는 것이 드라마의 내용.

현재는 평소 모든 것에 진지했다. 일에 있어서도, 인간관계에 있어서도. 현재를 학생 시절부터 봐 온 정한은 연애에도 이토록 진지한 현재가 당연하게 느껴졌다. 그래서 그도 진지하게 상담해 주고 있지만 이건 좀 지나치지 않나…….

정한이 말을 이었다.

"그래서. 너랑 정반대라 걱정이냐?"

"응. 나는 말주변도 없고, 그런 꽃미남도 아니고."

재수 없는 새끼. 정한이 속으로 욕설을 퍼부었다. 저런 얼굴로 태어나서는 예쁘장한 얼굴이 아니라서 아쉽다는 거다. 인간의 욕심은 끝이 없다.

현재가 중얼거렸다.

"사라가 나를 좀 더 좋아하게 하려면 말주변을 늘려야 하나."

"……속 터지는 새끼."

현재가 다리가 불편한지 앉은 자세를 움직이며 말을 이었다.

"남자 주인공이 나오는 정반대의 성격인 것 같아서. 형이나 너처럼 유쾌한 사람이었어. 그러면서 박력도 있고. 굉장히 멋있는 남자더라고."

"넌 무슨 드라마를 다큐로 받냐?"

정한은 가끔 현재의 저런 신중함이 답답하게 느껴졌다. 정한이 위스키가 담긴 올드 패션드 글라스를 탁 흔들어 얼음을 정리했다.

하기야. 저런 답답한 면 때문에 정한은 인간으로서의 양현재가 좋았다. 그는 실소가 나올 만큼 성실하고 답답해서 인간 같지 않을 때가 있다. 그래도 그 성실함과 답답함이 좋았다. 정한 스스로의 천방지축인 면과 정반대인 현재의 신중함이 마음에 들었다.

자기가 잘생긴 걸 모르나. 저러고 고민하는 얼굴만 보여 줘도 여자들이 넘어오겠구만.

의사로서 정한의 시선이 현재의 다리로 향했다. 7년 전쯤인가. 사고가 났다는 소식을 들었다. 그 동네 병원에 얌전히 있으라고 했더니 혹시 자신이 구한 아이들이 부담을 느낄까 봐 굳이 서울로 도망쳐 왔다. 어차피 그의 다리 상태를 봤을 때도 서울로 오는 것이 맞긴 했지만.

정한이 사고 현장을 직접 본 것은 아니지만. 안 봐도 뻔했다. 건물에 불이 났을 때, 아이가 위험하다는 사실을 안 현재는 고민도 하지 않고 불길로 달려들었을 것이다.

아직 안에 아이가 있다. → 구해야 한다.

이런 단순한 프로세스를 거쳤을 것이다. 그게 전부였다. 그게 저 남자의 정의감을 당연시하는, 순진한 성실함이었다. 정한이 위스키를 쭉 들이켜고 답답하다는 듯이 말했다.

"오에스(정형외과) 뭐 하냐. 일 좀 하라 그래. 너 같은 재벌 놈이 여태 다리가 아프게 놔둬? 병원 좀 바꿔."

아프지 마라. 남자끼리라 왠지 그런 말이 쉽게 나오지 않았다. 그래서 정한이 공연히 핀잔하는데 현재가 시계를 확인했다.

"사라 씨 왜 안 오지?"

"뭐, 인마? 아 이 자식. 너 여태 사라 씨 기다린 거냐, 여기서? 나까지 끌고 와서?"

"우리 오늘 새벽 두 시까지 마시자. 새벽 두 시에 아르바이트가 끝나면 집까지 걸어가더라고. 너무 위험하잖아. 데려다줘야지."

"이 새끼…… 친구는 2순위냐?"

투덜거리면서도 현재의 연애를 방해하기는 싫었는지 그저 픽 웃는다.

"야. 드라마 캐릭터한테 이겨 먹으려고 하지 말고. 너 왜 다쳤는지나 말해 줘. 남을 구하다가 다쳤잖아. 그런 게 진짜 매력 포인트지."

"안 다쳤어야 매력 아니냐?"

"……넌 참 말도 없는 놈이. 이상하게 말을 잘한단 말이야."

정한이 수긍했다.

현재의 시선은 계속 문으로 향했다. 열 시가 넘었는데 사라가 오지 않는다. 늘 정신없이 뛰어오지만 이렇게 늦는 날은 없었는데.

그리고 잠시 후. 현재는 못 보던 아르바이트생이 사라의 자리를 대신하고 있음을 알았다. 현재가 당황하며 바 테이블로 걸어갔다. 선일이 현재를 발견하고 손을 흔들었다.

"어어. 왜? 뭐 줄까?"

"못 보던 아르바이트생이 있네."

"새로 뽑았지."

"사라 씨는?"

"전부터 그만두겠다고 했었잖아, 너무 힘들어서. 이번 주부터 안 나와."

"그만둬?"

현재가 당혹스러워하며 묻자 선일이 표정을 굳혔다.

"몰랐어?"

선일이 황당해했다. 역시 이 둘의 관계는 뭔가 이상했다. 사귀는 사이라기에 당연히 알 줄 알고 일부러 전하지 않았는데.

현재는 밖으로 나가서, 서둘러 사라에게 연락을 했다. 밤이긴 하지만 아직 연락을 받을 거라고 생각했다. 하지만 그녀가 전화를 받지 않자 그의 얼굴이 조금씩 창백해져 갔다.

정한은 안 그래도 재미가 없는 현재 이야기를 들어 주느라 지쳤다가, 현재가 대수롭지 않은 사랑싸움 중이려니 생각하며 선일과 놀기 시작했다. 그러다 현재가 돌아오자 정한이 불쑥 말을 걸었다.

"아, 맞다. 양현재. 드라마 하니까 생각났는데."

"어."

현재가 울적한 표정으로 대답하자, 정한이 말했다.

"너 전에 우리 병원에 강준하란 의사 있냐고 물어봤잖아."

"어."

"내가 강준하란 의사 아냐고 다른 사람들한테 물어봤더니 진짜 유명한 드라마 주인공인데 어떻게 모르냐고 하더라. 산속에 있었냐고."

"……드라마?"

"7일 24시간이란 드라마래. 야, 이러니까 뒤처진 우리가 친구 인…… 어, 어디 가, 인마!"

"넌 형이랑 놀아."

그가 단호하게 말하고 나가 버리자 정한이 멈칫했다가 약간 삐 져서 말했다.

"원래도 그러고 있었거든?"

여자 친구 얘기만 하는 거 열심히 들어 줬더니 금방 팽개치고 가 버린다. 양현재가 원래 저렇게 이기적인 놈이 아니었는데…….

정한을 버려두고 집으로 돌아온 현재는 곧바로 보다 말았던 드 라마를 다시 켰다. 드라마는 지난번 그가 못 보았던 부분으로 돌아 가 다시 시작되었다.

— 이 환자. 누가 치료한 겁니까?

— 제가 했습니다.

— 당신이 무슨 권리로!

— 강준하. 외과 전문의입니다.

소파에 앉지도 못하고 드라마를 보던 현재의 표정이 한없이 밝 아졌다.

그래서 보라고 한 거였구나. 자신에게 좋아하는 남자가 없다는 걸 알려 주려고.

사라에게 좋아하는 남자가 없다는 걸 알게 된 현재가 실없이 자 꾸만 웃었다. 그러다가 주인이 신나 보여 덩달아 신난 포르테에게 말을 걸었다.

"어때. 사라가 보고 싶지?"

포르테가 꼬리를 흔들자 현재가 웃으며 말했다.

"나도 보고 싶은데. 내일 잠깐 보러 가자."

포르테를 데려가면 분명히 기분이 풀리리라. 현재는 생각했다.

⚜

퇴근을 위해 오케스트라를 나서던 사라가 단원들이 재잘거리는 소리에 그녀들이 모여 있는 곳을 보았다가 눈이 휘둥그레졌다.

"포르테! 그리고…… 현재 씨?"

완벽하게 관리받은 포르테는 모든 사람들의 관심을 끌고 있었다. 사라를 발견하자마자 포르테가 신나서 주인을 끌고 달려왔다. 사라는 포르테 때문에 자꾸만 표정이 풀어져서 움찔거리다가 결국 웅크려서 포르테를 와락 끌어안았다.

"오구오구, 우리 강아지."

그녀가 먼저 포르테를 반긴 후 앞에 서 있는 남자를 바라보며 물었다.

"여기…… 왜 왔어요?"

안 그래도 곧 헤어질 거니까. 요즘 남자 친구와 헤어질 분위기라고 말하고 있었는데 이렇게 오케스트라 앞에 나타나 버리면 어떡하나.

같이 나오던 지호가 슬쩍 보더니 현재에게 인사를 했다.

"안녕하세요!"

"아, 네. 지호 씨, 맞으시죠?"

"우와, 제 얘기 들으셨나 봐요?"

"룸메이트라는 이야기 들었습니다."

"재미있게 노세요."

"감사합니다."

그러더니 휙 사라에게 인사도 없이 달려가 버린다. 발걸음 가볍게 지호는 물론이고 다른 단원들도 자리를 피해 주겠다는 듯이 떠나 버리자 사라는 난감해졌다. 그러자 현재가 입을 열었다.

"바에 갔더니 당신이 아르바이트를 그만뒀다잖아요. 호의로 해 주기로 했어도 사람이 책임감이 있어야지. 그런 건 당연히 나한테 말해 줘야 하는 것 아닙니까? 당신 기다리다가 안 와서 그냥 집에 갔잖아요."

"저, 저 보러 갔었어요?"

"예. 상당히 억울했습니다."

투덜거리는 현재가 웬일로 좀 어린애 같았다.

여섯 살이 많다. 어른이라고 생각했다. 회사에서 임무가 막중한 현재는 자기보다 훨씬 나이 많은 사람들과 일을 해 왔기 때문에 제 나이보다 많이 어른스러웠다. 그런데 오늘은 꼭 어린애처럼 행동하고 있었다.

현재가 자신을 아이 보듯 보고만 있는 사라를 재촉했다.

"내 말 듣고 있는 겁니까? 섭섭했다고 말하잖아요. 지금."

짝사랑이 너무 아팠다. 자신을 만나러 바에 갔다는 말만 들어도 울음과 웃음이 동시에 날 것만 같다. 감정이 북받쳤다. 사라가 자리에서 일어나 포르테를 토닥이는데 현재가 말을 이었다.

"으음. 말해 줄 게 있어서 왔습니다."

"뭔데요?"

"제가 드라마를 좀 건성으로 봤어요."

"……네?"

"마지막 한 3분쯤 남았는데 손님이 와서 나갔다가…… 놓쳐서 못 본 거예요. 마지막 부분."

"무슨…… 아."

사라가 기억을 더듬었다. 1편은 본 지 꽤 오래되어 기억이 가물가물하지만 그 드라마의 마지막 장면이 어렴풋이 생각났다. 하도 많이 돌려 봐서.

강준하라는 이름이 맨 마지막에 나왔었다.

그럼 이 아저씨가 알고 모른 척한 게 아니라. 아직 강준하가 가상의 인물인 걸 몰랐던 건가?

그럼 나는 혼자 북 치고 장구 치고 한 건가?

사라의 얼굴이 확 붉어졌다. 그녀가 당황해 말을 더듬었다.

"그, 그까짓 얘기 하려고 여기까지 왔어요?"

"그까짓 얘기라니? 날 속였잖아요."

"속인 게 아니라……. 속인 게 맞긴 하지만요! 그게!"

"내가 얼마나 걱정했는지 알아요? 좋아하는 남자가 있다는데, 그 망할 자식은 당신이 아픈 것도 모르고 있지. 당신은 그 자식이 간 보는 것 같다는 말에도 들뜰 정도로 그 자식을 좋아하고."

"으으……."

"사람을 걱정시켜도 정도가 있지. 그 자식이 사라 씨 한 번만 더 울리면 찾아가려고 했습니다, 정말로."

"무, 무슨 걱정이 그렇게 많아요?"

"걱정 안 하게 생겼어요? 지난번에 기억나요? 피팅룸에서 갑자기 울었던 거? 와, 그땐 도대체 왜 운 겁니까? 내가 아픈데 건드린 줄 알고 얼마나 겁먹었는데."

현재가 지금까지 억울했던 것들을 쏟아 내는데, 사라는 너무 얼떨떨해서 아무 생각도 하지 못했다. 다른 것보다도, 보통 사람들이 저렇게까지 걱정을 하나 싶었던 것이다.

혹시 이 남자 조금, 정말 아주 약간. 날 좋아하는 건 아닌가 싶을 정도로. 포르테까지 데려와서 기분을 풀어 주려고 애쓰고 있으니까. 사라가 멍한 얼굴로 머뭇거리기만 하자 현재가 시계를 보더니 말했다.

"데이트하죠. 끝났으면. 오늘은 과외도 안 가잖아요."

"네에?"

"아직 우리 연애 중이잖아요."

데이트라니.

사라의 심장이 정신없이 쿵쾅거렸다.

두 사람은 마치 연애 직전 서로의 마음을 확인하는 것처럼 걷고 있었다. 퇴근길, 요즘 비가 종종 와서인지 유난히 맑은 하늘에 노을이 지고 있었다.

현재는 한 레코드 가게로 사라를 데려갔다. 가게 안으로 들어서자 그가 기대했던 대로 사라가 행복해하며 두리번거렸다.

음악을 들을 수 있는 감상실이 있는 널찍한 카페 형식의 가게였다. 모든 진열대가 레코드로 가득했다.

직원들이 현재에게 하도 열심히 인사를 해서, 사라가 그에게만 들리게 말했다.

"엄청 단골인가 봐요."

"아무래도 제 가게라."

"……네?"

뒤늦게 알게 된 사실에 사라가 핀잔했다.

"그냥 일하러 온 거였잖아요. 데이트가 아니고. 완전 사심 채우기."

"그럼 다음엔 사라 씨가 가고 싶은 곳 갑시다."

그 말을 듣자마자 사라가 기다렸다는 듯이 대답했다.

"놀이공원 가고 싶어요! 놀이공원 가요!"

"싫어요."

"……어, 어떻게 그렇게 쉽게 말을 바꿔요? 양심은요?"

현재는 아예 성인이 된 이후로는 놀이공원을 가 본 적이 없었다. 하긴 아이스크림도 먹어 본 지 오래되었다는 사람에게 놀이공원이라니 어불성설이긴 했지만, 그래도 사라가 억울한 표정을 지었다.

"가요. 네? 저 친구들이 남자 친구랑 놀이공원 갔다고 하면 부러웠단 말이에요."

"대신 더 좋은 곳 데려갈게요. 가능하면 돈으로 해결할 수 있는 방향으로 하죠."

"거짓말쟁이. 나 이제 현재 씨가 하는 말 다 안 믿을 거예요."

팔짱을 끼고 토라진 척하는데, 그게 너무 귀여워서 현재를 무섭게 했다. 이 귀여운 여자가 진짜로 화를 내면 무릎이라도 꿇을 것 같았다. 현재가 서둘러 타협점을 내놓았다.

"그럼 들어만 가고, 사라 씨는 놀아요. 나는 카페 같은 곳에 앉아 있을게."

"대신 놀이공원 가면 캐릭터 머리띠 써요."

"끔찍한 소리 하지 말아요."

현재는 진심으로 팔에 소름이 돋았다. 상상만으로도 끔찍했다. 물론 사라야 귀엽겠지만, 자신은 놀이공원에 발을 들이는 것부터가 불쾌하게 느껴졌다. 카페에 있겠다는 것도 백번 양보한 얘기였다.

"이리 와요."

현재가 더 구체적으로 시간 약속을 잡지 않기 위해 말을 돌렸다. 그녀를 레코드 가게 2층으로 데려갔다. 포르테는 몇 번 와 봤는지, 카페가 있는 2층으로 올라가지 않고 1층 계단 근처에 알아서 웅크려 잠을 청했다. 현재가 사라를 커튼이 있는 작은 공간으로 끌고 들어가 커튼을 닫았다.

가장 안쪽 벽, 창문이 있는 자그마한 공간. 사라가 현재를 보자 그가 말했다.

"일하러 온 거 아니야. 데이트라고 했잖아요."

"아……."

"여기 있을게요. 듣고 싶은 거 가져와요."

사라가 고개를 끄덕이고 서둘러 밖으로 나가서 레코드들을 뒤적거렸다. 그러다 영화 OST가 몇 개 있어서 들고 들어갔다.

그녀가 가져온 레코드들을 보며 현재가 물었다.

"로맨스 영화 좋아해요? 다 로맨스 영화 OST네."

"네. 드라마도 좋아하고, 영화도 좋아하고."

사라의 얼굴이 조금 붉었다.

창문 바로 아래에는 의자가 놓여 있었다. 거기 앉은 사라가 창문을 여니 딱 창틀이 그녀의 가슴팍까지 와서 팔을 대고 기대기 좋았다. 두 사람은 나란히 앉아 블루투스 헤드폰을 끼고 음악을 틀었다.

음악을 들으며 창밖을 바라보니 약간 더운 정도로 데워진 공기가 들어왔다. 사라가 기분 좋게 음악을 듣고 있는 모습을 현재는 물끄러미 바라보았다.

햇살과 바람이 번갈아 헝크는 그녀의 연한 갈색 머리칼이 사랑스러웠다. 현재가 무심코 손을 뻗어 그녀의 머리칼에 가까이 했다가, 무례하단 생각이 들어 손을 멈췄다. 그때 인기척에 사라가 고개를 돌려 그를 보았다.

"바람에 헝클어져서."

현재가 변명하듯 말하자 사라가 고개를 끄덕이고 다시 창밖으로 고개를 돌렸다.

그제야 현재가 천천히 그녀의 머리에 손을 올려 헝클어진 머리칼을 쓸어 등으로 넘겼다.

달콤한 음악과 바람이 귀에서, 혀에서 녹았다.

음악이 끝나고 다음 트랙으로 넘어가는 사이, 잠시 조용해졌다. 그때 사라가 입을 열었다.

"기분 좋네요."

"그래요?"

"네. 음악이랑, 바람이랑……."

다음 곡이 시작되며 사라는 입을 다물었다.

당신의 손길도 좋아요. 당신이 좋아요. 자꾸, 점점 더 좋아져요. 어떡하면 좋아요.

이게 첫사랑이면, 첫사랑은 언젠가 끝나고. 첫사랑이 끝나면 두 번째 사랑이 시작되겠지. 두 번째 사랑이 되면, 나는 이 사람을 잊을 수 있겠지.

이 음악을 들으며 예전에 본 영화를 떠올리듯이, 아주 가끔 첫사랑을 생각하면 이 남자가 떠오르는.

언젠가는 그 정도가 되겠지.

사라가 생각하며 가만히 창밖을 보았다. 음악이 설렌다. 마음이 벅차올랐다. 이 아쉬움까지도, 음악이 함께하니 초콜릿처럼 쓰고 달게 녹았다.

현재가 말했다.

"이제 세 번 했으니까, 다음 주가 마지막이군요."

"그러네요."

마지막. 사라는 심장이 철렁 내려앉는 기분이었다. 그녀가 말했다.

"다음 주 일요일에는 공연이 있어요."

"음."

"그러니까…… 금요일에 봐요."

"다음 주 금요일?"

"다다음 주."

사라가 미룰 수 있는 만큼 미루고 속을 들킬까 봐 어색하게 웃었다. 그러자 현재가 대답했습니다.

"싫습니다. 별다른 이유가 아니면 다음 주로 하죠."

"……치사해."

"뭐가 치사해요. 난 빨리 당신 연주가 듣고 싶어요."

한 주라도 더 그의 가짜 연인이 되고 싶은 속을 모르고. 사라는 그가 자신과의 관계를 빨리 끊어 버리고 싶은 걸까, 생각했다.

금요일 여덟 시가 다가오고 있었다.

여덟 시가 되니 기다렸다는 듯이 하늘이 어두워졌다. 사라는 현재의 집 문 앞에 섰다.

마지막 주니까 최선을 다해서 연주해 줄 생각이었다. 돈에 상관없이 자신의 음악을 좋아해 주는 남자니까.

바이올린 케이스를 쥔 사라가 심호흡을 했다.

"웃자. 웃으면서 하는 거야."

결심하고 또 결심했다. 마지막은 그에게 웃어 주기로. 이제 알바도 그만두게 되었고, 계약 연애도 오늘로 끝이다. 그에게 들려주는 연주는 이것이 마지막이다. 그리워지면, 보고 싶어지면 어쩌지 하는 안타까움은 숨기기로 했다.

그녀가 한 번 더 심호흡을 하고 입꼬리를 끌어 올려 억지로 웃었다. 그리고 활기차게 인사하며 정원으로 들어섰다.

현재보다 먼저 포르테가 달려들었다. 그러나 제 몸이 거대한 걸알긴 아는지 사라의 바로 앞에서 멈춰 서서 신나게 꼬리를 흔들었다.

"우리 강아지, 잘 있었어?"

뒤에서 천천히 걸어온 현재가 투덜거렸다.

"그 녀석은 사라 씨를 너무 좋아해요. 밥은 내가 주는데."

"장미 선배도 좋아해요?"

사라가 무심코 한 질문에 제가 놀라 멈칫하는데 현재가 말했다.

"장미가 개를 별로 안 좋아해요."

"아……."

두 사람은 오늘도 집 안으로 들어가 응접실로 향했다. 사라가 말했다.

"오늘이 마지막이네요."

"그러게요."

사라가 바이올린을 꺼냈다.

오늘따라 우울한 곡만 골라 왔다. 마지막이라 그런가. 아니면 날씨가 좋지 않아서 그런가. 날씨에 예민한 바이올린의 기분도 좋지 않았다.

이런 날씨에 바이올린의 비위를 맞춰 주는 것은 까다로운 일이었다. 사라가 결국 연주를 멈추었다. 음악을 멈추자 바닥에 엎드려 기분 좋게 꼬리를 살랑거리던 포르테도 일어섰다. 사라가 중얼거렸다.

"바이올린이 좀 기분이 안 좋은가 봐요."

"날씨가 흐려서 그런가요?"

현재가 묻자 사라가 고개를 끄덕였다. 그러자 현재가 물었다.

"그럼, 그만하고 쉴까요?"

"아뇨. 마지막 날인데, 제대로 연주해 줄게요."

"꼭 마지막이어야 합니까?"

"네?"

사라가 놀라서 물었다.

"마지막이잖아요?"

"앞으로도 종종 해 줘요. 호의로."

"으음, 생각해 보고요."

생각해 본단다. 싫지 않고.

현재가 미소를 지었다. 그녀가 혼잣말처럼 중얼거렸다.

"장미 선배에게 해 달라고 하긴 좀…… 불편하죠? 형의 여자 친구니까."

"왜 자꾸 장미 얘기가 나옵니까?"

현재가 미간을 좁혔다. 생각해 보겠다는 말에 사라가 자신에게 좀 관심이 있나 싶어 밝아졌던 그의 표정이 찌푸려지는데 사라가 말했다.

"장미 선배 좋아하잖아요."

"형이요?"

"현재 씨가요."

"내가?"

현재의 어이없다는 듯한 표정에 사라가 당황해서 말했다.

"현재 씨 장미 선배 좋아해서 저랑 계약 연애 한 거잖아요."

"내가…… 장미를 좋아해서 당신이랑?"

"뭐예요, 장미 선배 얘기 나오면 예민해지고, 장미 선배한테만……."

잘 웃어 주면서.

그건 너무 주관적인 말 같고, 그에 대한 마음을 들킬 것 같아 사라는 그냥 말끝을 흐렸다. 그러자 현재가 물었다.

"장미한테만 뭐요?"

"……잘 웃어 주잖아요."

사라가 결국 말해 버리자 현재가 기가 막힌다는 듯이 말했다.

"저 사라 씨 만날 때 훨씬 더 많이 웃습니다. 비교 자체가 안될 정도로. 아니, 애초에 장미를 좋아한 적도 없는데."

사라가 눈을 깜빡이더니 물었다.

"안…… 좋아해요? 장미 선배?"

"도대체 왜 그런 생각을 했는지도 모르겠습니다."

"그, 그럼 왜 한 거예요? 계약 연애?"

"제 다리가 악화돼서요."

"……."

"내가 좋아하는 사람이 있는 게 아니니, 결국 부모님이 주선해 주는 분과 결혼을 하게 될 것 같은데. 그런 분에게 내가 짐이 될 것 같았습니다. 나중에 못 걷게 될 수도 있으니까."

　현재의 투덜거림에 사라가 멍하니 눈만 깜빡거렸다. 장미를 좋아해서가 아니었다니. 사라가 멍하니 현재를 바라보다가 물었다.

　"그럼 좋아하는 사람…… 없어요?"

6. 드라마에서는 II

그녀의 질문이 난처했다.

없지 않다. 사라를 좋아하게 되었다. 그는 제 마음을 알았다. 그런데 저기다가 대고 '당신을 좋아해요.' 라고 대답하면. 기뻐할까? 저 드라마를 좋아하는 여자가 이렇게 무뚝뚝하고 재미없는 고백에 만족할 리 없다. 현재가 말했다.

"나중에 대답해 줄게요."

드라마만큼은 아니더라도, 멋들어진 고백을 해 주겠다고. 현재는 결심했다. 저 여자가 깜짝 놀라 뒤로 넘어갈 만한, 거창한, 강준하처럼 멘트도 좋은 고백을.

······형에게 물어보면 알려 주겠지.

도통 현재의 머리로는 로맨틱한 장면이 떠오르지 않았다. 현재가 사라의 손목을 붙잡았다.

"나갑시다. 산책이라도 하게."

"포르테랑요?"

"개만 산책을 합니까? 인간도 가끔은 산책을 해야 할 것 아닙니까. 비리비리해 가지고."

"비리비리한 게 아니라 날씬한 거거든요?"

"날씬한 것이 지나치면 비리비리하다고 하죠."

현재가 말하더니 사라의 팔을 당겼다. 사라는 속으로 구시렁거렸다. 하여튼 저 인간이랑은 말싸움을 해서 이겨 본 적이 없다. 알고 보면 혼자서 1인 2역 말싸움 대회라도 열고 있는 거 아냐? 상당히 의심스러운 바가 아닐 수 없었다.

그녀가 버티고 있으려니 현재가 가까이 다가왔다. 그러더니 그녀를 끌어다 벽에 기대게 했다. 현재가 물었다.

"강준하 씨, 이렇게 하던데. 이런 것도 좋아합니까?"

"네, 네에?"

아마 현재가 말하는 장면은, 의사 역할의 강준하가 자신을 좋아하는 것을 들킨 여주인공 레지던트를 벽으로 몰아붙이는 장면일 것이다. 현재는 드라마에서 그랬던 것처럼, 벽에 기댄 사라를 허리 숙여 바라보았다.

가까이에 있는 현재의 얼굴이 사라의 심장에 너무 무리를 줬다. 그녀가 빨개진 얼굴을 한쪽으로 돌리고 말했다.

"가까이서 보니까 키 진짜 크네요."

"그러고 보니 강준하 씨도 굉장히 커 보이던데."

드라마에서는 강준하가 후배를 벽으로 밀고, 그녀가 고개를 들자 서로의 입술이 가까워졌다.

현재는 입을 맞추는 대신 덜 마른 사라의 눈가를 엄지로 가볍게 닦아 냈다.

벽에 기대선 사라는 정말 심장이 터질 지경이었다. 물론 그 '벽치기' 장면을 보며 사라가 설레었던 것은 사실이다. 베개를 안고 '강주나아아아!' 하고 부르짖었다. 그런데 그건 드라마였으니까. 여러 번 촬영된 완벽한 장면이니까 설레었던 것이다. 그런 것이라고 생각했다.

그런데 도대체 왜 이 남자의 어설픈 드라마 흉내까지 설레느냐 말이다! 그리고 왜 드라마 주인공한테 꼬박꼬박 '씨'라고 부르고 난리? 귀엽게…….

이 남자는 그녀를 어린아이 다루듯 하며 눈을 마주쳐 주고 다정하게 웃어 주고 눈물까지 닦아 준다. 어린아이가 되고 싶은 게 아니라 여자가 되고 싶은 건데요. 남자가 벽치기를 할 때 설레는 건 불꽃같은 소유욕 때문인데요…….

어쨌든 양현재는 결코 '드라마형 인간'이 아니었다. 그는 다큐나 뉴스 같은 남자라서, 여자를 설레게 하는 방법 같은 건 결코 모를 것이다. 모르지 않겠는가. 그렇게 생각했다. 그럼에도 불구하고 이 남자가 좋은 것은 잘생겨서일까……. 얼굴의 설득력에 넘어가다니…….

아니다. 물론 잘생긴 것도 빼놓을 수는 없지. 하지만 이 남자에게, 겨울에 봄이 스미듯이 사랑에 빠지게 된 이유가 얼굴 때문만은 아니라는 것이다. 처음 말을 걸었을 때부터 그의 속에 있는 봄향기가 느껴졌던 것이다. 단단한 얼음 속에 있는 봄의 씨앗이 사라에게 보였다.

"완전 틀렸어요. 하나도 안 설레요."

그녀가 야박하게 말했더니 현재가 아쉬운 표정을 짓는다.

"전혀? 안 설렙니까?"

"당연하죠. 박력 있게 쾅 벽을 치는 게 멋있는 거잖아요."

"정말 그런 난폭한 남자가 좋습니까? 다치면 어쩌려고."

현재가 이해가 안 간다는 듯이 투덜거렸다. 사라가 그런 현재에게 말했다.

"있잖아요."

"네."

"……아니에요."

사라가 눈웃음 지으며 정원으로 향했다.

'당신에게서 봄 냄새가 나요.'

그렇게 말하고 싶었다.

겨울이 지나 봄이 오면, 눈 냄새가 녹아 꽃향기가 된다. 봄도 참 좋지만 겨울도 좋다. 따뜻함을 품은 그 차가움이, 가끔은 참 좋았다.

두 사람은 곧, 포르테도 없이 정말 딱 사람을 위한 산책을 했다. 뜨거운 금요일 아홉 시. 집에서 가까이 있는 시끌시끌한 번화가로 나갔다. 현재가 물었다.

"무슨 산책을 이런 곳에서 합니까?"

"남녀 둘이서 무슨 산책을 합니까, 양현재 씨?"

사라가 현재의 딱딱한 말투를 따라 하자, 그가 하지 말라는 듯 눈에 힘을 주었다. 그래 봤자 하나도 안 무서운데. 현재가 물었다.

"산책이 아니면요?"

"데이트죠. 당연히."

"아…… 그러네요."

오. 드디어 말로 이겨 먹었다. 사라의 대답에 현재가 큰 깨달음을 얻었다는 듯 고개를 끄덕였다. 그래서 신나 하는데, 현재가 그녀의 손을 쥐었다.

"데이트라면 손 정도는 잡죠?"

"연인 연습이에요?"

"네. 우리 가짜 연애가 오늘까지면, 앞으로 세 시간 정도 남았군요."

"으음. 좋아요. 세 시간 정도는 봐줄게요."

그러네요. 세 시간. 우리의 연애가 세 시간밖에 남지 않았네요.

아쉬운 마음이 들었다. 현재와 있으면 시간이 너무 빨리 가서, 시계가 고장 난 것이 아닌가 하는 오해까지 생겼다. 아마도 이 세 시간은 정신을 차리면 끝나 있을 것이고…….

이 죽을 만큼 심장이 뛰는 연애는 거기서 멈추게 된다.

비정규직의 비애였다.

손을 잡고 번화가를 천천히 걸었다. 아이스크림 가게가 나오자 사라가 말했다.

"아이스크림 사 올게요."

"같이 가요."

"있어요. 금방 사 올게요."

"나도 먹고 싶어서."

"완전 아이스크림에 푹 빠지셨네."

"이게 다 사라 씨 때문이잖아요."

사라는 투덜거리는 현재가 즐거운지 웃고, 그녀가 웃는 게 좋아서 현재도 웃고. 웃음의 반복이었다. 그렇게 둘이 같이 느릿느릿 걸어가서 바닐라 아이스크림을 두 개 샀다. 하나씩 들고 나니 기분이 좋아진 사라가 말했다.

"아이스크림 들고 다니는 거 보니까 좀 있으면 놀이공원도 갈 수 있을 것 같은데요?"

"일리 있네요."

현재가 고개를 끄덕였다. 그가 말했다.

"아, 나 사라 씨에게 줄 거 있는데. 집에 있어요. 지금은 늦었네요, 그런데."

"지금 가요."

뭘 주려 하는지 모르겠지만 혹시 집으로 배송해 버리면 어떡하나. 더 오래 같이 있고 싶은 마음에 사라는 조르듯이 말했다.

"있죠. 오늘이 지나면 우리 이제 볼 일 없잖아요. 저 알바도 그만뒀으니까."

오늘 밤이 끝나는 게 싫었다. 현재가 고개를 끄덕였다.

"그럼 지금 갑시다."

그의 무덤덤한 태도에 안심한 사라가 말을 이었다.

"있잖아요. 우리 놀이공원 진짜로 가요."

"……."

"한 번만요. 놀러 가요."

이렇게 헤어지고 싶지 않아요.

사라는 간절하게 현재의 팔을 꾹 쥐었다. 그러자 현재가 입을 열었다.

"사라 씨 동생이랑 하루 놀러 갈래요?"

"네에?"

"같이 가는 거면 가죠. 놀이공원."

그 말에 사라의 눈이 동그래졌다.

"저, 정말요? 정말 같이 가면 갈 거예요?"

"둘이 놀이기구 타요. 난 진짜로 카페에 앉아 있을 거니까."

사라의 눈이 반짝반짝했다. 오늘이 마지막이 아니라는 사실이 그녀를 기쁘게 했다.

두 사람은 다시 현재의 집으로 돌아왔다. 자길 놓고 가서 좀 삐져 있던 포르테가 정신없이 달려왔다. 사라가 포르테와 놀아 주며 현재가 이끄는 창고로 향했다.

"뭘 주려는 거예요?"

사라가 고개를 기우뚱거리는데 현재가 창고에서 자전거 한 대를 꺼내 왔다.

"3년 전에 제가 처음으로 만든 자전거예요."

"네에?"

"처음부터 끝까지."

사라는 화들짝 놀라서 자전거를 보았다.

"만들었다고요?"

"예. 할아버지가 최소한 혼자 자전거 한 대는 만들어 봐야 자전거 회사를 운영하지 않겠냐고 하셔서. 한 세 달 걸렸어요. 다신 안 할 겁니다."

현재가 단언했다. 그러더니 사라에게 자전거를 내밀었다.

"줄게요."

"네?"

사라가 놀라서 되묻자 현재가 말했다.

"정비 다 해 뒀어요. 애초에 여자 평균 키에 맞춰 만든 거라서 딱 맞을 거예요."

만든 자전거라니. 사라가 난감해서 자꾸만 현재의 얼굴을 살폈다. 이걸 왜 날 줘요, 하는 표정이었다. 현재가 말을 이었다.

"그리고 지금 제가 탈 자전거도 만들고 있어요. 왼발을 거의 움직이지 않아도 되도록 연구하고 있어요."

사라가 멍한 얼굴로 현재의 말을 듣고만 있자, 현재가 고개를 기우뚱하며 물었다.

"혹시 자전거 못 타요?"

"아뇨! 타요. 탈 줄 아는데……. 그렇게 중요한 자전거를 절 줘도 돼요?"

"네."

"왜요?"

"자전거로 꼬시는 거예요."

"네?"

"드라마 안 봤어요?"

현재가 오히려 되묻는다. 사라가 잠깐 생각하다가 드라마 칠이사의 한 장면을 떠올렸다. 강준하가 여자 주인공에게 자전거를 선물하는 장면. 두 사람은 같이 벚꽃 나무가 있는 길에서 자전거 데이트를 했다.

사라의 얼굴이 점점 붉어졌다. 설마 이거. 이거 정말…….

듣고 있는 사라는 속이 타는데 정작 현재는 태연하게 말을 이었다.

"우리 회사에서 만든 내비게이션도 달았어요. 휴대폰 어플이랑 연동도 되고 누르면 경보음이 눌리면서 자동으로 휴대폰을 통해서 경찰에 전화도 가요. 억지로 떼려 하면 휴대폰으로 바로 연락이 가고요, 체인도 저절로 잠겨요. 말하자면 저희 WN 기술의 집약체입니다. 아직 판매도 안 하는 거예요."

어쨌든 현재도 자기 회사에 자부심은 있었던지, 점점 자랑하는 말투였다. 사라가 더 빨개질 수 없을 정도로 열이 오른 제 뺨을 두 손으로 감싸고 말했다.

"그, 그래서 결론이 뭔데요?"

"이 자전거 좋다고요. 용접도 티그용접으로 제가 직접 해서 굉장히 튼튼……."

그런데 그는 쑥스러웠던 탓에 딴소리만 해서, 사라가 눈을 흘겼다. 그제야 그가 말끝을 흐리고 한 번 헛기침하더니 침착하게 말했다.

"그러니까. 이거 받고 나랑 만나 줘요."

"……."

"진짜 좋은 자전거라니까?"

"……지금 이거, 저한테 사귀자는 말이에요?"

"예."

사라는 심장이 너무 뛰어 온몸에 피가 미친 듯이 도는 기분이었다. 머릿속이 팽팽 돌았다. 한참 어쩔 줄 몰라 하던 사라가 괜히 투정했다.

"아, 멋없어. 정말……."

"강준하 씨는 잘만 이렇게 연애를 하던데."

"양현재 씨는 근데, 진짜 바보죠?"

사라가 겉으로는 핀잔하며, 속으로는 스스로를 마구 타박했다. 도대체 저렇게 멋없게 하는 고백에 왜 이렇게 심장이 울렁거리는 지. 멀미가 날 정도였다.

사라가 말없이 뺨에 바람을 넣었다가, 고민하는 듯 눈동자를 이리저리 움직였다. 현재는 더 이상 긴장을 숨기지 못하고, 속이 타서 침을 꿀꺽 삼켰다. 그 모습을 전부 지켜본 사라가 말했다.

"아, 나도 모르겠다."

그녀가 말하더니 달려가 와락, 현재를 끌어안았다. 그러자 현재의 얼굴에 미소가 확 번졌다. 그가 사라를 꼭 안아 주자, 그녀가 고개를 들고 말했다.

"잘해 줘요. 알겠죠?"

"당연하죠."

"자전거 때문에 만나 주는 건 아닌 거 알죠?"

"그래요?"

"내가 좋아요?"

"네. 당신이 좋아요."

현재가 말하며 웃는데 사라의 맥박이 정신없이 뛰었다. 그가 웃는 게 좋았다. 지금 여기가 현실 세계인가 고민될 정도로 행복했다. 꿈이면 정말, 깨서 엉엉 울어 버릴 것 같았다.

이 남자가, 지금 이 순간이. 정말, 정말 좋았다.

자전거는 당분간 현재의 창고에 두기로 했다. 사라의 집 앞 골목에 차를 대고 내리는데 얼굴에 차가운 게 튀었다 싶었더니 하늘에서 빗방울이 툭툭 떨어지고 있었다. 현재가 내리려는 사라에게 말했다.

"기다려요. 우산 사 올 테니까."

사라가 뭐라 말하기도 전에 현재가 편의점으로 걸어갔다. 그 길에 비가 후두둑 쏟아졌다. 비를 맞고 편의점에 들어가서 우산 하나를 사 사라에게로 돌아왔다. 돌아온 현재의 손에는 우산이 하나뿐이었다. 사라가 물었다.

"왜 우산을 하나만 사 왔어요?"

"우산을 두 개나 쓰는 연인이 어디 있습니까?"

"그래도……."

우리 정말 사귀는구나. 사라의 얼굴이 빨개졌다. 현재가 우산 속으로 사라를 끌어당겼다.

"집에 갑시다."

사라의 가벼운 몸이 우산 안으로 들어갔다. 집으로 향하는 둘의 걸음이 지독히 느렸다. 둘의 사이에 간격이 있어서 현재의 한쪽 어깨가 완전히 젖고 있었다. 사라가 조심스럽게 현재의 팔에 팔짱을 꼈다.

"드라마 보면. 이렇게 걷더라고요."

그녀가 변명하듯이 말했다. 둘의 몸이 훨씬 가까워졌다. 현재는 대답 없이 고개를 끄덕일 뿐이었다. 사라가 안도해서 재잘재잘 현재에게 말을 걸었다.

"진짜 깜짝 놀랐어요. 난 현재 씨가 나 하나도 안 좋아하는 줄 알았거든요."

"아."

"데이트하자고 해도 쇼핑이나 가자고 하고."

"진짜 데이트하자는 말이었어요?"

현재가 놀란 표정으로 묻자 사라가 부끄러워하며 말을 돌렸다.

"아, 근데 우리요. 그럼 벌써 한 달 사귄 셈이에요? 서로 좋아 한 거니까?"

서로 좋아한 거니까.

현재가 사라에게 들리지 않도록 한숨을 끊었다. 사라의 순진한 한 마디, 한 마디에 심장이 들렸다가 떨어졌다가 한다. 정작 사라는 처음으로 진짜 남자 친구와 같이 걷는 게 너무 떨려서 혹시 대화가 끊기면 어색할까 봐 생각나는 대로 그냥 아무 말이나 하고 있었다.

"한 달이나 사귀었는데 키스도 아직 안 했다니 되게 이상해 보였던 거 있죠? 단원들이 맨날 정말 키스 안 했냐고 막 놀리고."

"……."

"아, 키스 얘기 하니까 생각난 건데 드라마 보면 왜, 요즘 남자 모델들이 많이 나오잖아요. 여배우랑 키 차이가 엄청 많이 나는데 키스 신들은 어떻게 찍는 걸까요?"

현재의 걸음이 멈췄다. 봄비가 오는 골목 한가운데. 기분 좋은 흙냄새며 나무 냄새가 물씬 풍겼다. 그가 멈추니 사라도 같이 멈춰서 고개를 갸우뚱하며 말을 이었다.

"그렇죠? 우리만 해도 이렇게 키 차이가……."

재잘거리던 사라가 말끝을 흐렸다. 그가 허리를 숙여서, 얼굴이 아주 가까워졌다. 현재가 담담하게 말했다.

"이렇게, 숙이면 됩니다."

"아……."

그렇구나. 이렇게 말해야 할 차례였다. 그런데 그 말이 나오지 않았다. 사라의 말간 눈은 눈물이 고인 것처럼 반짝였다. 심장이 아파서, 눈물이 나올 것 같았다. 그가 너무 좋아서, 말하는 것조차, 숨 쉬는 것조차 힘이 들었다.

그가 없이 살 수 없을 것 같았다. 안아 달라고, 키스해 달라고 말하고 싶어서. 그 말이 목구멍까지 가득 차서. 그래서 아무 말도 할 수가 없었다.

"그렇……."

간신히 제 할 말을 하려던 사라의 말문이 막혔다. 현재의 입술이 그녀에게 닿았다. 사라의 눈이 놀라서 잔뜩 커졌다가, 꼭 감겼다. 달콤하고, 비와 아이스크림과 봄의 맛이 나는. 그런 키스였다. 입술이 닿는다는 것이 이렇게 눈물이 날 정도로 심장이 뛰는 일이었나.

현재의 손이 사라의 허리를 움켜쥐어 더욱 당겼다. 사라는 몸에 힘이 풀리는 것 같아, 현재의 옷깃을 쥐고 간신히 버텼다.

입을 맞추고 난 현재가 다시 몸을 바로 하며 말했다.

"집에 다 왔어요."

"……."

"들어가요."

사라의 빨간 입술이 살짝 열린 상태로 닫힐 줄을 몰랐다. 어떻게 반응해야 하는지도 알 수가 없었다. 그녀가 촉촉이 젖은 눈으로 멍하니 현재만 보고 있었다. 그런 그녀에게, 현재가 말했다.

"사라 씨."

"네? 아……."

사라가 겨우 정신을 차리자 현재가 사과했다.

"허락도 안 받고. 키스를 해서 미안해요."

입 안에서 섞인 그 모든 맛들이 너무 달고 향기로워서 사라는 사랑에 빠지지 않고는 견딜 수 없다고 생각했다. 그녀가 현재의 손가락 끝을 꼭 쥐었다.

"집에 가지 마요."

그녀의 말에 현재가 소년처럼 웃었다. 사라가 다시 키스를 해 달라고 조르듯이 발을 들고 그에게 손을 뻗었다. 현재가 다시 입을 맞춰 왔다. 비가 오고 있다는 것이 잊힐 정도로 진한 입맞춤이 이

루어졌다. 정작 손까지 뻗었던 사라는 눈을 질끈 감고 굳어 있을 뿐이었다.

사라에게는 난생처음 하는 키스였다. 머릿속으로 상상만 하던 그런 키스보다도 달고, 로맨틱해서, 그녀는 영원히 이 입맞춤이 끝나지 않았으면 하고 바랐다. 그들은 몸에 닿은 비가 뜨거워질 정도로 키스를 했다.

편의점의 투명 우산은 언젠가부터 바닥에 떨어져 있었다. 현재가 이성을 되찾은 것은 비 때문이었다. 비가 사라를 적시고 있음을 알았다. 사라의 긴 머리칼이 비에 젖는 것이 불편했다.

그는 사라에게 다시 우산을 씌워 주었을 뿐, 자신이 우산 밖에 서 있음을 느끼지 못했다. 그녀가 현재의 팔을 잡아 우산 속으로 당겼다.

"비 맞잖아요. 쓰고 가요."

"그럴게요."

"으음, 우리 사귀기로 했으니까."

사라가 부끄러워 시선을 피하며 말을 이었다.

"앞으로도 아이스크림을 나눠 먹어요. 밤에 여유가 있으면 산책을 해요. 당신이 아프면 바이올린을 연주해 줄게요."

"……"

"앞으로도 사라야, 하고, 이름을 불러 주세요. 말도 편하게 해 주고요."

"……"

"그리고…… 간 보는 것만으로도 좋을 정도로 좋아하는 사람. 당신이었어요."

그제야 현재의 표정이 변했다. 사라가 말해 놓고 부끄러운지 집으로 달려들어 가려 했다. 현재가 급하게 그녀의 팔을 붙잡았다. 사라가 돌아보았다. 그러자 현재가 부드럽게 눈을 마주치며 말했다.

"잘 자. 사라야."

그가 다정히 인사하고 사라의 팔을 놓아주었다.

비를 맞았는데, 사라는 다음 날 아침에도 몸이 가뿐했다. 아니 가뿐한 정도가 아니라 둥둥 떠다니는 것처럼 가벼웠다.

"첫키스으…… 아 첫키스!"

사라가 실실 웃었다. 그녀가 꿈꾸던 그런 박력 넘치는 첫키스는 아니었지만, 그 달콤함은 지금까지 꿈꾸었던 모든 드라마를 초월했다.

그녀가 휴대폰을 켜 보니 문자가 와 있었다.

[잘 잤어? 어제 비 맞아서 감기 걸린 건 아니지?]

눈을 뜨자마자 발견한 문자에 사라의 눈이 휘둥그레졌다. 양현재가, 그 무뚝뚝한 남자가 이렇게 다정한 연락을 했단 말인가! 뭔가 잘못된 거 아냐? 아. 주변에 있는 다른 사람에게 부탁했나? 연락 좀 해 달라고?

그에게서 이런 연락이 왔다는 것이 믿기지 않았다. 그래서 뭐라고 답장해야 하나 고민하다가 답을 보냈다.

[비는 현재 씨가 훨씬 많이 맞았잖아요. 감기 안 걸렸어요?]

두근두근 떨리는 마음으로 답을 기다리며 출근길에 올랐다. 그는 아침부터 바쁜지 오케스트라에 도착해서도 좀처럼 답이 없었다. 오케스트라에 도착한 후 연습을 시작해야 하는데, 휴대폰을 자꾸 확인하고 싶은 마음에 집중이 되지 않았다. 사라는 결국 휴대폰을 가방에 넣어 두고 연습을 시작했다.

그렇게 정신없이 바쁘게 있다가 휴대폰을 다시 확인하니 답장이 와 있었다.

[감기 안 걸렸어. 그리고 언제까지 현재 씨라고 부를 거야?]

사라는 지금껏 글의 힘에 대해서 생각해 본 적이 없었다. 한 글자 한 글자가 이렇게 소중하게 느껴지는 것은 처음 하는 경험이었다. 한 글자가 마치 한 음처럼. 현재가 남기는 문장이 세레나데처럼 느껴졌다. 사라가 한참을 웃더니 다시 문자를 보냈다.

[현재 씨가 틀림없이 내 오빠다 싶을 때까지요.]

[말도 놓지.]

[차차 놓을게요.]

[저녁에 뭐 해?]

[동생이 퇴원해서. 같이 옷 사러 갈 거예요.]

[나도 같이 가면 안 돼? 오빠 노릇 하게.]

[좋죠. 우리 꼬맹이랑 놀아 주세요. 퇴근하고 연락해요.]

그렇게 연락하던 사라가 잠깐 손을 제 가슴에 올렸다. 뭐 별 얘기도 안 했는데, 왜 이렇게 설레고 난리인지…….

꘎

퇴근을 빨리 하려면 일을 빨리하는 수밖에 없다. 평소에도 과다 노동을 하던 현재가 소처럼 일하자 강우가 말했다.

"사장님. 좀 쉬시는 게 낫지 않을까요? 오늘 하루 종일 일만 하시는데."

"놔둬, 강우야. 일찍 가서 데이트한다잖아."

뒤에서 사장실에 진열된 LP판을 뒤적이던 선일이 대신 대답했다. 현재가 잠깐 일에서 손을 떼고, 선일이 탐내는 턴테이블을 가리켰다.

"그건 안 빌려준다고 했지? 손 떼."

"야. 그만 아까워하고 좀 줘. 빌려 달랬지, 언제 달라고 했냐?"

"바에 가져다 둔다며. 그게 달라는 거지 빌려 달라는 거냐?"

전국을 뒤져서 겨우 산 클래식 턴테이블이었다. 국내에 몇 대 남지 않아 이걸 사려고 강원도 영월까지 갔었지.

선일이 물었다.

"이 턴테이블 너한테 불운의 상징 같은 거 아니냐? 이거 사러 가서 다리 다쳤잖아."

"안 죽었잖아. 꼬맹이를 구했고. 나도 구해졌고."

현재가 중얼거리며 서류로 시선을 돌렸다. 그리고 말을 이었다.

"온 김에 회사 일도 좀 하지? 할아버지 아직 형 포기 안 하셨는데."

"이 새끼가 오늘따라 왜 이렇게 능구렁이야. 사라 때문이냐? 걔 닮아 가는 거야?"

선일이 툴툴거리며 대답했다. 그러더니 현재에게 물었다.

"그보다. 너 사라한테 잘해 주고 있는 거 맞아? 지난번 행사에서도 어떻게 사라를 아는 사람 하나 없는 곳에 혼자 남겨 둬?"

"이제 안 그래."

확실히, 보기에 이상하긴 한 모양이었다. 하지만 이제 그럴 일이 없겠지. 아마.

슬쩍 고개를 돌려 턴테이블을 보았다. 사고 직후 그가 입원했던 병원의 의사가 몇 번이고 전화를 했던 기억이 났다. 그때 그 여자애가 매일 찾아와서 자신이 정말 괜찮냐고 묻는다고.

현재가 천천히 눈을 감았다. 며칠 전, 그 의사를 통해 그때 그 여자애가 사라라는 것을 확인했다.

절대로, 절대로 사라가 알게 하지 않아야지. 그녀에게 더 이상 상처가 되지 말아야지. 그는 마음먹었다. 그가 선일에게 말했다.

"형, 사라한테 나 어떻게 하다가 다쳤는지 절대로 말하면 안 돼."

"왜?"

"그냥. 말하지 마."

현재가 거듭 말하며 약속을 받아 냈다.

~~~~

수술을 하기 위해 서울에 와 있던 한희가 퇴원을 했다. 사라는 한희가 전학 갈 학교에서 입을 옷을 사 줄 생각이었다. 사라가 살던 영월에는 특수학교가 없어서 한희가 초등학교를 들어갈 때 춘천으로 이사를 했다. 지금은 지하철만 타도 갈 수 있는 게 춘천이라지만, 평일이고 주말이고 정신없이 일하는 사라에게는 먼 거리였다.

현재에게서 거의 다 와 간다는 연락이 왔다. 사라가 현재에게 아이스크림 가게에 있겠다는 연락을 하고 한희에게 물었다.

"현재 씨 기다리는 동안 아이스크림 가게 가 있을까?"

"응."

"가자."

"언니 이제 이렇게 손 안 잡아도 돼."

한희가 웃으며 말했다. 사라는 땀이 나도록 한희의 손을 꼭 잡고 있었다. 그녀는 자신이 한희의 손을 놓쳐서, 이 아이가 오랜 시간 아팠다는 생각을 지울 수가 없었다. 한희가 사라에게서 손을 빼고 옷에 쓱쓱 문질렀다.

"땀 나."

"사람 이렇게 많은데 언니 잃어버리면 어떡하려고?"

"언니. 나 이제 꼬마 아냐. 열두 살이야. 서울에서 혼자 집까지도 갈 수 있어."

"벌써? 우리 막냉이 다 컸네."

사라는 발랄한 목소리로 그렇게 말하고도 한희의 손을 놓지 않았다. 놓을 수가 없었다.

한희가 사고가 나던 날에, 사라는 모처럼 동생을 데리고 시내에 갔던 참이었다. 보통 한희는 할머니, 할아버지가 돌봐 주실 때가 많았고 사라는 서울에서 예고를 다니고 있어 주말에나 종종 놀아 줄 수 있었다. 그날은 시내에서 모처럼 맛있는 것도 먹고 한희와 놀아 줄 생각이었다.

그런데 그날따라 한희가 유난히 칭얼거렸다. 학교에서 하루 종일 연습을 해 이미 지쳐 있던 사라는 다섯 살의 어린아이 돌보는 일이 지긋지긋하게 느껴졌다. 겨우 건물 지하 1층에서 밥을 먹고 올라가려는데 한희가 멈춰 섰다. 사라가 손을 잡아끌었지만 한희가 꿍해서 따라오지 않았다.

'강한희. 가자니까?'

'싫어!'

'왜 싫은데? 이유를 설명해야 알 것 아니야.'

'싫어. 싫다니까!'

싫다는 말은 어디서 배워 가지고 저렇게 유용하게 써먹는지. 지칠 대로 지친 사라가 교복이고 뭐고 그냥 한희의 앞에 쪼그려 앉았다.

'막냉아. 언니랑 집에 가자. 응?'
'집에 안 가.'
'왜 안 가? 그것만 말해 줘.'
'집에 가면…… 언니 또 서울 갈 거잖아.'

한희가 뿌루퉁해서 말했다. 하기야 다섯 살짜리가 할머니 집에서 부모를 기다리는 일이 신나는 일은 아니겠지. 사라가 씨익 웃으며 손가락으로 톡 한희의 코를 건드렸다.

'아이스크림 사 줄게.'
'아이스크림?'
'응. 소프트아이스크림. 딸기 맛. 그럼 집에 갈 거야?'

아이스크림이라는 말에 한참 칭얼거리던 한희가 고민했다. 그래도 고 쪼끄만 게 자존심은 있어서 홱 고개를 돌린다.

'안 갈 거야.'
'왜에. 한희야아. 언니랑 아이스크림 사러 가자. 응?'

아이스크림은 먹고 싶은 모양인데 집에 가는 건 절대 싫은 모양이었다. 사라가 꼼짝도 하지 않는 한희의 손을 잠깐 놓았다.

'요기 의자에 잠깐만 앉아 있어. 언니가 금방 아이스크림 사 올게. 먹고 생각해 보자. 응?'

사라가 설득했더니 한희가 또 진지하게 고민했다. 다섯 살 인생 최대치의 고민이었다. 그러더니 자기 발로 의자에 가서 앉는다. 자기가 화났다는 걸 보여 주려고 팔짱까지 끼고 앉아서. 그 모습은 좀 귀여워서, 슬쩍 웃고 난 사라가 1층에 있는 아이스크림 가게로 달려갔다.

그리고 아이스크림을 주문했다. 그 시간이 채 3분도 걸리지 않았다. 그런데 그사이에 지하에서 펑 소리가 들렸다. 겁에 질린 비명 소리와 여러 명의 발소리가 들렸다. 아이스크림을 기다리던 사라가 소리 나는 쪽으로 가 보았다가 얼굴이 하얗게 질렸다. 뜨거운 열기가 느껴지고, 숨을 막을 것 같은 연기가 퍼졌다.

'한희야!'

불이 났다는 것을 알자마자 사라가 지하 1층으로 내려가기 위해 계단으로 달렸다. 사람들이 우르르 올라오는데 한희가 보이지 않았다. 사라가 눈이 뒤집혀 한희를 찾아 계단을 달려가던 차에 커다란 손이 그녀의 팔을 붙잡았다. 키가 크고 배낭을 멘 청년이었다. 그가 사라를 끌어당겼다.

'이거 놔요! 내 동생 저기 있단 말이에요!'

사라가 울부짖었지만 청년은 놓지 않았다. 그가 곧바로 자기 배낭을 벗어 그녀에게 맡겼다.

'중요한 거니까 잘 맡아 줘. 동생 데려올게.'

그러더니 돌아서서 지하로 달려 내려갔다. 사라는 자리에 주저앉아 배낭만 꼭 쥐고 있었다.

어떡하지. 어떡하지. 그렇게 울고만 있을 때였다. 지하 1층에서 다시 한번 펑 소리가 들렸다. 사라가 기다리지 못하고 1층 계단으로 내려갔다. 계단 중간에 재 때문에 새카매진 남자가 한희를 꽉 끌어안고 쓰러져 있었다. 사라는 남자를 주먹으로 마구 때렸다.

'일어나요! 일어나라구요!'

그녀가 미친 듯이 두들기자 거의 정신을 잃었던 남자가 눈을 떴다. 사라는 그 가녀린 팔로 자기 몸 두 배는 될 청년과 한희를 끌어당기고 있었다. 이러다가 사라도 불에 휩싸일지도 몰랐다. 남자가 사라에게 한희를 안겼다.

'일단 올라가.'
'싫어요! 같이 가요!'
'위험하니까 빨리 가라고, 동생 데리고.'

청년이 사납게 말했다. 그러자 사라가 단호하게 말했다.

'저는 한참 더 살 거예요! 근데 오빠가 여기서 죽으면…… 저
는 평생 슬픈 음악밖에 연주할 수 없을 거예요.'
'그런 게 어디 있어, 인마.'
'그러니까 빨리 가요. 일어나요…….'

고집부리는 사라를 이길 수 없다고 생각했는지 청년이 억지로
몸을 일으켰다. 다리가 부러져서 일어서지 못하고, 계단을 기어 올
라가고 있었다. 불길이 그들을 삼킬지도 모르겠다는 생각이 들었
을 때 다행히도 소방대원들이 달려왔다. 소방대원들이 청년을 부
축하는 것을 보고서야 사라가 한희를 안아 들고 걸어갔다.

품에서 정신을 잃은 한희를 안고 건물 밖으로 향하던 사라가 1층
에 놓여 있는 청년의 가방을 집어 들었다. 한희만으로도 무거웠지
만 청년이 중요하다고 말한 가방을 잃어버릴 수 없었다. 그녀가 가
방을 억지로 끌고 건물을 나왔다.

상태가 나쁜 청년이 먼저 앰뷸런스를 타고 출발하고, 바로 뒤차로
사라와 한희가 실려 갔다. 청년의 급한 수술이 끝나고 며칠 뒤 사라
가 그의 병실을 찾아갔을 때, 그는 이미 병원에서 떠난 후였다.

한희와 아이스크림을 먹고 있으니 자꾸 그날의 기억이 떠올라
사라를 괴롭혔다. 혼자 있으면 울고 싶을 때가 있다. 다섯 살짜리
를 혼자 남겨 두다니. 비록 그때는 사라도 열일곱 살, 어린아이였
지만 자책이 심하기는 마찬가지였다. 아마 그래서였을 것이다. 쓰
러지도록 일을 하고, 또 일을 하며 부모님께 경제적 부담이 되지
않으려 애썼던 것은. 한희가 다친 것이 자신 때문이라며 자책했기

때문이다.

아이스크림을 먹는 한희를 물끄러미 바라보는데, 그들을 발견한 현재가 다가왔다. 사라의 옆에 털썩, 현재가 앉았다.

"아. 네가 한희구나."

사라의 옆에 앉은 현재가 한희에게 먼저 인사를 했다. 한희가 신나서 말했다.

"엄청 크다!"

"첫인사가 그거야?"

현재가 유쾌하게 웃었다. 그가 사라에게 물었다.

"인형의 집 같은 거 가지고 놀 나이인가?"

"인형의 집을 만들 나이죠. 현재 씨."

"그래? 이렇게 작은데?"

그가 말하더니 열두 살짜리 아이에게 악수를 청했다.

"양현재입니다."

"강한희입니다!"

"자. 명함."

현재가 한희에게 명함을 건넸다. 아이가 '종이 쪼가리'를 받고 어리둥절해하자 사라가 옆에서 웃음을 터트렸다.

"거봐요. 아저씨야. 완전히."

"자, 그만 놀리고 가자."

현재가 손을 내밀자 한희가 그 손을 꼭 잡았다. 그리고 반대 손으로 사라의 손을 잡고 신나서 팔을 흔들며 걸었다. 사라가 신기해하며 말했다.

"웬일이야, 막냉이. 어른들 무서워하더니. 이 아저씨는 안 무서워?"

"응. 안 무서워. 잘생겼으니까."

한희가 당당하게 말했다. 그러자 현재가 어깨를 으쓱였다.

"동생이 언니보다 낫네."

그러자 한희가 까르르 웃었다. 웬일로 한희가 낯을 가리지 않는다. 현재와 죽이 잘 맞았다. 별일이네. 사라가 그렇게 생각하며 그둘과 걸음을 맞추어 걸었다. 아직 키가 다 자라지 않은 여자아이와, 다리가 불편한 성인 남자의 느린 걸음에 맞추어.

사라는 오히려 감정을 표현하는 것에 약한 것은 자신일지도 모르겠다고 생각했다.

"언니이. 손."

사라가 자기 말을 듣는 것 같지 않으니 한희가 한껏 애교를 부렸다. 바로 코앞에 있는 어린이용 야구 연습장에, 현재와 다녀오겠다고 했다. 손을 놓아줘야 하는데 놓을 수가 없었다.

아이스크림을 사 오겠다며 한희의 손을 3분간 놓았다. 그리고 아이는 7년간 어두운 밤 속에서 자라야 했다.

아무리 불러도 한희는 대답하지 않았다. 아이를 찾는 그 짧은 시간 동안, 3분만. 딱 3분만 되돌릴 수 있다면 얼마나 좋을까 하고. 수천 번을, 수만 번을 생각했다.

그날, 시간을 되돌리는 법은 세상에 없다는 것을 알게 되었다.

손을 놓는 것이 무서웠다. 세상이 어떻게 변해 갈지 모르는 것이 무서웠다. 할 수 있는 것은 자기 몸을 혹사해서라도 '현상'을 유지하는 것뿐이라고. 사라는 생각했다. 언제부터인가 정말로 자기 마음을 표현하지 못하게 된 것은, 그저 실없는 사람처럼 사는 것을 당연하게 받아들이게 된 쪽은, 자신이었다.

강하게 버티고 있다고 생각했는데 사실은 그게 아니었다. 마음을 다치고, 그 상처를 아무도 모르게 봉합해 감추고 있었던 사라는 한희가 수술을 하고 나서야 그 상처를 드러냈다. 사라가 겨우 입을 열었다.

"한희야. 언니 혼자 있는 거 무서워……."

그러자 한희가 기다리고 있는 현재를 보며 배시시 웃고, 어른스럽게 말했다.

"언니가 나랑 떨어지기 싫은가 봐요. 다음에 꼭 가르쳐 주세요! 야구!"

"지금 하자."

현재가 사라가 꽉 쥐고 있는 한희의 손을 천천히 풀어냈다. 그리고 자기가 아이의 손을 쥐어 보였다.

"봐. 내가 잡고 있을게."

"……."

"절대로 안 잃어버릴게."

사라가 현재를 올려 보았다. 그가 반대 손으로 사라의 머리를 쓰다듬었다. 둘은 어린이용 야구 연습장으로 들어갔다. 현재가 한희에게 헬멧과 손목, 무릎 보호대를 채워 주며 물었다.

"사라가 한희 잃어버린 적 있어? 손 놓는 걸 무서워하네."

"으음…… 한희가 집에 가기 싫다 그래 가지고. 언니가 아이스크림 사다 준다고 잠깐만 있으라고 했는데."

사고의 기억은 다섯 살이던 한희에게도 버겁긴 마찬가지였다. 한희는 그날이 정확히 기억이 나지는 않는 모양이었다. 그래서 한희가 혼자 있었구나. 현재는 손을 꼭 잡고 나간 자매가 왜 따로 떨어져 있었는지 뒤늦게 알았다. 한희가 시무룩하게 말을 이었다.

"언니가 서울 가는 거 싫었단 말이에요. 맨날 놀아 주지도 않고 바이올린만 켜고. 한희보다 바이올린 더 좋아하고. 근데 그날 한희가 없어져서…… 언니가 깜짝 놀라서……."

현재가 사라를 보았다. 몸을 바들바들 떨고 있는 그녀가 보였다. 현재는 그녀가 정신력이 강한 여자라고 생각했다. 잘 웃고, 힘든 일도 잘 버틴다. 그런데 가끔은 그녀가 위험할 정도로 연약해 보였다. 몸뿐만 아니라 마음까지도 금방 부서져 내릴 것 같아서. 현재는 두 팔로 그녀를 안아 자기 품 안에 두고 싶다고 생각했다. 어떠한 아픔에도 다치지 않도록 안아 주고 싶다고.

현재가 두려움에 떠는 사라를 불렀다.

"사라야."

그가 부르자 사라가 정신이 들어 현재를 보았다. 그가 말했다.

"우리 사진이라도 찍어 줘."

"맞아! 사진 찍어 줘, 언니!"

보호구를 한 한희가 맞장구쳤다. 그러고는 사라를 웃게 해 주려고, 괴상한 포즈를 취한다. 한희는 장난꾸러기니 그렇다 치더라도 현재까지 우스운 포즈를 취하자 멍하니 있던 사라가 픕 웃었다.

"뭐 하는 거예요."

"빨리 사진 찍어. 나 이래 봬도 회사 하나 운영하는 사장이거든? 내 직원들이 보면 질색할 거라고."

늘 진지하던 사람이 저런 포즈를 하니까 웃음이 터졌다. 사라가 맑은 소리를 내며 웃기 시작했다.

"바보 같아."

"바보 같으니까 더더욱 빨리 사진을 찍어 줘야 할 거 아냐. 계속 이러고 있을까?"

"찍어 줄게요."

즐겁게 웃던 사라가 휴대폰을 꺼내 들었다. 배트를 든 한희와 포수 자세를 취한 현재가 카메라에 담겼다. 사진을 보고서도 사라가 한참을 웃었다. 열여덟 살 차이가 나는 둘은 영락없는 아빠와 딸처럼 보였다.

현재가 야구 연습 기계에 동전을 넣자 시속 50km 정도의 공이 날아왔다. 어린이용이라 아주 느리게 만든 것이지만 처음 하는 한희에게는 너무 빨랐다. 공이 날아올 때마다 한희가 눈을 감고 헛스윙을 했다.

"씨이…… 어려워."

두 개의 공이 더 그렇게 지나가자 한희가 불만스럽게 말했다. 생각처럼 공을 칠 수 없으니 짜증이 나는 모양이었다. 현재가 배트를 쥔 한희의 손을 조금 더 위로 잡게 했다.

"자. 이렇게 배트를 짧게 쥐어."

"무서운데!"

배트를 짧게 쥐고 있으니 공과 더 가까이에 서야 하고, 그러자 한희는 더더욱 겁을 먹었다. 한희가 눈을 감고 뜨지 못하자, 현재가 몸을 숙이고 아이에게 말했다.

"한희야. 공 무서워?"

현재가 묻자 사라가 고개를 끄덕였다. 그러자 현재가 물었다.

"으음. 한희한테 제일 무서운 게 뭐야?"

"……다시 안 보이게 되는 거."

한희가 배트를 꼭 쥐고 웅얼거렸다. 현재가 미소 지었다.

"아저씨는 못 걷게 되는 거."

그의 말에 사라와 한희가 동시에 현재를 보았다. 그가 말을 이었다.

"지금은 괜찮은데. 한희가 대학을 졸업할 때쯤 되면, 아저씨는 아마 지팡이가 필요하게 될 거야. 그리고 한희가 결혼할 때쯤에는 휠체어를 타야 할 수도 있고."

"아저씨……."

"솔직히 좀 무섭긴 한데. 있잖아. 모른 척하면 안 돼."

"……."

"무서운 게 있으면 더 똑바로 봐야 돼. 그래야 이길 수 있어. 눈을 뜨고 잘 봐. 공도 안 보고 우연히 맞히는 건 네 실력이 아니야. 공을 똑바로 보고, 네 힘으로 맞혀야지. 저 공은 빠르지만 한희의 눈으로 충분히 볼 수 있는 속도야. 네가 이겨 낼 수 있는 속도야."

"……."

"나도 그렇게 하려고. 자. 강한희. 우린 그 무서운 수술도 이겨 낸 사람들이잖아. 저 공보다 더 무서운 게 뭔지 아는데, 고작 저 정도 공을 못 이긴다는 건 말이 안 되잖아. 안 그래?"

현재의 말에 한희가 결심했는지 입을 꾹 다물고 고개를 끄덕였다.

"똑바로 잘 보고 있을 거예요."

"그렇지. 지금 자세 아주 좋아."

한희가 두 눈을 크게 떴다. 그리고 자신의 두 눈으로 날아오는 공을 보고, 배트로 때려 멀리 날려 버렸다. 공을 맞추자 한희가 소리를 질렀다.

"맞혔다! 아저씨 봤어요?"

"와! 이건 홈런이네!"

현재의 말에 한희가 펜스 뒤에 있는 사라에게 말했다.

"언니! 봤어? 홈런 쳤어!"

"응. 봤어."

무서운 게 있으면. 더 똑바로 봐야 돼. 그래야 이길 수 있어.

한희의 손을 놓은 이후로 줄곧 울 것 같은 표정으로 서 있던 사라가 입술을 꽉 깨물었다. 그리고 주먹을 꽉 쥐고 신이 나서 말했다.

"엄청 잘했다! 야구 선수 같았어!"

"그렇지! 한희 엄청 잘하지?"

똑바로 보는 일이 쉬운 일은 아닌 것 같았다. 한희의 손을 놓고 싶지 않다고 생각했다. 이제 열두 살이나 되었는데, 지난 7년간 그러했듯이 사라는 한희의 손을 놓지 못했다. 사라에게 가장 무서운 것, 똑바로 보지 못하는 것이 한희였다.

사라가 한희를 똑바로 바라보았다. 아주 오랜 시간 동안 사라를 두렵게 하던 동생의 눈을 당당하게 바라보았다. 그리고 그제야 그녀가 놀라서 말했다.

"너…… 엄청 자랐네?"

"당연하지. 나 금방 언니보다 커질걸?"

"윽. 진짜 그럴 것 같아. 열받네. 안 돼. 너 언니보다 더 크지 마."

"에이 엄마가 그러는데 나 언니 열두 살 때보다 더 크대."

"뭐? 그런 게 어디 있어! 야, 강한희. 너 이제 그만 커. 그만 크라고!"

사라가 성질을 내자 한희가 즐겁게 웃었다. 내 동생이 저렇게 많이 자랐었구나. 언제 저렇게 많이 자랐을까. 왜. 그걸 똑바로 보지 못하고 언제까지나 손을 놓으면 안 되는 아이로만 알고 있었을 까.

그렇게 많은 짐들은 어쩌면 스스로가 만들어 낸 마음의 짐일지 도 모르겠다고, 사라는 생각했다.

7. 질투

야구 연습장에서 나온 세 사람은 현재의 차를 타고 춘천으로 돌아가기 위해 경춘선 역에서 기다리는 부모님에게로 향했다.

차 안에서 현재가 말했다.

"한희 운동신경 진짜 좋더라. 아무리 어린이용이라지만 저렇게 바로 맞힐 수 있는 애들 드물 것 같은데."

"그래요?"

"응. 당신은 그렇게 운동신경이 좋아 보이지 않던데 신기하네."

"제가 안 해서 그렇지 하면 좀 하거든요?"

"달리기 빨라?"

"그, 그건 느리지만요……."

"달리기는 모든 운동의 기본 아냐? 달리기가 느리면 운동신경이 없다고 봐야지."

두 사람이 티격태격하는 사이 역에 도착했다. 현재가 멈칫했다.

"나는 들어가면 안 되겠지?"

"상관없어요. 저도 성인인데 연애하는 게 잘못도 아니고."

"그런가."

현재의 손에서 식은땀이 나기 시작했다. 잘 보여야 하는데. 내 인상이 좋은 편이었던가?

그가 고민하는 사이 사라와 한희의 부모님이 나왔다. 두 분이 눈이 동그래져서 현재를 뚫어져라 바라보자 현재가 서둘러 허리를 숙여 인사했다.

"아, 안녕하십니까. 양현재입니다."

그러자 사라의 어머니인 명희가 먼저 인사했다.

"아, 아! 사라한테 들었습니다. 사라 남자 친구……라고요?"

며, 몇 살이신지?

명희가 난감해하는데 남편인 연철이 말했다.

"자네 무슨 일을 하나?"

"아. 작은 회사를 경영하고 있습니다."

현재가 말하며 서둘러 명함을 꺼냈다. 작든 크든 회사를 경영할 정도면 도대체 몇 살인 건가. 사라의 부모가 더더욱 경악했다.

지난달부터였나, 사라가 부모님 얼굴만 보면 현재 얘기를 했다. 건너서 듣기로는 다정다감하고 어른스러운 느낌이라 나름으로 상상하는 캐릭터가 있었는데, 실제로 본 현재는 너무 어른이었다. 여전히 철없는 강아지같이 느껴지는 딸에 비해서는 더욱 심하게. 연철이 침착하게 다시 물었다.

"나, 나이는 어떻게 되나?"

"아. 서른입니다."

"서, 서른?"

여섯 살 차이라니. 거짓말이다. 최소한 열 살은 차이 나 보이는 데…… 부모의 의심으로 가득한 표정에 사라가 울상이 되어 두 사람을 떠밀었다.

"왜 그렇게 보고 그래, 사람 무안하게. 얼른 가기나 해요."

그러자 명희가 사라의 팔을 찰싹 때리며 말했다.

"이렇게 억지로 보내는 게 더 무안하겠다! 아주 벌써 남자 친구라고 싸고돌기는."

"아니, 내가 또 뭐 얼마나 싸고돌았다고. 빨리 집에 가서 주무셔요."

"아유, 딸 처음 생긴 남자 친구인데 얘기 좀 하자!"

"뭐 며칠이나 사귀었다고 얘기를 해……."

사라가 제 편 좀 들어 달라고 울상이 되어 현재를 보았다. 그러자 그가 서둘러 말했다.

"그럼 제가 차를 가져왔으니 춘천까지 모셔다드리겠습니다."

조금 아까까지만 해도 이 자리가 제가 낄 자리인가 망설이던 남자가 사라의 예상과 전혀 다른 답을 했다. 저 남자도 사라의 편이 아니었다.

심지어는 차에서 계속 졸던 한희도 칭얼거리며 현재에게 말했다.

"아저씨이. 가지 마요."

그러자 사라가 억울한 표정으로 말했다.

"언니는? 언니는 가도 돼?"

"아저씨 안 가면 언니도 안 갈 거니까……."

"요 꼬맹이가."

사라가 어처구니없어하는데 현재가 말했다.

"다음번엔 공 던지는 거 알려 줄게. 캐치볼 하자."

"우와! 좋아요!"

한희가 신나서 대답했다. 다행히 그래도 사라의 편이 하나는 있었다.

연철이 현재에게 말했다.

"둘이 사귄 지 얼마나 됐다고 집을 찾아오나. 순서가 있지. 우린 알아서 갈 테니까 사라나 집에 잘 데려다주게."

아버지 말투가 이상해졌다. '주게' 라니요, 아버지? 사라가 어리둥절해하는 사이 현재가 정중하게 대답했다.

"예, 알겠습니다. 그럼 조심해서 들어가십시오."

이상해. 다들 갑자기 어른스러워졌어…….

사라가 마치 다른 세상에 와 있는 것 같은 기분을 느끼며 가족들과 인사하고 현재의 차로 돌아왔다.

둘은 잠시 아무런 대화가 없었다. 한참 후 사라가 중얼거렸다.

"체할 뻔했어요."

"……나도."

"그런 사람이 춘천까지 모셔다드린단 소리가 나와요?"

"그런 거라도 해서 잘 보여야 될 거 아냐."

현재의 대꾸에 잠깐 입을 다물었던 사라가 혼잣말하듯 말했다.

"우리…… 가짜 연애가 끝났다는 게 갑자기 실감이 나요."

"……."

"우리, 정말로 사귀는구나……."

정말로 서로의 부모님을 신경 쓰게 된 것이다. 가짜가 아니라, 정말로. 진심으로 연인이 되었다는 것이 갑자기 실감이 났다. 그런데 현재도 사라의 말에 똑같은 생각을 하게 되었는지, 귀가 조금씩 붉어지기 시작했다. 그가 중얼거렸다.

"그러네. 진짜 연애네."

그렇게 생각하니 부끄러워 말이 없었다. 그러다 사라가 화제를 전환했다.

"그보다 말이에요, 한희요. 나보다 더 클 거라니 말도 안 되지 않아요? 내가 한희 나이 두 배인데!"

"당신은 성장이 멈췄고, 한희는 계속 자라는…… 아냐, 잘못했어."

사라가 흘기자 현재가 곧바로 사과했다. 사라가 중얼거렸다.

"으음…… 오늘 보니까. 엄청 컸네요, 한희. 여태 몰랐어요. 그 애를 똑바로 볼 수가 없었어요."

"……."

"가끔요, 큰 공연이 있을 때요. 단원들이 전부 다 올라가서 연주할 때, 그 속에 있으면 가끔 순간적으로 난청이 올 때가 있어요."

사라가 멈춰서서 잠깐 눈을 감았다.

"잠깐만 안 들려도 불안하고, 무서운데. 한희는 얼마나 무서웠을까. 어릴 땐 짜증 낸다고 저도 같이 짜증 내고 그랬는데, 지금 생각해 보면 우리 한희 정말 천사네."

"……."

"그런 의미에서, 현재 씨도 그 정도면 어엄청 다정한 편인 거 있죠?"

사라가 애써 웃으며 말했다.

현재의 아픔은 끝나지 않았고, 오히려 앞으로 더 가혹해질 것이다. 사라가 가만히 듣고 있는 현재에게 말했다.

"내 바이올린이, 현재 씨에게 약이 된다고 했죠?"

"응."

"현재 씨에게는 평생 무료로 연주해 줄게요. 제가 만약에 엄청 유명한 바이올리니스트가 되더라도. 현재 씨가 원할 때면 언제든지, 약이 되러 달려올게요. 그러니까……."

그러니까 아프지 말라는 말은, 할 수 없었다. 다리를 낫게 해줄 수는 없는 거니까. 하지만 그에게라면 언제든지, 이 다정한 남자에게라면 언제든지 바이올린을 연주해 줄 수 있다.

"있잖아."

말을 더 잇지 못하는 사라를 대신해 현재가 입을 열었다.

"나 있는 거 돈밖에 없으니까. 나중에 진짜 좋은 휠체어 살 거야. 커피포트 달려 있고 이런 거."

현재가 짓궂게 말했다. 자신의 사고 때문에 서러워하는 사람들을 위해 만들어 놓은 '농담 레퍼토리'였다.

그런 그의 마음을 아는지, 사라가 웃었다. 안 울려고 애쓰며, 활짝 웃었다.

그리고 다시 화제를 바꾸어 이런저런 이야기를 시작했다. 클래식에 대한 이야기를 하기 시작하면 끝이 없었다. 좋아하는 곡, 오케스트라, 지휘자, 악기. 공감도 하고 논쟁도 하고, 가끔은 새로운 사실을 알게 되기도 했다.

오히려 같은 단원들, 지호나 세경과는 클래식에 관한 이야기를 하지 않게 된다. 직업이 되다 보니, 음악 이야기를 시작하면 항상 대화가 현실로 연결되어 버렸다.

그래서 모처럼, 즐겁게 이야기하다가 보니 현재의 차를 타고 집으로 향한 것은 열두 시가 넘은 시간이었다. 그때 사라의 휴대폰이 울렸다. 이 시간에 누가 전화를 하는 건지. 현재가 신경 쓰여 힐끔 그녀의 휴대폰을 보니 '양선일 사장님'이라는 이름이 보였다. 그의 표정이 단숨에 구겨졌다. 사라가 전화를 받았다.

"네에."

— 강사라. 집이지?

"아직 데이트 중인데요. 왜요?"

사라가 퉁명스럽게 묻자 선일이 말했다.

— 여태 집을 안 보냈어? 무슨 데이트를 이렇게 늦게까지 해? 양현재 이거 안 되겠네.

"근데 이 밤에 왜요?"

— 이거 쌀쌀맞게 구는 거 보니까 내가 왜 전화했는지 아나 보네. 너 언제 출근할 거야?

"저 그만뒀잖아요."

— 이만큼 쉬었으면 다시 출근해. 월급 인상해 줄게.

"돈으로 사람 꼬시는 거 나쁜 거예요."

— 진짜 많이 인상해 줄게. 제발! 새로 뽑은 알바가 너무 일을 못해서 사장님 힘들어. 부디 도와주십쇼.

선일의 장난스러운 애원에 사라가 품 웃었다. 그녀의 웃음소리에 운전하던 현재가 옆을 보았다. 사라가 전화를 하며 웃고 있는 것을 확인한 현재의 표정은 더 나쁠 수 없을 정도로 사나워졌다.

밤에 일하는 선일에게는 지금이 그리 늦은 시간이 아니다. 알고 있었다. 그는 장난스러운 사람이니 농담을 하고, 그것에 사라가 웃는 것도 당연하다. 그러나 이런 이성적인 생각들이 무언가에 삼켜졌다. 사라는 그것을 느끼지 못하고 말을 이었다.

"월급 세 배 올려 주면 생각해 볼게요."

— 와, 이거 아주 도둑놈 심보네. 그건 너무한 거 아냐?

"안 간다는 소리잖아요."

— 유학비 모아야 될 거 아니야.

"유학비 다른 알바 해서 모을…… 현재 씨?"

잘 가던 차가 갑자기 유턴을 했다. 그제야 놀란 사라가 현재를 보았다.

"어디 가요?"

"전화 끊어."

"네?"

사라의 눈이 커졌다. 선일이 걱정스러운 목소리로 물었다.

— 왜 그래?

"아니…… 끊을게요. 다음에 다시 얘기해요."

— 무슨 일인데 그래.

사라가 조심스럽게 전화를 끊었다. 차는 사라의 집이 아닌 현재의 집으로 향하고 있었다. 사라는 당황해서 '어? 어어?' 하는 소리만 냈다. 신호가 걸렸을 때 현재가 물었다.

"사라야. 우리 집 갈래?"

"네? 지, 지금요?"

"응. 지금."

사라가 놀라서 현재를 바라보며 눈만 깜빡거렸다. 저 남자가 왜 저러는지 모르겠다. 아무튼 분명한 건, 절대로 평소의 양현재가 아니라는 것.

뭐라고 대답하든 제멋대로 할 것 같은 표정으로 허락을 구한다.

사라가 그의 기에 눌려 얼떨결에 대답했다.

"가, 갈래요……."

그녀가 대답하기 무섭게 현재가 다시 차를 몰았다. 사라가 정신을 차릴 틈도 없이 차가 현재의 집에 도착했다. 먼저 내린 현재가 걸어가 사라의 쪽 문을 열어 주었다. 그리고 사라가 눈치를 살피며 내리자마자 그녀의 팔을 당겨 확 끌어안았다.

"현재 씨?"

사라가 눈을 깜빡였다. 말없이 그녀를 안고 있던 현재가 입을 열었다.

"네가 다른 남자를 좋아한다고 생각했을 때, 나는 그냥. 영원히 내 마음 같은 건 감춰 둘 생각이었어. 너를 사랑하게 되니까, 네가 행복한 게 내 행동의 최우선이 되어서."

"……."

"그런데 지금은…… 지금 나는 네가 원하는 건 무엇이든지 해 줄 수 있어. 가지고 싶은 건 갖게 해 줄 수 있어. 너를 좋은 음악가라고 생각하고, 존중하고 있어."

"……."

"동시에, 차 문은 내가 열어 주고 싶어. 키스를 하거나 몸을 섞고 싶고, 다른 남자와 이렇게 늦은 시간에 전화하는 걸 보면, 불안해. 거기다가 웃기까지 하면 정말 돌아 버릴 것 같아. 내 옆에 있는데도 말이야. 지금은 그게 싫어."

"사장님이랑 전화해서…… 화났어요?"

그제야 사라는 현재의 태도가 변한 이유를 알아차렸다. 현재가 말없이 고개를 끄덕이자 사라가 조심스럽게 손을 올려 그의 머리칼을 어루만졌다.

"왜 화가 나요?"

"······."

"난 항상 당신 생각밖에 안 하는데······."

사라는 현재가 무섭지 않았다. 그의 커다란 체격도, 잘 웃지 않는 얼굴도, 가끔 못되게 하는 말들도. 그가 따뜻하고 좋은 사람임을 알고 있으니까 무섭지 않았다.

제집에 가겠냐고 현재가 물었을 때, 사라는 그가 오늘 밤 전체에 대한 질문을 하고 있다는 걸 알았다. 그리고 지금, 그녀는 답을 내릴 수 있었다. 사라가 말했다.

"들어가요."

"······."

"재워 주려고 오라고 한 거죠?"

그렇게 묻는 사라의 뺨이 빨갰다. 포르테가 신나서 달려오자 현재가 말했다.

"포르테. 오늘만 좀 빠져 주라. 진짜 미안."

그의 말에 사라가 작게 소리내어 웃었다. 현재가 그녀의 손을 잡고 집으로 향했다. 그를 뒤따라가던 사라가 현관에서 멈춰 섰다.

"저 구두 벗어야 해요."

그러자 현재가 그녀를 돌아보았다. 앵클 스트랩이 있어 벗기기 어려워 보였다. 그러자 현재가 바닥에 털썩 앉았다. 그리고 스트랩을 벗기기 시작했다.

"제, 제가 할게요."

"내가 할게. 오늘은 다. 내가 알아서 할게."

사라가 당황해 어쩔 줄 몰라 하는 사이 신발을 다 벗긴 현재가 그녀를 데리고 침실로 향했다.

⚜

전화를 끊으라는 현재의 말은, 그와 30년을 살아온 선일에게조차 낯설었다. 그것은 물론 1차적으로 사라를 향한 것이지만 2차적으로 선일을 향한 것이기도 했다.

현재는 자기가 원하는 대부분을 선일에게 양보해 왔다. 심지어는 피아니스트가 되고 싶었던 미래까지도 선일의 '자유'를 위하여 포기했다. 뭘 해도 성실한 사람이니 회사 일도 잘해 나가고 있고, 술이 마시고 싶을 때는 선일의 바를 찾을 정도로 형제간의 관계도 망치지 않았다.

선일은 양현재가 이성적인 사람이라고 생각했다. 그러나 오늘의 그는 배고픈 짐승과 다를 바가 없었다. 그가 계속 휴대폰으로 전화를 걸자 바 테이블에 앉아 있던 장미가 물었다.

"오빠. 어디에 그렇게 전화를 해?"

"강사라한테. 다시 일하라고 꼬시고 있었는데 양현재가 얘 휴대폰 전원까지 꺼 버렸나 보네."

"이렇게 늦게 왜 다른 여자한테 전화를 해. 질투 나려고 해."

장미가 눈웃음 지으며 말했다. 선일이 실소하며 물었다.

"하긴. 양현재도 그래서 화난 거겠지?"

"응. 나 진짜 질투 나, 오빠. 사라를 왜 이렇게 챙겨?"

"일을 잘하잖아."

선일이 좀 걱정이 되는지 계속 전화를 걸자 장미가 슬슬 짜증을 냈다.

"전화 그만 좀 해."

"아무리 내 동생이어도 갑자기 이러면 걱정되잖아. 한 길 사람 속은 모른다는데."

선일이 계속 휴대폰을 확인하자 장미의 표정이 어두워졌다.

⁓⁓⁓

둘째 아들이라서. 현재는 많은 것을 받지 못했다. 첫 번째로 받지 못한 것은 어머니의 사랑이었다. 몸이 약한 그녀는 아들들과 지낼 수 있는 시간이 그리 많지 않았다. 그녀와 보낼 수 있는 많은 시간을 선일에게 빼앗겼다.

그래도, 그녀는 음악을 좋아하는 여자였다. 현재가 피아노를 칠 때면 곁으로 다가와서, 흔들의자에 앉아 가만히 음악을 감상하곤 했다. 피아노가 있는 방에서 오롯이 어머니의 관심을 독차지하는 일이, 현재에게는 꿈만 같았다.

어머니가 돌아가셨기 때문에. 더더욱 쉽게 피아니스트가 되는 것을 포기했을지도 모른다. 피아노는 어머니의 관심을 끌기 위한 도구였을 뿐이라고 생각했다.

그런데 무슨 미련인지, 피아노를 그만두었을 때 현재는 며칠 동안 아무것도 먹지 못했다. 어쩌면 피아노는 그에게 애정 그 자체였을지도 모른다.

이제 양보하는 것에 익숙해졌다고 생각했다. 차남이라는 건 원래 장남을 대신할 때만 필요한 것이라고. 그런 관습들을 어른스럽게 받아들일 나이가 되었다고 생각했다.

그런데 아니었던 것이다. 사라가 선일의 전화를 받으며 웃고 있으니 감추고 있었던 욕망들이 발톱을 드러냈다.

그녀를 침대에 걸터앉게 했다. 막상 집에 오니 자신이 너무 억지를 부린 게 아닌가 싶었다. 자신의 침대에 앉은 모습을 보니 조금 정신이 드는 듯했다. 현재가 한숨을 쉬자 사라가 물었다.

"왜 한숨 쉬어요?"

"어떻게 하면 좋을까."

"뭘요?"

"유혹."

"유혹?"

"어떻게 하면 네가 오늘 밤 나를 받아 줄까."

그의 말에 사라는 괜히 긴장되어 제 머리칼을 만지작거렸다. 현재와 '관계를 가지는 것'에 대하여 상상해 보지 못한 것은 아니었다. 그는 근사하고, 성적인 매력이 있는 남자였다. 사라가 연애를 해 본 적이 없다고 해서 섹스를 싫어하는 것은 아니었다. 해 본 적이 없다 뿐이지…… 다정한 그의 눈을 보며 군침을 삼킨 적도 분명 있긴 했다. 그러나 사라의 모든 상상은 로맨틱하고 달콤한 분위기에서 이루어지는 것이었다.

유혹하고 싶은 모양이다. 사라가 자기도 모르게 입술을 깨물었다. 그의 간절해 보이는 표정이 무척 야했다. 이 남자가 이렇게 초조해하기도 하는구나 싶어 신기했고, 그게 자신 때문이라는 사실은 미치도록 좋았다.

물론 자신도 현재가 다른 여자와 열두 시 넘어서 전화를 한다고 생각하면 상상만으로도 화가 났다. 그래서, 지금 불안한 표정을 짓는 현재의 마음도 알 것 같긴 했다. 그러나 그런 것치고도 지나치게 화가 나긴 했다.

사라가 물었다.

"왜 이렇게 화가 났어요?"

"유학 가고 싶다는 말은, 나한테는 언제 하려고 했어?"

"……아."

현재가 정말로 화가 난 것은 유학에 관한 걸, 자신이 몰랐기 때문이었다. 그것을 선일과 이야기한다는 점에, 자신이 모르는 일을 그는 알고 있다는 사실에 눈이 돌았다. 그가 사라를 마주 보고 말했다.

"그게, 정말…… 질투가 나."

현재의 목소리는 마치 그의 감정을 전부 응축시킨 것같이 감정으로 가득했다. 사라가 뺨이 살짝 부어서 투정하듯 말했다.

"뭐, 어차피 지금 상황에서 유학은 꿈같은 소린걸요. 게다가 현재 씨가 가지 말라고 말하면 바로 포기해 버릴 것 같아서 말 못 한 것도 있고……."

억울하다는 듯 말하는 사라가 귀엽고, 사랑스러워 현재의 표정이 멍해진 사이, 그녀가 말을 이었다.

"게다가! 말했잖아요. 어디에 있든지, 현재 씨가 내 바이올린이 필요하다고 하면 달려올 거라고."

"……."

"정말이에요. 현재 씨가 부르면 언제든지 올 거예요. 어디에 있든지. 언제까지든지. 그러니까……. 그래도 유학이 가고 싶은 건 사실인데, 말 안 한 건 미안해요."

한참 투정하더니 미안하다고 사과하며 배시시 웃는다. 그녀의 웃음을 보니 현재는 남아 있던 화가 싹 다 녹아 버리는 기분이었다.

그가 기분이 좋아지는 기색이자 사라가 살짝 그를 보았다.

그녀의 마음은 무척 혼란스러웠다. 그래서, 사건 해결인가? 그럼 나 집에 가야 되는 건가? 난 가기 싫은데, 이 양반 성격으로는 미안하다며 집에 데려다줄 것 같은데…….

사라가 작게 물었다.

"그럼 화 풀렸어요?"

"아직 다는 안 풀렸어. 어쨌든 밤에 다른 남자와 전화를 한 건 사실이잖아."

"아, 다…….."

화가 안 풀려서 다행이라고 말할 뻔했다. 사라가 곧바로 제 입을 막았다. 다행히 그 말을 못 들은 현재가 미간을 좁히고 말을 이었다.

"그리고 이렇게 같이 있으니까 너 보내는 게 끔찍하게 싫다. 나한테 10분만 시간을 줘. 널 유혹할 말을 생각할게. 응?"

그가 말하고, 넥타이를 풀고 정돈되어 있던 자신의 머리를 헝클었다. 회사원답게 만져 두었던 머리칼이 헝클어지자 사라는 심장이 쿵 하고 떨어지는 기분이었다. 아. 정말, 얼굴 하나는 완벽한 남자다. 그가 좋아서 완벽해 보이는 건지, 그가 완벽해서 좋아하는 건지 알 수 없지만.

현재가 두 손으로 사라의 머리와 허리를 받치더니 그녀를 부드럽게 눕혔다. 그리고 한 손을 그녀의 머리 옆에 두고, 다른 한 손으로 자신의 셔츠 단추를 풀었다.

사라가 조금 얼어서 말했다.

"이거…… 유혹이에요? 아닌 것 같은데…….."

"유혹이야."

"저 연애도 처음이고! 키스도 처음이었고……."

"알아."

사라가 자기도 모르게 두 주먹을 꼭 쥐었다. 가까이에 보이는 현재의 찌푸린 표정이 섹시했다. 그가 나지막이 물었다.

"꽃?"

"네?"

"당신 유혹할 때 필요한 거 말이야. 꽃, 촛불. 이런 거."

사라는 제 심장 뛰는 소리가 현재에게 들릴까 봐 겁이 났다. 지금 이 상황이 낯설어 조금 겁이 나면서도, 그 긴장감이 미치도록 좋았다. 현재는 자신이 싫어하는 건 절대 하지 않을 사람이었으니까.

"으음……."

고민을 하니 괜히 즐거웠다. 사라가 물었다.

"뭐든지 해 줄 거예요?"

"응."

"그럼 촛불 켜 주세요. 밝은 건 싫어요. 예쁜 초가 여러 개 켜져 있었으면 좋겠어요."

"잠깐만 기다려. 금방 가져올게."

현재가 다리 아픈 사람이 맞나 싶을 정도의 속도로 초를 찾아왔다. 다행히도 선물 받아 처박아 놨던 예쁜 초가 몇 개 있었다. 초를 여러 개 들고 온 현재는 예쁜 유리그릇에 담긴 아이스크림을 사라에게 내밀었다.

"먹고 있어. 불 켜 줄게."

"와. 역시 내 남자 친구."

사라가 기뻐하며 침대에 앉아 아이스크림을 먹는 사이 현재가 초를 보기 좋게 진열하고 불을 켰다.

"예뻐요……."

사라가 멍하니 감탄하는 사이 불을 다 켠 현재가 돌아와 그녀의 곁에 앉았다. 그가 사라의 아이스크림을 먹어 차가워진 입술을 손가락으로 훑으며 말했다.

"지금은 어때?"

"지금요?"

"아직도 싫어?"

"난 싫었던 적이 없는데요?"

사라가 말하자 현재가 멈칫했다. 그녀가 말을 이었다.

"싫은 게 아니라, 낯선 거예요."

"그런가."

"당신이니까 참을게요."

사라가 생색내자 현재가 웃으며 고개를 끄덕이고 셔츠를 벗었다. 그러자 현재의 상체가 드러났다. 남자의 몸이 이렇게 아름다울 수 있다는 것을, 사라는 처음 알았다.

현재가 사라의 옷을 내려 왼쪽 어깨를 드러냈다. 머리칼을 한쪽으로 넘기고 드러난 희고 아름다운 목선이 현재를 취하게 했다.

현재의 입술이 닿을 때마다 흠칫흠칫 놀라는 것이 미치도록 사랑스러웠다. 그가 군침을 삼켰다. 물고 싶다. 한입 크게 물어서 향을 충분히 느낄 수 있을 때까지 씹어 삼키고 싶었다. 이 희고 매끄러우며, 긴장한 몸을.

사라의 몸에서 나는 살냄새가 좋아서 하루 종일 자기 곁에 두고 싶다고 생각했다. 그의 손이 얇은 원피스 너머로 느껴지자 사라의 다문 입술 사이로 신음 소리가 새어 나왔다.

"현재 씨……."

현재의 손이 그녀의 동그란 가슴을 쓸어내리자 사라가 흠칫 놀라 눈을 감으며 더욱 그의 품으로 안겼다. 현재의 손이 그녀의 배를 타고 내려가 다리 사이를 타고 허벅지와 무릎, 발목을 쓰다듬는 사이 사라의 입에서 몇 번이나 야릇한 소리가 흘렀다.

제가 너무 달아오르는 게 당혹스러워, 사라가 현재의 어깨를 두 손으로 감쌌다. 그가 곧바로 행동을 멈추고 녹일 듯이 달콤하게 바라보자, 사라는 더운 목소리로 말했다.

"나 머리 쓰다듬어 주는 거 좋아하는 것 같아요."

"머리?"

사라가 고개를 끄덕였다. 그러자 현재가 손을 내밀어 그녀의 머리칼을 쓰다듬었다. 그의 손이 어루만질 때마다 사라가 기분 좋은 콧소리를 낸다. 현재가 웃으며 그녀를 끌어안았다.

머리칼에, 어깨에 키스를 하고, 그의 손이 사라의 골반으로 향했다. 뼈를 따라 손이 내려갔다. 사라가 짧고 뜨거운 교성을 내며 눈을 감았다. 그 소리가 귀엽다는 듯이 현재가 그녀의 귀에 키스를 했다. 현재의 손길과 입맞춤에 머릿속에 있는 모든 생각이 뒤섞이는 것 같았다.

그의 손이 사라의 원피스 안으로 향했다.

"싫어?"

"아, 안 싫어요……."

"다행이네."

사라의 전신이 파르르 떨렸다. 손가락이 건드리자 몸에 전율이 흘렀다. 그가 여기서 멈춰 버리면 붙잡고 애원이라도 할 것 같았다. 현재가 한 손으로 그녀를 애무하며 다른 한 손으로 자신의 벨트를 풀었다. 사라가 가느다란 손으로 현재의 단단한 팔을 쥐었다.

"나를 좋아해요?"

"응, 좋아해."

그가 다정히 대답하며 사라를 침대에 눕혀 주었다. 그리고 미리 사서 서랍에 넣어 두었던 콘돔을 찾아 끼웠다. 그 잠깐 떨어지는 것도 싫은지 사라가 손을 뻗었다.

"현재 씨랑…… 떨어지는 거 싫어요…….."

"너 때문에 미치겠다. 정말."

현재가 중얼거렸다. 그 덕에 현재는 마음이 안정되는 기분이었다. 이 여자가 자신을 애타게 찾는 것이 행복했다.

사라에게로 돌아가, 그녀의 안으로 아주 조심스럽게 자신의 것을 넣었다. 조금씩 들어올 때마다 사라의 눈이 커졌다. 뒤늦게 이건 아니다 싶었다. 이렇게 아플 리가 없는데! 그녀가 다급히 말했다.

"이, 이건 안 돼요! 아프…… 아윽! 아파요! 그만……."

사라가 거부하려는데 현재가 키스를 해 왔다. 둘의 몸이 섞이며 괴로울 정도의 쾌감이 몰려왔다. 사라가 울먹이며 말했다.

"좋아해요……."

"나도 좋아해."

"정말로…… 많이……."

현재가 그녀를 꽉 끌어안았다. 자신만큼이나 그녀도 이 낯선 사랑이, 어느 날 갑자기 몰아쳐 오는 사랑이 무서운 모양이라고 생각했다.

새벽에 정사를 마치고 욕실에 들어가니 이미 따뜻한 물이 받아져 있었다. 현재가 사라를 욕조 안에 넣고 자신도 그 안으로 들어갔다. 사라가 원망스러워하며 그를 보자 싱긋 웃으며 말했다.

"씻겨 줄게. 잠들어도 돼."

거품을 낸 욕조의 물로 사라의 몸을 씻겼다. 그녀의 피부는 매끄러웠다. 좋은 크림을 잔뜩 발라 둔 것 같은 피부였다. 그녀의 팔을 씻기며 현재는 그녀를 한 번 더 안고 싶다고 생각했다. 그러나 사라는 기분 좋은 목욕에 잠이 오는 모양이었다.

"기분 좋아……."

사라가 응얼거리더니 욕조에 기댄다. 지금 현재의 머릿속에 있는 생각들을 단 한 조각이라도 읽는다면 저렇게 맘 놓고 있을 수 없을 텐데.

현재가 머리를 감겨 주고, 욕조 밖으로 데리고 나와 옷을 입혔다. 의자에 앉히고 머리를 말리는데 사라가 잠에 취해 현재의 품에 안겼다.

그리고 쌕쌕 숨소리를 내자 현재가 어이가 없어서 피식 웃었다.

"그래. 오늘만 날은 아니지."

"으응……?"

"지금은 자 둬."

잠들라고는 했지만 진짜 잠들 줄이야. 현재가 잠옷을 입힌 사라를 안아 침대에 눕혔다. 현재가 두 팔로 끌어안자 사라가 응얼거렸다.

"같이…… 자요?"

"당연하지."

그러자 사라가 기쁘다는 듯 그의 품을 파고들었다. 늘 밤이면 그와 떨어져야 한다는 게 싫었는데. 그녀가 안기자 현재가 아이를 다루듯이 사라를 쓰다듬었다.

"어서 자."

그의 목소리가 달콤해서, 사라는 다시 잠에 빠져들며 웅얼거렸다.

"우리 가짜 연애 할 때. 병실 밖에서 잔 거 기억나요?"

"응."

"그때 있죠. 놀라서 얼른 씻고 나왔더니 다시 잠들어 있는 당신이 엄청 근사해서, 사실 깨우기 전에 조금 구경했어요. 두근두근해서."

"……."

"비밀이에요……."

그녀가 말하며 잠이 들었다. 현재는 그녀가 깰까, 한숨을 참았다. 자긴 잠들고, 남자 친구의 잠을 확 깨워 버렸다.

세 번째 알람 소리에 눈을 뜬 사라가 배시시 웃었다.

커튼 사이로 적당히 아침 햇살이 들어왔고, 현재는 그녀의 손을 감싸 쥐고 잠들어 있었다. 사라가 그런 그를 예뻐해 주고 싶은데, 깨우기는 싫어서 안절부절못하다 결국 못 참고 뺨에 쪽 입을 맞췄다. 그러자 눈도 안 뜬 현재가 중얼거렸다.

"아침부터 너무 좋아서 심장마비 올 것 같아."

그런 그의 말에 사라가 소리 내어 웃었다. 현재가 사라의 알몸에 바로 원피스를 입히고 자신도 대충 바지를 챙겨 입었다.

"밖에 누구 안 계세요?"

"응. 오늘은 아무도 안 계셔."

"아, 나가기 싫다."

"내가 할 말이야."

현재는 투덜거리며 그녀를 주방으로 데려갔다. 그리고 사라를 주방에 있는 아일랜드 식탁 위에 앉혔다. 현재가 시리얼 두 통을 사라에게 내밀었다. 사라가 왼쪽 것을 가리키자 둥근 볼 두 개에 사라가 고른 시리얼을 붓고 우유를 따랐다. 숟가락을 각각 넣어 들고 온 그가 그녀의 곁에 걸터앉는다. 사라가 볼 하나를 받고 아이처럼 웃으며 물었다.

"난 괜찮은데. 그 체격에 이걸로 되겠어요?"

"점심 많이 먹지 뭐. 늦었어. 우리 알람 두 번 껐잖아."

"일어나면 현재 씨랑 떨어져야 되니까 싫었단 말이에요."

"그래서 나도 안 일어났잖아."

두 사람 다 시리얼이 원래 이렇게 맛있었나, 싶었다.

사라가 시리얼을 몇 입 먹었을 때 현재는 이미 다 먹고 벌써 나갈 준비를 시작했다. 사라가 시리얼을 다 먹었을 때 현재는 이미 나갈 준비를 마친 상태였다. 깔끔한 정장에, 머리도 정돈이 되어 있다. 내 남자지만 진짜 잘났다. 사라가 현재의 넥타이를 쥐며 말했다.

"일하지 말아요."

"막무가내네."

"현재 씨 일 안 해도 부자잖아요."

"그래서 내가 쉴 때마다 엄청난 손실이 생겨."

"싫어요. 일하지 말아요. 네에? 나랑 놀아요."

사라가 칭얼거리는데 현재는 굉장히 괴로운 표정이었다. 그가 물었다.

"어제 힘들게 했다고 지금 나한테 복수하는 거지?"

"……아, 들켰다."

사라가 입술을 살짝 내밀고 종알거리자 현재가 앓는 소리를 냈다. 현재가 커피를 내리는 사이 사라는 나갈 준비를 했다. 현재가 중얼거렸다.

"진짜 일하기 싫다."

지금까지 현재는 돈을 '쓰는 것' 보다 '버는 것' 에 익숙했다. 일하기 싫다는 말도, 입 밖으로 내 본 적이 없었다.

그런데 오늘 아침 시간이 너무 달콤하고 소중해서, 일하러 가고 싶지가 않았다.

잠시 후 나갈 준비를 마친 사라가 돌아왔다.

"현재 씨. 가요."

"화장한다면서?"

"했어요."

현재가 검사를 하듯이, 매끈매끈한 사라의 얼굴에 손을 가져갔다. 뺨을 감싸 보니 안 하느니만 못한 화장품이 발라져 있다. 정말 '예의상' 해 준 느낌이었다.

현재의 손이 가까워지니 커피 향이 느껴졌다. 사라가 발을 들더니 코를 킁킁거렸다.

"커피 냄새 나요."

"커피를 마셨으니까."

"좋다……."

사라가 눈을 감으며 기분 좋은 목소리를 냈다. 현재와 키 차이를 맞추려고 까치발을 든 사라를 보니 현재는 지구에서 '출근'이라는 단어를 없애고 싶다는 생각을 했다.

8. 어울림

사라는 하루에 열 시간씩 연습을 했다. 잘하려고 한 것이 아니라, 연습하는 것이 재밌어서였다. 물론 늘 재밌지는 않다. 가끔 지긋지긋해서 손에 쥔 악기를 던져 버리고 싶을 때도 있었다. 그렇게 연습이 싫은 날에도, 손에서 바이올린을 놓으면 마음이 진정되지 않았다.

열일곱 살에 사고를 겪은 이후 사라는 손에서 놓는 것은 무엇이든 불안했다. 사랑하는 모든 것을 두 손으로 쥐고 싶었다. 그런데 이상하게도 그토록 사랑하는 남자는, 현재의 손은, 놓을 때에도 불안하지가 않았다.

현재가 데려다주어 그의 차를 타고 오케스트라와 조금 떨어진 곳에 도착했다. 사귀기 전엔 괜찮았는데, 정작 진짜로 사귀기 시작하니 사라가 부끄럽다며 떨어진 곳에 내려 달라고 했다. 사라가 차에서 내려 현재에게 손을 흔들었다.

"일 열심히 해요."

"그래. 너도."

그의 눈이 웃는다. 그는 거짓말을 할 줄 모르는 남자라서, 그 눈을 보면 마음이 평온해졌다. 손을 놓으면서도, 절대로 자기 손에서 떠나가지 않을 것이라는 확신이 들었다. 가겠다고 마음먹었는데, 가기 싫어져 버렸다.

사라가 몇 걸음 걷다가 현재의 차를 돌아보고, 다시 오케스트라로 걸어가며 투정했다.

"쓸데없이 잘생겨가지고. 출근하기 싫어지게."

사라는 지금 자신이 가질 수 있는 직업 중에 가장 좋은 직업을 가졌다고 생각했다. 연봉도 적고 평정(오케스트라 단원의 기량을 평가)도 무섭지만 일 자체는 너무나 좋아하는 일이니까.

그런데도 현재의 곁에 붙어만 있고 싶으니, 정말 이상한 일이었다.

그녀가 오케스트라에 도착하니 단원들이 연습 대신 각자 웅성거리며 이야기를 나누고 있었다. 사라가 고개를 기우뚱하며 선배인 세경에게 물었다.

"세경 선배. 오늘따라 왜 다들 이렇게 소란스러워요?"

"우리 이번 정기 연주회에 클라우스 슈미트 교수가 오기로 했잖아."

그는 유명한 바이올리니스트로 지금은 석사 학위를 받을 수 있는 유명한 교육기관의 교수로 후학을 양성하고 있었다. 사라는 언제나 존경하던 바이올리니스트와 협연을 한다는 생각만으로도 웃음이 나왔다. 그녀가 농담 삼아 호들갑을 떨었다.

"우리 오케스트라 이제 막 유명해지고 해외 순회공연 가고 하는 거예요?"

"앞서가지 말고. 협연이 중요한 게 아니라."

"……협연이 안 중요해요?"

"그게 있지. 공연을 하러 오는 김에 국제 오디션도 한다나 봐. 학사부터 박사까지 전부."

"네, 네에?"

사라의 눈이 휘둥그레졌다. 세경이 물었다.

"너 유학 갈 거지?"

"에이, 아니요. 제가 돈이 어디 있어요."

"지난번에 재단 오디션 본 건 어떻게 됐어?"

"그냥 본 거죠, 뭐."

사라의 목소리가 작아지자 세경이 미간을 확 좁히고 말했다.

"야. 그렇게 말하지 말고 가서 석사 받아 오라고."

"선배도…… 저 장학금 받아서 확 유학 가 버리면 어떡하려고 그래요?"

"가버려, 좀. 너 가 버리면 아주 소원이 없겠다."

세경은 짜증 내듯이 말했지만, 그녀의 그 말이 얼마나 애정이 가득한 것인지를 사라는 알고 있었다.

유학을 가 버리라는 게, 말이 쉽지 사실 직장 동료에게 해 줄 만한 말은 아니었다. 같은 음악을 연주하기 위해서 그들은 온갖 정성과 노력을 기울였다. 개인이 아니라 오케스트라에 섞이기 위해서. 그러니 세경 입장에서 후배가 그만둔다는 것은 분통이 터지는 일일지도 모른다. 새로 빈자리를 채우는 데에는 또 그만큼의 시간이 걸릴 테니까.

그럼에도 세경은 사라의 등을 떠밀었다.

"혹시 장학금 받으면 여기 아니더라도 다시 입시야. 연습해, 연습! 연애할 시간이 어디 있어?"

"넵. 알겠습니다!"

세경은 사라를 무척 아꼈다. 너무 멀거나, 장소가 협소해서 내키지 않는 연주 일정이 잡혔을 때에도 사라는 신나 했다. 그저 연주만 할 수 있으면 어디든 좋아하는 연주자였다. 후배로서의 강사라는 별로지만, 바이올리니스트로서의 강사라는 참을 수 없을 정도로 좋았다. 세경이 자신을 보고 있자 사라가 능청스레 물었다.

"선배는 절 너무 좋아해요."

"시끄러워. 연습이나 해."

"좋으시면 말로 하시지."

사라가 애교스럽게, 농담으로 고맙다는 말을 대신했다. 그러더니 연습을 시작한다. 하여튼 뻔뻔하기로는 이 오케스트라 제일이었다. 저렇게 뻔뻔한 여자애랑 사귀는 남자는 성인군자일까……. 세경이 한숨을 쉬었다.

정기 연주회 때문에 며칠째 점심이 샌드위치였다. 드디어 연습을 쉬며 커피와 함께 샌드위치를 먹는데 장미가 다가왔다. 그녀가 사라의 옆에 털썩 앉았다. 사라가 경계하며 물었다.

"무슨 일이세요?"

사라가 경계하는 것을 보니 장미는 기분이 나아졌다. 그녀의 행동이 딱 '연적'을 대하는 태도였으니까. 어쨌든 사라에게도 현재에게도, 장미는 여전히 신경 쓰이는 존재인 것이다. 사라는 장미의 눈에도 꽤나 괜찮은 여자였다. 예쁘고, 환경이 받쳐 주지 못해서 그렇지 실력이 뛰어났다. 그런 그녀가 자신을 연적으로 여긴다는 건 나쁘지 않은 일이었다.

"사라야, 너 현재 오빠 생일에 뭐 해 줄 거야?"

"네?"

"선물 말이야. 생일 선물."

"생일이요?"

사라가 눈이 둥그레져서 묻자 장미가 난감한 표정으로 물었다.

"넌 여자 친구인데 오빠 생일도 몰라?"

"말을 안 해 줘서……."

"하여튼 자기 얘긴 절대 안 하지."

장미는 이제 절박한 마음이 들었다. 선일의 마음이 점점 멀어질 때마다, 현재가 필요해졌다. 장미가 말했다.

"파티라고 해 봤자 사업차 오는 사람들뿐이야. 불편할 거야."

"선배는 가세요?"

"응. 초대받았어."

장미가 생긋 웃자 사라의 표정이 굳었다. 장미가 말을 이었다.

"생일 내가 말해 줬다고 하지 마. 싫어할 거야."

"네. 알겠어요."

"서프라이즈 같은 거 해 주는 건 어때? 의외로 좋아할 거야. 은근히 사람 놀라게 하는 걸 좋아하거든, 현재 오빠는."

그녀가 말하고는 더 할 말이 없다는 듯이 자리에서 돌아섰다.

현재는 자신의 생일을 그리 좋아하지 않았다. 생일은 현재에게 딱 '매년 돌아오는 야근 주간' 같은 것이었다. 그의 생일이면 온갖 정치인이며 사업가들이 얼굴을 비치러 온다.

군이 생일 일정을 사라에게 알려 줄 이유가 없다고 생각했다. 사업을 하는 사람의 생일은 본인의 것이 아니었다. 그런데 생일에 초대한 사람들의 명단을 읽어 주던 강우가 물었다.

"여자 친구분께는 말씀드렸습니까?"

"아니요. 말 안 할 겁니다."

"예에? 왜 말을 안 하십니까?"

"생일에 뭘 해 줘야 한다는 것도 부담될 테고. 그런 사업적인 자리에 와 봤자 불편할 거 아닙니까. 나중에 말해 주죠."

"아, 사장님!"

현재의 담담한 태도를 참다못한 강우가 소리쳤다.

"여자 친구에게 생일을 말해 주지 않는다니 말이 됩니까? 무조건 화내실 거예요!"

"부담을 덜어 주려는 겁니다. 사라도 이해할 거예요."

"아니거든요? 제가 여자 친구면 절대로, 절대로 이해 못 하거든요? 사장님, 연애 하루 이틀 하십니까? 이런 큰 건으로 한번 삐지면 풀어 주는 데 시간이 몇 배로 든다니까요!"

"아니, 사라의 생일을 안 챙긴다는 것도 아니고. 제 생일을 말하지 않는 걸로 그렇게 화를 내겠습니까?"

오히려 강우가 무안해지게, 현재가 일축해 버렸다. 강우가 투덜거렸다.

"전 분명히 말씀드렸어요. 나중에 여자 친구분 삐져도 저는 모릅니다."

강우의 예상대로 사라는 생일에 대해 말해 주지 않은 현재에게 굉장한 불만을 가지고 있었다. 정기 공연 때문에 바빠서 주말에서야 데이트를 했다. 모처럼 포르테와 산책을 하는데 사라가 계속 다른 생각에 빠져 있자 현재가 걱정스러워하며 물었다.

"어디 아파?"

"아니요……."

생일을 말해 주지 않아서 삐졌어요, 라고는 말할 수 없어서, 사라가 말을 돌렸다.

"저 다음 달에 오케스트라 정기 공연 하는데 보러 올래요? 티켓 줄게요. 주말이고, 현재 씨 집이랑도 가까워요."

"좋지! 당연히 가야지."

사라의 기분이 좋지 않은 것 같아서 계속 걱정하던 현재가 서둘러 대답했다. 그러나 사라가 더 이상 말을 하지 않아서 다시 대화가 중단되었다.

유학에 관한 말도, 생일에 관해 묻는 것도 어려웠다. 양현재는 편안한 느낌을 주는 남자는 결코 아니었으니까. 그가 어떻게 반응할지 전혀 예상이 되지 않았다. 포르테는 오늘따라 친밀해 보이지 않는 둘의 분위기를 느꼈는지 꼬리가 축 처져 있었다.

묵묵히 걷던 사라가 결심했는지 현재에게 물었다.

"현재 씨. 다음 주 일요일에 뭐 해요?"

다음 주 일요일이 현재의 생일이었다. 그녀의 질문에 현재가 대답했다.

"다음 주 일요일은…… 아마 출장을 갈 것 같아."

"으응."

거짓말. 그의 생일이라는 걸 알고 있는데 이렇게 거짓말을 들으니 서운했다. 그가 자신에게 생일에 대하여 말해 주지 않는 게, 그와 자신이 살아가는 공간이 다르다며 선을 긋는 것처럼 느껴졌다.

거짓말만큼은 하지 않는 사람이라고 생각했는데.

그녀가 입을 꾹 다물어 버리자, 현재가 달래듯이 말했다.

"그래도 정기 공연은 꼭 갈게. 무슨 일이 있어도."

"……네."

그러기 싫은데 자꾸 토라지게 된다. 퉁명스럽게 대답하게 되었다. 그런 사라를 달래려 현재가 말했다.

"레퍼토리는 다 정해진 건가?"

"네. 아, 그런데 올드팝을 한 곡 한대요. 그건 아직 안 정해졌어요."

"올드팝?"

"네. '시민들에게 친숙하게 다가가는 클래식'이 이번 정기 공연 모토입니다."

역시 음악 얘기를 하니 금방 밝아진다. 사라가 장난스럽게 대답했다. 현재도 같이 즐겁게 웃고 조금 더 물었다.

"후보곡도 없어?"

"몇 곡 있어요. 밥딜런의 'Knocking on Heaven's Door'나, 카펜터스의 'Yesterday Once More'도 있고."

"으응. 기대되네."

"저도 한 곡 추천했어요."

"뭐 했는데?"

"비틀즈의 'Hey, Jude' 요."

헤이 쥬드. 현재의 걸음이 멈췄다. 그가 사라를 보며 말했다.

"진짜 오케스트라 사 줄까? 네 의견을 강하게 주장할 수 있게."

사라가 농담하지 말라는 듯 현재를 가볍게 밀어 내더니, 그제야 웃었다. 시간과 함께 봄이 흘러간다. 즐겁게 불던 바람은 여름의 온기에 밀려 사라진다. 그런다고 해도 봄은 돌아올 것이고, 여름은 아름다울 것이다.

그 계절을 믿으며, 가만히 서 있는 사라의 머리칼이 바람에 살랑거렸다. 현재가 먼저 입을 열었다.

"유학 오디션 있을 거라며."

"네?"

"장미가 그러던데."

그 말에 사라가 멈칫했다. 그녀가 곧 말을 이었다.

"안 가요. 마음 정했어요."

"무슨 소리야. 석사도 못 한 바이올리니스트가 여자 친구라니. 내 체면 생각도 해 주시죠? 강사라 씨."

"그럼, 우리 못 보잖아요. 저 그냥 오디션도 안 볼래요."

이렇게 말하기까지 사라는 정말 많은 시간을 보냈다. 그녀가 말을 이었다.

"지금 있는 오케스트라가 너무 좋아요."

"그래도 오디션은 봐야지."

쿨한 척하며 대답하기는 했지만, '유학' 이라는 말이 나온 것만으로도 현재의 머릿속이 복잡해졌다. 그녀를 사랑하니까 이렇게 말해야 했다. 떠나보내기 싫었지만, 그것은 제가 할 선택이 아니었다. 사라의 삶은 사라의 것이었으므로, 현재는 가지 말라고, 자꾸만 치미는 말을 억눌렀다.

포르테가 자꾸 멈추려는 현재를 힘주어 당겼다. 사람이 개를 산책시키는지 개가 사람을 산책시키는지 모를 지경이었다.

가뜩이나 마음이 무거워진 그에게 공격이 들어왔다.

"출장은 어디로 가요?"

사라가 묻자 현재가 침을 삼키는 것이 보였다. 저렇게 거짓말을 못하는 사람이 무슨 거짓말. 어디 뭐라고 대답하나 보자 하고 기다리는데 현재가 입을 열었다.

"부산으로……."

부산 같은 소리 한다. 현재가 눈을 마주치지 않았다. 사라가 그를 막아 세웠다. 그녀가 말했다.

"아. 재밌겠네요. 저도 갈래요. 사장님이니까 저 하나 정도는 껴줄 수 있죠?"

"예, 예에?"

당황한 현재가 자기도 모르게 존댓말을 했다. 사라가 눈을 깜빡이며 자신을 바라본다. 사실대로 말할 걸 그랬다. 이제 와서 거짓말이라고 하기도 이상한 일이었다. 한참을 고민하던 현재가 대답했다.

"호텔 예약이 다 차서. 안 될 것 같네."

현재는 뒤늦게 반성했다. 거짓말도 아무나 하는 것이 아니다. 이딴 대답을 하면 사라가 이상하게 생각할 것이 뻔했다. 가뜩이나 오늘 기분도 좋아 보이지 않는데. 지금이라도 생일이라고 말할까 생각하는데 사라가 대답했다.

"그럼 할 수 없죠."

그녀의 말에 마음이 놓인 현재가 휴 한숨을 쉬었다. 자기 얼굴에 저렇게 다 쓰여 있다는 걸 알까.

거짓말을 한 것이 밉기는 하지만, 저렇게 어쩔 줄 몰라 하는 것을 보니 한편으로는 귀엽기도 했다. 사라는 살짝 삐져나오려는 웃음을 꾹 눌렀다. 현재의 생일에 불쑥 등장해 그를 당황시킬 생각이었다. 저 꼬장꼬장한 남자를 놀라게 하는 것도 꽤 재밌을 것 같다고 생각했다. 그리고 생일 선물로 밤새도록, 그가 좋아하는 음악들을 연주해 주어야지. 자신이 줄 수 있는 것이 음악 말고 무엇이 있겠는가. 그녀는 생각했다.

"있죠. 클래식 아닌 것도 많이 들어요? 피아노 방에 있는 악보, 되게 장르가 다양하던데."

"응, 듣지. 너는?"

"보통은 클래식 위주로 듣지만…… 'Hey, Jude'는 좋아요. 저한테 엄청 중요한 사람이 듣던 음악이라."

사고가 났을 때 들렸던 그 곡이 한동안 사라의 머리에서 맴돌았다.

그녀가 추억에 잠기려는데 현재가 그녀가 사고를 떠올리는 걸 알고 말을 돌렸다.

"유학 가도 괜찮아. 딴 놈만 안 만나면."

그러자 사라가 장난스럽게 물었다.

"현재 씨는 내가 바람피우면 무지 무섭게 화낼 거죠?"

"……"

웃자고 하는 소리였는데 현재가 대답 없이 그녀를 바라보았다. 저 남자가 저런 눈도 할 수 있나 싶을 정도로 싸늘했다. 한참의 생각 끝에 그가 대답했다.

"너한텐 화 안 낼 거야. 그런데 아마 그 남자는 가만 안 둘 것
같다."

"왜, 왜 나한텐 화 안 내요?"

"어차피 그 자식을 처리하면……."

"그 자식 현실에 없으니까 너무 진지한 표정 하지 말아요."

사라가 그를 흘기더니 말을 이었다.

"전 현재 씨가 바람피우면 정말 가만 안 둘 거예요."

"나는 어차피 그럴 일 없는데."

그가 퉁명스럽게 대답한다. 사라가 물었다.

"그나저나 나한테 엄청 중요한 사람이 있었다는데, 그 사람은
왜 질투 안 해요?"

별 의미 없는 사라의 투덜거림에, 현재는 7년 전 일이 떠올라
심장이 철렁했다.

그때 현재는 스물세 살이었다. 막 제대해서 아직 복학은 하기
전이라, 여기저기 돌아다니며 비틀즈의 노래를 들었었다. 음악은
그의 복잡한 마음을 달래 주는 중요한 존재였다.

그날, 현재는 선일의 전화를 받았다.

— 미친놈아. 턴테이블을 사러 영월을 가?

'잔소리하려고 전화했어?'

— 그래. 그랬다, 인마. 이 새끼는 찾을 때 서울인 적이 한 번
도 없어.

'왜 찾는데?'

— 아. 나 대신 주말에 선 좀 보라고.

'나한테 떠맡기지 마. 끊어.'

　— 야, 야! 양현재! 한 번만. 어? 한 번…….

　선일이 뭐라 말하는데 현재가 전화를 끊어 버리고, 다시 음악을 들었다. 음악 목록이 쭉 돌아가다 'Hey, Jude'가 나오자 그것을 반복 재생시켜 놓고, 영월 시내를 두리번거렸다. 메고 있는 배낭이 무거웠다. 식사를 할까 해서 가까운 건물의 지하 1층으로 내려갔다. 분식을 파는 집이어서인지 학교 끝나고 온 학생들이 많았다.

　자리를 잡고 이것저것 음식을 주문했다. 학생들이 많은 걸 보니 맛있나 보다 생각하며 음식을 기다리는데 멀리에 바이올린을 발치에 내려놓은 여학생 하나가 보였다. 뒷모습이었는데, 머리를 위로 올려 묶고 있었다. 그녀는 옆에 앉은 대여섯 살짜리 여자아이에게 떡볶이를 집어 먹이는 중이었다. 현재는 소녀가 저도 어리면서 꼬맹이를 잘 돌본다고 생각했다. 잠깐잠깐 보이는 옆얼굴이 하얗다.

　멍하니 그녀를 보는데 꼬맹이가 현재 쪽을 보았다. 현재가 서둘러 고개를 숙였다. 꼬마였으니 다행이지 여고생이 봤다면 웬 변태가 저를 보고 있나 했을 것이다.

　밥을 다 먹었는지 여고생이 휴지로 꼬마의 입을 닦아 주었다.

　'맛있어?'

　'응!'

　'자. 이제 가자.'

　목소리가 다정했다. 그런데도 언니가 가자고 하니까 꼬마가 홱 고개를 돌렸다.

'안 가.'
'왜 안 가. 이제 집에 가야지.'
'싫어. 안 가. 안 갈 거야.'

저 꼬맹이 고집이 대단하다. 현재가 가만히 보고 있으려니 여고
생이 계산을 하고, 한 손에는 바이올린, 다른 한 손으로 꼬마의 손
을 잡아끌었다.

'언니 레슨 늦어. 그니까 얼른 가자. 응?'

열심히 달래는 것 같았지만 동생은 뭐가 마음에 안 드는지 뺨이
퉁퉁 부었다.

둘이 분식집을 나간 후. 현재가 천천히 식사를 마치고 가방을
멘 후, 계산을 막 마쳤을 때였다.

주방 쪽에서 펑 하는 요란한 소리가 들렸다. 분식집 안에 있던
사람들이 소리를 지르며 달려 나갔다.

현재도 사람들을 따라 급하게 뛰었다. 온통 분진으로 가려져 아
무것도 보이지 않았다. 그가 1층 계단을 달려 올라가는데 그가 있
는 곳으로, 바이올린을 든 그 여고생이 달려오고 있었다. 불이 나
서 도망쳐도 모자랄 상황에 안으로 달려들어 온 것이다.

현재가 분진 속으로 달려드는 사라의 팔을 붙잡았다. 미쳐도 단
단히 미쳤지. 불 속에 뛰어들려 한다.

'이거 놔요! 내 동생 저기 있단 말이에요!'

아. 그러고 보니 동생이 없었다. 눈치채자마자 현재는 곧장 여고생의 앞에 가방을 내려놓고 말했다.

'중요한 거니까 잘 맡아 줘. 동생 데려올게.'

그가 말하자 그제야 미친 듯이 소리 지르던 여고생이 멈춰 섰다. 그때 왜 그런 결심을 하게 되었는지 모르겠다. 그저 제가 아이들을 지켜야 한다는 생각밖에 없었다. 현재가 불길 속으로 달려들어 가니 아까 그 꼬마가 보였다.

그가 아이에게 달려가는데 벽에서 시멘트 덩어리가 떨어졌다. 현재가 급하게 몸으로 아이를 감싼 것과 동시에, 시멘트가 콱 그의 왼쪽 다리를 찍었다.

숨이 멎는 것 같았다. 심장이 충격 때문에 멈추는 것이 아닌가 싶을 정도의 아픔이었다. 소리도 지를 수 없을 정도의 고통이 그를 습격했다.

현재는 고통을 이기지 못하고 바닥에 쓰러졌다. 그가 아이에게 말했다.

'꼬마야. 일어나. 일어나서 도망쳐.'

그러자 아이가 고개만 도리도리 저었다.

'얼른…… 언니한테 가.'

'앞이 안 보여요……'

정신을 못 차리고 소리 지르며 울기만 하던 아이가 말했다. 그러고 보니 아까부터 눈을 뜨지 못했다. 보이지 않는다는 사실이 아이를 공포스럽게 하고 있었다.

현재는 산소가 부족해 잘 돌아가지 않는 머리를 굴리려 애썼다. 바깥 공기가 닿는 곳까지만 데려가도 아이를 살릴 수 있을지 몰랐다. 그가 품에 얼굴을 묻고 어깨를 들썩이는 아이를 안고 계단으로 향했다. 왼쪽 다리는 부러져 아예 움직이지 않았다. 바닥을 기어서 계단 앞까진 갔는데 그 계단을 올라갈 엄두가 나지 않았다.

'아. 젠장……'

죽는구나. 현재는 그렇게 생각했다. 아이만이라도 구하고 싶은데, 그러지 못했다는 사실이 가장 슬펐다. 이 아이에게도, 바깥에서 기다리고 있을 그 미래의 바이올리니스트에게도.

아이를 꼭 안고 있는데 현재의 귀에 음악 소리가 들렸다. 자신이 밥을 먹으며 듣고 있던 비틀즈의 'Hey, Jude'가 이어폰 밖으로 흘러나온 것이다. 아이팟은 계단 중간에 떨어져 있었다. 삶이 힘들 때, 살고 싶어서 들었던 음악이 그가 죽어 가는 순간 들려오고 있었다.

그때였다. 정신을 잃어 가는 그의 팔을 누군가가 정신없이 때렸다. 아까 그 여자애였다.

'일어나요! 일어나라고요!'

살라고 내보내 놨더니 또 금방 뛰어 들어온다. 정말 누가 자매
아니랄까 봐 하나같이 말도 안 듣네. 이 자매 부모님의 고생이 눈
에 훤하다.

그녀를 제대로 보고 싶은데 시야가 불편해 아무것도 보이지 않
았다. 아까 잘 봐 둘걸. 미래에 엄청난 바이올리니스트가 될지도
모르는데.

현재가 생각하며 그녀에게 아이를 내밀었다.

'일단 올라가.'
'싫어요! 같이 가요!'
'위험하니까 빨리 가라고, 동생 데리고.'

가라고 했는데도 가지 않는다. 빨리 일어나라는 애원만 계속 반
복했다. 그가 여고생을 보내기 위해 말했다.

'나는 괜찮아. 충분히 살았어.'

스물세 살에 그런 말을 했다. 아이들을 달래야 한다는 생각에
아무 말이나 대충 내뱉었다. 그러자 그녀가 대답했다.

'저는 한참 더 살 거예요! 근데 오빠가 여기서 죽으면…… 저
는 평생 슬픈 음악밖에 연주할 수 없을 거예요.'
'그런 게 어디 있어, 인마.'

'그러니까 빨리 가요. 일어나요……'

말도 안 돼. 웃음이 나온다. 어떻게 이렇게 아픈데, 이렇게 숨이 막히는데 웃음이 나올 수 있는지 모르겠다. 태어나서 이렇게 음악을 좋아하는 사람은 처음 보았다. 사람이 죽어 가는데, 어쩌면 자신이 죽어 가고 있는데도.

음악을 생각할 수 있다니.

신기하게도 그런 그녀의 말이 마법 같아서, 현재는 계단을 올라갈 힘이 생겼다. 그녀의 손에 의지해 계단을 올라갔다. 여고생 혼자서 무슨 힘이 있는지 울며 매달려 있는 동생을 한 팔로 안고 자기 몸 두 배만 한 청년을 잡아끌었다.

그녀는 강한 생명력을 가지고 있었다. 숨막히는 열에도 도망치지 않는다. 살리겠다. 오로지 이 생각만을 하는 듯 그녀는 그때 순간적으로 어마어마한 힘을 냈다. 곧 소방대원들이 달려와 그들을 구했다.

그 사건이 있고 얼마 뒤, 현재는 그녀가 입고 있었던 교복이 서울에 있는 한 예고의 교복이라는 걸 알게 되었다.

현재의 생일에, 장미는 드레스만으로도 모든 사람들이 주목할 만큼 아름다운 드레스를 샀다. 현재가 좋아하는 흰 목덜미를 드러내고 머리를 전부 올려 진주로 장식했다. 선일의 차에서 내린 그녀는 모든 사람이 탄성할 정도로 아름다웠다. 차 문을 열어 주었던 선일이 말했다.

"오늘따라 왜 이렇게 예뻐? 서운하네. 내 생일도 아니고, 양현재 생일에."

"오빠 생일에는 속옷을 예쁘게 입어 주잖아."

"아, 하긴 그렇다."

선일이 웃음을 터트렸다. 그러나 곧 웃음이 가시고 입을 다물었다. 손도 잡지 않는다. 그와의 관계가 끝나 가고 있다는 것이 확고히 느껴졌다.

파티는 시끌시끌했다. 파티에 온 사람들의 평균 연령대는 50대를 훌쩍 넘어 있었다. 아주 가끔 젊은 연예인들이 있기는 했지만 그들이 주는 아니었다. 현재는 기계적으로 사람들에게 인사를 하고, 명함을 받거나 주고 있을 뿐이었다.

한참을 기계적으로 인사만 반복하던 현재가 피곤한 얼굴로 홀을 나섰다. 아는 사람을 만나 어디론가 사라진 선일을 두고, 장미가 현재를 따라 걸었다.

그는 사람이 많은 것도, 자신이 비위를 맞춰야 하는 것에도 익숙하지 않았다. 자기들끼리 떠드는 사람들을 뒤로하고 현재는 침실로 향하고 있었다. 그가 침실 문을 여는데 장미가 톡, 그의 등을 건드렸다.

"오빠."

익숙한 목소리에 현재가 고개를 돌렸다. 장미인 것을 확인한 현재가 물었다.

"왜?"

"주인공이 어딜 가."

"잘 거야. 놔둬."

그가 신경질적으로 말하며 침실로 들어간다. 장미는 예상대로

피곤해하는 현재의 침실로 따라 들어갔다. 현재가 놀라서 그녀를
밀어 냈다.

"무슨 짓이야?"

장미가 요염한 눈웃음을 지었다. 그녀가 선택한 것은 정공법이
었다. 이것이 그를 가질 수 있는 마지막 방법이라고 생각했다. 장
미가 침실 안으로 들어오자 현재가 막아 세웠다.

"나가."

"싫어."

"큰 소리 나오기 전에 나가."

현재가 싸늘하게 말했다. 그러나 장미는 신경 쓰이지 않는다는
듯, 입고 있던 볼레로를 벗었다. 그녀의 하얀 어깨가 드러났다. 현
재가 골치 아픈지 손으로 이마를 감싸며 말했다.

"미쳤구나, 너."

"이제 와서 왜 그래? 오빠 날 좋아했잖아. 항상 나를 보고 있었
잖아."

오해를 살 만했구나. 현재가 자책하며 입을 열었다.

"난 널 좋아하지 않아."

"거짓말하지 마. 오빠는 날 볼 때마다 웃잖아. 나에게 유난히
상냥하잖아!"

"장미야."

늦은 시간이기도 했지만, 커튼이 내려져 있는 현재의 침실이 어
두웠다. 현재의 표정이 장미에게는 잘 보이지 않았다.

그는 불을 켜야겠다고 생각해서 일단 침대 옆의 무드등을 켰다.
분노로 떨리는 장미의 눈이 보였다. 현재가 고개를 돌리고, 방의
불을 켜기 위해 걸어가며 말했다.

"다시 한번 말하지만 나는 널 좋아한 적이 없어."

그의 말에 잠시 입을 다물고 있던 장미가 다시 입을 열었다.

"사라에 대해서는 제대로 알고 있어?"

"알고 있어."

그가 단언하자 장미가 날이 선 목소리로 물었다.

"걔가 어떤 여자인지, 오빠가 얼마나 알아? 걔가 나보다 낫다고 생각해? 그럼 왜 오빠 생일에 나는 와 있고, 그 애는 없어?"

"하고 싶은 말이 뭐야."

"사라, 오빠랑은 다른 세계 사람이야. 걔는 자유롭게 살아야 하는 애고, 오빠는 집안을 짊어지고 있는 사람이잖아. 둘은 같은 세계에 있을 수가 없어. 만약에 오빠의 세계에 한 명의 여자가 살아야 한다면, 그건 아마 내가 더 잘 어울릴 거야."

현재가 미간을 찌푸리며 한숨을 쉬더니 중얼거렸다.

"생일을 말하지 않은 게. 사는 세계 얘기까지 나올 일인 줄 몰랐네."

"그게 아니면 왜 못 부르는데?"

"못 부르는 게 아니라 안 부른 거야. 그래 네 말이 맞지. 사라는 자유롭게 살아야 하는 사람이지. 그러니까 이렇게 답답한 현실을 보여 주고 싶지 않은 거야."

"……."

"너랑 다르게 말이야."

언제나 장미에게 더없이 상냥하던 그가, 양현재가 험한 말을 한다. 그에게 장미는 음악에 대한 향수를 불러 주는 존재였다. ……였었다.

현재의 표정이 점점 찌푸려졌다.

"장미야. 그런데 말이야."

"응."

"왜 나한테 거짓말했어?"

그의 질문에 장미가 어이없다는 듯이 말했다.

"무슨 소리야?"

"거짓말했잖아. 그날 화재에서 있었던 게 너인 척했잖아."

장미의 얼굴이 점점 희게 질렸다. 현재가 골치 아픈지 이마를 감싸며 말했다.

"됐어. 됐으니까 일단 나가 줘, 장미야."

"오빠."

"나가. 제발."

현재가 말하며 그녀의 팔을 붙잡았다.

그때, 약간 열려 있던 침실 문이 조금 더 열리고 밝은 빛이 쏟아졌다. 그리고 거기 바이올린 케이스를 든 사라가 서 있었다.

"현재 씨. 여기 있는 거 맞……."

기웃거리며 무심코 말하던 사라가 놀라서 말끝을 흐렸다.

들어오면서 선일을 만나 물어보니, '보나 마나 이 파티가 지겨워 자러 갔을 것'이라고 했다. 그래서 침실로 왔는데. 그 안에 장미와 현재가 있었다. 그것도 장미의 볼레로는 땅에 떨어져 있고 현재는 그녀의 팔을 붙잡고 있다.

사라는 한동안 아무 말도 못 하고 그 모습을 보고 있었다. 상황을 파악하려, 이해하려 애썼다. 바이올린 케이스를 쥔 그녀의 손이 떨리고 있었다.

사라는 이전에 장미의 파티에 갔을 때 입었던 검은색 드레스를 입고 있었다. 하얗고 여린 몸에 더없이 잘 어울리는 현재의 선물을. 장미가 실소하며 사라에게 말했다.

"그 옷, 지난번에도 봤던 것 같은데. 잘 어울린다."

사라는 장미의 말이 잘 들리지 않았다. 그저, 눈물이 고이자 시야가 불투명해졌다. 그녀가 차마 현재를 보지 못하고 고개를 떨구었다. 그렇게 돌아서는데 사라의 팔이 현재에게 붙잡혔다.

"갈래요."

사라가 말하며 뿌리치려 했지만 현재가 그녀의 팔을 끌어 어디론가 향했다.

장미가 다급하게 그들을 붙잡기 위해 침실을 나섰다. 그런 그녀의 앞을 선일이 가로막았다. 그와 마주친 장미의 눈이 커졌다. 선일이 여전히 능글맞은 눈으로 장미를 보며 말했다.

"어쩌다가 내 동생 침실에서 나와?"

"오, 오빠?"

"돌아가자. 슬슬 파하는 분위기네."

선일이 말하고 앞장섰다. 당황한 장미가 그를 뒤따르며 말했다.

"그런 게 아니라!"

"아. 변명할 거 없어. 상관없으니까."

"뭐? 어떻게 상관이 없어?"

"장미야."

그녀의 언성이 높아지려 하자 선일이 장미 쪽으로 돌아섰다. 그리고 미소를 지으며 말했다.

"너도 알겠지만. 우리 집에는 형제 둘밖에 없어. 아무리 우리 아버지가 예쁜 여자 뒤를 졸졸 따라다니는 사람이지만 둘이 다 자유연애를 하게 둘 사람은 아니야. 하나 정도는 개인과 개인이 아니라, 집안과 집안으로서 결혼을 해야 해."

"……그래서?"

"네가 아주 좋은 여자가 아닌 건 알아. 상관없어. 우리 형제 중에 하나는 그래도 정략결혼을 할 만한 집안이랑 결혼을 해야 아버지 잔소리가 덜하시지 않겠어?"

"무, 무슨 의미야 그게?"

"내가 자유롭게 사는 대신, 현재는 회사에 들어갔어. 그러니까 저 녀석이 자유롭게 연애하는 대신, 나는 너를 만나는 거야."

"미쳤어? 지금 오빠가 무슨 얘기 하고 있는 줄 알아?"

사랑하지 않는다, 라는 말을 하고 있는 것이다. 양선일은 지금.

선일이 실소하며 말했다.

"알아. 정확하게."

"날 좋아하긴 해?"

"응. 예전에는."

선일이 미소 지으며 말했다.

"하지만 이런 꼴까지 봤으니 행복한 결혼 생활을 위해 노력하는 건 힘들 것 같은데. 어때? 빈껍데기뿐인 연인 행세를 계속할까, 아니면 헤어질까?"

"오빠 왜 그래……."

장미의 시선이 당혹감으로 흔들렸다. 선일이 그 자리에서 돌아섰다. 그 자리를 피하고 싶은지 빠르게 걷는 그를 장미가 다급히 따라 걸었다. 그러자 선일이 말했다.

"그만 따라와."

"……."

"우리 사이에, 서로 화해해야 할 만큼 깊은 감정은 이제 남지 않은 것 같다."

두 사람이 돌아서고 있을 때, 사라는 제 팔을 이끄는 현재를 밀쳤다.

"그만해요. 놔요."

그러자 힘으로 더 끌고 가면 안 된다고 생각했는지 현재가 그녀를 놓아주고 애원하듯 말했다.

"사라야. 정말 오해야."

"오해는 뭐가 오해예요? 처음부터 장미 선배를 좋아했던 거 맞잖아요. 그렇죠?"

바람을 피우면 정말 가만 안 둘 거라고 생각했는데. 정말 현재가 다른 사람을 좋아한다는 생각을 하니 그 자리에서 한 발자국도 움직일 수 없었다.

오히려 할 수 있다면 그에게 매달리고 싶었다. 제발, 다른 사람을 좋아하지 말라고. 애원하고 싶었다.

사라가 어지러운지 비틀거리자 현재가 다급하게 그녀를 끌어안았다.

"잠깐만. 잠깐만 내 얘기 들어 줘. 응? 사라야."

그의 애절한 목소리에 사라가 결국 조금, 고개를 끄덕였다. 너무 어지러워서 어차피 더 걸을 힘도 나지 않았다. 자신이 현재를 이렇게까지 사랑했었나, 억울할 정도였다.

현재가 그녀를 부축해 피아노 방으로 데려갔다. 그가 누가 더 들어올 수 없게 문을 잠그고 돌아서는데 사라의 손이 그의 뺨을 때렸다.

제법 넓은 방에 요란한 소리가 울렸다. 현재가 담담히 고개를 바로 하고 그녀를 보았다. 사라의 몸이 부들부들 떨리고 있었다. 그녀가 한 대 더 때리려 손을 올리자 현재가 팔을 붙잡았다. 사라의 손이 떨렸다. 현재가 말했다.

"손 다쳐."

"나쁜 놈……."

"그래그래."

사라의 눈에 그렁그렁하던 눈물이 뚝뚝 떨어졌다. 현재가 장미를 침실로 끌어들인 것처럼 보인 모양이다. 아니, 어떻게 생각해도 그렇게 오해할 수밖에 없는 장면이긴 하지. 처음부터 사라는 현재가 장미를 좋아한다고 생각하고 있었으니까.

현재는 자신이 오해를 사게 행동했다는 것을 인정했다. 그렇다면, 지금 이 상황은 자신의 잘못이 맞았다. 사라에게 사과를 해야했다.

"사라야. 네가 생각하는 그런 일은, 절대로 없었어. 자기가 마음대로 침실에 들어온 거야."

"장미 선배를 좋아하잖아요……."

사라가 간신히 말했다. 그를 놀라게 해 주려고 했다. 그래서 여간해서는 건성으로 하던 화장도 꼼꼼하게 하고, 그가 사 준 옷과 구두를 꺼냈다. 사라의 입술은 오늘따라 도드라지게 예뻤다.

생일이라고 이렇게 신경 써서 준비한 것이 느껴지니 현재의 가슴이 아팠다. 이렇게 상냥한 여자에게 그런 장면을 보여 줬다는 것이, 그녀가 이런 생각을 하도록 만들었다는 것이. 너무 미안해서, 가슴이 아팠다. 그가 말했다.

"아니야. 절대로 아니야. 말도 안 되는 소리 하지 마."

"거짓말."

"정말이야. 정말로 나한테는 너밖에 없어. 심지어 나는 널 처음 봤던 그날부터 계속 네 생각만 했어."

신경이 쓰였다. 낡은 니트에 바이올린 케이스를 덜렁거리며 들고 다니는 이 여자가. 술 취한 남자들의 시시덕거리는 농담을 웃음으로 넘겨 버리는, 지나칠 정도로 강한 그녀가 신경 쓰였다. 웃을 일이 아닌데도, 아파야 하는 상황인데도 아픔을 느끼지 못하는 사람처럼 그저 강한 척하고 웃고 있는 그녀가 현재의 마음속에서 사라지지 않았다.

꼭, 그날. 화재 현장에서 본 그 여자애 같아서.

"내가 오해하게 굴긴 했나 보다. 장미도 방금 나한테 자길 좋아하지 않느냐고 묻더라. 확실히, 내가 잘못했어."

"그럼…… 뭐라고 대답했어요?"

"아니라고. 절대로."

그는 거짓말을 하면 얼굴에 드러나는 사람이었다. 현재의 얼굴에는 미안함도 있었지만 억울함도 조금 있었다. 그 억울한 표정을 보니 믿을까 싶은 마음이 들었다. 그래도! 처음 봤을 때부터 관심이 있었다는 건 사탕발림 아닌가. 비위를 맞춰 주며 살살 달래는.

현재는 사라의 마음을 풀어 주기 위해 그녀를 피아노 방 한쪽 벽에 있는 소파에 데려가 앉히고, 자신은 그녀의 발치에 양반다리를 하고 앉았다. 그리고 사라의 손에 들린 바이올린 케이스를 바닥에 내려놓았다. 바이올린을 들고 오느라, 그리고 자신을 때리고 나서 빨개진 사라의 두 손을 그가 부드럽게 주물러 주었다. 사라는 결국 입을 열었다.

"……왜 생일이라고 말 안 했어요?"

그러자 현재가 깊게 한숨을 쉬었다. 그가 바로 대답하지 못하자 사라가 떨리는 목소리로 물었다.

"내가 이 자리에…… 어울리지 않아요?"

무서웠다. 그의 대답을 듣고 싶지 않았다.

처음부터 그랬지. 그에게는 자신이, 계약 연애를 할 수 있는 대상조차 아니었을지 모른다. 감당할 수 없는 사람이었다.

사라의 질문에 현재가 정색을 하며 물었다.

"왜 그런 질문을 해?"

"여긴 제가 있을 자리가 아니에요? 그래서 저한테 말해 주지 않은 거예요?"

"그런 거 아니야. 그럴 리가 없잖아."

현재가 손을 뻗었다. 사라의 눈에서 눈물이 뚝뚝 떨어진다. 잘 웃고, 잘 울고. 사람 마음을 들었다 놨다 하는 여자. 현재가 그녀를 올려 보았다. 어쩌지. 고민하던 현재가 스르륵 사라의 다리에 머리를 기댔다. 그리고 중얼거렸다.

"사라야."

"……"

"나는 가끔 내가 별로 사람 같지 않다는 생각이 들어."

사라는 중얼거리는 현재를 내려다보고 있었다. 그는 항상 머리칼을 단정하게 정리했고, 단추는 전부 잠갔다. 셔츠 칼라가 올라가 있는 것도 본 적이 없다. 그의 말처럼, 그는 가끔 사람 같지 않을 때가 있었다. 그게 조금은 가여워서 머리를 쓰다듬어 주고 싶곤 했다. 그가 말을 이었다.

"그냥…… 가끔은 내가 진짜로 원하는 게 뭔지도 잘 모르는구나. 그렇게 생각해. 생각해 본 적 자체가 없으니까."

"……"

"그런데 너만큼은. 정말…… 다치지 않게 해 주고 싶어. 내 옆에 있을 때 가장 행복하게 만들어 주고 싶어. 그런데 내 마음이 잘 전달되지 않는다면 말이야. 나한테 하나씩 가르쳐 줘. 무언가를 진짜로, 진심을 다해서 좋아하는 방법을 알려 줘."

그렇게 말하던 현재가 천천히 사라를 올려 보며 아이 같은 미소를 지었다.

"나, 배운 건 진짜 잘해. 머릿속 프로세스가 단순하거든. 배우지 못한 건 잘 못하지만 말이야."

"……."

"사랑받는 법도, 사랑하는 법도. 네가 가르쳐 주면 다 잘할 자신이 있어."

"……."

"그리고, 네 말이 맞아. 넌 이 자리에 안 어울려. 너는 나에게 따듯한 봄인데, 여긴 겨울 같고. 너는 자유로운데, 여긴 꽉 막힌 기분이 들잖아. 네가 여기 있는 게 싫었어. 답답해하는 게 싫어서……."

그런 그를 바라보는 사라의 눈은, 울어 충혈이 되어 있었다. 그녀가 손으로 현재의 열기가 남은 뺨을 감쌌다. 그녀가 말했다.

"그래도…… 말해 주지 않는 건 너무하잖아요."

"뭐, 별로 중요한 일도 아니고. 저 많은 아저씨들한테 인사하는 것밖에 해야 할 것도 없는데. 게다가 보나 마나 우리 아버지랑 할아버지가 또 너 보자고 하실 거고, 그럼 또 넌 힘들어질 거고."

그가 억울하다는 듯이 말하는데 사라가 퍼뜩 정신이 들어 몸을 숙이고 현재에게 물었다.

"잠깐만요. 별로 중요한 일이 아니라니요? 생일이 어떻게 중요한 날이 아니에요?"

"별로 안 중요해. 아, 그렇다고 네 생일이 중요하지 않은 건 아냐. 잘 챙겨 줄……."

현재가 서둘러 말하는데 사라가 그의 말을 끊고 화를 냈다.

"그런 게 어디 있어요! 생일이 어떻게 안 중요해요!"

"내 생일은 어차피, 그냥 사람들 모이는 날 중 하나일 뿐이야."

"나는요?"

"응?"

"나한테는요? 내가 사랑하는 남자의 생일이, 나한테는 중요할 거라고 생각 안 해요?"

그녀가 성질을 내니, 그제야 현재도 놀라서 눈이 둥그레진다. 사라가 말을 이었다.

"현재 씨한테 내 생일이 중요하다면서요? 그럼 나한테도 현재 씨의 생일이 그만큼 중요할 거 아니에요."

"아, 아니 그게……."

"내가 사랑하는 사람이 태어난 날인데, 나한테 아무 의미가 없을 거라고 생각한 거예요? 어떻게 그렇게 자기 생각만 해요? 왜 이렇게 이기적이에요?"

현재는 강우의 월급을 인상해 주어야겠다고 생각했다. 그의 말이 맞았다. 자신의 생각이 정말로, 정말로 짧았던 것이다. 누군가에게 소중한 사람이 되는 일에 대해서 생각해 본 적이 없었다. 현재가 서둘러 말했다.

"그러니까 말했지? 이렇게 하나씩 알려 주면 내가 잘 외워 놓을게."

아, 모처럼 말싸움에 이겼더니 속이 다 후련하다. 현재가 쩔쩔매는 것을 보고 있으려니 사라는 아까 느꼈던 충격이 가시는 것을 느꼈다.

그래도 생일을 말해 주지 않은 요 무뚝뚝한 남자에게 난 화는 아직 풀리지 않았다. 비록 아까 한 대 때린 것이 미안해 좀 누그러지긴 했지만. 사라가 검지로 현재의 이마를 꾹 누르며 말했다.

"내가 무슨 유리구슬이라도 돼요? 사람들한테 인사하는 게 뭐가 어려워요? 현재 씨네 부모님 만나는 거, 생각보다 별로 안 힘들던데요? 내가 얼마나 드라마를 많이 봤는데요. 다 마음의 준비를 했어요. 그런데 정작 만나 뵈까 좀 놀라셔서 그렇지 좋은 분들 같았어요. 그러니까, 날 이렇게 꼭꼭 숨겨 놓지 않아도 돼요."

그녀의 말에 현재가 싱긋 웃었다. 사라는 아직 화가 나 있었지만 그녀의 목소리에는 따뜻함도, 약간의 농담과 애정도 섞여 있었다. 겨울바람에 섞인 봄의 냄새처럼 현재를 기분 좋게 만들었다. 그녀 덕에 조금 마음이 놓인 현재가 장난스럽게 말했다.

"아, 참고로 우리 아버지는 돈 봉투 주고 그럴 사람은 아니야. 의외로 사업하는 사람은 예쁜 여자랑 결혼해야 한다고 단순하게 생각하시거든. 그리고 새어머니는 엄청 친절한 분이시고."

그의 말에 사라가 이전에 만났던 현재의 부모를 떠올렸다.

"그러고 보니, 새어머니라고 했었죠."

"응. 어머니는 초등학교도 들어가기 전에 돌아가셨어. 그래서 아마 내가 더 재미가 없을 거야. 부드러운 부분도 없고. 아버지랑 형만 보고 자랐으니까. 여자가 뭘 좋아하는지도 잘 모르고, 원하는 것도 눈치채지 못할 거야. 눈치가 없어서."

"맞아. 현재 씨 은근히 눈치 없어요."

그녀가 퉁명스럽게 말하자 현재가 소리 내어 웃었다.

"응. 그러니까 말해 줘. 네가 말하면 다 들을 거야. 너에게만큼은 좋은 남자가 되려고 애쓸 테니까."

그가 상처를 주는 날이 없다면 거짓말이다. 세상 모든 연인의 연애가 그렇듯이 그와 자신도 아마 다투기도 하고 지치기도 하겠지. 그래도 사랑하니까, 아마 불쌍해서 봐주게 될 것이다.

지금도 이 남자가 저 잘생긴 얼굴로 불쌍한 표정을 짓고 있으니까. 봐주기로 했다. 사라가 손으로 현재의 머리칼을 헝클며 말했다.

"거봐요. 이렇게 이야기하니까 얼마나 좋아요? 무슨 일이든 말해 줘요. 힘든 일이 있을 때에는…… 전부 말해 줘요. 당신 혼자 앓고 있지 말고, 나 혼자 앓고 있지 않게…… 말해 주세요."

"응. 다 물어봐. 뭐든지 대답해 줄게."

머리를 쓰다듬어 주니 금방 마음이 풀려서 현재가 눈웃음을 짓는다.

그런 그에게 묻는 사라의 목소리는 다시 떨리고 있었다.

"으음. 장미 선배는, 현재 씨에게 어떤 사람이에요?"

"아…… 침실에는 장미가 멋대로 들어간 거라니까? 정말이야."

"……정말이에요?"

"응. 진짜로 정말이야."

이 부분에 있어서는 확실히 하고 싶었는지, 현재의 표정이 금방 찌푸려진다. 아마도 자신의 마음을 의심받는 일만큼은 용납할 수 없는 모양이다. 그가 소파를 잡고 불편한 자세로 일어나더니 죄책감 때문에 앉지 못했던 사라의 옆자리에, 털썩 앉았다. 그리고 사라의 코를 손으로 툭 건드리며 물었다.

"나에겐 정말로 너밖에 없어."

"그래서, 어떤 사람인데요?"

그가 사라의 허리를 슬쩍 팔로 감아 자기 쪽으로 당겼다.

"생일 끝나고 물어보면 말해 줄게. 나도 오해가 있었어."

"아, 나 아직 화 안 풀렸거든요?"

"생일이잖아. 봐주고 화 풀어."

"이 사람 봐? 말해 주지도 않다가 이제 와서 생일을 챙겨 먹으려고 들어요?"

"그렇게 중요한 거면 챙겨 먹어야지."

그의 단단한 품이 가까워지자 사라가 얼굴이 빨개져 무안해하며 눈을 데굴데굴 굴렸다. 입술을 뾰족하게 내밀고 시선을 피하는 것이 귀여워 현재가 팔로 그녀를 바짝 당기니 사라가 두 손으로 그를 밀어 냈다.

"이렇게 가까이 오지 말아요."

"아까도 말했듯이 너를 만나고부터, 내 머릿속에는 너에 대한 생각밖에 없었어. 처음부터. 너를 처음 만났을 때부터. 지금 내가 너에게 느끼는 감정과 비교할 수 있는 건 아무것도 없어."

"처음 만났을 때…… 기억이나 해요?"

사라가 '화났음'을 어필해 이 민망함을 벗어나려 새침하게 말했다. 그러자 현재가 태연하게 대답했다.

"응."

"거짓말."

"진짜야. 비 왔잖아. 넌 또 덜렁거리면서 달리다가 나랑 부딪쳤고."

"지, 진짜 기억해요?"

그날은 비가 오는데, 현재는 유난히 컨디션이 좋지 않았다. 가끔 비가 올 때에는 지팡이를 써야 하나 생각할 정도로 다리가 아

팠다. 그래도 친구인 정한이 상담할 일이 있다며 울상이 되어 전화
해 별수 없이 선일의 바로 향했다.

그런 그를 툭 치고, 어떤 여자애가 달려들어 갔다. 숨 쉬기 곤란
할 정도로 아팠다. 그래서 현재가 표정을 찌푸리는데 그녀가 놀라
서 말했다.

'죄송해요!'

바이올린에 위로 올려 묶은 머리가, 7년 전 사고 현장에서 현재
를 끌고 올라가던 여자아이를 닮았다. 그래서 그가 놀란 표정을 짓
고 있으니 그 애, 사라가 눈을 동그랗게 뜨고 물었다.

'어디 불편하세요?'

하지만 그건 장미니까. 그럴 리가 없지. 그걸 아는데도 자신을
바라보는 그녀의 동그란 눈을 바라보게 되었다. 그래. 그럴 리가.

현재가 한숨을 쉬고 그녀를 스쳐 지나갔다. 대답 없이. 그날을
떠올리며 사라가 꿍얼거렸다.

"현재 씨 표정이 너무 안 좋아서. 첫인상 진짜 별로였어요."

"진짜 아팠거든. 욕 안 한 걸 다행으로 알아."

"……그땐 몰랐단 말이에요. 아픈 거."

"첫 만남부터 아픈 곳을 때리는 난폭한 여자를 좋아하게 되다
니. 나도 참."

"으으! 현재 씨!"

성질을 내려는데, 그가 너무 가까이에 있었다. 사라가 두 손으

로 현재를 밀어 냈다.

"너, 너무 가까워요……. 말했죠? 나 아직 화났단 말이에요."

"생일이잖아. 심지어 나 생일에 뺨까지 맞았거든? 그러니까 봐줘."

"이제 와서 생일 우려먹으려고 하지 말아요! 밖에 사람 엄청엄청 많거든요? 말도 안 되는 짓 하지 말아요?"

사라가 흘기며 말하는데 현재의 휴대폰이 울렸다. 사라가 휴대폰을 보니 장미의 전화였다. 현재가 휴대폰을 사라에게 내밀었다.

"네가 받아."

"네?"

"자."

현재가 통화를 누르고 사라에게 쥐여 주었다. 얼떨결에 사라가 전화를 받았다. 이 남자 뭐 하는 거야? 고민하는 사이 장미의 목소리가 들렸다.

— 오빠. 지금 어디야? 얘기 좀 해.

"저기…… 장미 선배."

— ……강사라?

전화로 들리는 선배 눈치 보랴, 자꾸만 가까워지는 현재를 경계하랴. 사라는 죽을 맛이었다. 소파 끝까지 밀려 난 사라는 더 피할 곳이 없었다. 소파에서 떨어질 정도로 도망친 것을, 현재의 팔에 의지해 겨우 앉아 있는 정도였다. 그런데도 현재는 더욱 가까이 다가왔다.

그가 살짝 입술을 씹는다. 아. 그 짜증 난 행동이 섹시해서 사라는 멍한 기분이 들었다. 현재가 전화 안에 들리도록 말했다.

"나한테는 너밖에 없어, 사라야."

그의 말에 사라가 놀라서 전화를 끊으려는데 현재가 그녀의 손목을 붙잡고 말했다.

"사랑한다."

현재의 목소리가 들렸는지 장미가 욕을 하며 전화를 끊어 버렸다. 사라는 울상이 되어 말했다.

"어쨌든 제 선배란 말이에요……."

사라가 흘기자 현재가 실소했다.

서로의 기분이 나아졌다. 아니, 소파에 기대 온기를 느끼고 있으려니 오히려 행복해졌다. 현재가 자리에서 일어섰다.

"자. 이제 본격적으로 생일 선물 받아야겠는데. 나 연주해 주려고 바이올린 가져온 거지?"

"몰라요. 미워서 생각해 봐야겠어요."

"포르테 데리고 여기서 도망치자. 우리 회사 가서 연주해 줘. 어때?"

현재가 손을 내밀며 눈웃음을 짓자 사라가 새침하게 손을 내밀었다.

"포르테 때문에 봐주는 줄 아세요."

둘은 사람들의 시선을 피해 살금살금 건물을 나왔다. 밖으로 나오니 웅크려 있던 골든 레트리버가 신나서 날뛰었다. 손님들이 온다고 정원 한쪽에 목줄이 매여 시무룩하던 참이었다. 사라가 좋아어쩔 줄 모르는 포르테에게 검지를 입술에 대고 쉿 소리를 냈다.

"포르테. 조용히 해야 돼. 지금 파티 주인공을 납치하려는 거거든."

"내가 납치당하는 거야?"

현재가 실소하며 묻자 사라가 그에게도 쉿 하고 경고를 했다.

그리고 조심조심 포르테의 리드줄을 잡으니 개가 살금살금 앞서 걸었다. 집을 나서는 둘의 얼굴에 참지 못하고 미소가 번졌다.

현재의 회사로 향하는 차 안은 조용했다. 현재는 운전을 하고, 포르테는 뒷좌석에서 느긋하게 엎드려 꼬리를 슬렁슬렁 흔들고 있고. 요즘 들어 조금 더웠는데 밤이 되니 날씨까지 적절히 선선해진다. 사라가 현재 쪽으로 완전히 몸을 돌리고 말했다.

"생일 축하해요."

"네, 감사합니다."

"별말씀을요."

"아. 오늘 하루 종일 이 대화만 삼백 번은 한 것 같다."

"뭐예요, 여자 친구가 해 주는 말을 다른 사람들이 하는 말이랑 동일시하는 거예요?"

"좀 더 여자 친구답게 말해 줘."

현재가 짓궂게 말했다. 그러자 가만히 그를 바라보던 사라가 입을 열었다.

"생일 축하합니다. 사랑해요."

그녀의 말에 현재가 오른손을 뻗었다. 그리고 사라의 머리를 가볍게 쓰다듬고 다시 핸들을 쥐며 말했다.

"고마워. 나도 사랑해."

가슴이 두근거렸다. 사랑한다는 말이, 무척 달콤했다.

9. 오케스트라

두 사람과 포르테는 현재의 회사 앞에 도착했다. 사라가 얼른 달려가 뒷문을 열었다. 포르테가 풀쩍 땅에 내리는 걸 보고 목에 리드줄을 걸었다. 그러자마자 포르테가 건물 안으로 달리기 시작했다.

"포, 포르테 어디가!"

사라가 포르테의 힘을 못 이기고 질질 끌려가며 묻자 현재가 실소했다.

"사장실 가는 거야. 몇 번 데려왔거든."

"그런데 힘이 왜 이렇게……. 포르테! 천천히 가!"

현재가 잡고 있을 때에는 그의 강한 힘에 눌려 있었지만, 사라가 줄을 잡으니 신나게 달려 나간다. 뒤에서 현재가 웃는 소리가 들려서 사라가 끌려가며 그를 돌아봤다.

"웃지 말고 도와줘요!"

"먼저 가 있어. 포르테가 데려다줄 거야."

역시 이름이 괜히 포르테가 아니었다. 포르테의 힘에 끌려가던 사라가 불 켜진 사무실들에 놀란 표정을 지었다. 일요일 여덟 시. 여전히 일하고 있는 직원들이 꽤 있었다. 이렇게 빡빡한 곳에서 일하고 있구나 싶었다. 피곤한 표정으로 커피를 들고 복도를 지나가던 직원 하나가 놀라서 사라에게 물었다.

"사장님 오셨어요?"

"네? 아. 네."

아마 포르테를 알아본 모양이었다. 직원이 말을 걸자 포르테가 눈치 빠르게 멈췄다. 직원이 얼른 사무실로 돌아가더니 불시에 사장이 나타났음을 알리고, 졸던 직원들이 전부 눈을 떴다. 얼떨떨해하며 그 모습을 보고 있는 사라에게 현재가 다가왔다.

"사라야. 먼저 가 있을래? 온 김에 처리할 일이 있어서. 직원들 잠깐 보고 갈게."

"네? 네에."

사라는 한 번도 회사원이던 적이 없어서, 회사원에 큰 로망이 있었다. 현재가 워커홀릭이라는 말을 선일에게 들은 적이 있다. 확실히 회사에 들어오니 현재의 표정이 변하는 것이 느껴졌다. 그가 들어서자 지쳐서 일을 하던 회사원들이 놀라서 벌떡 일어났다. 그리고 다급하게 현재가 요구하는 서류들을 가져다주었다.

사라는 가야 한다고 생각했지만 발길이 떨어지지 않았다. 그녀에게는 그렇게 따뜻하게 대하던 현재가, 다른 사람처럼 굳은 표정으로 서류를 확인한다.

"나쁜 일 있나……."

사라가 기웃거리는데 포르테가 가자는 듯이 그녀를 끌어당겼다. 저만치서 현재의 목소리가 들렸다.

"이런 식이면 알아볼 수가 없습니다."

"죄송합니다, 사장님."

"물량은 언제 확보됩니까?"

"그, 그게 저기 아직 정확히는……."

"정확히 만들어 주시죠. 내일 출근 전까지."

와아. 못됐다. 직원이 힘없이 '네.' 하고 대답한다. 그 모습을 멍하니 보고 있는데 지나가던 다른 남자 직원도 포르테를 알아보고 말을 걸었다.

"어? 포르테 왔네? 사장님 오셨어요?"

"네. 저기."

다들 포르테를 알아보았다. 사라가 사무실을 가리키자 현재를 발견한 남자 직원이 움찔했다. 그가 달려들어 가려는데 사라가 그를 붙잡았다.

"저기……. 무슨 나쁜 일 있어요? 아까부터 현재 씨…… 아니, 사장님이 화내고 있는 것 같은데."

"사장님요? 기분 엄청 좋아 보이시는데."

"저, 저게요?"

"네. 그나저나 오늘 생신으로 알고 있는데. 하여튼 일중독이네요, 사장님도."

저게 기분이 좋은 상태라니. 사라가 경악하다가, 직원에게 물었다.

"있잖아요. 사장님은…… 어떤 사람이에요?"

"멋있죠. 남자고. 또…… 남자고."

"그냥 남자예요?"

"예. 딱 그냥 잘생긴 남자요."

'남자'라는 말로 묘사되는 남자. 사라가 신기해하며 현재를 바라보았다. 그는 기계 부품처럼, 이 회사에 딱 들어맞았다. 원래부터 이 회사에 맞게 만들어진 공산품처럼. 감정 없는 얼굴로 건조하게 말하는 현재가 묘하게 섹시한 느낌을 주었다. 저 사람은 정말로 자신과 다른 세상 사람이구나. 그렇게 생각했다.

"포르테."

사라가 말을 걸자 포르테가 그녀를 올려 보았다. 사라가 말했다.

"저렇게 다른 세상에 사는 사람과 교감할 수 있다니. 음악은 진짜 대단한 것 같아. 그렇지?"

그녀의 말에 포르테가 컹컹 짖었다. 그게 꼭 사라의 말에 공감해 주는 것 같아 웃음이 나왔다. 포르테가 짖는 소리를 들었는지 직원들과 모여 짧은 회의를 하던 현재가 밖을 본다. 다른 직원들의 눈도 동시에. 사라가 화들짝 놀라 포르테를 재촉해 사장실로 도망쳤다.

포르테의 인도로 현재의 사장실에 도착했다. 사라가 문을 열고 안으로 들어가자 자동으로 불이 켜졌다. 굉장히 넓은 공간이었다. 사라가 문 앞에 서서 멍한 표정을 지었다. 한쪽 벽에 있는 벽장 전체에 LP판과 CD들이 있었다. 클래식한 턴테이블에도, 그 많은 앨범들에도 수도 없이 손길이 닿은 흔적이 역력했다.

사라가 사장실 문을 닫고 벽장을 손끝으로 어루만졌다. 클래식의 명장들이 쌓아 올린 거대한 음악의 성이었다. 그 기계 부품 같은 남자가 하루 종일 지냈을 이 방에는, 놀라울 정도로 음악이 가득했다. 시간이 어떻게 흐르는지 모르고 그의 컬렉션을 보고 있는데 사장실 문이 열렸다.

사라가 돌아보니 현재가 무표정한 얼굴로 서 있었다. 그가 표정을 찌푸리며 말했다.

"사장실 먼저 가라고 했잖아. 바로 안 들어가고 뭐 했어?"

"죄송해요……."

"이리 와."

자기도 모르게 직원 대하듯이 명령한다. 아마 조금 전 직원들과 대화를 했던 영향이 남은 모양이었다. 게다가, 사라가 다른 남자 직원과 이야기하고 있었던 것도 마음에 안 들었고.

사라는 천천히 그에게로 걸음을 옮겼다. 그의 앞에 서서 현재를 올려 보았다. 그가 늘 사라에게 맞게 몸을 숙여 주었음을 알았다. 자기 회사에 들어오니 이 거만한 사업가는 그녀에게도 몸을 숙여 주지 않는다. 새삼 이렇게 키 차이가 많이 나는구나 생각했다.

"더 가까이 와야 안지."

현재가 말하자 사라가 한 걸음을 더 옮겼다. 그녀의 구두가 나란히 서자, 현재가 사라의 머리칼을 쓸어 넘기며 키스를 했다. 그러자 그가 담배 냄새를 없애기 위해 애쓴 흔적이 느껴졌다. 키스에서 느껴지는 박하 향, 그의 재킷에서 나는 무게감 있는 향수 냄새. 그리고 온 방의 공기와 뒤섞여 있는 음악이 숨으로 들어온다.

현재가 그녀를 안아 들고 데스크 쪽으로 걸어갔다.

"안 들어가고 뭐 했어?"

그가 안겨 있는 사라에게 묻자 그녀가 대답했다.

"현재 씨 일하는 게 신기해서. 보고 있었어요."

"뭐가 신기해."

"그냥……. 일할 때 굉장히 섹시하구나 싶어서."

"……."

"회사가 아니었다면 먼저 키스라도 해 달라고 졸랐을 것 같……."

설마 회사에서 무슨 짓을 하지는 않으려니 했다. 안일한 생각이었다. 그녀의 말이 끝나기 전에 다시 키스를 하고, 그녀를 데스크에 앉혔다. 옷 안으로 현재의 손이 들어와 허벅지를 쓸며 쭉 올라간다.

사라는 그의 손을 멈추려고 붙잡았다. 그의 커다란 손과 시계, 빳빳한 셔츠가 동시에 사라의 부드러운 손에 붙잡혔다. 그러나 곧 현재가 그 손을 움직여 사라의 손을 잡아 데스크에 못 움직이게 눌렀다.

현재의 다른 한 손이 사라의 머리칼 속으로 들어왔다. 강아지를 다루듯 하는 그의 부드러운 손길에 어깨까지 짜릿한 감각이 전해졌다. 안 되는데. 이러려는 게 아닌데.

밀어 내고 싶은데 그의 키스가 너무 기분 좋아서 그럴 수가 없었다. 그래서 현재가 키스를 멈출 때까지, 그녀가 한 유일한 반항은 그의 셔츠를 한 손으로 움켜쥐는 것뿐이었다. 현재가 떨어지자 사라가 아쉬운 표정을 지었다. 현재는 시무룩한 사라의 입술을 톡톡 건드렸다.

"그런 표정 하지 마. 정말로 여기서 할까?"

"아, 아니……. 그건 싫은데……."

"싫은데?"

"나 현재 씨 연주해 주려고 했는데……. 계속, 밤새도록 키스만 하고 싶기도 하고 또……."

사라는 혼잣말하듯이 말했다. 현재가 숨을 천천히 쉬었다. 그가 중얼거렸다.

"포르테 내보내야겠다."

"네, 네에? 왜요?"

"우리 포르테가 성견이긴 하지만. 이런 걸 보여 줄 수는 없잖아."

현재가 태연하게 말하더니 문을 열고 포르테를 잠시 내보냈다.

"자. 포르테. 미안하다. 잠깐만 여기서 기다려."

"안 돼. 가지 마, 포르테에에……."

사라가 다급하게 손을 뻗어 봤지만 끝내 문이 닫히고 사장실에 둘만 남았다. 사라가 당황하며 물었다.

"진짜요? 여기 회사인데? 어디서?"

"여기서."

현재가 데스크에 앉아 있는 사라의 치마 끝을 올렸다. 그의 손이 원피스 속으로 깊이 들어가 브래지어 안을 훑었다. 그가 거의 울기 직전인 사라에게 말했다.

"어차피 내 회사인데 뭐."

사라가 입술을 뿌루퉁히 내밀고 고개를 돌렸다. 현재가 사라의 턱을 들어 자신을 보게 하며 말했다.

"왜 그런 표정이야?"

"갑자기 생각해 보니까 화나요. 현재 씨가 바람피우면 가만 안 두려고 했는데, 겨우 뺨 한 대 때리고 풀리다니. 더 때릴걸."

"아니, 애초에 진짜 바람피운 것도 아닌……."

"오해하게 했잖아요. 이건 장미 선배에게도 사과해야 해요. 오해하게 했으니까."

"……내가, 장미한테도 사과해야 하는 일이야? 그렇게 잘못했어?"

"네. 그렇게 잘못했어요."

사라가 투정했다.

"아까 현재 씨랑 장미 선배 같이 있는 거 보고 얼마나 무서웠는데. 저 정말 어지러워서 기절할 뻔했어요."

"와, 너 나 진짜 좋아하는구나."

"그거야 당연하죠……."

사라가 뿌루퉁해서 말하니 현재가 미소를 지었다. 현재의 손이 예민한 곳을 건드리자 사라의 눈이 감기고, 뜨거운 교성이 흘렀다. 무슨 스위치라도 되는 것처럼 누를 때마다 몸이 바르르 떨린다. 그가 그녀의 옷을 벗기고, 사라는 달아오른 눈으로 현재를 올려 보며 물었다.

"현재 씨는……. 왜 안 벗어요?"

"회사잖아."

"그럼 이런 짓을 하면 안 되죠, 애초에!"

현재가 발끈하는 사라의 허리를 끌어안아 바짝 당겼다.

"미안."

사과만 하지, 안 하겠다고는 안 한다. 사라가 현재의 허리를 다리로 감았다. 현재가 실소했다.

"생일 선물이야? 적극적이네?"

"모, 몰라요."

투정하는 사라의 입술이 키스로 틀어막혔다. 그녀의 손이 현재의 목을 감고 등을 따뜻하게 문질렀다. 현재가 저도 모르게 미소를 지었다. 그가 벨트를 풀고 최소한의 옷만 탈의했다.

두 사람의 몸이 겹쳐지자 사라가 소리를 죽이려 현재의 셔츠를 쥐고 그의 품에 얼굴을 완전히 묻었다. 회사이니 소리를 지르면 안 된다는 생각에 입을 꾹 다물고 끙끙거리는데, 그게 안 그래도 미치 도록 성욕에 휩싸인 현재를 더욱더 거칠게 만들었다.

뜨거운 쾌락과 장소가 주는 당혹감이 사라를 더욱 달아오르게 만들었다. 처음에는 어지러울 정도로 아프더니, 나중에 현재가 속 도를 조절해 천천히 움직이자 이번엔 어지러울 정도의 쾌감이 그 녀를 감쌌다.

아픈 것보다 더, 소리를 지르고 싶어진다. 이상한 일이었다. 현 재가 사라의 머리칼을 쓸어 다시 키스를 하고 속삭였다.

"사랑한다, 강사라."

사라가 더운 숨을 몰아쉬며 고개를 여러 번 끄덕였다.

회사를 다녀 본 적도 없는데 회사에서 정사부터 치르게 되다니. 사라가 울상이 되어 있자 현재가 실소했다.

"왜 그런 얼굴이야."

"저 회사에 로망이 있었단 말이에요. 깔끔하고, 막 내가 모르는 그래프 읽고 외국어도 유창하게 하고."

"실제로도 그러는데……."

"근데 회사에서 이런……. 감히 내 로망을 깨부수다니!"

인상을 쓰는 사라가 귀여웠지만, 진짜로 화내는 중인 것 같아서 차마 웃을 수는 없으니 현재가 기침하는 척하며 웃음을 뱉어 내고 말했다.

"자. 이제 연주해 줘."

현재가 데스크 앞 의자에 앉았다. 사라는 데스크에 현재가 깔아 준 그의 재킷 위에 앉아 있었다. 그녀가 바이올린을 꺼내 들었다.

연주를 하기 전에 그녀가 궁금했는지 물었다.

"그런데 있잖아요. 피아노 방은 왜 있어요? 누가 피아노 쳤어요?"

"응. 나. 중학생 때까지."

"정말요? 그런데 왜 그만뒀어요?"

"아버지가 그만두고 회사 일 배우라고 하셔서. 우리 형 알지? 그런 날라리한테 이 회사를 어떻게 맡기겠어."

현재가 어깨를 으쓱이며 말했다. 그는 감정이나 음악들을 억지로 짓누르고 있었다. 사라가 현재를 물끄러미 바라보았다. 그녀가 입을 열었다.

"그럼 저 피아노 쳐 주세요."

사라가 다정한 목소리로 말했다. 그러자 현재가 곤란한 표정을 지었다.

"고등학교 들어가고부터는 친 적이 없어. 듣기 괴로울 거야."

"그래도. 쳐 주세요. 네?"

"으음……. 연습해서. 연습 열심히 해서 쳐 줄게. 어때?"

"좋아요! 그리고 나중에 저랑 합주도 해요."

"프로랑?"

현재가 귀엽다는 듯이 웃었다.

"그래. 네가 원하면 한 곡 정도는 연습해 둘게. 뭐가 좋아?"

"으음……. 한 곡을 한다면 G선상의 아리아로 해요."

"좋은 생각이네."

"와. 현재 씨 오늘따라 엄청 고분고분하네요."

"지은 죄가 있잖아."

욕구가 충족되어서인지, 현재가 고분고분했다. 그런 그를 물끄러미 바라보던 사라가 조심스럽게 말을 꺼냈다.

"으음. 그러엄. 하나만 더 물어봐도 돼요?"

"그래."

"회사 다니는 게 좋아요?"

"……."

"일. 재미있어요?"

"……다들 재밌어서 하는 건 아니야."

"음악을 하고 싶지 않아요?"

온 방 안에 가득한 음악에 대한 애정이 가득한데. 그는 그것을 잘 표현하지 않는다. 현재가 대답하지 못하자, 사라가 눈웃음 지으며 말했다.

"하긴. 자전거를 만드는 건 멋진 일이에요. 그렇죠?"

"그럼. 네가 못 알아들어서 뭐가 멋진지 설명은 못 하지만. 멋진 일이야."

현재가 장난스럽게 말했다. 아마도 그는 음악으로 가득한 이 방에, 음악에 대한 마음을 잘 감추고 있던 것이다. 딱 이만큼만. 이만큼만 표현하려고 했던 것이다. 사라는 마음이 아팠지만 농담처럼 넘기려는 현재를 생각해 밝은 표정을 지었다.

그녀가 사장실을 두리번거리더니 불에 그슬린 듯한 턴테이블로 걸어갔다.

"예쁘다. 이거 비싸요?"

현재가 흠칫 놀라더니 곧 아무렇지도 않다는 듯이 말했다.

"아니. 턴테이블은 별로 안 비싸, 앰프가 비싸지. 이건 그냥 구하기가 진짜 힘들었어."

"왜요?"

"단종돼서 파는 곳이 없었거든. 지방까지 내려가서 구해 왔어."

"와. 음악 진짜 좋아하네요."

그녀의 말에 현재가 말없이 웃었다. 그리고 자세히 보려는 사라의 팔을 잡아끌었다. 그렇지만 좀처럼 눈을 떼지 못하며 그녀가 재촉하듯 물었다.

"저건 왜 저렇게 된 거예요? 탄 것처럼."

"어, 담뱃불."

"정말? 그게 그렇게 위험해요?"

"응."

현재는 왠지 더 얘기하고 싶어 하지 않는 표정이었다. 꼭, 자기 다리에 대한 이야기를 감출 때처럼.

사라가 손으로 현재의 얼굴을 감쌌다. 현재가 이야기하기 싫어하니까, 한 번도 그의 다리에 대해 물어본 적이 없었다. 대학 다닐 때 운동을 했다고 하니까 선천적인 건 아닌가 보다 했을 뿐이지. 사라가 조금 표정이 굳은 현재에게 입을 맞출까, 생각할 때였다.

문 두드리는 소리가 들렸다. 현재가 문을 열어 보니 장미가 서 있었다.

"오빠. 우리 얘기 좀 해."

사라는 잠시 집무실 안에 서 있었다. 그녀가 꼬리를 살랑거리는 포르테를 꼭 안았다.

"정말이지, 방해꾼⋯⋯."

그녀가 아쉬운 표정으로 앉아 있는데, 아무래도 밖에서 둘이 무슨 이야기를 하는지가 너무 궁금했다. 그래서 문을 아주 조금 열고 틈으로 밖을 살폈다.

선일과도 헤어질 위기가 되니 장미는 어떻게든 이 마지막 동아 줄을 붙잡고 싶었다.

장미는 처음에는, 현재가 그다지 마음에 들지 않았다. 말이 없는 건 둘째 치고, 자기 얘기는 죽어도 안 하는 그 태도.

그녀 주위에는 언제나 위트 있는 사람들이 몰렸다. 예쁜 여자와 말을 잘하는 남자는 언제나 그럴듯한 조합이었다. 그러니 집안도 좋고, 재미도 있는 선일은 장미가 생각하기에 최고의 결혼 상대였다.

그런데 점점, 현재에게 시선이 갔다. 그는 장미에게 거의 말을 걸지 않았다. 선일의 여자 친구였기 때문도 있지만 본인 자체도 타인에게 말 거는 것을 즐기지 않았다. 자신이 어떤 사람인지 어필하는 것도 본 적이 없다. 그러던 그에게 설레는 것은 딱 한 번으로 충분했다.

선일의 바에서 술에 진탕 취했을 때였다. 선일의 친구들과, 현재가 자그마한 규모의 파티를 했다. 서로가 웃고 떠들었다. 그러다 선일이 취해서 장미에게 말했다.

'자기야. 바이올린 좀 연주해 줘.'

'안 돼. 나 아무 곳에서나 연주 안 해.'

'한 번만. 으응? 내 여자 친구가 연주할 때 얼마나 예쁜지 자랑 좀 하게.'

장미는 싫은 표정을 지었다. 사실 연주자가 연주를 하는 모습은 '예쁨을 자랑할 만한' 것이 못 되었다. 그러지 않으려고 해도 연주에 집중하면 표정이 찡그려진다. 그래도 분위기가 연주를 원하는 분위기인지라 그녀가 어쩔 수 없이 바이올린을 들고 자리에서 일어섰다.

그때 현재의 시선이 장미를 따라 일어섰다. 있는지도 모르게 조용하던 그의 시선을, 장미는 그때 처음으로 느꼈다. 술자리에서 연주하는 것이 싫었다. 그런데 그 남자의 시선을 보니 조금은 연주 실력을 내보이고 싶은 마음이 들었다. 술잔을 내려놓고, 몸을 돌려서 장미를 바라보았다. 공연에 온 관객같이. 그가 음악을 기다렸다.

그 시선 덕분에 바이올린을 연주했다. 다들 술을 마셔서 그녀의 연주를 듣기는 했지만 집중하지는 않았다. 그러나 현재의 시선은 한 번도 장미에게서 떨어지지 않았다.

연주가 끝나자 선일이 일단 박수를 쳤다.

'아 좋다. 그렇지? 양현재, 어땠어? 음악은 네가 제일 잘 알잖아.'

'……예쁘네.'

그가 대답했다. 예쁘네. 그렇게 집중해서 연주를 듣더니 한다는 소리가 그거였다. 정말 남자들이란. 현재의 말을 들은 장미가 웃음을 터트렸다.

그의 진지함이 그때 처음으로 조금, 달콤하게 느껴졌다. 위트 없는 남자도 의외로 괜찮구나, 하고 처음으로 생각했다. 그리고 아마도 차츰, 그러다 어느 날 완전히. 그에게 반해 버리게 된 것 같다.

장미가 그날을 떠올리며 말했다.

"거짓말한 건 내가 미안해."

"……미안한데, 그 얘기라면 나중에 하자."

"지금 해."

"싫어."

"일부러 그러려던 게 아니야. 그냥, 오빠가 반가워하고 좋아하니까. 그게 오빠를 위한 일이라고 생각했어."

"말도 안 되는 소리 하지 마."

두 사람이 싸우자 사라가 고개를 갸우뚱했다. 왜 싸우는 걸까. 그녀가 의아해하는데 장미가 말했다.

"그 여자애. 사라지?"

그녀가 말하는 순간 현재가 장미의 팔을 붙잡았다. 그리고 엘리베이터 쪽으로 끌어당겼다. 그러자 장미가 짜증을 내며 현재의 손을 뿌리쳤다.

"바보야? 화를 내도 모자랄 판에 어떻게 쟤랑 사귈 수 있어?"

"입 다물어."

"그냥 착각하는 거야. 나인 줄 알았을 땐 나였다가, 쟤인 줄 알았을 땐 쟤였다가. 어쩌면 오빠는 저 애를 진짜 좋아하는 게 아닐지도 몰라."

화를 참고 또 참던 현재가 더 이상 못 견디고, 언성을 높이려는데 사라가 문을 열었다. 그녀가 순진한, 약간은 겁먹은 표정으로 물었다.

"무슨 소리예요?"

그녀가 묻자 장미가 말했다.

"저 오빠 다리. 네 여동생 구하다 다쳤을 거라고, 아마."

"……네?"

사라는 전혀 이해가 가지 않는 표정이었다. 그녀가 고개를 저으며 말했다.

"아니에요. 의사 선생님이 그 오빠 멀쩡하게 퇴원했다고 했어요."

사라가 어색하게 웃으며 현재를 보았다.

"아. 어, 어디였어요? 현재 씨도 화재 때문에 다친 거였어요?"

현재가 아무 대답을 하지 못하는 사이, 사라의 몸이 바들바들 떨렸다.

그녀는 그때, 한희를 데리고 나와서 계단을 올라가지 못하고 괴로워하던 청년을 떠올렸다. 왜 살려고 하지 않는지 답답했다. 왜 걷지 못하는지, 고작 몇 개의 계단을 왜 올라가지 못하는지.

그래도 의사가 멀쩡하게 퇴원했다니까, 다행이라고 생각했다. 멀쩡하다는 확답을 듣고서야 사고 이후 며칠간 놓아 버렸던 바이올린을 다시 잡았다.

이제는 한희도 나았고. 그러니까 사라는 그날, 자신이 한희의 손을 놓아서 생겼던 나쁜 일들은 전부 끝이 났다고 생각했었다.

그런데 현재는 그 이후로도 쭉 아팠고, 휠체어에 대한 농담을 하며 악화될 미래를 준비하고 있었던 것이다. 그는 앞으로도 그날의 후유증을 겪어야 했다.

사라가 두 손으로 입을 틀어막고 주저앉았다. 그녀의 상태가 나쁘다고 판단했는지 놀란 포르테가 현재에게 달려가 사라에게 가라는 듯 주변을 맴돌았다. 현재가 다급하게 그녀를 부축했다.

"사라야."

"왜, 왜 대답을 안 해 줘요?"

울음이 쏟아졌다. 그는 알고 있었던 거다. 그런데도 감췄던 거다. 자신이 상처받을 걸 알고 있었으니까.

아. 제발. 제발 아니어라.

"한희 구해 준 거. 나 대신 한희 구하러 간 거. 현재 씨 아니잖아요. 아니라고 해 줘요……. 한 번만……."

제발 그저. 그저 그런 우연이어라.

그날 한희의 손을 놓았을 때. 사라는 그녀의 손에서 빠져나간 것들을 회복하는 데, 7년이 걸렸다. 그때 놓친 것이 또 있다면, 그렇다면 이제는 어떻게 해야 할까. 어떻게 되돌려야 할까. 이 남자는 죽을 때까지 통증에 시달릴 텐데. 그렇다면 그것은, 그때 놓친 것은 어떻게 되돌려야 하는 걸까.

침묵이 흐르고, 사라의 울음소리만 들렸다. 듣고 있던 장미가 끼어든 것이 반가울 지경이었다.

"그런 걸로 너 안 싫어해."

그녀가 말하고 휙 돌아서 버렸다. 평소에 꽤나 이기적이던 그녀였지만 정작, 울음을 터트린 사라를 보니 거기 더 있을 수가 없었다. 빨리 이 자리를 피하고 싶었다.

사고는 그녀가 생각하고 있던 것보다 심각한 상처를 남겼던 것이다. 사라는 다치지 않았지만, 멀쩡하다고는 말할 수 없는 상태였다. 사라가 주저앉은 후에야 장미는 자신이 제 감정을 위해 그들의 상처를 가지고 놀았다는 걸 실감했다. 장미가 입술을 깨물었다. 점점 그녀의 걸음이 빨라졌다. 유학이라도 가 버려야겠다고 생각했다.

현재는 뭐라고 말해야 하는지를 몰랐다. 평생 숨기겠다고 생각했던 자신이 바보였다. 사라의 몸이 안쓰러울 정도로 떨리고 있었다. 그녀가 간신히 몸을 일으켰다.

"오늘은 가야겠어요."

"데려다줄게."

"괜찮아요."

"너 이 상태로 어떻게 혼자 가."

현재가 정신 차리라는 듯 언성을 높였다. 그러나 사라가 흠칫 놀라자 바로 그녀를 확 끌어안았다.

"집에 가자. 아무 일 아니야. 그냥 오늘 좀 울고, 잊어버리자. 응?"

사라가 중얼거렸다.

"당신이 다치지 않아서, 그래서 괜찮았는데. 한희가 아파할 때에도…… 그 애에게 미안해하면서도 웃을 수 있었어요. 우리 한희, 수술만 받으면 볼 수 있으니까. 그때까지 내가 뭐든지 열심히 하면, 그럼 되겠다고……."

"……."

"그런데 하나도 괜찮지 않네요? 운동도 마음대로 못 하고, 달리는 것도 힘들고. 앞으로 걷지 못하게 될까 봐 두려워해야 하고."

그녀의 목소리에 고통이 가득했다. 현재가 그런 그녀를 위로하려 말했다.

"내가 아픈 게 네 탓은 아니잖아."

"어떻게 내 탓이 아니에요? 나 대신 한희를 구하러 간 건데. 나 대신 다친 건데…… 어떻게 그게 내 탓이 아니에요……."

"사라야."

"어떻게 그러지. 어떻게 겨우 다섯 살짜리를 혼자 뒀지. 내가 옆에 있었으면, 괜찮았는데……."

네 탓이 아니라는 말이 전혀 먹히지 않았다. 현재는 농담을 하고 싶었다. 이럴 때 분위기를 반전시킬 만한 농담으로 그녀를 웃게 해 주고 싶었다. 무뚝뚝한 자신의 성격이 이렇게 싫은 적이 없었다. 그녀가 데스크로 걸어가 바이올린을 챙겨 들었다.

"죄송해요. 다음에 봐요."

그녀가 나가려 하자 현재가 사라의 팔을 붙잡았다. 그가 불안한 목소리로 물었다.

"다음에 언제?"

그의 질문에 사라는 대답하지 않았다. 그대로 그곳을 나가 버렸다. 혼자 빠르게 달려가 버리는 사라를 바라보다가, 현재가 포르테에게 말을 걸었다.

"포르테. 난 정말, 생일이 싫다."

[사라야, 어디야?]

[얘기 좀 하자.]

[네가 잘못한 건 아무것도 없어.]

현재의 생일 이후 한동안 사라는 그의 연락을 받지 않았다. 현재는 계속 연락을 해 왔지만 사라는 그에게 무슨 말을 해야 할지 몰라 대답을 미루는 중이었다.

왜 거기 있었던 것이, 한희를 구하러 달려갔던 것이 양현재였을까. 이 사실에 괴로워할 뿐이었다. 그때 사라가 한희를 구했더라면 다리를 다치는 것도 그녀였을 것이다. 아니, 자신이어야 했다고 생각했다. 그는 사라를 대신해 다리를 다친 것이다.

그렇게 생각하니 그의 얼굴을 볼 수가 없었다. 어떻게 마주해야 할지 머리가 복잡했다. 현재와의 일만으로도 머리가 아픈데 한희의 컨디션까지 좋지 않았다. 각막이식 수술 후 몸살이 자주 나고 열이 올랐다. 결국 재검사를 하기 위해 수술을 한 서울의 병원으로 와 입원을 했다.

병실 침대에 앉은 한희가 사라의 눈치를 살폈다. 누가 봐도 우울한 얼굴이었다. 아이가 눈치를 살피며 아무 말도 하지 못하고 있을 때, 과일을 깎던 사라가 말했다.

"한희야. 미녀와 야수 봤어? 무슨 내용인지 알아?"

"응. 알아."

"현재 씨 있잖아. 야수 같지 않아?"

내내 입을 다물고 있던 사라의 질문에 한희가 심사숙고해 대답했다.

"야수같이 안 생겼는데."

"표정이 무섭잖아."

"응. 그건 그래."

"그 아저씨도 있지. 아주 무섭고, 인간 같지 않은 껍데기를 가지고 살아가는 거야. 영혼에 상처가 난 상태로. 불쌍하지?"

"으음."

"그래서. 더 이상은 마음이 다치지 않게 해 주고 싶었어. 아픈 곳을 꼭 안아 주고 싶었어."

손재주 좋은 사라가 예쁘게 깎은 과일들이 접시에 하나씩 담겼다. 그녀가 중얼거렸다.

"그런데…… 안아 주기는커녕 내가 그 사람을 다치게 했네."

사라가 말하자 잠잠히 듣고 있던 한희가 말했다.

"언니."

"응?"

"그럼 언니가 지금 미녀라는 거야?"

"……응?"

"양심이 있어?"

한희가 한심하다는 듯이 보자 사라가 칭얼거렸다.

"한희야. 그런 눈으로 보지 마. 언니 상처받아."

"언니 미녀 아니야."

한희가 말했다. 그러자 사라가 아이를 보았고, 아이는 말을 이었다.

"언니도 있지. 내가 손을 놓으려고 하면 엄청 무서운 표정을 짓잖아. 그러니까 언니도 야수 해."

그렇구나. 사라가 수긍했다. 한희의 말에 틀린 것이 없다. 사라가 과일을 하나 더 꺼내 깎으려는데 한희가 말했다.

"엄마 온대. 언니 빨리 가. 연습해야지."

"아. 괜찮아. 엄마 오면 갈게."

"지금 가. 엄청 중요한 오디션이라며. 나 열두 살이라니까? 혼자 있을 수 있어. 그리고 언니도 혼자 있는 연습을 해야 돼."

"그래도……."

"아, 나 정말 사춘기 오려 그래."

"사춘기 그렇게 쉽게 스트레스처럼 막 오는 거 아니거든?"

"언니. 수능 본 애들이 수능 잘 알아, 수험생이 잘 알아?"

"……수험생?"

"사춘기에 대해선 내가 언니보단 잘 알거든? 그러니까 빨리 가."

한희가 휴대폰을 확인하며 자꾸 쫓아내려 하자 사라가 투덜거렸다.

"안 돼. 너랑 있을 거야. 너 진짜 사춘기야? 아까부터 왜 자꾸 가라고 그래?"

"가야 되니까 그렇지."

"그니까 왜?"

사라가 서운해하며 묻자 한희가 푹 한숨을 쉬고 별 수 없이 그녀에게 휴대폰을 내밀었다. 현재와 카톡을 한 내용이었다. 사라의 눈이 커졌다.

[지금 가고 있어, 한희야.]

[아직 언니 안 갔어요! 제가 얼른 나가라고 할게요.]

[그래.]

그리고 대화가 중단되었다가 바로 지금, 현재에게서 연락이 왔다.

[지금 들어갈게.]

문자를 본 사라가 경악했다.

"지금 온다니? 나, 나 아직 마음의 준비가 안 됐단 말이야!"

"그니까 내가 가라고 했잖아."

"그 인간은 왜 너랑 친하게 지내 가지고……."

사라가 다급히 나가려는데 문이 덜컹거리는 소리가 들었다. 그녀가 두리번거리다가 다급하게 화장실 안으로 숨었다.

아슬아슬하게 문이 열리고 현재가 들어왔다. 그가 막 문이 닫히는 화장실 쪽을 보았다. 게다가 보조 침대 위에는 누가 봐도 깎다만 과일이 있었다. 현재가 피식 웃으며 한희에게 모른 척, 말했다.

"혼자 있었나 보네. 사라 갔어?"

"갔습니다, 오버."

한희가 장난스럽게 말하자 현재가 웃더니 보조 침대에 앉았다.

"어때? 기분 어때 보여?"

"별로 안 좋아 보입니다, 대장님."

"좋아. 수고했어. 자. 선물."

한희는 현재에게 매수당한지 오래였다. 7년 전의 인연 때문인지는 몰라도 둘은 이상할 정도로 죽이 잘 맞았다. 게다가 현재는 케이크를 좋아하는 한희에게 각종 디저트를 사다 주며 아이를 완전히 자기편으로 만들었다.

화장실 문 너머에서 들리는 둘의 대화를 들은 사라가 치를 떨었다. 감히 동생을 돈으로 매수하려 하다니. 게다가 매수당하다니!

언니가 그러고 있거나 말거나 한희가 상자를 받아 들었다.

"오오, 케이크!"

한희가 곧장 캐러멜이 듬뿍 들어 있는 케이크를 꺼내 입에 한가득 물고 신나 어쩔 줄 몰라 했다. 그런 한희를 흐뭇하게 바라보며 현재가 물었다.

"또 무슨 이야기 했어?"

"미녀와 야수 얘기 했어요. 근데 언니는 지가 미녀인 줄 알아요."

"미녀잖아?"

현재가 당연하다는 듯이 말하자 한희가 케이크를 우물거리며 대답했다.

"콩깍지예요."

"그런가…… 근데 내가 야수야? 너무하네."

"아주 무섭고 인간 같지 않은 껍데기를 가지고 있다고 했습다, 대장님."

한희의 말에 현재가 서운한 표정으로 말했다.

"진짜 너무하네. 강사라 나 좋아하는 거 맞아?"

"영혼에 상처가 났대요. 그래서 더 이상 다치지 않게 안아 주고 싶다고 했어요. 근데 오히려 자기가 아저씨를 다치게 한 것 같대요."

한희가 자기가 들은 것을 그대로 전하자 현재가 말없이 고개를 끄덕였다.

사라는 죄책감에 시달리고 있었다. 참, 자기 자신을 아프게 만드는 여자다. 남이 다친 건 걱정하면서 제가 다치는 것에는 무관심하다. 다 제 탓으로 만든다. 그 열일곱 살, 어린 여자아이를 죄인으로 만들고서야 마음이 편해지는 모양이지.

현재가 한희의 머리를 다정히 쓰다듬으며 말을 돌렸다.

"아. 대장님 말고 형부라고 하는 건 어때, 한희야."

"에이. 형부는 언니의 남편을 말하는 거라고 배웠어요."

"어차피 할 거……."

"아직 안 돼요."

한희가 단호하게 말했다. 매수하긴 했는데, 아직은 자기 언니 편이다. 현재가 아쉬운 표정을 지었다. 한희는 달콤하고 촉촉한 케이크를 전부 먹어 치웠다. 아이가 행복한 표정으로 말했다.

"과일 싫은데. 간식 먹고 싶다고만 하면 언니가 자꾸 과일만 줘서 힘들었어요."

저, 저 자식이. 기껏 몸에 좋으라고 과일을 깎아 주니까 배은망덕하게. 사라는 부들부들 떨며 여기서 나가면 저 꼬맹이의 뺨을 꼬집어 주리라 결심했다.

"그런데 있잖아요. 언니 만나고 싶으면 아저씨가 찾아가면 안 돼요?"

한희가 똘망똘망하게 묻자 현재가 대답했다.

"나중에 혹시 한희가 사업을 하게 되면 말이야. 중요한 걸 알아
야 되는데."

"사업?"

"상대방의 약점을 잡을 일이 생기면, 최대한 기다리는 게 좋아.
내 이득이 극대화될 때까지."

"으응?"

한희가 전혀 못 알아듣고 고개를 기우뚱했다. 반면에 '너무 좋
아해서'라든지, '미움을 살까 봐'라든지 하는 달달한 대사를 기대
했던 사라의 눈이 커졌다. 현재가 말했다.

"너희 언니가 지금 계속 잘못을 하고 있잖아? 기다려도 안 오
고, 연락도 안 받고."

"네에."

"그럼 나중에, 아저씨가 좀 화내도. 사라는 할 말이 없겠지?"

"오오. 없어요."

"그러니까 참는 거지. 자기 발로 돌아올 때까지."

그가 부드럽게 웃어서 한희는 좋은 이야기인가 보다 했지만, 분
위기상 아무래도 사라가 빨리 현재에게 돌아가는 게 좋을 것 같다
고 생각했다. 한희를 다독이며 말하는 그의 눈이 다정하면서도, 어
딘가 사나웠으니까. 그가 욕실 문 쪽을 바라보며 말했다.

"아저씨가 참을성은 있는데 그게 한계가 있거든."

숨어 있던 사라가 침을 꿀꺽 삼켰다. 그의 말이 위협적으로 느
껴졌다. 현재가 일어서서 화장실로 향하며 말했다.

"아마 계속 기다리게 하면. 찾아가겠지. 그땐 각오해야 할 거
야."

아무래도 지금 협박하는 것 같은데. 빨리 연락 안 받으면 찾아 가겠다고. 사라는 진심으로 겁을 먹었다. 예전에 새벽에 선일의 전 화를 받았을 때 그가 어떻게 반응했는지 떠올렸기 때문이다. '좀 화를 낸다' 는 것이 어느 정도일지 감도 안 잡혔다.

지금이라도 숨어 있다고 말할까? 생일에 도망가서 잘못했다고 빌어야 하나? 사라가 떨고 있는데 욕실로 향하던 현재가 걸음을 멈추고, 한희를 보았다.

그가 말했다.

"너희 언니는 참…… 겁이 많다. 그렇지, 한희야?"

"으으. 그러게 말이에요."

"그래도 다행이야."

그가 웃으며 말했다.

"그 애가 있으면. 나는 반대로 용감해지거든. 무슨 일이 닥치더 라도 다 할 수 있을 것 같아. 아프던 다리도, 그 애가 곁에 있으면 아프지 않아지고. 잘 웃지 않았었는데, 사라가 웃으면 나도 웃어. 사랑할 줄을 몰랐는데…… 그 애만큼은 정말로, 온 힘을 다해서 사랑하게 돼."

아……

사라의 손이 문손잡이로 향했다. 그에게 가고 싶다. 그의 품에 안겨 들고 싶었다. 사랑한다고, 나도 정말 많이 당신을 사랑한다 고. 수도 없이 말하고 싶다고 생각했다.

한희가 신나서 대답했다.

"잘됐다. 아저씨가 언니 지켜 주면 되겠네요. 그렇죠?"

"그럼. 언니도 지켜 주고, 우리 한희도. 계속 지켜 줄게."

그의 말에 한희가 해맑게 웃었다. 시계를 확인한 현재가 말했다.

"그러니까 언니한테 빨리 아저씨한테 돌아가라고 말해 줘. 간식 얼마든지 사 줄게. 알겠습니까, 강한희 대원?"

"넵, 대장님."

한희가 경례하는 시늉을 했다. 현재는 얼마 병실에 머물지 않고 돌아갔고, 사라는 욕실에서 한참 동안이나 떨림이 멈추도록 머물 렀다. 그때 그녀의 휴대폰이 울렸다. 사라가 정신을 차려 전화를 받고, 곧 눈이 커졌다.

재단으로부터 온 전화였다.

"세경 선배. 어때요?"

바흐 파르티타 3번 3악장 '가보트와 론도'를 연주하고 난 사라 가 세경에게 물었다. 의자에 다리를 꼬고 팔짱을 끼고 앉아 사라의 연주를 보던 세경이 단호하게 고개를 저었다.

"야, 누가 가보트와 론도를 그렇게 우울하게 연주해? 이렇게 연 주해 놓고 어떠냐고? 그 재단 심사위원은 누군데 너한테 장학금을 줘? 돈이 썩어 나?"

"우울해요."

사라가 우는 시늉을 했다. 평소에 지나치게 긍정적이던 사라가 우울함을 드러내기 시작했다는 것은 좋은 변화라고 생각하지만, 바이올린에 영향을 줄 정도라면 문제가 있었다. 저 어려운 곡을 기 계처럼 정확하게 연주해 놓고, 우울함으로 그 선율을 망쳐 버렸다. 오디션 직전에 이래서야. 세경이 말했다.

"곡을 바꾸든지, 밝은 생각을 하든지. 둘 중 하나를 해."

"아, 완전 달달 외웠어요. 어떻게 또 외워요."

"어쩌라고 이 자식아!"

기껏 쉬는 시간까지 털어서 들어 주러 왔더니 저러고 징징거린다. 세경이 휴 한숨을 쉬었다. 그녀가 자기한테 쪼르르 달려와 징징거리는 사라의 이마를 손가락으로 꾹 눌렀다.

"강사라. 너 바이올린이 좋아, 그 남자가 좋아?"

"……아마 바이올린이요?"

고민 끝에 사라가 말하자 세경이 웃음을 터트렸다. 그녀가 호탕하게 말했다.

"봐. 바이올린이랑 고민될 정도로 좋은 남자를, 왜 혼자 둬? 구해 줘서 고마워요, 하면서 공치사해도 모자랄 판국에 왜 여기 도망와 있냐고."

"무섭잖아요."

"뭐가?"

"나 원망할까 봐요."

사라가 중얼거렸다.

"겉으로는 괜찮은 척해도. 안 괜찮을 거 아니에요. 안 괜찮으니까, 알면서도 나한테 말도 안 해 준 거 아닐까 싶기도 하고."

"이 답답한 년."

그가 무슨 말을 할지 무서웠다. 듣고 싶지 않았다. 그래서 이렇게 도망쳐 나온 것이다. 세경이 우울하고 두려워하는 사라에게 말했다.

"연주를 해야지. 너는 앞으로 밝은 곡도 연주하고 어두운 곡도 연주할 거잖아. 그러니까 이렇게 도망 다니지 말라고. 밝은 곡은 밝게 연주하고, 어두운 곡은 어둡게 연주해. 너는 프로니까 기분이

좋다고 어두운 곡을 밝게 만들거나, 밝은 곡을 어둡게 만들어서는
안 되는 거야."

"……."

"지금 네 태도는 너무 아마추어야. 그렇다면 기분이 좋아지려는
시도라도 하란 말이야. 남자한테 이리저리 휘둘리지 말라고. 휘둘
리는 것 같으면 정리를 하든지, 화해를 하든지. 빨리 해결해."

세경이 매우 이성적으로 말했다. 그 말을 담담히 듣고 있던 사
라가 표정을 이리저리 찡그렸다 풀었다 하더니 세경에게 물었다.

"그래서 선배는 절 왜 이렇게 좋아한다고요?"

"이년이 진짜."

사라가 헤헤 웃었다. 세경이 말했다.

"넌 별로야. 진짜 별로야. 나랑 안 맞아. 너 성실한 거 빼고는
예쁜 구석 하나도 없는데, 심지어 지금은 성실하지도 않아."

"에이. 저 후배로서도 귀엽잖아요."

"이게 미쳤나, 진짜. 너 진짜 안 귀엽거든? 귀여워도 지호가 귀
엽지."

"잔인해……. 진짜 귀여운 애랑 비교하면 어떡해요……."

사라가 상처받은 척 장난을 쳤다.

그녀의 음악에, 다른 누군가가 영향을 미친다고 생각해 본 적은
없었다. 사라는 감정을 숨기는 일에 익숙했다. 마음속에 감정을 가
둬 두는 것은 그녀도 마찬가지였다. 그녀에게도 양현재가 필요했
다. 그 남자만이 사라를 우울하게 하고, 고민하게 하고, 나약해지
게 만든다. 그는 그런 남자였다. 사라에게 그렇게나, 중요한 남자
였다.

그녀가 중얼거렸다.

"저한테 화를 낼 거예요."

"낼 수도 있지."

"저 때문에 다쳤다고 생각할지도 몰라요. 제가 한희를 놓쳤어요. 한희를 구하겠다고 달려들었는데 아무것도 못 했어요. 결국 그 애를 구한 것도, 그러다 다친 것도 현재 씨였어요."

"그럼 평생 고마워해."

"하긴 그래요."

사라가 고개를 끄덕이더니 말을 이었다.

"화를 내도 그 아저씨가 내야지 왜 내가 내나? 적반하장도 유분수지."

"어이구, 빨리도 알았다."

"오늘 연습하면 사과하러 가야겠어요. 가보트와 론도 연주해 줘야겠다."

"싫어할 것 같지 않니?"

"연습할게요!"

그렇게 사랑해 주는 거야. 문을 열어 주는 거야. 아파할 때마다, 울고 있을 때마다 옆에 있어 주는 거야. 그가 가장 원하는 일을 해 주는 거지.

그가 가장 원하는 그대로. 옆에 있어 주는 것이다. 그녀는 생각을 정했다. 그것이 자신의 일이라고, 그렇게 결론을 내렸다. 사라가 자리에서 벌떡 일어섰다.

"세경 선배. 한 번만 더 들어 주세요."

"싫어. 웃기지 마. 이걸 또 들으라고?"

"이번엔 진짜 잘할게요."

사라가 애교를 부리자 세경이 어휴 한숨을 쉬면서도 그녀 쪽을 보았다.

·····✦·····

[회사예요?]

사라의 연락을 받자마자 현재가 다급히 사장실에서 일어섰다. 그가 서두르자 강우가 소리쳤다.

"드, 드디어 여자 친구분이 연락하셨습니까?"

"네. 했습니다."

"다행이네요…… 진짜 다행이에요."

강우가 울 것 같은 표정으로 말했다. 현재가 넥타이를 바로 잡으며 말했다.

"강우 씨. 지난번에 생일인 거 사라에게 말하라고 충고해 주셨던 거, 안 들어서 미안합니다. 제가 정말 크게 잘못 생각하고 있었네요."

"거보세요. 제가 말했죠?"

"그래서 질문인데. 혹시…… 화냈다가 모처럼 연락을 했을 때, 헤어지자고 말할 가능성은 몇 퍼센트나 됩니까?"

현재가 진지하게 묻자 강우가 한심해하며 말했다.

"아 그런 거 걱정 되면 꽃다발이라도 사 가세요. 헤어지자고 말해도 나는 이 판을 뒤집겠다! 남자라면 이런 각오 정도는 해야 하는 것 아닙니까?"

"박력 있네요."

실소하며 넥타이를 매던 현재가 잠시 손을 멈추고 강우에게 물었다.

"저는 어떤 사람입니까?"

"예?"

"남자 친구로서 형편없다는 건 이미 확인된 것 같고…… 상사로서는 어때요? 같이 일하기에 재미없죠?"

현재가 농담처럼 묻자 강우가 미간을 좁히며 대답했다.

"그런 걸 물어보는 상사처럼 불편한 것도 없는데요."

"아. 그러네요."

현재가 웃으며 대답했다. 언제나 신경 써 주는 강우가 고마워서, 농담을 해 보려다 실패한 것이다. 늘 농담이 안 먹혀 왔기 때문에 그가 대수롭지 않게 넘어가려는데 강우가 입을 열었다.

"사장님은요. 엄청 말 없고, 일도 많이 시키고, 화낼 때 무섭고. 그렇습니다."

"별로네요."

"그런데요. 저 다른 회사 안 갈 거예요. 사장님이랑 계속 같이 있을 겁니다."

"……왜 그렇게 생각해요?"

"사장님은 약속 시간도 어기지 않으시고."

"별 장점 아닌 것 같은데……."

"눈이 마주치면 항상 먼저 인사해 주고, 어제 들어온 신입사원에게도 예의를 지키시잖아요. 자기가 잘못한 것을 다른 사람에게 탓하지 않고, 사람을 차별하지도 않으시죠."

강우가 장난스럽게 말했다.

"그러니까. 재미없는 것 정도는 참겠습니다. 이 유능한 제가."

곁을 보면 이렇게 좋은 사람들이 있다는 사실을 서른 살이 되어서야 알았다.

"고맙습니다. 유능한데 저랑 일해 줘서."

"아, 그건 알지만. 이러고 감탄하고 계실 때가 아닌데요? 빨리 나가세요!"

강우가 그의 등을 떠밀었다.

회사 앞으로 달려 나가니 사라가 서 있었다. 헤어지자고 말하면 어떡하나 내심 불안하던 마음이 그녀의 얼굴을 보니 단숨에 사라 졌다. 그저 기뻤다. 그뿐이었다. 현재가 정장을 입은 그녀를 보며 미소를 지었다.

"정장 입었네?"

"네. 오디션 봐서요. 오늘."

"잘 어울린다."

오디션을 보는구나. 현재가 칭찬하고 잠시 입을 다물었다. 오디 션이라는 말이 혀끝에서 맴돌았다. 혹시 붙으면, 그녀는 미국으로 떠나게 될지도 모른다. 현재가 겨우 속에 없는 말을 했다.

"잘 봤으면 좋겠다."

"잘 보려면 현재 씨 얼굴을 봐야 할 것 같아서 왔어요."

"그래?"

그녀의 말에 현재가 고개를 기우뚱했다. 그러자 사라가 크게 숨을 들이쉬고 큰 소리로 말했다.

"저 좀 꼭 안아 주세요!"

"응?"

"떨린단 말이에요. 빨리요."

그녀가 재촉하자 멍하니 있던 현재가 웃었다. 그리고 두 팔을 벌려 사라를 꼭 끌어안았다. 아, 내가 사랑하는 사람. 두 팔에 꼭 안기는 나의 사람. 현재가 사라의 머리칼을 손으로 감싸고, 눈을 마주하며 물었다.

"많이 떨려?"

사라가 고개를 끄덕였다. 그리고 그의 품에서 벗어나 말했다.

"제가 많이 생각해 봤는데요."

"응."

"역시, 제가 약속했던 것처럼 평생. 언제든지, 어디에 있든지. 현재 씨가 나를 찾으면 달려올게요. 달려와서 통증이 멈출 때까지 연주를 해 줄게요. 그러니까 저는 현재 씨에게 미안할 이유가 없어요. 그렇죠?"

"응."

"대신, 저 미워하지 마요."

"……."

"계속 사랑해 주세요. 매일."

아무렇지도 않게 말하려고 했는데, 눈물이 툭툭 떨어졌다. 현재가 웃었다.

"그건 당연한 거지, 왜 울어."

"미안해요……."

"맞아, 연락 안 된 건 진짜 사과받아야 돼."

현재가 어울리지 않게 투정하자 사라가 울던 눈으로 작게 웃었다. 현재가 그녀를 끌어안으며 말했다.

"지금 나는 그런 생각을 해."

"무슨 생각이요?"

"아. 정말, 네가 나를 그렇게 맑은 눈으로 바라볼 수 있게. 그날, 불길 속으로 뛰어들길 잘했다."

"……."

"그때 만약 한희뿐만 아니라 너까지 돌이킬 수 없는 사고를 당했거나, 내가 그 계단을 끝까지 오르지 못했다면. 그랬다면 우리는 이렇게 웃으며 마주 볼 수 없었겠지."

"……."

"그날. 그날 나는 정말 최고의 선택을 했구나."

그의 따뜻한 목소리에 사라가 이번엔 울음을 터트렸다. 그녀가 주먹으로 아프지 않게 현재를 때렸다.

"나 오디션 봐야 되는데 더 울리면 어떡해요. 나 떨어지게 하려고 그러는 거죠?"

울면서 말하는 그녀가 귀여워 현재는 시원하게 소리까지 내며 웃고 말았다. 사라가 그를 올려다보며 말했다.

"그날 한희를 구해 줘서…… 고마워요."

"응."

"열심히 계단을 올라와 줘서. 이렇게 나에게 웃어 줘서 고마워요."

"……."

"그래서 내가, 당신이 웃는 걸 좋아하나 봐요."

사라가 말을 마치고 활짝 웃었다. 그리고 다시 그의 품에 폭 안겼다. 그에게 안기면 이렇게 웃을 수 있는 것을, 이렇게 기쁜 것을. 잠시 떨어져 있어 보니 더더욱 실감했다. 그녀가 말했다.

"자. 저 잘 보고 오라고 말해 주세요."

사라가 웃으며 말했다. 현재가 그녀의 손을 잡았다.

"응. 다녀와. 꼭 합격해. 원하는 건 전부 얻어."

그가 다정히 미소 지었다.

"네가, 나를 구해 줬으니까."

그의 말에 사라가 현재를 바라보았다. 그녀가 말했다.

"저는 아무것도 한 게 없는걸요."

"그때는, 스물세 살 때에는 세상에서 버려진 것 같다는 생각을 했어. 그냥…… 나는 형이 회사 일을 그만둘 때를 위한 대체제일 뿐이구나. 고작 그런 이유 때문에 내가 하고 싶은 일을 할 수가 없게 됐구나. 그렇게 생각했어."

"……."

"그런데 그날 네가 돌아와서 나를 깨워 주고, 나를 불러 주고. 나를 찾으러 왔잖아. 그렇게 불길이 거센데, 나를 찾으러 와 줬잖아. 긴 겨울 끝에 봄이 온 것 같았어. 네 목소리가. 봄처럼 들렸어. 나를 찾으러 와 주는 사람이 있다는 게, 정말 기뻤어."

현재가 웃으며 말을 이었다.

"너 그때 진짜 특이했어."

"……왜요?"

"내가 죽으면, 앞으로 평생 슬픈 음악밖에 연주할 수 없을 거라고 했잖아. 그렇게 무서운 상황에서 음악 이야기를 할 수 있다는 게 재밌어서. 그래서 힘이 나더라. 살아서 이 음악밖에 모르는 바보의 바이올린 연주를 들어야겠다고 생각했어. 그때 간절히 바랐으니까, 네가 내 앞에 나타나 준 건가 봐."

왜 그날 한희에게 달려가는 나를 막았어요? 왜 당신이 대신, 불길 속으로 달려갔어요?

사라는 그 질문만큼은 할 필요가 없다고 생각했다. 자신이 봐 온 그 남자는 그런 사람이니까. 교복을 입은 아이와 그보다도 어린 아이가 있을 때 나서지 않을 리가 없는, 그런 사람이니까.

현재가 아무 말도 못 하고 울어서 빨개진 눈으로 자신을 바라보는 사라의 몸을 건물 밖으로 돌려세웠다.

"그러니까 그만 울고 다녀와."

"……."

"더 많이 배우고, 더 좋은 연주자가 돼서 나에게 더 좋은 음악을 들려줘."

사라가 고개를 끄덕였다. 울지 않으려고 입술을 꾹 깨물었다. 현재를 돌아보면 눈물이 나올 것 같았다. 그래서 돌아보지 않고, 회사 밖으로, 오디션장을 향하여 걸어갔다.

※

오디션은 그럭저럭 잘 치렀다. 현재의 격려 덕분인지 평소의 기량 정도는 뽑아낼 수 있었다. 다음 날이 정기 공연이었다. 내내 사라의 머릿속은 오디션 결과와 현재에 대한 걱정으로 복잡했다. 홀에 도착해 대기실에서 악기를 꺼냈다. 제2바이올린 단원들의 컨디션을 체크하던 세경이 다가와 물었다.

"강사라. 남자 친구랑 화해했다며?"

"네. 선배님 덕분에 단단히 마음먹었거든요."

"다행이네. 근데 너 유학 가면 그 뒤는 어떻게 하기로 했어?"

"으음……."

사라가 머뭇거렸다. 석사만 마치고 온다고 해도, 그 시간 동안 현재가 자신을 기다려 줄까, 하는 고민이 들었다. 사라가 말했다.

"돌아오래요. 기다려 준다고."

"말은 잘한다."

"제 말이요. 아 그런데 뭐 꼭 간다는 보장도 없잖아요."

그때 대기실 문이 열렸다. 계속 단원들의 가족들이 들락거리고 있었다. 이번에 들어온 것은 현재와 선일이었다. 선일이 먼저 사라에게 다가왔다.

"장미는 여기 없어?"

"아. 잠깐 나가셨어요."

"그으래? 우와, 근데 너 강사라 맞냐? 예쁘네."

선일이 감탄하며 말했다. 모처럼 화장을 제대로 한 걸 보니 신기한 모양이었다. 하얀 블라우스에, 무릎 바로 위까지 오는 검은색 스커트였다. 깔끔하고 세련된 정장 스타일의 유니폼에 머리는 빨간색 리본으로 올려 묶었다. 하지만 칭찬해 주는 선일과 달리 현재는 표정을 찌푸렸다. 그가 사라의 머리칼을 건드리며 말했다.

"리본이네."

"다들 빨간 아이템 하나씩 하기로 했거든요. 귀엽지 않아요? 정기 공연 때 쓰려고 특별히 저랑 지호랑 하나씩 산 건데."

"초등학생도 아니고 무슨 리본."

"남자 친구 맞아요? 지금 사장님도 예쁘다는데."

사라가 그를 흘겼다. 아무튼 현재는 무언가가 굉장히 마음에 안 드는지 사라 뒤에 있는 화장대 거울과 사라를 번갈아 보고 있었다. 보자마자 예쁘다며 다정하게 칭찬할 줄 알았더니, 저 잘생긴 얼굴을 찌푸리고 풀지를 않는다. 대기실에 들어오자마자 이 단정한 남자에게 여자 단원들의 시선이 꽂혀 있는 것도 마음에 안 드는데…… 아니, 근데 진짜 저 여자들이 지금 어딜 보는 거야. 이래서야 불안해서 이 남자를 두고 어딜 갈 수가 있나.

도대체 어떻게 이게 형제일까 싶을 정도로 현재와 선일은 달랐다. 자유로워 보이는 캐주얼 정장에 비싸 보이지만 아무튼 '운동화'를 신은 선일과 반대로, 현재는 완벽한 정장에 깔끔하게 맨 넥타이, 깨끗한 구두. 거기에 모든 단추를 잠그고 머리까지 한 올 흐트러짐이 없었다.

그런데 그렇게 완벽하게 격식을 갖춘 남자가 얼굴만큼은 찌푸려져 있는 것이다. 왜 그러냐고 물을 틈도 없이 세경이 선일에게 삿대질을 했다.

"이봐요. 장미 남자 친구분."

"저요?"

갑작스러운 공격에 여간해선 능청맞게 대꾸하는 선일이 당황했다. 세경이 말을 이었다.

"내가 전부터 이 말이 하고 싶었는데……. 그래도 여자 친구가 있는 오케스트라에 오는 사람이 옷차림이 그게 뭐예요?"

"이게 뭐요."

"클래식에는 클래식에 맞는 옷을 입는 거예요."

"아 뭐가 그렇게 까다로워요? 이러니까 클래식이 인기가 없는 거 아냐."

지기 싫어하는 선일이 투덜거렸다. 대기실에서 갑자기 벌어진 말다툼을 사라가 말리려는데 세경이 거침없이 말했다.

"뭐가 까다로워요, 도대체? 그쪽은 바닷가 갈 때 정장 입고 가요? 클럽 갈 때 수영복 입고 가요? 바다에서 비치웨어를 입듯이, 클럽에서는 화려한 옷을 입듯이. 클래식에는 클래식의 격식이 있는 거예요."

세경에게 잔소리를 들으며 선일이 살려 달라는 듯이 사라를 보았다. 하지만 그녀는 어깨를 으쓱해 보였다.

"세경 선배 말이 맞아요. 여자 친구 공연 보러 오는 사람 복장이 이게 뭡니까, 사장님?"

"사라 너까지……. 너무한다. 정말."

선일이 울상을 지었다. '세경 선배'라는 사람에 대해서는 선일도 들어 본 적이 있었다. 장미의 공연에 올 때마다 봐서 익숙한 얼굴이기도 했다.

사라가 늘 세경은 존경하는 선배라면서 재잘거렸다. 좋아하는 선배라고 해서 좋은 사람이기도 한 줄 알았더니, 까다롭기 짝이 없는 여자였다. 나오면서부터 넥타이라도 매라고 잔소리했던 현재가 편을 들어 줄 리도 없고. 자기편이 없자 선일이 시무룩해서 세경에게 말했다.

"오늘은 봐줘요."

"오늘만이에요?"

"양현재, 여분 넥타이 가져왔지? 줘. 넥타이라도 하게."

선일이 묻자 현재가 들고 있던 가방을 열고 여분 넥타이 하나를 꺼내 주었다. 툴툴거리며 그것을 맨 선일은 먼저 앉아 있는다며 대기실을 나갔다. 그 뒷모습을 보며 세경이 마음에 드는지 고개를 끄덕였다.

"여자 보는 눈은 없어도 말은 잘 듣네. 그래, 뭐 하나는 잘해야지."

세경이 말하더니 다른 단원들 상태를 확인하러 바쁘게 이동했다. 그녀가 떠나자 현재가 실소했다.

"너희 선배 천적이다. 우리 형이 꼼짝을 못 하네. 저 형 저렇게 고분고분한 사람 아닌데."

"거봐요. 말했죠? 진짜 무서운 선배라고."

"난 네가 훨씬 무서운데."

"알면 됐어요."

사라가 우쭐해했다. 그러더니 그에게 물었다.

"근데 내 리본 진짜 초등학생 같아요?"

"응. 상당히."

"고르고 고른 건데에. 왜 칭찬 안 해 줘요? 응?"

사라가 칭얼거리자 그게 귀여운지 현재가 미소를 지었다. 그리고 사라의 머리칼을 쓸어 넘기며 말했다.

"잘하라고, 키스라도 하고 싶은데 사람들 있으니까 머리만 쓰다듬을게."

그가 사라의 자그마한 머리통을 살살 문지르자 그녀가 불만스럽게 물었다.

"나 여자 친구인 거 맞죠? 딸 아니고."

"그런 소리 하지 마. 진짜 딸인 줄 알면 어떡해."

"……저기요. 우리 겨우 여섯 살 차이 나거든요? 이 사람이 진짜 자기가 되게 아저씨인 줄 아나 봐."

"그래도…… 겉보기에."

현재가 진심으로 걱정스러워하더니, 말을 이었다.

"가 있을게. 좋은 연주 보여 줘."

"네. 깜짝 놀랄 정도로 멋진 공연을 보여 드릴게요."

사라의 웃음을 본 현재가 대기실을 나섰다. 선일이 먼저 자리를 찾아 앉았기에 그 옆자리에 앉자 그가 투덜거렸다.

"뭐 그런 여자가 다 있냐? 진짜 어이가 없네."

현재가 유쾌하게 웃으며 말했다.

"좋은 사람 같던데. 형 그렇게 얌전하게 만들 사람, 세상에 많지 않잖아."

"넌 뭐가 그렇게 웃겨 이 자식……. 넌 인마, 남자 친구라는 새끼가 여자 친구 보자마자 초딩 같다고 놀리면 어떡하나? 예쁘다고 해 줘야지."

그의 핀잔에 현재가 미간을 좁히며 물었다.

"……나랑 사라랑 나이 차이 너무 많이 나 보이지?"

"잉?"

"가뜩이나 나이 차이도 나는데, 사라는 더더군다나 어려 보이고, 나는 내 나이보다 훨씬 많아 보이잖아. 거기다 리본까지 달고 있으니까……."

어쩐지 표정이 안 좋더라니. 자꾸 거울을 통해 확인하던 게 그거였나. 자기랑 사라랑 나이 차이가 많이 나 보이나 확인한 건가? 선일은 평소 성격대로 큰 소리로 웃고 싶은 것을 가까스로 참았다. 현재가 계속 불만을 토로했다.

"게다가 키 차이도 많이 나니까, 그냥도 둘이 걸어가면 사람들이 쳐다본다고."

"그건 네가 커서 보는 거야, 인마."

"범죄자처럼 보이는 게 아닌가 싶기도 하고."

"강사라 성인이거든?"

그간 하고 있던 고민들을, 나름 형 앞이라고 주절주절 말하는 동생이 귀여웠다. 사라가 이 녀석을 이렇게 바꿔 놓았구나 싶어서 고마운 마음도 들었다.

어떻게 하면 어려 보일지 선일이 조언을 하는 사이 공연이 시작되었다.

음악이 시작된 지 얼마 되지 않아 선일은 좀이 쑤셨다. 그와 달리 현재의 눈은 사라에게 고정되었다. 그녀가 혼자 연주하는 모습밖에 보지 못했던 현재에게 오케스트라의 일부분인 그녀는 새로운 모습이었다.

사라는 솔로로서도 훌륭한 연주를 할 수 있다고 생각했다. 그러나 오케스트라에서, 모든 악기들 사이에 있는 그녀는 이전과 비교도 되지 않을 정도의 기량을 뽐내고 있었다. 표정조차도 달랐다. 나는 완벽한 연주로 이 오케스트라를 완성시키고 말겠다. 그런 의지가 보였다.

현재가 자기도 모르게 말했다.

"외모가 문제가 아니네."

"응?"

"저 애가 바이올린을 켜면, 음악을 사랑하는 사람이라면 누구나 강사라에게 반하게 될 것 같다."

"하긴. 예쁘지. 근데 쟤는 음악 안 하고 있어도 예뻐, 인마."

선일이 중얼거리자 현재가 그를 물끄러미 바라보았다. 현재가 넌지시 물었다.

"사라, 좋은 애지?"

"그럼."

"……."

"그리고 너도 좋은 놈이야."

그가 현재 쪽을 보지 않고 말하며 싱긋 웃었다. 현재는 어쩌면 선일이 조금은, 사라에게 마음이 있었을지도 모른다는 생각을 했다. 그러나 선일이 그런 마음을 밖으로 내비칠 리는 없었다. 그는 현재를 세상에서 가장 아끼는 사람이었다.

잠시 협주를 위해 피아노를 설치하는 사이, 선일이 말했다.

"그래서. 넌 마음을 정했지?"

"나야 정했지."

"거봐, 인마. 너 내 덕에 사라랑 같이 있을 수 있는 거야."

"……왜 형 때문이야?"

"내 덕에 미국도 가고."

"정해진 것도 아닌데."

현재가 중얼거렸다. 그러자 선일이 말했다.

"아니긴 뭐가 아니야. 내가 안 가면 네가 가는 거지."

"형 진짜 안 가?"

"어. 진짜 안 가. 그리고 이제 와서 내가 가길 원하는 사람도 없어."

"……."

"객관적으로 봐라. 네놈이 훨씬 믿음직스럽지, 인마."

현재가 대답 없이 무대를 보았다.

10. 새로워서 반갑다

　공연이 끝나고 대기실로 돌아와서 기다리니 곧 현재가 들어왔다. 갈 준비를 마친 사라가 현재를 따라나서며 물었다.

"공연 어땠어요? 우리 오케스트라 멋있죠? 그렇죠?"

"응. 굉장히 멋있었어."

"객원 바이올리니스트 봤어요? 그 사람이 오디션 주최한 교수인데."

"응. 봤어. 굉장하더라. 그리고 너는……."

"저는요?"

사라가 눈을 반짝거리며 묻자 현재가 진중하게 대답했다.

"너는 그곳에 있는 게 정말로, 정말로 행복해 보였어."

현재가 미소 지으며 말했다. 솔직히 다른 누가 어찌 됐든 관심이 없다. 그는 오로지 사라를 보고 있었을 뿐이니까.

현재의 말에 사라가 환하게 웃었다.

"그러게요. 전 오케스트라에 있을 때가 행복해요."

"그렇지?"

"맨날 싸우고 울고 화내지만요. 질투하고 미워하지만요. 연주를 시작할 때만큼은 말이에요, 모두가 내 사람이 돼요. 하다못해 장미 선배도 무대 위에서는 저와 눈이 마주치면 웃어요. 우리는 그때만큼은 세상에서 가장 소중한 사람들이거든요. 거기에서는, 내가 혹시 실수를 하더라도. 내 손을 급하게 붙잡아 줄 사람들이 있잖아요. 아니 애초에 내가 놓치지 않도록 양손을 잡고 있는 사람들이 있잖아요."

"……."

"그러니까. 정말로. 그 말이 맞아요. 오케스트라에 있을 때, 저는 정말로 행복해져요."

그 말을 끝으로 둘은 말없이 미소를 지었다.

그리고 예약해 둔 레스토랑으로 향하는데 사라의 휴대폰이 울렸다. 그녀의 어머니 명희였다. 사라가 전화를 받았다.

"엄마? 왜?"

— 사라야. 한희가…… 안압이 순간적으로 높아져서 눈이 안 보인다고 하는데…… 병원에서는 심리적인 것 같다는데 어떻게 해야 할지 모르겠어. 지금…… 와 줄 수 있니?

현재와 사라는 급하게 병원으로 달려갔다. 병실 안에서 한희가 소리를 지르고 있었다. 명희는 한희를 달래느라 정신이 없었다.

"한희야. 제발……."

한희는 눈이 보이지 않자 미친 듯이 소리를 질렀다.

"싫어! 싫단 말이야! 안 보이는 거 진짜 싫어!"

명희는 도와줄 사람들이 들어오고서야 우는 소리를 들키지 않으려 손으로 입을 틀어막고 옆에 주저앉았다. 이제 와서 일을 하려다 보니 부쩍 수척해져 있었다. 아버지 연철은 심지어 지금도 일을 하느라 와 보지도 못했다.

한희는 아무것도 보이지 않아서 울고 있고, 의사의 말로는 스트레스를 낮춰야 한다고 하고. 사라가 소리를 지르는 한희의 손을 붙잡았다.

"한희야. 언니야. 진정해. 응?"

사라가 손을 잡는데도 한희는 소리를 질렀다. 그렇게 발버둥 치다가 한희의 손이 세게 사라의 얼굴을 때렸다. 자기도 그 사실을 알았는지 한희는 소리 지르는 것을 멈추었다. 그리고 몸을 최대한 웅크려 울기 시작했다.

사라는 입술을 꾹 물고 잠시 병실을 나왔다. 현재가 그녀를 달랬다.

"괜찮아져. 큰일 아니라고 의사가 그러잖아. 그냥 일시적인 것일 뿐이야."

"잠깐만…… 놔두세요."

사라가 밀어 내려 하자 현재가 그녀를 벽으로 밀어 두 팔로 가두었다. 사라의 얼굴이 창백하다. 한희에게 맞은 부분만 빨개져 있었다.

"또 그런 표정 한다."

"……."

"너 또. 너 때문이라고 생각하고 있지?"

"내가 혼자……."

"너 열일곱 살이었어. 열일곱 살에 나는 너랑은 비교도 안 되게 망나니였어."

정신이 나간 사람 같던 사라가, 그 말에는 조금 반응했다.

"……현재 씨가요?"

"응. 진짜 망나니였어."

이렇게 단정한 남자가 망나니여 봤자. 사라가 올려 보자 현재가 장난치듯이 말했다.

"막 밤에 친구들 모아서 학교 운동장에서 교과서로 캠프파이어 하고."

"네에?"

"거기다가 소시지 구워 먹고."

웃을 상황이 아닌데. 너무나 황당한 현재의 말에 사라가 자기도 모르게 풉 웃었다. 현재가 말했다.

"거봐. 그러니까 너는 있잖아. 진짜 어른스러운 열일곱이었어. 한희 떡볶이 먹여 주는 거 보면서 반성했다니까."

"기억해요?"

"응. 어른스러워서 주의 깊게 봤거든. 근데 지금 생각해 보니까 예뻐서 본 것 같기도 하다……. 나 지금 내가 진짜 범죄자처럼 느껴지니까 이 얘기 그만하자. 너는 얼른 어머님 달래 드려. 나는 점수를 딸게."

현재가 말하더니 병실 쪽으로 몸을 돌렸다. 그렇게 짓궂은 말로 사라를 달래 준 현재가 웅크려 울고 있는 한희를 안아 들었다. 갑자기 번쩍 들리자 놀란 한희가 울음을 뚝 그친다.

"자. 우리 한희 왜 이렇게 울었어?"

"아저씨이……."

큰 체격과 향수 냄새로 현재라는 것을 알았다. 눈이 보이지 않던 7년 동안, 눈으로 보지 않고도 사람을 구분하는 법을 알게 되었기 때문이다. 현재가 한희의 등을 다독이며 말했다.

"뭘 그렇게 울었어. 우니까 더 안 보이지. 의사 선생님이 그러는데, 우리 한희가 겁을 내서 잠깐 안 보이는 거래."

"……정말?"

"응. 아저씨도 그래. 겁이 날 때면 다리가 엄청 아파. 아저씨네 의사 선생님도 그랬어. 겁을 내서 더 아픈 거라고."

"거짓말."

"왜 못 믿어?"

"아저씨는 겁 별로 없잖아요…… 저 구하러 와서 다리가 아파졌잖아요."

아프지 않다면 얼마나 좋을까. 아프지 않다면 얼마나 편안할까. 사라를 만나기 전까지는 아픈 자신의 다리가 차라리 잘라 내고 싶을 정도로 원망스러웠다.

현재가 다정히 말했다.

"한희야. 나는 그날로 돌아가면, 다리를 다칠 걸 알았어도 너를 구하러 갔을 거야."

"……"

"왜냐하면 너희 언니가 날 구해 줄 걸 알고 있으니까. 사라가 달려와서 진짜 못생기게 울면서 살자고 시끄럽게 굴 거라는 걸 알고 있으니까."

"으응……."

현재의 장난스러운 말에 한희가 자기도 모르게 살짝 웃었다. 현재가 계속해서 아이의 등을 토닥이며 말을 이었다.

"거봐. 사라가 그날 용감했으니까. 아저씨는 지금까지도 살아 있을 수 있는 거야. 그러니까 그만 울어. 겁먹지 마. 금방 다시 보일 거야."

한희가 현재의 옷깃을 꼭 쥐고 고개를 끄덕였다. 아프니까, 둘은 공감할 수 있는 모양이었다. 어쩐지 빨리 매수당하더라니. 사라가 그렇게 생각하며, 씩씩한 목소리로 말했다.

"한희야. 우리 나가자."

"어디?"

한희가 소리가 들리는 곳으로 빼꼼히 고개를 내밀었다. 그러자 사라가 말을 이었다.

"병원 밖. 한희 매일 병원에만 있어서 서울 구경 못 했지? 언니랑 나가자. 엄청 크고 똑똑하고 잘생긴 강아지도 있어."

"강아지?"

"응. 좋지?"

강아지라는 말에 한희가 고개를 겨우 끄덕였다. 사라가 현재의 허리를 쿡 찔렀다.

"포르테 데리러 가요. 산책 가게."

"네. 갑시다. 나는 운전기사나 하면 되는 거지?"

"현재 씨도 같이 산책해요. 됐어요?"

"아, 나도 가는 거였구나. 난 또 포르테만 데려가는 줄 알았지."

현재가 슬쩍 서운해하자 사라가 웃었다. 결국 어머니의 허락을 받고 셋은 병원을 탈출했다.

포르테를 차에 태우자 한희는 금방 헤실헤실 웃기 시작했다. 한희의 몸보다 큰 개가 순하게 아이의 기분을 풀어 주려 애쓰고 있었기 때문이다. 조수석에서 휴대폰을 만지작거리던 사라가 말했다.

"사장님이 세경 선배 번호 알려 달래요. 너무 열이 받아서 안 되겠다고. 그렇다고 여자 번호를 막 알려 주는 건 그래서, 세경 선 배한테로 사장님 번호를 알려 드렸는데…… 싸우는 건 아니겠죠? 우리 선배가 예쁘장한 거에 비해서 성격이 괴팍……"

"아, 그래."

현재가 시큰둥하게 반응하더니 손을 뻗어 사라의 휴대폰을 뺏었 다. 사라가 얼떨떨해하자 현재가 물었다.

"지금 몇 시야?"

"열…… 시요?"

"혹시 유학 가게 될지도 모르니까 미리 말해 두는데, 열 시 이 후에는 남자 그림자도 밟지 마. 알겠어?"

"네에? 열 시는 너무 이르지 않아요?"

사라가 꿍얼거리자 현재가 한희에게 물었다.

"강한희 대원. 열 시 넘어서 모르는 사람 따라가면 돼, 안 돼?"

"안 됩니다, 대장님!"

"들었어? 열두 살도 아는 걸 왜 몰라?"

"맞아. 왜 몰라?"

저, 저 콤비가…… 사라가 열받아 하며 현재에게 말했다.

"난 진짜 이해가 안 가네. 불안해도 이렇게 잘생긴 남자 친구 둔 내가 불안해야지, 왜 현재 씨가 불안해요?"

그녀의 핀잔에 현재가 움찔하더니 말이 없다. 칭찬에 당황한 모 양이었다. 현재를 처리한 사라가 한희에게도 한마디 하려고 뒤를 보니 한희가 포르테의 보살핌을 받으며 까르르 웃었다. 저런 걸 애 니멀 테라피라고 하는 모양이었다.

한희가 눈을 감았다 뜨더니 웅얼거렸다.

"어? 좀 덜 흐릿해졌다."

"정말? 이제 포르테 보여?"

"으응…… 오. 포르테 잘생김."

한희가 포르테의 얼굴을 두 손으로 마구 문지르며 말했다. 조금이라도 보인다는 소리에 안도한 사라가 큰 숨을 내쉬었다. 현재가 살짝 사라를 보았다. 하여튼 저렇게 겁이 많으면서 어떻게 그렇게 아닌 척을 하는지. 긴장했던 그녀의 몸이 달달 떨렸다.

※

선일의 번호를 받은 세경이 그에게 전화를 했다. 따져도 내가 따져야지, 댁이 왜 성질이냐고 하려는데 선일이 먼저 말했다.

— 술 한잔합시다.

"내가 왜요?"

세경이 짜증 내자 선일이 말을 이었다.

— 나 바 운영하는 거 알죠? 놀러 와요.

"싫어요."

— 아, 좀. 놀러 와요. 공짜로 줄게요.

"진짜?"

— 예. 진짜.

선일의 말에 세경은 왠지, 술도 좀 당기고. 일단 술을 먹자는 그 남자의 제안이 밉지 않게 느껴져 바 루바토로 향했다.

잠시 후 세경이 루바토에 들어서자, 선일이 시큰둥한 표정으로 자신의 바에 들어오는 그녀를 발견하고 손을 흔들었다.

"어, 여기요."

"피곤해 죽겠는데."

"아까는 그렇게 체력 좋게 잔소리하더니 뭐가 피곤해요. 집도 이 근처라면서. 공연 끝나고 집에서 자는 게 말이 됩니까? 딱 한 잔만 하고 가요."

"장미는요?"

"걔는 피곤할 테니까. 집에서 쉬어야죠."

"거 여자 친구는 더럽게 챙기네요. 나는 불러내 놓고."

세경이 짜증을 내며 바 테이블 앞에 털썩 앉았다. 고급스러운 바였다. 짜증을 내기는 하지만 사라의 말을 들으니 워낙 술을 좋아한다는 세경은 벌써부터 입맛을 다시고 있었다. 선일이 싱글싱글 웃으며 말했다.

"술 좋아한다면서요. 마음껏 마셔요. 오늘은 공짜."

"그거 뭔데요?"

"예의 바른 옷차림? 또 혼날까 봐요."

쓸데없이 이제 와서 정장을 차려입고 있다. 세경이 어이가 없어서 피식 웃었다. 그녀가 웃자 선일이 만족해하더니 보드카 스트레이트를 두 잔 가져다 한 잔씩 놓았다. 세경이 물었다.

"대작하게요?"

"그럴 리가요. 말싸움은 이겨도 술로는 저 못 이겨요."

"아닐걸요."

세경이 샷을 들어 쭉 들이켰다. 그 모습을 보고 킥킥 웃고 난 선일도 한 모금에 털어 넣었다.

연거푸 술을 마시던 세경이 말했다.

"아, 사라는 남자 친구랑 놀러간다는데 난 왜 여기서 오늘 싸운 남자랑 이러고 있는지 몰라."

"내가 뭘요. 옷도 잘 차려입었구만."

"여자 친구도 있는 남자는 필요 없거든요?"

"그런가."

선일이 여전히 웃는 표정으로 술을 들이켰다. 세경이 한탄했다.

"할아버지가 선보라고 징징거릴 때 좀 봐 드릴 걸 그랬어요. 효
도도 할 겸."

"선보라셨습니까?"

"네. 저랑 동갑인 남잔데, 그 왜 되게 유명한 자전거 있잖아요.
WN 자전거?"

그 말에 선일이 저도 모르게 허, 하고 소릴 냈다. 그가 물었다.

"혹시요. 외할아버님이 3선 하신 이필성 위원님 아니십니까?"

"어? 맞아요. 우리 할아버지 알아요? 지역구에서 되게 조용조용
살아남으시는데."

그 말에 선일은 웃음을 못 참고 킥킥거리더니 곧 배를 잡고 웃
기 시작했다. 세경이 인상을 쓰며 물었다.

"취해서 미쳤어요?"

"그게 아니라…… 제가 그 WN 자전거 집 아들이거든요. 장
남."

"아. 그 소문의 날라리?"

"날라리까진 아니지 않습니까? 너무하네, 진짜. 근데 장미 남자
친구인데 내가 그 집 아들인 거 몰랐어요?"

"그렇게까지 안 친해서 몰랐죠. 그냥 되게 부잣집 아들 사귄다
는 것만 알고. 사라도 왠지 자기 남자 친구가 뭘 하는지 정확히 모
르더라고요."

"하긴. 그 둘이 좀 이상하게 연애를 시작하긴 했죠."

생각해 보니 세경도 기가 막혔는지, 곧 그녀도 웃음을 터트리고 말았다.

차는 사라가 가자던 정동길에 멈췄다. 사라는 포르테와 한희를 들고 내리며, 두 사람이 못 보게 슬쩍 바이올린을 들고 내렸다. 현재가 금방 차를 대고 오자 사라가 의아해하며 물었다.

"어디다 주차했어요?"

"호텔에. 아. 좋은 방 있다고 해서 달라고 했어."

"네, 네에?"

"왜 이래. 불순하게 생각하지 마. 한희 병원에 데려다주고 그냥 간단히 잠만 자고 가자."

"현재 씨 지금 현재 씨 맞아요? 사장님이 빙의된 거 아니죠?"

선일과 저녁에 같이 있더니 사람이 능구렁이가 됐다. 현재가 사라의 바이올린을 턱짓했다.

"바이올린은 왜 가지고 내렸어?"

"아, 놓고 내리는 걸 잊어버렸어요. 무심코."

사라가 변명했다. 전에도 그런 적이 있기에 현재는 대수롭지 않게 여기며 포르테랑 노느라 정신이 없는 한희를 업어 들었다.

"자. 가자."

"오오! 높아!"

한희가 신나 했다. 조금씩 시야가 맑아지는지 아이의 기분이 하늘까지 오르고 있었다. 여름 향기가 물씬 풍기는 덕수궁 돌담길을 걸으며 현재가 표정을 찌푸렸다.

"그런데 여기 걸으면 헤어지는 거 아닌가?"

"안 헤어져요. 걱정 말아요. 공대생이 무슨 미신."

"그래. 공대생이니까 수치가 중요하단 말이야. 혹시 여길 오가는 커플 중에 일정 확률이 결별했다면 충분히 걱정할 만한……"

"양현재 씨. 그런 확률 없으니까 걱정 말고 오세요. 네?"

사라가 현재의 팔을 아프지 않게 꼬집었다. 그러자 현재가 아프다며 엄살을 부린다. 기분이 좋아서인지, 날이 맑아서인지. 현재는 평소보다 훨씬 여유로웠고, 그 모습이 사라의 마음을 편안하게 했다.

길을 걸어 중간쯤 들어가니 시립 미술관 근처, 인도 한복판에 피아노 한 대가 설치되어 있었다. 사라가 손으로 피아노를 가리켰다.

"아, 있다. 없어졌을까 봐 걱정했네."

"……길거리에 웬 피아노?"

현재가 고개를 기우뚱했다. 그러자 사라가 피아노 건반을 몇 개 눌러 보며 말했다.

"며칠 전에 와 보니까 여기 있더라고요."

시에서 설치 미술의 일환으로 마련한 피아노였다. 그리고 거기 '누구나 연주해도 좋습니다.'라고 적혀 있었다. 현재가 당혹스러운 표정을 지었다.

"왜 피아노가 야외에 있어?"

"적혀 있잖아요. 누구나 연주하라고. 자. 얼른 합주해요."

"……뭐?"

"해요. 관람객이 둘이나 있으니까."

사라가 한희와 포르테를 가리켰다. 한희가 눈을 동그랗게 뜨고 물었다.

"아저씨 피아노 칠 수 있어요?"

"응? 아…… 조금."

현재가 한희를 내려 주고 멍하니 피아노를 보았다. 사라가 한희
와 포르테를 벤치로 데려가 앉히고 현재는 피아노로 끌고 가 앉혔
다.

"뭐 해요. 얼른. 자, 한희야 뭐 듣고 싶어?"

사라의 물음에 한희가 당연하다는 듯이 몇 년 전 개봉한 애니메
이션의 주제가를 말했다. 현재가 무슨 음악인지 몰라서 사라만 올
려 보자 그녀는 씨익 웃더니 바이올린으로 주제가를 연주하기 시
작했다. 한희가 자주 요청했던 곡이라 무척 익숙했다. 그녀의 장난
스러운 표정이 수준급의 연주와 어울리지 않았다.

"아, 뭐 해요. 예고 가려고 준비했었잖아요? 뭐라도 반주해 줘
요."

연주하며 사라가 재촉하자 현재가 천천히 건반 위에 손을 올렸
다. 심장이 쿵쾅거렸다.

얼마 전부터 다시 연습을 하기 시작했다. 'G선상의 아리아'를
합주하기로 했던 약속 때문이었다. 그러나 여전히 피아노가 낯설
고, 몰려들기 시작한 사람들도 신경 쓰였다.

그는 지금까지 들린 사라의 연주를 바탕으로 조심스럽게 반주를
시작했다. 그러자 한희가 신나 어쩔 줄 몰라 했다.

"우와! 우와아!"

사람들이 재잘거리며 걸어가던 덕수궁 돌담길에 풍성한 음악이
퍼졌다. 음악이 걸어가던 사람들의 걸음을 붙잡았다. 사라의 바이
올린과, 현재의 피아노가 심장 떨리는 음악을 만들어 냈다. 현재는

아무렇게나 건반을 눌렀다. 그가 가지고 있던 답답함을 챙길 여유도 없이 사라의 바이올린을 따라갔다. 살면서 이렇게 자유로운 적이 있었나. 엉망진창인 자신의 모습에 웃음이 나왔다.

어설픈 두 사람의 주제가 끝나자 사라가 천천히 다른 곡을 연주하기 시작했다. 그녀가 자기가 들고 온 가방을 턱짓하기에 열어 보니 악보가 들어 있었다. 아까 포르테를 데리러 갔을 때 악보 몇 개만 빌려 가도 되냐고 물어봐서 그러라고 했더니 가져온 모양이었다.

사라가 연주하고 있는 것은 비발디 바이올린 협주곡 사계 중 '봄' 1악장인데, 악보는 베토벤의 '봄'이다. 처음 두 사람이 만났을 때 병원에서 사라가 연주했던 그 곡. 세상에 뭐 이런 억지가 다 있나. 현재가 악보를 보며 웃더니 악보에 있는 그대로 반주를 시작했다. 사라가 놀라는 시늉을 한다. 덕분에 사람들이 한바탕 웃었다. 곧 그녀도 웃으며 현재를 따라 베토벤의 봄을 연주하기 시작했다.

봄이 지나 여름이 왔지만, 그들의 음악은 봄 그 자체였다. 한희는 마치 세상의 모든 기적이 이곳에 있기라도 한 것처럼 행복한 표정을 지으며 포르테를 끌어안았다. 포르테의 꼬리가 박자에 맞춰 살랑거렸다.

현재는 음악에 집중하고 있었고, 사라의 바이올린은 밤공기와, 여름의 매혹적임에 뒤섞여 아름다움을 뽐내고 있었다. 그녀의 바이올린을 돋보이게 해 주고 싶다고 생각했다. 현재가 피아노에 몰입했다. 완벽한 봄을 만들어 내기 위해.

두 번째 곡인 '봄'이 끝났을 때 현재는 너무 집중해 땀까지 흘리고 있었다. 박수 소리가 요란해서 그제야 등 뒤에 관객들이 모여 있는 것을 알았다.

"아, 좋다……. 설레."

관객들이 감탄하는 것이 들렸다. 현재가 돌아보았다. 사람들의 행복해하는 표정, 음악을 사랑하는 마음이 현재에게 고스란히 전해졌다. 음악이 있고, 사람들이 웃고, 사랑하는 사람이 웃고 있으니 이보다 좋을 수가 없었다.

그는 사라를 보았다. 그녀가 갓 태어난 아이가 처음 웃을 때처럼, 원초적이고, 행복하게 웃었다.

"뭐 할래요? 네? 다음엔 뭐 하고 싶어요?"

저렇게 신날 수 있을까. 어린아이 같네. 현재가 웃으며 말했다.

"저번에 G선상의 아리아 하자고 했지? 연습해 뒀는데."

"아. 내 남자 친구 참 눈치 없다. 이렇게 신나는 분위기에서 G선상의 아리아?"

사라가 장난을 치며 웃더니 금방 활을 바로 잡는다. 그리고 'G선상의 아리아'를 연주하기 시작했다. 사라는 이미 이 선율에 몰두해 있었다. 조금 전까지 장난스럽던 그녀가 입을 꾹 다물고 아름다운 음악을 연주했다. 한희가 발끝을 까딱거리며 두 사람의 연주를 감상했다.

눈으로 보이는 세상이 전부는 아니니까. 가끔 세상이 우리의 값어치를 알아보지 못해도, 우리 서로는 알아주도록 하자. 네가 나의 소중한 사람이고, 내가 너의 소중한 사람임을 알아주기를.

사라는 그렇게 바라고 있었다.

모든 레퍼토리가 끝나고, 박수가 쏟아졌다. 사라가 프로답게 인사를 하고, 현재도 끌고 와 인사를 시켰다. 어색한 그의 인사에 또 한 번 웃음이 터졌다.

공연이 끝나고 사라가 한희에게 달려가서 물었다.

"어때, 한희야?"

그러자 열두 살의 소녀가 소리쳤다.

"어엄청 예뻐!"

"예뻐?"

"응. 예뻐. 너무 예뻐……."

두 눈에 담겼다. 음악이, 그 음악이 웃게 만든 사람들이, 열정적인 연주자들이, 선율이. 모든 것이 보였다. 아이의 맑은 두 눈에 담겼다.

한희는 너무 신나게 뛰어다녀 지쳤는지 뒷좌석에서 포르테의 품에 웅크려 잠들었다. 병원으로 향하는 차 안에서, 사라가 물었다.

"어땠어요?"

"으음."

잠깐 생각하던 현재가 입을 열었다.

"내가 이렇게, 흥분할 줄 아는 놈이었나 싶네."

"재밌죠? 그렇죠?"

"응."

현재가 어깨가 들썩이도록 크게 숨을 들이쉬고서 큰 소리로 말했다.

"아. 후련하다."

"또 해요. 툭하면 해요. 저는 항상 바이올린을 들고 다닐 테니까, 피아노가 있는 곳이 있으면 합주를 해요. 어때요?"

"그래, 그러자."

현재가 미소를 지으며 대답했다.

병원에 도착해 현재가 잠이 덜 깬 한희를 안아 들고 병실로 향했다. 사라는 현재에게 즐거운 표정으로 말했다.

"육아에 능하시네요."

"준비된 아빠지?"

"뭐어. 그럭저럭."

"나중에 애 낳으면 내가 잘 돌봐 줄게."

그가 말했다. 그다지 장난 같지 않은 목소리였다. 사라가 살짝 당황해 눈을 깜빡였다.

그녀가 아무 말도 없는 사이 병실에 다다랐다. 한희를 침대에 눕혀 준 현재가 이불 밖으로 눈만 내놓은 아이에게 말했다.

"아저씨 갈게. 잘 자, 한희야?"

"넵. 안녕히 주무세요. 형부."

한희가 꾸벅 고개 숙여 인사하더니 배시시 웃었다. 그러자 사라가 얼굴이 새빨개졌다.

"하, 한희야! 누가 형부야!"

"언니 한희 졸려어. 잔소리하지 마."

"이, 이 꼬맹이가……."

한희는 하품을 하더니 웅크려 잠들어 버렸다.

"케이크 사 먹인 보람이 있네. 벌써 형부로 인정해 주고."

병원을 나오며 현재가 말했다. 사라가 그를 흘기더니 부끄러워서 괜히 옆구리를 쿡쿡 찔렀다. 하여튼 강한희, 양현재 이 콤비는 왜 이렇게 서로 잘 맞는지 모르겠다.

현재는 상쾌한 표정으로 즐겁게 걸어가는 사라에게 말했다.

"오늘은 오케스트라도 하고, 솔로도 했네."

그의 말에 두 걸음 정도 앞장서 걷던 사라가 멈춰 서서 그를 돌아보았다. 현재가 물었다.

"어느 게 더 좋았어?"

"음, 둘 다 좋아요."

혹시 유학을 가게 되면 그때 가서 또다시 진로를 정하게 될 것이다. 사라가 즐거운 얼굴로 대답했다.

"솔로일 때는 내가 나서서 좋고. 오케스트라에 있을 땐 내가 사라져 버릴 때가 제일 좋아요."

"음."

"내가 완전히 사라져 버려서. 그냥 오케스트라 전체가 연주하는 음악에 딱 녹아 버리는 날이 제일…… 음, 뭐라고 해야 하나."

"자존감이 높아져?"

"아, 진짜 내 남자 친구다. 딱 그건데."

사라가 까르륵 해맑게 웃고는 다시 돌아서서 콧노래를 부르며 걸어갔다. 현재는 그런 사라의 뒷모습을 가만히 바라보았다. 앞서 가던 사라가 걸음을 멈추더니 휙 돌아서서 현재를 보았다.

"있죠. 어느 쪽이든 위로가 되었으면 좋겠어요."

"위로?"

"사람마다 다 음악을 연주하는 목적이 다르잖아요? 나는 내가 연주하는 음악이, 즐겁고, 아주 조금이라도 위로가 되었으면 좋겠어요. 나 스스로에겐 이미 그렇거든요."

그렇게 말하고 어깨를 으쓱이는 사라의 얼굴에, 눈이 부실 정도로 반짝이는 미소가 가득했다. 현재는 그녀가 자신의 손이 닿을 수 없는 곳으로 가게 된다면 도저히, 숨을 쉴 수 없을 것 같았다. 그러니까, 그녀가 가는 곳이라면 어디든, 한국이든 해외든 지구 밖이

든 전부 함께해 주고 싶다는 생각을 했다.

오디션 결과는 예상보다 빨리 나왔다. 결과는 합격이었다. 채 두 주일도 되지 않아 사라의 앞으로 입학 허가서가 날아왔다. 기쁨과 동시에 현재와 얼마간 헤어져 있어야 한다는 현실이 그녀를 고통스럽게 했다.

가지 말아야 하나, 가야 하나. 그녀는 셀 수 없이 고민했다. 그러나 그녀의 마음속에 결론은 이미 나와 있었다.

정규 외의 오디션이다 보니 일정이 빡빡했다. 9월에 시작하는 학기를 다니기 위해는 최소한의 적응이 필요했기 때문에, 사라는 마음의 준비를 할 시간도 없이 미국으로 떠나야 했다.

남은 날들 동안 1초라도 더 현재를 보고 싶어서, 그와 하루 종일 함께 있고, 사랑을 나누었으나 그것은 오히려 떠나는 걸음을 무겁게 할 뿐이었다.

유학을 가는 바로 당일까지 현재는 별로 말이 없었다. 기다려 주겠다든지, 가지 말라든지. 사라가 바라는 말들은 한 마디도 해주지 않았다. 그저 여느 때와 다름없이 사라에게 최선을 다하고, 그녀를 사랑해 주었을 뿐이었다.

눈물이 나올 것 같아서, 부모님과 한희에게는 강원도 본가에서 미리 인사를 하고, 절대로 공항에 따라오지 말라고 고집을 부렸다. 오케스트라의 단원들과 친구들에게는 미리 인사를 했다. 지호는 너무 서러워서 밤새도록 사라에게 달라붙어 있더니 혼자는 정말 안 되겠는지 본가로 들어갔다.

그렇게 모든 준비를 마치고, 사라는 공항에 도착했다. 그녀가 공항까지 데려다준 현재에게 투덜거렸다.

　"아니 누가 우주로 나가는 것도 아니고. 우리 부모님 너무하지 않아요?"

　사라의 가방에는 그녀의 부모님이 차곡차곡 챙겨 준 간식이며, 옷들이 들어 있었다. 정말 다시는 못 볼 사람 보내는 것처럼 온갖 것을 다 챙겨 놓았다. 아마 지난 7년간 한희를 돌보느라 관심을 주지 못했던 사라에 대한 미안함과, 벌써부터 시작된 그리움이 공존했을 것이다. 현재가 대답 없이 미소 지었다.

　오늘 하루가 시작되고, 현재는 거의 말을 하지 않았다. 사라의 손을 잡지도 않았다. 그저 공항까지 데려다주고 그녀의 짐을 옮겨 주었을 뿐이다.

　비행기 시간은 다가오는데 현재는 말이 없고. 답답해진 사라가 결국 그를 붙잡고 물었다.

　"말 안 해요?"

　"응?"

　"기다리겠다든지, 가지 말라든지, 뭐라도 말해 줘야 할 것 아니에요!"

　"그런가."

　그 말에 현재가 웃었다. 어떻게 웃음이 나오지? 사라는 자신만 이렇게 안달을 하는 게 불안했다. 혹시 자신에게만 계속이고, 그에겐 이미 끝인 걸까 봐. 그런 사라의 속을 모르는 것처럼 현재가 담담히 말을 이었다.

　"걱정하지 마. 자주 보러 갈게. 넌 그저 열심히 배우고, 열심히 음악을 하면 되는 거야. 나는 신경 쓰지 마. 내 선택은 전부 널 위한 것들일 테니까."

"바보 같아……."

도대체 이게 뭐야.

사라가 말했다.

"나 안 갈래요."

"응?"

"안 가요. 내가 안 가면 다른 애한테 넘어가든지 하겠죠. 그러니까 나 안 가요. 여기 있을래요. 못 가겠어요……."

못 가게 잡아 달라는 듯이 사라가 울먹이자 현재가 슬쩍, 미소를 지으며 물었다.

"나랑 같이 가도 싫어?"

"……네?"

서러워서 눈물이 뚝뚝 흐르던 사라의 눈에 이번에는 난감함이 어렸다. 현재가 말을 이었다.

"얼른 가자. 네 옆자리야."

"무, 무슨 소리예요, 그게?"

"너 데려다줘야지."

사라는 도무지 이해가 가지 않아서 눈동자만 이리저리 굴렸다. 그녀가 갈피를 못 잡는 사이 현재가 사라의 손을 잡아끌었다.

며칠 전, 현재는 다급하게 할아버지 원녕을 찾아갔다. 도무지 사라를 혼자 보낼 수가 없다고 생각했을 때, 예전에 원녕이 뉴욕으로 유학을 겸해 사업차 다녀오라고 했던 기억이 났기 때문이었다.

현재가 나타나자 원녕은 올 것이 왔다고 생각했는지 웃음을 참기 위해 입꼬리를 실룩거렸다. 표현은 안 했지만 현재는 자신을 원망하고 있었다. 그도 그럴 것이 현재가 피아니스트가 되길 원한다는 걸 알면서도 회사의 미래를 위해 그의 진로를 멋대로 바꿔 버렸던 것이다. 손자와의 관계를 소원하게 했다고 아내 희숙에게 얼마나 구박을 들었는지.

손자가 모처럼 제 발로 나타나니, 희숙은 신이 나서 간식을 만들기 시작했다. 현재는 자신 때문에 수선을 떨기 시작한 할머니가 불안해 곧바로 주방으로 향했다.

"할머니, 저 오래 안 있어요."

"오래 있으면 되지."

현재의 고집불통인 성격은 할머니를 닮았다고, 아버지가 늘 말씀하셨다. 그녀는 딱 봐도 오래 걸릴 것 같은 요리를 시작했다.

현재는 그사이 할아버지와 대화를 나눴다. 현재에게 차를 따라주며 원녕이 물었다.

"그래. 네놈이 웬일이냐?"

"지난번에 말씀하신 거요. 유학 다녀오라고."

"그래. 선일이 놈 보내라며."

"그거, 제가 다녀와도 됩니까?"

"가라고 할 때는 안 가더니."

원녕이 괜히 한 번 튕기다가, 간만에 요리를 하다가 하도 실수를 해서 가사도우미에게 쫓겨난 희숙을 발견했다. 희숙이 검지와 중지로 제 눈을 가리켰다가 원녕을 가리킨다. 지켜보고 있다는 그녀의 수신호에 원녕이 움찔하는데 다행히 현재가 말을 건넸다.

"그때는 고집부려 죄송했습니다."

현재가 이렇게까지 숙이고 들어오니 원녕도 더 배짱부릴 기회가 없었다. 게다가 뒤에서 지켜보고 있는 희숙도 무서웠다.

원녕이 여유로운 척 애쓰며 물었다.

"이것만 정확히 해라. 그냥 가라는 거 아니야. 네 녀석이 경영 쪽을 잘 모르니까 공부하고 오라고 보내는 거지."

"경영은 할아버지도 잘 모르셨잖아요. 수출은 아버지가 다 하셨지."

"……인마. 그러니까 너는 둘 다 잘해라, 이거 아니냐."

원녕이 헛기침을 두어 번 했다.

"아무튼 빨리 나가, 인마."

"간식 먹고 갈 겁니다."

"이 자식도 딱 보니까 내 피가 있네. 선일이 놈만 까불거리는 줄 알았더니 너도 점점 까불거려?"

현재가 슬쩍 웃었다. 그는 자리에서 일어나 주방으로 가 간식을 받아 왔다.

간식을 먹은 뒤, 현재는 조부모와 함께 정원으로 나갔다. 원녕이 말했다.

"요즘에 맞춤 자전거를 만들었다며?"

"아. 예, 제 왼쪽 다리를 최대한 안 움직이고 탈 수 있는 맞춤 자전거를 만들었습니다. 수출도 본격적으로 생각하고 있고요."

"흠. 그래, 뭐든지 시도해 보는 건 좋지."

원녕은 손자가 일을 잘하고 있나 궁금했지만 희숙은 그런 것엔 관심이 없었다. 원녕이 더 물음을 잇기 전에 희숙이 끼어들었다. 모처럼 온 현재에게 궁금했던 것들이 쏟아졌다.

"그래서, 사라 양은? 유학 간다고?"

"예."

"그래서 따라가고 싶어서 그러는 거니?"

"예."

"하는 짓이 너희 할아버지랑 똑같네. 저 양반도 연애할 때 내가 서울로 직장 잡아서 올라가니까, 자기도 회사 때려치우고 서울로 따라왔었지."

희숙이 추억에 잠겨 있자 원녕이 얼굴이 벌게져서 큰소리쳤다.

"따라간 게 아니라 나도 사업에 큰 뜻이 있었던 거지. 큰 그림. 응?"

"그래요? 난 또 나 따라온 줄 알고 살아 줬더니."

희숙이 투정하자 원녕이 능청스레 말했다.

"내 큰 그림에 당신이 있었잖소."

그 말에 희숙이 싫은 척 흘기다가 못 참고 웃는다. 현재가 자신도 사라에게 이 말을 해 줘야지 생각하는데, 원녕이 말했다.

"사라 양이 말이야. 네놈이 악보 같다더라."

"예?"

"그래. 자세히 보게 되고, 외우게 된다고."

그 말에 현재의 얼굴이 순식간에 확 붉어졌다. 그가 멋쩍어하며 뒤통수를 문질렀다. 생전 손자가 저렇게 부끄러워하는 걸 본 적 없는 원녕이 너털웃음을 터트렸다.

"재미있게 지내라."

그러자 옆에서 희숙이 잔소리했다.

"사라 양 공부하는데 너무 많이 찾아가서 방해하지 말고. 현재 너는 네 공부, 사라 양은 사라 양의 공부."

"예, 알겠습니다."

현재가 대답하더니 잠깐 입을 다물었다. 곧 그가 살짝 굳은 얼굴로 원녕에게 물었다.

"사라, 보스턴으로 보내신 거 혹시 할아버지십니까?"

그러자 원녕이 어깨를 으쓱였다.

"난 그냥 그 양반에게 내가 돈은 낼 테니 온 김에 오디션을 보라고 권유한 것밖에 없다. 그냥 걸어 본 거야."

"……."

"사라 양이 스스로 쟁취한 거야. 네놈에겐 아깝지."

늘 자신을 엔지니어라고 칭하는 원녕은 분명 훌륭한 엔지니어이기도 했지만, 정치력이 좋은 사업가이기도 했다. 유학을 거부했던 현재가 제 발로 보내 달라고 간청하게 만든 것은 분명, 원녕의 계략이었다.

현재는 원녕이 언제부터 사라를 눈여겨봤을까, 궁금했지만 왠지 오싹한 기분이 들어 자세히 묻지 않기로 했다.

아무튼 그래서, 현재가 뉴욕에서 공부를 하기로 했다는 자초지종을 들은 사라가 울컥해서 현재의 팔을 마구 때렸다.

"그걸 왜 이제 말해요!"

어쩐지 항공권은 꼭 자기가 예매해야겠다고 우겨서 그러라고 했더니, 두 자리를 예매하기 위해서였나 보다. 한참 혼나던 현재가 해명했다.

"아니, 확정이 아니라서 실망할까 봐…… 3일 전에 확실해졌어. 그래서 놀라게 해 주려고. 짜잔."

현재가 어울리지 않게 효과음까지 넣으며 장난을 치자 사라가 눈물이 그렁그렁해서 화를 냈다.

"무슨 그렇게 심한 장난을 쳐요! 내가 얼마나 고민하고 울었는데!"

현재의 할아버지가 현재에게 회사 경영을 위해 유학을 다녀오라고 했다는 이야기를 들었다. 말이 유학이지, 뉴욕과 연계되어 있는 회사를 경영하기 위해 한동안 현지 상황을 보고 오라는 것이었다.

최근까지도 현재는 말은 이렇게 해도, 결국 할아버지의 뒤를 이을 사람은 형인 선일이라고 생각했다. 그래서 자신이 정말 뉴욕에 가게 될 거라고는 생각하지 못했는데.

사라가 보스턴으로 가는 것이 확정된 후에 다급하게 알아보니, 현재만 마음먹으면 언제든 뉴욕으로 보낼 준비가 다 되어 있는 것이 아닌가. 현재는 그 사실을 알자마자 바로 절차를 밟아 사라와 함께 출국했다. 현재가 억울한 표정으로 말했다.

"나도 얼마 전에 알았다니까……."

현재가 웃으며 이제야 진이 빠져 덜 때리는 사라를 꼭 끌어안았다.

"나는 마지막까지도 형이 후계자가 될 거라고 생각했거든. 그럼 난 이제 뭘 하나, 피아노도 그만뒀는데. 고민했었어. 그래서 레코드 가게도 해 보고."

"으응……."

"그런데 그렇게 생각하는 건 나뿐이더라. 모든 사람들이 내가 후계자가 되는 거라고 알고 있더라고."

현재의 말에 사라가 드디어 조금 웃었다. 그녀가 살며시 그의 팔에 머리를 기댔다가, 그의 팔을 꼭 끌어안고 웃었다.

"생각해 보니까, 너무 행복하다."

그녀의 행복한 목소리에 현재도 기분이 좋아져 슬쩍 웃었다. 두 손으로 그의 팔을 꼭 쥔 사라가 고개를 들어 말했다.

"현재 씨도 행복한 거 맞죠?"

"응."

"근데 되게 반응이 퍽도 행복해 보이시네요? 되게 무표정이고?"

현재 입장으로는 행복해서 심장이 쿵쾅거리고 있지만, 사라가 보기엔 호들갑을 안 떠니 별로 행복해 보이지 않는 모양이었다.

현재가 더욱 입꼬리를 올려 웃어 보였지만 사라는 만족하지 못한 표정이었다. 그녀가 현재의 팔에서 두 손을 떼더니 물었다.

"행복한 거 맞죠?"

"응."

"장시간 비행하면 다리에 무리가 가지 않을까요?"

사라가 걱정스럽게 물었다. 그러자 현재가 스르륵 고개를 숙이고 그녀의 어깨에 얼굴을 묻었다. 그 상태로 현재가 중얼거렸다.

"안 아파. 괜찮아. 그리고 이상하게 너랑 만나면서, 점점 덜 아파."

"……정말?"

"응. 그리고 말이야. 내가 어느 날 큰 실수를 할 수도 있잖아. 그때 내가 다리가 아프다고 불쌍한 척하면 네가 떠나지 못할 것 같아. 그런 생각을 하니까 좀 장점 같기도 하고."

듣는 사람은 마음 아픈 걸, 자긴 농담이라고 한다. 사라가 웃지 않아 오늘도 역시 제 농담이 실패했단 걸 눈치챈 현재가 조금 진지해져서 말을 이었다.

"그런데 나는 너를 사랑하니까. 네 행복을 위해서 나를 떠나야 한다면, 그것도 괜찮아. 너의 행복이 나의 행복보다 중요해. 그러니까, 내가 너를 힘들게 하면, 언제든지 말해."

그의 다정한 말에 사라의 어깨가 조금 떨렸다. 그녀가 크게 숨을 들이쉬고 애써 경쾌하게 말했다.

"말했잖아요. 난 평생, 당신이 나를 필요로 하면 그곳으로 갈 거라고."

"……."

"지금도. 백 년 후에도. 당신이 원하면 당신 곁으로 갈 거예요. 나는 당신을 사랑하니까."

생각해 보면, 그녀 덕에 점점 다리가 덜 아픈 것처럼 느껴지는 것도 무리는 아니었다. 그녀와 함께 있을 때는 무중력 상태에 있는 것처럼 둥둥 떠다니는 기분이니까.

이 몸의 무게가 느껴지지 않으니, 다리도 아프지 않은 게 당연하지.

현재는 그런 비논리적인 생각을 했다.

ꎋꎋ

보스턴에서 첫해를 보냈다. 처음에는 회화가 약해 입이 떨어지지 않았는데, 그래도 문법이나 단어를 탄탄히 공부해 놓았던 터라 이젠 제법 자연스러워졌다.

눈이 많이 왔다. 처음에는 좋았지만, 이제는 눈의 'ㄴ' 자도 보기 싫어졌다. 영원히 겨울이 끝나지 않는 게 아닌가 싶을 정도로 눈이 많이 왔다. 지겨운 겨울을 보내고 나니 빨리 한국으로 돌아가고 싶은 마음이 더욱 커졌다.

그래도 다행인 것은 현재가 가까이에 있다는 것이었다. 주말이면 그가 뉴욕에서 보스턴으로 왔다. 같이 있는 시간은 달콤했다. 그리 먼 거리는 아니지만, 그래도 매일 볼 수는 없으니 부족했다. 그래서 가끔은, 정작 현재는 이렇게 자신을 그리워하고 있지 않을까 봐, 사라는 종종 불안해졌다.

연습량은 이전보다도 늘었고, 앞으로의 진로도 고민이었다. 오케스트라 오디션에 대한 것도 걱정이고 아무튼 모든 게 고민이었다.

현재에게 투정이라도 부리고 싶어서 전화를 걸자 몇 번 울리지 않아 그의 목소리가 들렸다.

— 응. 사라야.

현재의 목소리가 들리자마자 사라가 배시시 웃었다. 목소리만 들어도 웃음이 나오다니 나는 도대체 이 남자가 얼마나 좋은 걸까. 사라가 그렇게 생각하며 입을 열었다.

"아, 보고 싶다."

— 으응.

그의 대답에 사라가 멈칫했다. 떨어져 있으니까, 보고 싶다는 말에 나도 보고 싶다, 이렇게 대답해 주지 않기만 해도 약간의 불안감이 느껴졌다.

사라가 오히려 더 밝게 웃으며 말했다.

"지금 뭐 해요?"

— 쉬고 있어.

평소에도 무뚝뚝한 편이긴 했지만 오늘따라 너무 단답형이었다. 나랑 전화하기 싫은가, 싶어서 사라가 투정했다.

"나 보고 싶죠? 응?"

— 보고 싶지.

"사랑해요."

— 나도 사랑해.

"……졸려요?"

— 응. 조금.

그 통화를 끝으로 살짝 토라진 사라는 다시 그에게 전화를 하지 않았다.

문제는 그 남자도 며칠째 전화를 하지 않는다는 것이었다. 너무나 불안해진 사라가 어제 전화를 해 봤는데 통화 중이었다.

사라의 기분은 바닥으로 내리꽂혔다. 그녀의 컨디션이 너무 좋지 않아서, 같은 바이올린 분과 남자 동기인 잭슨이 같이 바닷가로 놀러 나와 주었다. 잭슨이 물었다.

「사라. 요즘 너무 기운 없는 거 아냐?」

그가 상냥히 달래 주자 사라가 칭얼거리기 시작했다.

「싸운 후에 전화가 없다고.」

「그런데?」

「그런 적이 없단 말이야! 마음이 식은 건가? 나 어떻게 해야 돼? 응? 남자로서 대답해 봐!」

「며칠이나 전화 안 됐는데?」

「사흘.」

「……그 정도면 괜찮지 않아?」

잭슨이 대꾸했지만 사라는 무시한 채 말을 이었다.

「게다가 내가 전화를 안 하면 자기가 좀 해야 되는 거 아니야? 왜 자기도 안 하는데…….」

입술이 댓발은 나온 상태로 투정하던 사라가 말했다.

「내가 뉴욕으로 가 볼래.」

「응? 지금?」

「응. 지금. 갈래. 이렇게 불안하게 있으니 얼굴 보고 돌아와서 연습할래.」

뉴욕까지 먼 거리는 아니었지만 그렇다고 가깝지도 않았다. 늘 지나치다는 생각이 들 정도로 연습하는 사라란 걸 알기에 현재는 매번 그녀를 찾아왔다.

현재가 사는 빌딩에 도착해 벨을 누르자 문이 열렸다. 엘리베이터에서 내려 보니 놀란 현재가 집 밖으로 나와 있었다.

"무슨 일이야, 사라야."

그렇게 묻는 현재의 얼굴이 창백했다. 사라가 놀라서 그의 이마에 손을 올려 보았다.

"여, 열나잖아요!"

"아니, 그것보다. 왜 여기에 있어?"

"왜냐니…… 화나서 왔죠!"

"화나서 와? 화나면 오히려 안 보는 거 아냐?"

"얼굴 보고 싸우려고 왔죠."

"……아. 싸우면 나 안 볼 줄 알았는데."

현재가 혼자 중얼거리더니 사라의 어깨에 얼굴을 묻었다.

"미안. 아파서."

"엄청 뜨거워, 어떡해……."

"괜찮아. 안 그래도 거의 다 나서 너 보러 가려고 했어. 얼굴 보고 미안하다고 빌려고."

"아픈데 왜 말을 안 해요! 난 다 말하는데!"

"난 원래 몸이 좀 안 좋으니까, 아프다고 하면 남들이 걱정을 지나치게 한단 말이야."

"진짜 열받아."

"미안, 미안."

사라는 혼자서 앓았을 그가 가여운지, 환자보다 더 울상이 되어 말했다.

"나 자고 갈래요."

"내일 학교는?"

"당신이 이렇게 아픈데 혼자 두고 어떻게 학교를 가요?"

사라가 핀잔하더니 현재의 팔을 잡아당겼다. 그녀의 잔소리 한 마디, 한 마디가 좋아서 현재는 자꾸 웃음이 나왔다. 그러나 혼나는 중에 웃으면 더 혼날까 봐 애써 진지한 표정을 지었다.

그녀가 순순히 따라오는 현재를 소파에 밀쳐 앉히고 말했다.

"포르테라도 있으면 돌봐 줄 텐데."

"그러니까, 내가 포르테를 돌봐 주는 거라니까."

현재가 미소를 지으며 대답했다. 현재는 1년 반 정도 뉴욕에 머무를 예정이었다. 그래서 포르테의 건강을 생각해 당분간 선일이 포르테를 돌보기로 했다. 그런데 그 선택이 잘못된 건지, 포르테는 매일 우울해하고 시름시름 앓았다. 가끔 영상통화라도 하고 나면 포르테가 꺼진 화면도 한참을 보고 있다고 선일이 말했다.

다행히 현재는 한국을 오갈 일이 많았다. 포르테는 그의 발걸음만 들려도 미친 듯이 달려 나오곤 했다.

사라가 현재의 곁에 앉아 그의 뺨을 두 손으로 감싸고 울 것 같은 목소리로 중얼거렸다.

"마른 것 봐, 속상해······."

그런 그녀를 물끄러미 바라보던 현재가 몸을 숙이더니 사라에게 입을 맞췄다. 그의 몸에서 느껴지는 열 때문인지, 입맞춤 때문인지 사라가 조금 놀란다. 현재는 한 팔로 사라의 허리를 끌어안고 키스를 하다간 천천히 떨어졌다.

그의 갑작스러운 행동에 놀란 사라는 자기도 모르게 현재의 옷깃을 두 손으로 꾹 쥐고 있었다. 그가 이젠 그녀의 이마며 뺨, 턱, 목, 여기저기에 입을 맞췄다. 뜨거운 그의 입술이 닿자 사라가 움찔거리며 신음했다.

"뭐 하는…… 거예요?"

"보고 싶었어."

그가 다시 사라를 두 팔로 끌어안고 중얼거렸다.

"보고 싶어서 미치는 줄 알았어, 사라야."

"……."

"다음부턴 그냥 아프다고 할게. 불안하고 보고 싶어서 죽을 것 같아."

그의 목소리는 나지막한데 내용은 전부 투정이다. 현재도 자신만큼이나, 혹은 그 이상으로 불안해했다는 걸 알게 되자 사라는 남자 친구가 가여운 와중에도 웃음이 나왔다.

그녀가 현재를 살짝 떼어 내고 빤히 바라보며 말했다.

"알았어요. 특별히 더 걱정하진 않을 테니까, 아프면 아프다고 해요. 속 썩이지 말고."

"응."

"자, 이제 잔소리 다 했으니까 더 키스해도 돼요."

사라가 말하며 두 팔을 벌렸다. 그러자 현재가 어깨를 들썩이며 웃었다. 그가 사라에게 다시 한참 입을 맞추고 말했다.

"너 오니까 하나도 안 아프다. 진작 보고 싶다고 조를걸."

"거봐요, 맨날 당신이 오니까 내가 못 간 거지. 나도 올 수 있단 말이에요."

"연습만으로도 지치는데 여길 어떻게 와."

현재가 걱정스럽게 말하자 사라가 그를 흘기며 말했다.

"누가 걱정을 안 시켜야 말이죠."

"……잘못했어."

현재가 순순히 사과했다.

사라가 곁에 있으니 현재는 언제 아팠냐는 듯이 몸에 힘이 들어갔다. 혹시 사라가 멀리 있어서 아팠나, 싶을 정도였다. 갑자기 식욕이 돌아온 현재가 피자를 먹자고 해서 사라는 걱정하면서도 그러자고 했다. 거실 소파에 앉아 피자를 먹으며 현재가 말했다.

"아. 맞다. 그보다 요즘 우리 형 진짜 알코올중독자처럼 술을 마셔. 그 세경 선배랑."

"네에? 매일?"

세경이 몇 번 선일과 술을 마신다고 하는 걸 듣긴 했는데 그게 매일 진행되고 있을 줄이야. 현재가 태연하게 대꾸했다.

"응. 거의 매일."

"장미 선배가 뭐라고 안 해요?"

"얘기 안 했나? 둘이 헤어졌어."

"헤, 헤어졌다고요? 헤어지고 둘이 맨날 술 마셔요? 그럼 두 사람 사귀는 거 아니에요?"

"그건 아냐. 맨날 형한테 또라이라고 한대."

현재가 고개를 절레절레 저었다. 그가 심각한 표정으로 말했다.

"물론 우리 형이 좀 행동이 괴팍하지만 그렇다고 또라이라니 너무하지. 그럴 거면 같이 술을 마시지 말든지."

368

"역시. 눈치가 없네요."

"왜?"

"썸 타는 거잖아요. 딱 보면 몰라요?"

"아니 욕한다니까……."

현재가 고개를 기우뚱한다. 이 귀여운 남자. 사라는 그 눈치 없음이 귀여워서 이런 게 진짜 콩깍지구나 하고 깨달았다. 불안하던 마음이 눈 녹듯이 녹아내린다.

그날, 두 사람은 실컷 먹고, 놀며 푹 쉬고 잠이 들었다.

다음 날 아침 먼저 일어난 것은 사라였다. 보통은 현재가 먼저 일어났다. 보스턴에 잠깐잠깐 올 때에도 그 긴 이동 시간이 피곤하지도 않은지, 사라보다 먼저 일어나 그녀에게 커피를 건네주고 이마에 쪽 키스를 했다. 그렇지만 이번에는 현재도 사라 때문에 꽤나 마음을 졸였으니, 그간 못 잔 잠을 몰아 자는 것도 이상한 일은 아니었다.

사라가 아직 잠들어 있는 현재의 이마에 손을 올렸다.

"아, 열 내렸다."

열이 내렸음에도 사라는 여전히 걱정스러움이 가득한 표정으로 그의 머리칼을 어루만졌다. 왜 안 일어날까 걱정하는데 현재가 천천히 눈을 떴다. 그는 자신이 늦잠을 잤다는 사실을 알고 표정을 찌푸렸다. 사라가 소리 내어 웃더니 이번엔 자기가 현재의 이마에 쪽 입을 맞췄다. 그녀가 놀리듯이 현재의 뺨을 손가락으로 톡톡 건드리며 말했다.

"기억나요? 나 처음에 현재 씨 방에서 잘 때도 내가 먼저 일어났는데."

"기억나."

이상하게, 사라가 곁에 있으면 현재는 잠을 잘 잤다. 아파서 깬 적이 없었다. 어제 아침엔 너무 몸이 안 좋더니, 오늘은 또 지나칠 정도로 개운했다.

"그날도 모닝키스 해 줬는데."

"오늘은 입술에도 해 줘."

현재가 어울리지 않게 조르는 투로 말한다. 먼저 일어나는 것도 좋았다. 자다 깬 이 남자는 꽤나 귀여우니까. 사라가 몸을 숙여 입술에 키스를 해 주었다. 입술을 살짝 떼고 웃으며 물었다.

"됐죠?"

"……결혼하자."

너무 황당해 대답이 없던 사라가 그의 말을 곱씹더니 눈이 휘둥 그레졌다. 현재가 담담하게 말을 이었다.

"지금까지 이렇게 멀리 떨어져서 어떻게 참았는지 모르겠어. 네가 보고 싶은데, 참고 있는 게 정말 힘들다. 태어나서 이렇게 괴로운 건 처음이야."

"……."

"당신 없으면 죽을 것 같아. 진짜로."

사라가 여전히 눈을 동그랗게 뜨고 아무 말도 못 하자 현재가 더더욱 표정을 찌푸리며 말했다.

"잘 이해가 안 돼?"

"조, 조금……."

"그럼 그냥 '네' 라고 대답해."

"네?"

"좋아. 하는 걸로 안다."

"자, 잠깐만요. 지금 이거 프러포즈예요?"

"응."

현재가 대답하더니 그녀를 끌어안고 다시 눕는다. 사라가 울상을 지으며 말했다.

"말도 안 돼. 자다 말고 프러포즈하는 게 어디 있어요."

"자다 깼는데 당신이 보이니까. 참을 수가 없어."

"으으 정말……."

사라가 마음에 안 드는지 현재의 코를 비틀어 꼬집고는 실컷 생색을 냈다.

"하여튼 이 아저씨는 운도 좋지. 이렇게 무드 없이 프러포즈해도 받아 주는 여자 친구가 있으니."

"해 줄 거야?"

"해 줄게요."

그녀의 대답에 현재의 찌푸려져 있던 표정이 확 풀어졌다. 그가 사라의 품에 얼굴을 묻으며 중얼거렸다

"날뛰면서 소리 지르고 싶다."

"해요."

"천성적으로 못 해."

중얼거리더니 그 품에 안겨서 그대로 다시 잠이 든다. 안도해서는 세상 모든 것을 가진 사람처럼 편안하게 잠든다. 사라는 그런 현재가 사랑스러워 한참이나 머리를 쓰다듬었다.

⚜

결혼을 약속하니 사라는 더 괴로웠다. 차라리 더 멀리 떨어져 있는 게 낫겠다는 생각이 들었다. 가까이에 있으니까 더 그리워 미

칠 것 같았다. 그도 그럴 것이라 생각해서, 사라는 웬만해서는 현재에게 보고 싶다는 말을 하지 않았다.

보고 싶다고 말하면 더 보고 싶어질까 봐 무서웠다. 보고 싶다는 말에 그가 달려올까 봐, 보고 싶다는 말에 내가 달려갈까 봐.

마지막 방학이 시작되자마자 사라가 서둘러 짐을 챙겼다. 그러자 잭슨이 물었다.

「왜 이렇게 들떴어?」

「내일 남자 친구 보러 갈 거니까 신나서!」

「아, 좋겠다. 방학은 뉴욕에서 보내다니. 도착하면 사진 보내줘.」

「응. 그럴게.」

사라가 웃으며 고개를 끄덕였다. 그녀가 얼른 집으로 향했다. 짐은 이미 다 챙겼지만, 뭘 입고 가면 좋을지 고민할 생각이었다. 공항에 내리자마자 제일 예쁜 모습으로 현재의 품에 안겨 들고 싶었으니까.

매일 가는 카페에 들어가니, 아침마다 만나는 아르바이트생이 물었다.

「오늘 왜 이렇게 기분이 좋아요?」

그러자 사라가 따뜻한 커피를 받아 들고 웃으며 말했다.

「내일 남자 친구 보러 갈 거거든요. 뉴욕에. 방학 내내 같이 있을 거예요.」

「아, 어쩐지. 표정이 너무 행복해 보이더라고요.」

오늘 이 대화만 한 다섯 번 한 것 같다. 그렇게 행복해 보이나? 사라는 좀 부끄러울 지경이었다.

하지만 발걸음만 해도 너무나 가벼웠다. 그녀의 걸음이 점점 더 빨라졌다. 플랫에 거의 다 왔을 때, 사라의 눈에 놀라운 광경이 들어왔다.

그녀의 플랫 앞에 장신의 남자가 서 있었다.

"현재 씨?"

그녀가 빠르게 걸었다. 그러자 현재가 사라를 보더니 싱긋 웃었다.

"왔어?"

"여기서…… 뭐 해요?"

"너 모시러 왔지. 방학이잖아."

"그건 그런데…… 내일 온다면서?"

사라가 놀라서 동그래진 눈으로 바라보자 현재가 말했다.

"놀라게 해 주려고."

"현재 씨는 왜 이렇게 자꾸 사람을 놀라게 해요?"

"……."

잠깐 멈칫하던 그가 입을 열었다.

"……난 평소에 재미가 없으니까 이럴 때라도 재미있으라고."

그의 울적한 목소리에 사라가 소리 내어 웃더니 두 팔로 그를 끌어안았다.

"불쌍한 우리 현재 씨."

그녀가 그렇게 달래 주곤 말했다.

"짐 다 챙겼어요. 금방 나올게요."

"그래?"

사라가 얼른 들어가서 이미 다 챙긴 캐리어를 끌고 나왔다. 현재가 한 손으로는 그녀의 캐리어를 대신 끌며 말했다.

"보고 싶었어."

사라가 웃으며 고개를 끄덕였다. 그러자 현재가 멈춰 서서 말했다.

"나 보고 싶었어?"

"당연하죠."

"그런데 왜 전화하면 보고 싶다는 말 안 해?"

현재가 앓고 난 이후, 보고 싶다고 말하는 것은 늘 그였다. 그러자 사라가 투정했다.

"보고 싶다고 하면 현재 씨가 올까 봐요."

"……아."

"당연히 보고 싶죠. 보고 싶어 죽겠어요. 그런데 내가 보고 싶다고 하면 현재 씨가 자꾸 나 보러 와 버리니까."

"……."

"오늘도! 내가 간다니까, 왜 여기까지 오고 그래요? 내일이면 볼 수 있는데."

그러자 현재가 투덜거렸다.

"당신은 혼자서 뭐 하는 거 싫어하잖아."

"……단체 생활 해 버릇해서 그래요."

"거봐. 잘 데리러 왔지?"

"누가 싫어서 그래요? 힘드니까 그렇지."

"난 조금이라도 빨리 당신 보면 좋은데."

그가 왜 구박하냐는 듯이 투덜거렸다. 그게 사라의 눈에 마냥 귀여워서 뉴욕이고 뭐고 그냥 제집으로 데려가 하루 종일 안겨서 키스를 해 달라고 조르고 싶었다.

얼마 뒤 도착한 뉴욕의 숙소는 고층의 호텔이었다. 사라가 숙소를 두리번거리자 현재가 말했다.

"우리 집 봤잖아. 너무 좁아서 방학 동안엔 여기 살려고."

"여기가 더 좁거든요, 양현재 씨?"

사라가 핀잔하자 현재가 무안해하며 지나가는 말처럼 중얼거렸다.

"나 있던 집에, 당신이 하루 있다 가니까 어딜 가도 당신 생각이 나서 못 견디겠더라. 방학 동안 있으면 정말로 못 견딜 것 같아서."

"하여튼 날 너무 좋아한다니까."

"당연하지."

"그런데. 내 방은요?"

전경도 좋고 무척 좋아 보이는데, 왠지 방 하나에 드레스룸 하나, 그 방 두 배 정도 되는 거실만 있다. 심지어 발코니도 사라가 지금 사는 집 크기인데 오로지 방만 하나. 현재가 시선을 피하며 말했다.

"……호텔이 너무 비싸서."

"이 호텔 가격이면 방 세 개짜리 숙소도 구할 것 같은데요?"

"아냐. 여기 생각보다 되게 저렴해. 세일하더라?"

"아, 세일요?"

사라가 그를 흘기며 비꼬듯이 말하자 현재가 빠르게 말을 돌렸다.

"배고픈데. 룸서비스 시킬까?"

"으음……."

하긴, 늘 같이 있을 수 있는 것도 아닌데 각방이라니. 그것도 결혼을 약속한 사이 아닌가. 사라가 생각하기에도 썩 마음에 드는 일은 아니었다. 그녀가 현재를 빤히 보더니 말했다.

"현재 씨 배 많이 고파요?"

"응. 배고파."

그녀가 욕실로 향하며 말했다.

"나랑 좀 침대에서 뒹굴다가 룸서비스 시키면 안 되나……."

그 말에 현재가 순순히 룸서비스를 포기했다.

실컷 침대에서 뒹굴고 나서 식사까지 마쳤다. 그러고 나서도 모자라 한 번 더 정사를 마쳤다. 샤워를 했던 몸이 엉망이 되어 다시 목욕을 했다. 사라가 현재보다 조금 더 오래 씻고 나와 보니 소파에 편지가 있었다.

사라가 편지를 집어 읽어 보았다. 침실에 놓인 옷을 입고 5층으로 내려오라고 적혀 있었다.

침실에 가 보니 커다란 리본이 달린 상자가 있었다. 사라는 상자를 열어 검은색의 허리 아래로 확 퍼지는 드레스를 꺼냈다. 눈부시게 반짝반짝하는 드레스가 아름다웠다.

"와……."

사라가 감탄하며 드레스를 입었다. 몸에 딱 맞았다. 머리에 장식할 핀도 들어 있어, 머리칼을 틀어 올렸다. 함께 들어 있던 진주 목걸이도 꺼내 목에 걸었다.

현관으로 걸어가 보니 검푸른색에 밤하늘 같은 느낌의 펄이 들어간 구두가 있었다. 사라가 웃으며 구두를 신고 5층으로 향했다. 엘리베이터에서 내리니 은은하게 조명이 있는 바였다.

사라가 까르륵 웃었다. 무대 한구석에 피아노가 있었다. 기다리던 현재가 사라의 손을 잡고 에스코트해 무대 가까운 자리에 앉히며 말했다.

"프러포즈할 거야. 지난번에 잠결에 말했으니까."

"어어? 놀래키는 거 그렇게 좋아하던 사람이 그건 말해요?"

"뭐, 옷 갈아입을 때부터 알지 않았어?"

"그건 그래요."

사라가 새침하게 말하더니 다시 웃음을 터트리고 자리에 앉았다. 그녀가 행복한 표정으로 바라보는 사이 현재가 피아노로 걸어 갔다.

바에 있던 사람들 사이에서 환호가 터졌다. 아마도 미리 프러포 즈를 할 거라고 말해 둔 모양이었다.

현재가 세레나데를 연주하자 사람들이 즐거운 얼굴로 연주를 들 었다. 사라가 주변을 둘러보았다.

행복해하는 사람들을 보니 그녀의 기분이 더욱 즐거워졌다. 현 재의 연주는 프로인 사라가 듣기에도 무척 훌륭했다. 다른 사람들 이 듣기에도 그랬는지 곧 박수가 쏟아졌다. 현재가 제법 능청스럽 게 인사를 하고 자리로 돌아왔다.

그러자 사라가 짓궂게 말했다.

"현재 씨 많이 뻔뻔해졌네. 아니면 절 위해서 큰맘 먹은 거예 요?"

"떨려서 죽을 뻔했어."

현재가 엄살을 부리자 사라가 웃음을 터트렸다. 그는 자신이 피 아노를 칠 때 사라가 제게서 눈을 못 뗀다는 것을 알게 된 이후, 그것을 능숙하게 이용하기 시작했다.

아무튼 그 이용이란 게 상부상조라, 사라가 무척 기쁜 표정으로 현재의 손을 감싸 쥐었다. 그러자 현재가 말했다.

"아마추어가 치는 피아노 듣느라 고생했으니 프로도 한 곡 해 주지?"

"그러죠, 뭐."

"……이렇게 순순히?"

"받았으면 나도 하는 게 있어야죠."

사라가 웃으며 걸어갔다. 이미 현재가 빌려 둔 바이올린이 있었다. 사라가 무대에 올라가 인사하자 다시 박수가 터졌다.

그녀가 바이올린을 연주하기 시작했다. 이 밤에 딱 듣기 좋은 사랑 노래였다. 기분 좋은 답가였다.

연주가 끝나고 그녀도 자리로 돌아왔다. 사라가 자리에 앉도록 박수가 끝나지 않았다.

그녀가 자리로 돌아오자 현재가 말했다.

"손 좀 잠깐만."

그러자 사라가 테이블 위로 왼손을 내밀었다. 현재가 재킷 안주머니에서 반지 케이스를 꺼냈다.

"결혼하자."

"알았어요."

사라가 웃으며 대답했다. 그러자 현재도 기분 좋은 표정으로 반지를 꺼내 사라의 손가락에 끼웠다.

두 사람이 행복한 시간을 보내는 사이 밤은 깊어졌다. 두 사람이 즐겁게 숙소로 돌아와 침대에 풀썩 누웠다. 옷도 갈아입지 않고, 그저 즐거운 얼굴로 서로를 마주 보며 현재가 사라의 **뺨**을 만졌다.

"사라야."

"네에……."

"네가 가고 싶은 곳이 있으면 어디든 가. 같이 갈게."

"우와, 정말?"

"응. 어디든. 네가 바닷가 한가운데 있는 섬의 오케스트라에 간다고 해도 가 줄게."

그의 말에 사라가 작게 웃곤, 현재에게 쪽 입을 맞췄다. 그때 사라의 휴대폰이 울리자 그녀가 투정했다.

"아, 누가 이 밤에 전화……."

말하던 사라가 다급하게 휴대폰으로 달려갔다. 시차를 생각하니 지금 한국은 점심시간이었다. 전화를 받은 사라가 바닥에 주저앉아서 고개를 끄덕였다.

"네. 아. 네. 네, 알겠습니다. 네. 준비하겠습니다, 감사합니다."

현재도 괜히 긴장이 되어 침을 꿀꺽 삼켰다. 잠시 후, 전화를 끊자마자 사라가 현재에게 달려와 그를 와락 끌어안았다.

한국의 한 시립 오케스트라의 입단 확정 전화였다.

***

오케스트라에 입단이 확정되고 9월부터의 출근까지 확인받았다.

한여름, 한국에 도착해 보니 비행기에서 내리는 순간부터 숨이 턱턱 막혔다. 사라가 더워하며 캐리어를 끌고 공항 안으로 들어갔다. 사라보다 한 달 일찍 한국으로 돌아갔던 현재가 마중 나와 있었다.

"현재 씨!"

"드디어 왔네."

현재가 기분 좋게 웃었다. 그가 사라의 캐리어를 대신 받아 들

379

고 다른 한 손으로 그녀의 손을 감싸 쥐었다. 서른둘, 스물여섯. 두 사람의 시선은 마주칠 때마다 더욱 달콤해졌다. 사라가 재잘거렸다.

"나 있잖아요, 이제부터 방 구해야 하는데 그동안은 잠깐 춘천에 있는 우리 집 다녀올게요. 현재 씨도 우리 집 가 볼래요? 아. 상견례 자리도 있어야 하죠?"

"집 안 가도 돼."

현재의 말에 사라가 물었다.

"무슨 소리예요?"

"당신 말이야. 집 안 가도 된다고."

"그게 무슨 말이에요?"

"내가 당신 부모님이랑 식사를 얼마나 많이 했는데. 나 되게 좋아하시더라."

"네, 네에?"

"너 입국하자마자 내가 데려다 살아도 되냐니까 그러라고 하시던데."

"자, 잠깐만요. 데려가다뇨? 그게 무슨 소리예요?"

"그냥 우리 집에서 살면 된다고. 이제부터."

현재가 뻔뻔하게 말한다. 이 남자가 언제부터 이렇게 뻔뻔했지 도대체? 사라가 멍해져 있는 사이 현재가 그녀를 차에 태우고 자기 집으로 향했다.

돌아와서 현재의 부모님을 한 번 뵈었다. 현재의 아버지는 사라

를 보고 혀를 한 번 쯧 차시더니 누굴 닮아 저렇게 예쁜 걸 좋아하
냐고 하시곤 맘대로 하라며 제 예쁜 아내와 데이트를 하러 가 버
렸다.

그리고 그로부터 거의 일주일 가까이 사라는 그의 집에서 나갈
수 없었다. 사라가 이불 밖으로 기어 나가며 애원했다.

"현재 씨 좀 그만……."

"어디 가."

그런 사라의 발목이 현재의 손에 붙잡히더니 쑥 그의 품으로 끌
려갔다. 사라가 울먹이며 말했다.

"나 진짜 한국 돌아와서 현재 씨 침실 밖으로 나가 본 적이 없
는 것 같아요. 제발 좀 내보내 주세요. 네?"

"싫다니까."

죽겠다 정말. 저 인간은 어떻게 저렇게 체력이 좋을 수가 있지.
다리 아프다는 거 거짓말 아냐. 사라가 울 것 같은 표정으로 말했
다.

"정말이지…… 결혼식 준비든 뭐든 해야 할 거 아니에요?"

"그건 웨딩 플래너가 알아서 해 줄 거야. 나 돈 많은 거 잊었
어?"

그렇게 말하더니 사라를 끌어안고 키스를 한다. 사라가 주먹으
로 현재를 퍽퍽 때려 겨우 벗어나며 말했다.

"아니 우리 부모님은 어떻게 결혼 전부터 당신이랑 같이 살라고
허락할 수가 있어요? 난 우리 집 되게 보수적이라고 믿었는
데……."

"내가 잘해서 그래."

"그런 걸 매수라고 하거든요? 안 그래도 한희가 완전 당신 편이

라 억울했는데, 부모님까지……. 억울해."

"진정성을 느끼신 거지, 두 분이. 그리고 강한희 대원 요즘 사춘기야. 함부로 건드리면 안 돼."

현재가 웃는다. 이 남자가 정말 무슨 짓을 해 놓은 거야.

결국 사라가 붙잡혀 다시 현재의 품으로 끌려 들어갔다. 사라가 꿍얼거렸다.

"나 일은 하게 해 주는 거예요?"

"응. 그럼, 그럼. 날 뭐로 보고. 보내 줄게."

지금 현재가 하는 행동으로 봐서는 곱게 일을 하게 놔둘 것 같지도 않다.

사라가 현재의 코를 손가락으로 톡톡 두드리며 말했다.

"나 이제 현재 씨 안 믿을래요."

"언제까지 현재 씨야. 이제 현재 씨라고 하지 마."

"그럼요?"

"여보."

2년 넘게 써 왔던 호칭을 바꾸라니. 사라의 입술이 뾰족이 튀어나왔다. 하지만 안 했다가는 정말 이 밖을 못 나가게 할 것 같고. 사라가 현재의 눈을 불만스럽게 바라보며 말했다.

"여보."

"사랑해."

사라가 침대에서 벗어나기 위해 잔뜩 불만스러운 얼굴로 '나도 사랑해요.' 하고 말한다. 그러자 현재가 한참을 웃더니 '나도 사랑해.' 하고 대답했다.

그 남자의 웃음이 또 너무 사랑스러워서, 사라는 도망쳐야 한다는 것도 잊고 그에게 안겨 들고 말았다.

어쨌든 이 침실을 못 나가는 데에 절반은 그녀의 탓이었다. 그리워하던 남자의 품은 달콤하고, 따듯해 벗어나고 싶지 않은 곳이었으니까.

에필로그

결혼식장에서, 두 사람의 합의하에 바이올린 연주는 그녀 본인이 했다. 아버지 손을 잡고 온 사라가 바이올린을 넘겨받고 연주를 시작했다. 음악이 있는, 봄 내음이 물씬 나는 결혼식이었다.

현재와의 결혼 이후, 사라는 모든 것이 만족스러웠다. 새로 합류한 오케스트라는 이전보다 요구하는 수준이 높았고 일정도 빡빡했지만 사라에게는 오히려 장점들이었다.

다만 딱 한 가지. 현재가 유독 고집부리는 것이 있었다. 사라는 연주자로서 자리를 잡을 때까지는 일에 열중하고 싶었다. 그러니 아이는 조금만 자리를 잡은 뒤에 낳자고 미리 말을 해 두었다.

그런데 그가 자꾸 지금 당장 낳으면 안 되겠느냐고 조르는 것이다. 다른 것들은 다 사라를 위해 주면서 딱 그거 하나만큼은 포기를 하지 않았다. 미국 유학 중에도 그랬다. 짧게는 이틀, 길게는 사나흘 정도 머물면서 종종 아이 이야기를 했다.

보스턴의 펜웨이파크(Fenway park, 보스턴의 야구 구단 레드삭스의 구장)에서 야구를 본 날도 그랬다. 야구장의 열기에 사라도 현재도 잔뜩 흥분해서 호텔에 도착했을 때였다. 호텔 문이 닫히자마자 현재는 사라에게 키스를 하며 그녀를 침대에 데려가 눕혔다.

현재도 사라도 1초의 시간도 허비하기가 싫어서 그 자리에서 급하게 옷을 벗었다. 현재가 바로 관계를 하려 하자, 사라가 다급히 막았다.

"아무리 급해도……."

그녀가 흘기며 말했다. 현재는 정말 싫은 표정으로 한숨을 푹쉬며 콘돔을 찾아왔다. 말은 잘 듣는데 표정은 그게 아니었다. 그래도 매일 볼 수 없으니 몸이 닳을 정도로 사랑을 나누었다. 그 후에야 샤워를 해 열기를 씻었다. 침대로 돌아와 사라를 품에 꼭 안은 현재가 말했다.

"아들이든 딸이든 리틀 야구를 시키는 거야. 어때?"

"보면 야구 참 좋아해. 야구가 좋아요, 음악이 좋아요?"

"음……."

세상에, 예상치 못하게 고민한다. 하여튼 남자들에게 공놀이란 도대체 무슨 의미인지. 사라가 표정까지 찌푸리고 고민하는 현재의 미간을 꾹 눌렀다.

"나는 피아노를 가르치고 싶어요."

"그것도 좋지만. 야구도 가르치는 게 좋지 않아? 음악을 가르치면 엄마랑만 놀 것 같아서 그래. 나는 애들이랑 캐치볼도 하고 싶고, 야구도 같이 보러 가고 싶거든."

현재는 자주 '아이'에 대한 이야기를 했다. 하기야 그도 어린 나이는 아니니 미래에 대한 생각을 할 만은 하지만.

현재는 살던 집을 처분하고, 사라의 오케스트라 근처에 적당한 규모의 주택을 구했다. 적당한 규모라고 해 봤자 2층짜리 집에 정원이 있었다. 포르테가 뛰어놀 공간은 줄어들었지만 대신 산책 시간이 늘어서 더 신이 나 보였다.

오케스트라에서 돌아온 사라는 편한 옷으로 갈아입고 포르테와 산책을 나갔다.

결혼 후 3개월 동안 현재는 사업하는 사람이 맞나 싶을 정도로 제시간에 집에 들어왔다. 그러다 오늘은 모처럼 동창들을 만나 술을 마신다는 모양이었다.

산책을 한 바퀴 돌고 돌아와 잠시 쉬는데, 그에게서 전화가 왔다. 현재는 평소와 달리 혀가 꼬여 있었다.

— 거의 다 왔어.

"웬일로 이렇게 늦어요? 많이 마셨어요?"

— 조금. 늦어서 미안해. 금방 들어갈게.

취했어도 그의 다정함은 어딜 가지 않는다. 전화를 끊는 사라의 얼굴에 미소가 가득했다.

오면 차라도 한 잔 줄까 싶어 친정엄마가 보내 주신 매실 원액을 꺼냈다. 거의 다 왔다고 하니 바로 물을 끓이고, 컵에 조금 부어 원액을 녹였다. 그것을 식히는데 포르테가 짖으며 뛰어가는 것

386

이 보였다.

사라는 빠른 걸음으로 현재를 마중 나갔다. 그가 휘청거리며 정원으로 들어오는데, 왜 그마저도 좋은 건지. 사라는 자신이 남편을 너무 좋아하는 게 아닐까 고민하며 현재의 품에 안겨 들었다.

"술 냄새."

현재가 사라를 꼭 안았다. 사라가 웃으며 말했다.

"매실차 줄게요. 얼른 들어가요."

"시원한 거?"

"당연하죠. 우리 남편은 어린애라 뜨거운 거 안 마시잖아."

사라가 웃으며 말하곤 현재의 손을 잡고 집 안으로 향했다. 식혀 두었던 컵에 얼음을 꽉 채우고 시원한 물을 부어 현재에게 내밀었다. 그러자 술 때문에 목이 마르기는 했는지 한 번에 그것을 다 마셔 버린다.

"맛있다."

"그 많은 걸 한 번에 다 마셔요? 고래도 아니고."

사라가 그를 놀리는데, 컵을 내려놓은 현재가 그녀에게 키스를 시작했다. 가벼운 입맞춤이라고 생각했던 키스는 생각보다 강렬했다. 어느새 현재의 손이 사라의 상의 속으로 들어가 맨살을 쓰다듬었다. 차가운 컵을 쥐었던 남자의 손에 사라가 훗 하고 신음 소리를 냈다. 그녀의 입 안에 매실 향이 퍼졌다.

키스가 끝나자 사라가 현재를 올려 보았다. 그녀의 맑은 눈 덕분에 현재는 어지러울 지경이었다.

"당신 참 예쁘다."

그가 중얼거렸다. 그러고는 부끄러워 금방 뺨에 홍조가 도는 사라를 안아 식탁 위에 앉히고 옷을 벗기려 들었다. 사라가 손으로 그의 입을 막아 떼어 내며 흘겼다.

"왜 이렇게 급해요?"

평소에는 이러면 알아서 떨어졌는데 오늘은 술 때문인지 말을 듣지 않는다. 현재는 그의 입을 막는 사라의 손목을 움켜쥐어 떼어 내더니 그녀의 치마를 올리려 들었다. 사라가 놀라서 반대 손으로 밀어 냈지만 그 손목마저 잡혀 버렸다. 현재의 한 손아귀에 그녀의 두 손목이 붙잡히고, 그의 반대 손이 다시 옷 속을 파고들었다.

현재가 더 이상 밀어 내지 말라는 듯, 달콤한 눈빛으로 사라를 보았다. 나른하게 반쯤 감긴 눈으로 바라보다 목덜미에 살살 입을 맞추니 사라의 마음이 흔들렸다. 사라가 결국 그의 눈빛에 넘어가 새침하게 말했다.

"알았어요! 해도 되는데, 일단 콘돔부터 가져와요."

"싫어."

"왜 싫어요?"

"……싫어."

오늘따라 정말 자기 멋대로다. 그녀가 밀어 내도 현재가 이대로 관계를 이어 가려 하자 참다못한 사라가 인상을 썼다.

"그만하라니까?"

그녀의 표정에 현재가 퍼뜩 정신이 들어 눈을 제대로 뜬다. 그러고는 천천히 사라의 손목을 놓았다. 시무룩하다. 그가 기운 없이 식탁 의자에 앉더니 사라를 쭉 끌어와 그녀의 다리에 얼굴을 묻었다. 현재는 평소와 달리 아이처럼 꿍얼거렸다.

"치사하다, 치사해."

"오늘따라 왜 이렇게 애처럼 굴어요? 동창 모임에서 무슨 일 있었어요?"

화를 내 놓고 약간 미안해진 사라가 묻자 현재가 고개를 저었다. 아 속 터져. 그의 단점인, '자기 얘기를 안 한다는 면'은 지금처럼 결혼 후에도 사라를 열받게 할 때가 있었다. 분명 무슨 일이 있었을 텐데 저렇게.

잠시 고민하던 사라가 식탁에서 내려섰다. 그리고 비장한 표정으로 위스키 한 병을 가져왔다.

"이거 마셔요."

"그렇게 화났어?"

혼내는 건가 싶어 현재가 묻자 사라가 고개를 저었다.

"당신은 좀 만취를 해 봐야 돼요. 사람이 풀어지질 않으니까 자기 얘기를 안 하잖아."

"무서운 여자랑 사네, 내가."

"그걸 이제 알았어요? 자. 빨리."

사라가 매실차를 마시고 남은 얼음에 위스키를 콸콸 부었다. 그녀는 평소 술을 잘 안 마시는 데다 서빙만 해 봤지 위스키 병은 만져 본 적이 없었다. 그래서 위스키가 어느 정도로 독한지 몰랐기 때문에, 마치 맥주처럼 따라 현재에게 내밀고 있었다.

현재는 컵 가득 찰랑거리는 위스키를 보고 피식 웃더니 컵을 들어 쭉 들이켰다. 그리고 이 말 잘 듣는 남편은 사라가 시키는 대로 욕실로 가 따뜻한 물로 목욕을 했다.

술기운이 올라오자 현재는 완전히 취해서 알 수 없는 말을 중얼거리며 사라의 옆으로 가 누웠다. 사라가 바로 잠들려 하는 현재의 머리칼을 쓰다듬었다.

"잠들지 말고. 응? 무슨 일이에요."

"……낮에 병원을 갔었는데."

"병원? 정형외과요?"

"응…… 다리 진행 상태가 조금 늦춰지긴 했는데, 그래도 계속 망가지고 있다는 건 변함이 없다고 하더라고."

그런 것 정도는. 아내에게 이야기해 줘도 되지 않나. 사라가 내심 서운해하는데 현재가 말을 이었다.

"그래서. 빨리 아이를 가지고 싶어."

"……"

"하루라도 빨리 낳아서. 조금이라도 덜 아플 때 아이랑 실컷 놀아 주고 싶어. 아이가 중학교, 고등학교를 갈 때쯤이면 아마 나는 아이와 놀아 주기 힘들어질 거야. 그러니까, 조금이라도 더. 하루라도 더 빨리…… 당신과 나의 아이를 만나고 싶었어."

그의 중얼거림에 사라의 눈에서 서러움이 사라지고, 대신 눈물이 고였다. 그녀의 품에 얼굴을 묻은 현재가 말을 이었다.

"아이 보려면 힘들잖아. 그런데 내가 내 몫을 못 할까 봐 무서웠어. 당신을 너무 힘들게 할까 봐. 게다가 난 가뜩이나 재미없는 사람인데, 매일 앉아만 있으면 아이들이 싫어할까 봐. 그것도 무섭고."

"……"

"좋은 아빠가 되고 싶은데, 그러지 못할까 봐……."

사라는 울음소리가 날까 봐 두 손으로 꼭 입을 막아야 했다. 만취해서, 자기가 무슨 이야기를 하고 있는지도 모르고 중얼거리고 있는 이 남자 때문에. 눈물이 그치지 않는다.

"왜 당신은 그런 걱정을 혼자서만 해요……."

사라가 원망하듯이 말했다. 현재는 곧 졸음이 쏟아져 깊게 잠이 들었다.

다음 날 아침 현재는 자신이 취해서 말하다 말고 잠든 걸 알았다. 그가 샤워를 하고 사라를 찾았다. 포르테가 달려오기에 현재가 물었다.

"사라 어디 있어?"

그러자 포르테가 따라오라는 듯 몸을 돌린다. 현재가 집에선 늘 사라를 찾아서인지, 포르테는 항상 알아서 현재에게 그녀의 위치를 알려 주곤 했다.

포르테를 따라가 보니 사라가 피아노가 있는 방에 있었다. 현재가 들어가자 피아노 앞에 앉아 있던 그녀가 그에게로 천천히 걸어왔다. 그리고 발꿈치를 들고 그의 목을 끌어안았다.

"숙취 심해요?"

"의외로 없는데."

"으응."

그녀가 곧 현재에게서 한 걸음 물러났다.

"오늘 바빠요?"

"아니."

"나도요."

현재가 그녀의 허리를 당겨 안고 이마에 입을 맞췄다.

"오늘은 같이 쉬자."

"나랑 모험 한번 해 볼래요?"

"무슨 모험?"

"나 지금이 가임기니까. 딱 오늘 하루만 하루 종일 나랑 침대 위에서 뒹굴어요."

"⋯⋯."

"오늘 하루만. 기회를 줄게요."

그녀의 말에 현재가 입고 있던 셔츠를 벗었다. 그리고 키스를
하며 사라의 원피스를 잡아 올리자 그녀가 말했다.

"침실로 가요."

"이따가."

"자, 잠깐만⋯⋯."

잠깐만 같은 것은 없었다. 어느새 그녀의 원피스는 저 멀리 떨
어졌다.

꽃꽃꽃

피임을 하지 않은 건 그날 딱 하루였다. 평소에 현재가 얼마나
자제를 하고 있었는지, 사라는 그날에서야 알았다. 술이 완전히 깬
게 아니었는지 짐승도 그런 짐승이 없었다. 하기야, 전날 술을 그
렇게 먹인 사람이 잘못했지.

이후에 바빠서 잊고 있었는데 생각해 보니 생리를 하지 않았다.
설마설마했다. 아 피곤해서 그렇겠지. 안 하는 달도 종종 있었으니
까⋯⋯. 그러나 그게 일주일이 넘어가자 심경이 복잡해졌다. 아니
야. 정말 딱 하루였는데 설마 아니겠지. 그렇게 생각했다.

그런데 임신테스트기에 보란 듯이 두 줄이 그어져 있는 것이다.
테스트기를 든 사라의 손이 부들부들 떨렸다. 그 남자가 불쌍해 보
여서 그날 딱 하루 마음이 흔들렸던 건데! 이게 무슨 난리인
지⋯⋯.

사라는 계획보다 획 앞당겨진 임신에 잠시 휘청거렸다. 하지만 곧 그녀의 입가에 희미한 미소가 번졌다.

자신의 인생 계획보다, 기뻐할 현재의 얼굴이 먼저 떠오른다. 하여튼 정말이지, 자신은 그 남자를 너무 좋아하는 게 문제라고 생각했다.

"이 아저씨 우는 거 아냐?"

사라가 곧 환한 표정으로 혼잣말을 했다. 바로 전화해서 알려 주려다가 복수를 해 볼까 하는 생각이 들었다. 이게 다 그 남자 때문에 생긴 일 아닌가! 복수를 하지 않고는 참을 수가 없었다.

그녀는 씨익 웃으며 종이를 꺼내 무언가를 적기 시작했다.

'나 가출해요.' 라는 말을.

같은 날 밤. 세경이 선일의 바 테이블에 앉아 손으로 자기 어깨를 주물렀다. 그녀가 선일에게 말했다.

"어깨 아파 죽겠어. 오빠, 어깨 좀 주물러."

"내가 네 종이냐?"

"마사지 자격증도 있다며."

"너 해 주려고 딴 거 아니거든?"

현재를 위해 마사지 자격증을 땄다고 들었다. 하는 짓은 가벼운데, 그런 걸 보면 또 마음이 깊다. 세경이 말했다.

"하여튼. 오빠는 나 술 같이 마시려고 사귀지?"

"아니거든? 예뻐서 사귀는 거거든?"

어휴, 저거 말이나 못 하면. 세경이 선일에게 기본으로 제공되는 과자를 던지는 시늉을 했다. 그러자 선일이 피하는 시늉을 하며 킥킥 웃는다. 어쩌다 저런 초딩한테 낚여 가지고. 이게 다 저 남자가 저 초딩 짓 하는 게 웃겨서 그러는 거 아닌가. 어쩔 수 없다는 듯이 세경이 웃자 선일이 신나서 춤까지 춘다. 세경은 시계를 보며 말했다.

"아 근데 현재 씨 왜 안 와. 슬슬 여기 와서 찾을 때가 됐는데."

"오겠지. 좀 기다려 봐."

"하여튼 강사라 이 기집애도 보통은 아니라니까. 자기 임신시켰다고 남편을 이렇게 놀려?"

"재밌잖아. 재밌으면 된 거 아냐?"

선일이 웃으며 말하는데 루바토의 문이 벌컥 열렸다. 그리고 급하게 걸어 들어온 현재가 다급히 물었다.

"사, 사라 여기 있어?"

왔다. 세경과 선일이 터지려는 웃음을 꾹 참았다. 선일이 아무렇지 않은 척 말했다.

"사라를 왜 여기서 찾아. 오케스트라에 있는 거 아니야?"

"집에 갔는데 사라가 가출한다고 종이 남겨 놓고 없어졌어. 사라가 갈 만한 곳은 다 가 봤는데 없어서 혹시 여기 있나 해서 온 거야."

"가출? 인마, 너 뭘 잘못했는데 그래."

"요즘엔 없는데……."

현재는 사색이 되어 있는데 선일과 세경은 웃겨서 죽을 지경이었다. 세경이 헛기침을 해 튀어나오려는 웃음을 숨기고 말했다.

"저 아까 사라 봤는데? 1층에 카페 있잖아요."

"아. 압니다."

"거기서 커피 마시는 것 같던데요?"

그녀의 말에 현재가 고맙다는 말도 없이 바를 뛰쳐나갔다. 그런 그의 뒷모습을 보며 선일과 세경은 참았던 웃음을 터트렸다.

현재가 정신없이 1층으로 향했다. 1층 카페는 정확히 기억이 난다. 장미가 시켜 커피를 사러갔던 사라가 있던 곳이지. 그날 장미가 커피를 사 오라고 하지 않았다면, 사라와의 관계는 어떻게 되었을까. 그러니 사실 1층 카페는 이 둘에게는 꽤나 중요한 장소였다.

하지만 그런 것을 깊이 생각할 겨를도 없이 현재는 1층 카페로 향했다. 엘리베이터에서 그는 계속 자신이 뭘 잘못했나를 곱씹었다. 아무리 떠올려도 최근에는 잘못한 것이 없었다. 일단 미안하다고 해야지. 그다음에 잘 달래서 왜 가출을 했느냐고 물어볼 생각이었다. 그녀가 없다는 사실을 알게 되니 눈앞이 캄캄해졌다.

1층 카페의 유리문 앞에 선 현재가 우뚝 멈춰 섰다. 문 뒤에 그녀가, 죽음에 쫓기듯이 찾아 헤매던 사라가 서 있었다. 캄캄한 유리 너머에서 자신을 보고 있는 사라를 발견한 현재가 서둘러 문을 열었다. 그리고 사라를 꼭 끌어안았다.

"잘못했어."

"뭐를요?"

"몰라. 아무튼 내가 잘못했어."

현재는 사라를 안고서야 불안함이 섞인 숨을 몰아쉬었다. 숨을 좀 돌리자 그녀를 안은 팔에 더욱 힘이 들어갔다.

사라는 잘못했다는 말을 반복하는 그가 가여워졌다. 조금 장난을 친 것뿐인데 이렇게 몸을 떨 정도로 무서워할 줄은. 불길 속에도 뛰어드는 남자가, 자기 아내 고작 몇 시간 사라진 걸로 이렇게 겁을 먹을 줄은 몰랐다. 사라가 자기 어깨에 얼굴을 묻고 꼼짝을 못 하는 현재의 머리에 손을 올려 다독거렸다.

"미안해요. 이렇게 놀랄 줄 몰랐어요."

"괜찮아."

겨울에 길을 잃었다가 따뜻한 숙소를 찾은 것처럼, 현재는 안도하는 표정이었다. 아무것도 상관없었다. 그저 그녀가 곁에 있다는 사실에 만족했다.

그가 영영 자신을 놓지 않고 이대로 있을 것처럼 굴자, 사라가 그의 손을 잡아 카페 안으로 데려갔다. 카페 안으로 들어가 보니 피아노가 놓인 작은 무대가 있었다. 카페는 어두웠지만 무대에 밝은 조명이 켜져 있어 시야는 확보가 되었다. 오직 둘만이 이곳에 있었다. 오늘 영업이 종료된 카페를 빌린 것이었다.

사라는 무대 앞에 놓인 의자에 현재를 앉히고 무대 위로 올라갔다. 그리고 들고 있던 케이스를 열어 바이올린을 꺼내 들고 물었다.

"신청곡 있어요?"

"지금 내 심정을 대변해 주는 건 지고이네르바이젠인 것 같아."

현재가 사라사테의 지고이네르바이젠을 주문하자 사라가 웃음을 터트리더니 바이올린 연주를 시작했다. 익숙하고 서글픈 선율이 카페에 퍼졌다. 음을 타고 울리는 것처럼, 사라는 강렬하면서도 유연하게 아름다운 선율을 연주했다. 역시 내로라하는 바이올리니스트답다고, 현재는 그 와중에도 생각했다. 저런 여자가 자신의 아내라니 자랑스러워서 온 세상에 알리고 다니고 싶었다.

연주가 끝나자 현재가 물었다.

"좋아. 연주회는 고마운데 내가 뭘 잘못했는데?"

"으음. 지금 심장 튼튼해요? 놀랄 텐데."

사라가 장난스럽게 말하자 현재가 자기 쪽으로 오라는 듯이 손을 뻗었다. 사라는 일부러 천천히 바이올린 케이스에 바이올린을 넣고, 사진 한 장을 꺼냈다. 그리고 현재에게 걸어가 초음파 사진을 내밀었다.

"나 임신했어요."

"……어?"

그녀의 말을 듣는 동시에 사진이 눈에 들어오자 현재는 이해가 잘 안 되어 꼼짝도 하지 않았다. 그래서 사진에서 눈을 떼고 사라를 보았다. 그의 놀란 눈에 사라가 웃음을 터트렸다.

"테스트기로 확인하고 놀라서 병원 갔더니 5주 차고 아기집도 보인대요. 나도 엄청 튼튼하고. 그날 있잖아요. 내가 당신한테 위스키 먹인 다음 날 아침. 아마 그날인가 봐요."

현재가 급기야 자리를 차고 일어났다. 그리고 사라를 안으려다 황급히 손을 뗐다.

"만지면…… 위험한가?"

"안 위험해요."

머리가 새하얘져서 말까지 더듬는 현재를 보며 사라가 웃음을 터트렸다. 그녀가 말했다.

"3년 뒤라고 그렇게 말했는데."

"아…… 그래서 가출했어?"

"네."

사라가 뿌루퉁한 표정을 하자 그제야 현재의 얼굴에 미소가 번진다. 그가 한 번 더 사진을 보더니 그제야 사라를 와락 끌어안았다.

"잘할게. 정말 잘할게. 사라야."

"지금보다 더 잘해 주게요?"

"응. 지금보다 더 잘할게."

임신이라는 걸 알자마자, 출산에 대한 공포가 뒤따랐다. 커리어에 대한 걱정도 몰려왔다. 담담한 척했지만 사라는 오늘 하루가 기쁨과 불안감이 뒤섞여 혼란스럽기 짝이 없었다. 그래도 그의 품에 안기니까, 너무나 기뻐하는 그를 보니까 마음이 놓였다. 사라가 두 손을 뻗어 현재의 얼굴을 감싸며 말했다.

"그리고 있잖아요.

"응."

"아이랑 놀아 주는 게 힘들까 봐, 너무 걱정하지 말아요."

"……"

"정말이에요. 걱정 말아요. 당신은 좋은 사람이에요. 아이들은 당신의 따뜻함을 보고 배울 거예요. 같이 뛰어 주지 않아도 뒤에서 있는 당신을 보면서 안정감을 느낄 거예요. 당신처럼 좋은 사람이 될 거예요. 나처럼, 이 애도 당신을 사랑할 거예요."

현재가 사라의 손을 감싸 쥐었다. 그리고 세상을 다 가진 것처럼 미소를 짓는다. 그는 눈을 감고 중얼거렸다.

"추운 데 있다가 따뜻한 곳에 들어온 것 같다."

"그래요?"

"응. 당신이 있는 곳은 나에게 언제나 봄이니까. 당신은 나에게 봄이고, 음악이고. 사랑하는 사람이고, 그리고…… 어쩌면 나의 미래 전부일지도 모르겠다."

그가 다정히 말하고 웃자 사라가 따라 웃었다.

둘은 사진을 또 보고 또 보았다. 현재가 피아노를 치기도 하고, 사라가 바이올린을 켜기도 하고, 합주를 하기도 했다. 밤이 새도록 그들은 음악을 연주하며 미래에 대하여 이야기했다.

　서로가 함께 있을 때는, 늘 봄이었다.

— The end

외전 |

한희가 문을 밀고 들어갔다. 정원에서 뛰어다니던 포르테가 한 희에게 달려왔다. 이제 나이를 지긋이 먹은 녀석은 아주 반가운 경 우가 아니면 뛰지 않았다.

그녀가 포르테의 머리를 신나게 쓰다듬고 집 안으로 들어갔다. 안에는 일하는 사람들이 꽤나 많았다. 한희가 자신에게 아장아장 걸어오는 조카를 안아 들었다.

"오구구, 우리 강아지."

"이모!"

"잘 놀고 있었어?"

그러자 잠시 후 사라가 귀걸이를 걸며 밖으로 나왔다.

"아. 한희야. 고마워, 오늘만 부탁해."

"오, 오늘만?"

한희가 세상이 무너지는 표정을 지었다. 한희가 조카를 끌어안고 말했다.

"송아, 내가 맨날 보면 안 돼?"

"안 돼. 고등학생이 공부해야지."

사라가 핀잔하자 한희가 꿍얼거렸다.

"형부가 용돈 많이 줘서 좋단 말이야."

"도대체 그 돈을 다 뭐에 써?"

"화상병동에 기부했지."

"……너 고등학생 맞지?"

우리 애는 크게 될 거야. 사라가 속으로 뿌듯함을 감추고 두 사람에게 손을 흔들며 밖으로 나갔다.

검은색 세단 앞에 정장을 차려입은 근사한 남자가 서 있었다. 사라가 눈웃음 지으며 그에게 걸어갔다.

"여보."

"응."

현재는 아주 천천히 걸어가 조수석 문을 열었다. 이렇게 문을 열어 주게 하지 않으면 그가 울적해한다는 걸 사라는 알고 있었다.

현재가 아내를 바라보았다. 몸에 꼭 맞는 검은 드레스를 입은 그녀는 눈이 부시게 아름다웠다.

그의 다리는 신기할 정도로 더디게 악화되고 있었다. 마치 사랑이 기적을 일으킨 것처럼.

그리고 그는 여전히 무뚝뚝했지만 그래도 전보다 조금 잘 웃게 되었다. 사라가 두 손으로 현재의 뺨을 감쌌다. 현재가 슬며시 미소 지으며 허리를 숙여 주자 사라가 입을 맞추고 말했다.

"고마워요."

"응."

오늘은 현재의 회사와 사라의 오케스트라가 연계해서 하는 중요한 행사가 있었다. 행사장에 도착해서 사라와 현재는 잠깐 인사를 나눈 뒤 각자의 위치로 갈라졌다. 곧 사회자가 마이크를 체크하더니 사회를 보기 시작했다.

"안녕하십니까, WN의 자전거와 함께하는 클래식 음악회에 오신 것을 환영합니다. 이 행사는 WN 자전거의 새로운 자전거인 맞춤 자전거를 새롭게 선보이는 자리입니다. 즐거운 봄날이 되시기를 바란다는 저희 사장님의 당부 있으셨습니다. 박수 주시죠."

능청스러운 사회의 박수 유도에 사람들이 웃으며 박수를 치자 현재는 난감해하면서도 자리에서 일어나 허리를 숙여 인사했다.

무대 아래에서 그를 보고 있으니 차례를 기다리던 단원들이 사라에게 말을 걸었다. 차영이 소곤거렸다.

"남편?"

"응. 잘생겼지? 멋있지? 응?"

"어우, 재수 없어."

차영이 사라의 팔을 괜히 한 대 톡 때리고 웃었다.

WN에서 신체가 불편한 사람들을 대상으로 하여 맞춤 형식으로 자전거를 제작하기로 했다. 하나의 생산 라인에서 생산할 수가 없어, 결국 맞춤 형식으로 가니 제작비가 막대하게 들어갔다. 결국 수익을 남기지 않고 오히려 절반가량은 회사에서 지출하기로 했다.

그 맞춤 자전거의 탄생을 축하하기 위해 시립 오케스트라가 적극적인 홍보 차원에서 무료 공연을 하기로 한 것이었다.

야외무대에서 오케스트라가 정리되었다. 제1바이올린 부악장인

사라가 무대에 올라오자 제일 앞자리에 앉은 현재가 미소를 지으며 그녀를 바라보았다.

봄날의 저녁, 해가 막 지고 나서 아직 연한 햇살이 하늘에 남아 있었다.

꿈을 꾸는 기분이었다.

그녀가 사라져 버릴까 봐 무서워서, 손을 뻗고 싶어진다.

공연이 끝나고, 사라가 현재의 옆으로 돌아왔다. 그녀가 현재에게 팔짱을 끼며 말했다.

"어땠어요?"

"당신밖에 안 보였어."

현재의 솔직한 말에 사라가 웃었다. 그녀가 현재의 팔에 머리를 기대며 말했다.

"모처럼 데이트네요."

"그러네. 모처럼."

현재가 사라의 머리칼을 어루만졌다. 두 사람은 천천히 현재의 레코드 가게, 포르테로 들어갔다.

가게는 이미 밤이라 문을 닫은 후였다. 현재가 사라를 음악 감상실로 데려가며 말했다.

"여기만 오면, 당신이랑 연애하는 시늉을 하던 생각이 나."

"그래요?"

"응."

현재의 손에는 두 사람이 이곳에 처음 왔던 날 들었던 영화 OST가 들려 있었다. 현재가 음악을 틀며 말했다.

"그날 당신이 창가에 기대서 밖을 바라보는데. 그날 무척이나 계절감이 들더라. 몇 년 만에. 아, 봄이 끝나 가는구나."

"……."

"이제 곧 여름이 오면 덥겠지, 당신 좋아하는 아이스크림을 실컷 먹게 해 줘야겠다."

사라가 가만히 현재를 바라보자, 그는 밤조차 밝게 느껴질 정도로 빛나는 눈으로 웃으며 말을 이었다.

"그 망할 놀이공원. 눈 딱 감고 한번 갈까."

그 말에 사라의 맑은 웃음소리가 터져 나왔다. 현재가 따라서 소리 내 웃었다.

"그렇게 온통 머릿속에 당신밖에 없으니까. 알게 되더라. 내가 당신을 정말, 많이 좋아하게 되었다는 걸."

"……."

"아, 당신이 좋아하는 남자가 드라마 밖으로 나오지 못해서 얼마나 다행인지."

사라가 걸음을 옮겨 현재의 뺨을 두 손으로 감쌌다.

"그리고요?"

"응?"

"다른 생각은?"

"어떤 생각?"

그러자 사라가 속삭이듯 말했다.

"난 여기서 키스하면 아무도 모르겠구나, 그런 생각도 했는데."

"……흐음."

"둘이 좁은 공간에 같이 있을 때, 은근슬쩍 유혹해 볼까."

현재가 쑥스럽게 웃으며 말했다.

"난 숙맥이라 당신 머리칼도 함부로 못 건드렸는걸."

"그건 숙맥이 아니라 젠틀한 건데?"

"긍정적으로 봐 줘서 나랑 결혼했구나, 이렇게 예쁜 여자가."

현재가 부드럽게 사라에게 입을 맞췄다. 그녀가 현재의 어깨를 부드럽게 어루만졌다. 음악은 계속 흘렀고, 그날의 음악은 계속 추억을 상기시켰으며, 그 추억에 또 다른 추억이 더해졌다.

며칠 뒤 봄바람이 부는 날, 부부는 송아를 데리고 놀이공원으로 향했다. 송아가 사라에게 두 팔을 뻗었다.

"엄마, 안아 줘."

"응."

사라가 웃으며 송아를 안아 들었다. 현재가 그 모습을 미안한 표정으로 바라보았다. 송아는 여간해선 현재에게 안아 달라고 하지 않았다. 아이를 안으면 아무래도 걷는 자세가 더욱 불안정해졌기 때문이었다. 무릎에 올라가 앉지도 않았다.

현재가 아쉬워하는 걸 알기라도 한 것처럼, 송아가 다시 내려 달라고 하더니 두 사람의 손을 하나씩 꼭 잡고 아장아장 걸었다.

"엄마."

"응?"

"송아, 소방관이 될래."

"소방관?"

"응. 불 꺼 주고, 사람도 구해 줄 거야. 아빠처럼."

송아가 상기된 얼굴로 말했다. 그러자 사라가 까르륵 웃고 말했다.

"이모가 얘기해 줬구나?"

"응! 아빠 되게 멋있었지?"

"으음."

아무렇지도 않게, 아이를 구하러 달려가던 모습을 떠올리면. 사라가 현재를 바라보자, 그가 쑥스러운지 시선을 피했다. 사라가 말했다.

"불이 엄청 크고 무서웠는데. 하나도 안 무서워하면서 뛰어들어 갔어."

"우와."

"정말, 정말 멋있었어."

사라가 천천히 자신 쪽으로 시선을 옮기는 현재를 여전히 바라보며 말을 이었다.

"크면 저 사람이랑 결혼해야지. 그런 생각이 들 정도로 멋있었어."

하루 종일 신나게 논 송아는 차에 타자마자 곤히 잠이 들었다. 현재가 물었다.

"정말 나랑 결혼할 생각 했었어?"

"당연하죠. 여고생 눈에 목숨 걸고 내 동생 구해 주는 남자가 얼마나 멋있었겠어요? 크면서 자주 상상했어요. 어느 날 그 오빠가 내 앞에 나타나서 근사하게 프러포즈 해 주는 상상."

"으음."

"그런데 제 상상보다도 더 근사한 프러포즈를 받았어요."

사라가 현재가 있는 운전석 쪽으로 몸을 틀고 말을 이었다.

"이상해요. 그날은 정말, 정말 운이 나빴잖아요, 우리. 나는 한희를 혼자 뒀고, 그 애도 당신도 다쳤고. 하필 그날."

"······."

"그날을 생각하면 슬픈데, 한편으론 심장이 뛰어요."

정신을 잃고 달려들던 사라를 붙잡던 커다란 손이 떠오른다. 너무 정신이 없어서 그의 얼굴은 생각나지 않는데, 현재가 돌아섰을 때. 그의 든든하던 뒷모습은 기억이 난다. 너무도 선명하게.

사라가 큰숨을 들이쉬고 웃으며 말했다.

"당신과 살고 있어서 얼마나 행복한지 몰라요."

"다행이네. 나만 그런 게 아니라니."

현재가 웃었다. 그는 점점 더 잘 웃게 되었다. 그가 웃으면 사라가 행복해하니까. 더더욱 웃고.

따뜻한 봄날. 봄을 닮은 가족이 탄 차 안에 웃음이 가득했다.

외전 2

"야, 돈 많은 게 좋긴 좋다? 기사도 막고."

진한이 비꼬자 현재가 못 들은 척 무시하며 전공 서적을 가방에 챙겼다. 급성장 중인 기업을 아마도 물려받게 될 상속자가 불길 속으로 뛰어들어 아이를 구했다는 것은 흥미로운 이야깃거리였다. 그러나 현재의 요청으로 화재에 대한 기사에서 그의 이름은 완전히 제외되었다.

평생 다리가 아플 거라는 의사의 말에 현재는 좌절했다. 아이를 위해 뛰어들 때는 자신이 위험할 거라는 생각을 못 했다. 다만, 교복을 입은 아이가 불길 속으로 뛰어들 게 놔둘 수는 없다는 생각을 했을 뿐.

현재가 말했다.

"바이올린을 들고 있었어. 그 여자애."

"바이올린?"

"바이올리니스트가 되었으면 좋겠어."

그의 담담한 말에 정한이 어이가 없어 실소하더니 현재의 가방을 뺏어 들며 말했다.

"술이나 먹자."

"어."

현재가 어깨를 으쓱이며 목발을 집고 대학 앞에 술집으로 향했다.

사고 이후 사라는 병원에서 며칠을 울었다.

한희가 시력을 잃을 거란 말에 엄마는 그 자리에서 기절했고, 아빠도 엄마를 안고 통곡했다.

온 가족이 슬픔 속에 정지해 버린 것 같았다.

늘 격한 운동을 한 것처럼 몸이 아플 때까지 바이올린을 연습하던 사라는 한동안 악기에 손도 대지 않았다. 조금 더 놀아 주겠다고 말할걸. 하루만, 한희가 원하는 만큼 실컷 놀아 줬으면 저 애도 고집을 부리지 않고 따라왔을 텐데.

그런 생각을 하니 바이올린을 잡고 싶지 않았다.

살면서 한 번도 이렇게 큰 사건을 겪어 본 적 없었던 사라의 가족들은 모두 넋이 나가 있었다. 한희가 언제 눈이 보이냐며 조르듯이 물어볼 때마다 모든 힘을 짜내서 의사 선생님이 곧 알려 주실 거야, 하고 달랠 때를 제외하고는 모두 탈진 상태였다.

그렇게 지옥 같은 시간을 보내고 있을 때. 의사를 만나고 다급하게 달려온 아버지가 소리쳤다.

"결과가 나왔는데! 한희 각막이식 하면 볼 수 있을 가능성이 80%가 넘는대!"

"어, 엄마!"

사라가 주저앉는 어머니를 따라 앉았다.

"다행이다……."

그리고 어머니가 오열하자 사라도 따라 울었다.

각막이식 대기자 명단에 이름을 올린 후, 가족들은 겨우 움직일 힘이 생겼다. 일단 어머니는 일을 그만두고 한희를 돌보기로 했다. 열 살이 되면 볼 수 있을 거라는 말에 한희는 매일 아침마다 자기가 열 살이 되었느냐고 물었다.

사라는 툭하면 병원에 가서 의사에게 구해 준 사람이 누군지 알려 달라고 재촉했다. 하도 성화라, 며칠 뒤 조치를 취한 의사가 또다시 사라가 찾아오자마자 말했다.

"아, 며칠 전에 그 한희 구해 준 남자분께 전화를 했어."

"저, 정말요? 뭐래요?"

"자긴 완전히 회복했고, 잘 지내고 있다고."

회복할 리 없다는 걸, 의사는 알았다. 그날 현재의 상태는 정말 심각했다. 그러나 현재가 자신은 꼭 괜찮다고 수없이 당부했으니, 의사는 그가 전해 달라는 말만 전해 주기로 했다.

의사가 어깨를 으쓱이더니 말했다.

"그리고 멋진 바이올리니스트가 되면 좋겠다고 전해 달래."

그 말에 사라는 울컥 울음이 터졌지만, 입을 꾹 다물고 울음을 참았다. 그리고 고개를 끄덕이고, 울음을 삼킨 후 기운차게 말했다.

"저 잠깐 약해져서 바이올린 연주를 못 했어요."

"응."

"이제 힘내서, 점점 더 강해져서 연습하러 갈게요!"

"좋아! 훌륭하다!"

"안녕히 계세요!"

사라가 밖으로 달려 나갔다.

바이올리니스트가 될 거야. 평생 꿈이었으니까.

이기적이고 긍정적으로. 기운을 내서. 바이올린을 연주해야지.

— 그래서 다시 기운 내서 연습하러 갔습니다, 그 학생.

"그렇습니까. 다행이네요."

현재가 미소를 지었다. 그는 지금 친구의 개가 낳은 강아지들을 보고 있었다. 한 마리가 다리를 절었다. 다른 새끼들에 비해 약해서 괴롭힘을 당해 다리를 다쳤다고 했다.

의사가 말을 이었다.

— 힘내서, 점점 더 강해져서 연습하겠다더라고요. 기특하죠?

"예. 감사합니다, 선생님."

힘내서, 점점 더 강해져서.

그 말을 현재에게 꼭 전해 준 건, 의사 나름의 위로이기도 할 거라고. 현재는 생각했다.

전화를 끊고, 그가 다리를 다친 강아지를 안아 들었다.

"이 녀석으로 데려갈게."

"그래? 왜 하필 다친 녀석이야."

"타박상이라며. 치료해 주면 낫겠지. 이름 뭐야?"

"어, 지금은 제일 늦게 태어나서 그냥 막내라고 불렀어. 이름 네가 지어 줘."

"그럼……."

현재는 마치 그가 주인이 될 걸 알았던 것처럼 신나서 품으로 파고드는 강아지를 쓰다듬으며 말했다.

"포르테로 하자. 네 이름."

SPRING'S FORTE

작가 후기

안녕하세요. 기진입니다. 벌써 2017년의 절반이 가까워지고 있습니다.

이번 '봄의 포르테'는 재작년에 쓴 원고인데, 왠지 선뜻 내놓지 못하고 있다가 이제 와서 책으로 나오게 되었습니다. 이전에 쓴 원고라 부족한 부분만 보여 한동안 머리를 싸매고 수정했습니다. 의미가 있는 수정이었기를 간절히 바랍니다.

쓰는 동안 자료를 찾다가 각막이식을 기다릴 때 상당한 시간이 걸린다는 기사를 보았습니다. 덕분에 저도 이번 기회에 사후각막 기증을 서약하였습니다. 그리고 음악가의 이야기를 쓰게 된 덕에 올해 봄에는 실컷 바이올린도 들었습니다. 봄의 포르테가 꽤나 고생도 시켰지만, 한편으로는 즐거움도 줬다는 생각이 듭니다.

감정이 풍부한 여자와 감정이 살짝 메마른(?) 남자를 생각하며 썼습니다. 사라는 지금까지 쓴 여자 주인공 중에 제일 발랄한 녀석이 아니었나 싶습니다. 현재는 좀 더 무뚝뚝한 남자로 계획했었는데 제 계획보다 훨씬 다정해져 버렸습니다……!

음악이 현실이 되기도 하고 환상이 되기도 하는 이야기, 풋풋한 사랑 이야기를 쓰고 싶다고 생각하며 썼는데 어떠셨을지, 초조하고 궁금함 가득한 마음입니다.

후기를 쓰고 있는 지금은 5월 말일입니다. 독자님들께서도 행복한 봄, 되셨기를. 그리고 다가오는 여름도 행복하시기를 바랍니다.

올해도 책을 낼 수 있게 도와주신 독자님들께 언제나 진심으로 감사드립니다.

기진 드림

봄의 포르테

1판 1쇄 찍음 2017년 6월 20일
1판 1쇄 펴냄 2017년 6월 27일

지은이 | 기 진
펴낸이 | 정 필
펴낸곳 | **(주)뿔미디어**

편집장 | 박경희
기획 · 편집 | 김수정, 박경희
표지 디자인 | 김수지

출판등록 | 2002년 9월 11일 (제1081-1-132호)
주소 | 경기도 부천시 원미구 소향로 17, 303(두성프라자)
전화 | 032)651-6513 / 팩스 032)651-6094
E-mail | scarlets2012@hanmail.net
블로그 | http://blog.naver.com/dahyangs
비북스 | http://b-books.co.kr

값 9,000원

ISBN 979-11-315-8002-8 03810